Un long, si long après-midi

Inga Vesper

Un long, si long après-midi

traduit de l'anglais par Thomas Leclere

Éditions
de La Martinière

Titre original : *The Long, Long Afternoon*

ISBN : 978-2-7324-9925-3

À Birgit, pour tous les livres

Chapitre 1

Joyce

Hier, j'ai embrassé mon mari pour la dernière fois.

Il ne le sait pas, bien sûr. Pas encore. En réalité, j'ai du mal à y croire moi-même. Pourtant, quand je me suis réveillée ce matin, j'ai su que c'était vrai.

Je suis debout sur la terrasse et j'essaie d'entrevoir mon avenir. Pour le moment, il semble entièrement fait de l'air du matin. Frais et tranquille, mais avec une promesse de chaleur.

On ne peut guère en dire plus de mon avenir.

Pendant les cinq prochaines minutes, je vais rester debout ici, dehors, et boire mon café en admirant les couleurs du jardin dans les premières lueurs du jour.

Il y a tant de couleurs différentes. Le vert du gazon de mai. Le rose saumon des tomettes du patio. La palissade blanche qui entoure la maison. Les géraniums pourpres dans leurs pots en terre cuite. Le ciel aux frontières troubles, comme mon esprit rendu brumeux par la fatigue. Le bleu de la piscine est si profond et vif que je voudrais y tomber, y couler et me dissoudre comme une aspirine.

J'aimerais peindre cet instant. Le fixer sur le papier avant qu'il ne s'estompe. Mais j'ai fait don de mon matériel il y a longtemps, alors je serre les mains autour de mon mug de café et imprime la scène dans ma mémoire. Un matin comme celui-là ne reviendra jamais.

Les géraniums ont besoin d'eau ; ils vont devoir patienter. Ruby n'arrivera pas avant l'après-midi et c'est le dernier jour de mes règles. Frank n'aime pas quand j'arrose les fleurs pendant mes règles. Il dit que les émanations féminines les feraient faner. Mieux vaut laisser la bonne s'en charger.

Je me range à son avis, bien sûr. Je ne lui fais pas remarquer qu'il dit aussi que les Noirs n'ont aucun talent pour faire pousser les choses, ce qui explique qu'ils n'aient pas de jardinières et que leurs bébés meurent souvent.

Ces sombres pensées envahissent mon cerveau et engloutissent la lumière. Un Mellaril les écarterait d'un souffle, mais je ne pense pas que j'en aurai besoin. Pas encore. Il y a de l'espoir dans les heures du matin, exactement comme il y a du désespoir dans l'après-midi qui s'étire comme du chewing-gum et pourtant ne mène à rien, une fois occupé par les lessives, le ménage, le dîner et les enfants qui courent partout et risquent toujours de tomber dans la piscine.

Où serai-je demain matin ?

Mon cœur commence à battre dans mes oreilles. Pour la première fois de ma vie, je n'en sais rien. Et pour la première fois depuis des années, j'ai hâte d'être à l'après-midi.

J'ai envie de peindre. Je pourrais acheter des fournitures au centre commercial aujourd'hui, en rentrant de chez le médecin. Ça m'occuperait pendant que les enfants font la sieste. Ça m'aiderait à faire passer les heures collantes de l'après-midi, avec leurs minutes qui rampent comme des limaces. Quand la chaleur flétrit les géraniums et que mon esprit tombe en poussière.

Mon estomac tambourine, résurgence de maux à demi

conscients. Mes règles, bien sûr. Mais pas seulement. Des pensées obscures. Des galaxies de sang.

Jusqu'où mes émanations féminines rayonnent-elles ? Je les imagine m'entourant tel le halo d'une sainte. Le mien est rouge sombre, cependant, pas lumineux ; et je ne suis pas une sainte, je suis une pécheresse.

Je pose doucement mon café sur une des chaises de la piscine et vais chercher l'arrosoir. Le contact du métal me picote la paume. Ma première révolution de la journée. Il reste un peu d'eau dans le fond et je me faufile jusqu'aux fleurs, le bras tendu. Mais un braillement à l'intérieur de la maison arrête mon geste, suivi par des pleurs paresseux et à moitié enthousiastes.

Lily est réveillée.

Je me fige. Je devrais aller voir ma fille. Mon corps tout entier meurt d'envie d'étouffer ses plaintes avec un câlin. Pourtant Frank m'a montré une coupure de journal dans laquelle un certain professeur Summers expliquait que les réponses immédiates étaient mauvaises pour les enfants.

Une part de moi est tout à fait d'accord. J'ai envie de rester près de la piscine. Je veux m'occuper des géraniums avant de m'occuper de ma fille. Cela fait-il de moi une mauvaise mère ? Cela me rend-il pire que je ne le suis déjà ?

J'ignore les pleurs, verse un pauvre filet d'eau sur les fleurs et récupère mon café. Je vais le finir ici, seule avec la piscine et le ciel qui y reflète son bleu parfait. Bleu, si bleu. Vrai et faux.

Toi et moi.

Chapitre 2

Ruby

Le bus redémarre brusquement, se traîne sur une dizaine de mètres le long de Southern Boulevard et s'arrête en grinçant. Ruby réprime un soupir. Il fait chaud. Il faisait chaud hier et il fera chaud demain, alors qu'est-ce que ça change ? C'est ce que Maman aurait dit. *Où est le problème ? Il fait chaud, tu fais avec. Dieu va pas changer le temps pour tes pauvres fesses.*

À ce propos, ses fesses transpirent tellement qu'elles collent au siège en skaï. Elle arque la colonne et tire sur sa jupe. Trop tard. Le coton est déjà froissé. Mme Ingram va piquer une crise.

Saleté de boulot.

Aujourd'hui est un jour pour les shorts, les sandales et les cheveux détachés. Pourtant, sa tête est en train de bouillir sous sa petite casquette et ses pieds marinent dans ses baskets. Elle a presque hâte de mettre les chaussons blancs mal fichus qu'exigent les épouses de Sunnylakes afin de pouvoir suivre à la trace celles qui salissent leur moquette.

Une Blanche à l'air égaré est assise à l'avant, aussi loin que possible de Ruby, avec un grand chapeau et un sac bien serré contre sa poitrine. Comme elle ne se retourne pas, Ruby en profite pour enlever ses baskets une minute.

Le doux soulagement s'accompagne d'une odeur de fromage.

Elle consulte sa montre, un cadeau de Joseph. Il est midi passé. Mon Dieu, elle est dans ce bus depuis déjà plus d'une heure ; elle est censée arriver chez Mme Ingram à 13 heures et chez Mme Haney à 17.

Le bus sort enfin du nuage de pollution et descend dans Sunnylakes. Ici, les arbres encore petits ne protègent pas la route de la chaleur. Les maisons défilent, toutes identiques, avec leur jolie pelouse, leur jolie clôture et leur façade ornée de fausses pierres. Pa dit que les façades en pierre coûtent plus cher – c'est pour cette raison que les habitants de Sunnylakes ont choisi ces ornements quand ils ont fait construire leurs maisons, avec leurs dollars durement gagnés. Mettez-moi de la fausse pierre, monsieur. Que ça ressemble à une forteresse qui protège mes biens des cocos, des Japs et des Nègres.

Ruby laisse échapper un petit rire. *C'est trop tard. Je suis déjà dans votre maison, monsieur.*

Elle sort du bus au coin de Pine Tree Avenue et Roseview Drive, remonte la rue de Mme Ingram et dépasse la perruche en plastique que cette dernière a installée sur sa pelouse en guise de décoration sophistiquée. Devant la porte d'entrée peinte en rose, elle récupère la clé sous un pot de fleurs et la glisse dans la serrure. À chaque fois qu'elle fait ça, son ventre se noue. Cette clé est trop facile à trouver. Un de ces jours, quelqu'un va entrer par effraction et tout vider. Et bien sûr Mme Ingram saura qui accuser.

À l'intérieur, la maison a l'air d'avoir déjà été pillée. Mme Ingram travaille – chose rare pour une femme blanche – et n'a pas le temps de ranger, comme elle aime le proclamer.

Ruby enfile ses chaussons et essuie, range et passe la serpillière. La rue est calme. Une fois, seulement, une voiture passe et elle se crispe à l'idée du retour inéluctable de Mme Ingram. La maîtresse de maison, cependant, ne rentre qu'après 16 heures. Elle se plante devant la salle de bains, où Ruby a les bras plongés jusqu'aux coudes dans la cuvette des toilettes, avec la tête de quelqu'un qui vient de repérer un tas de crottes de chien sur le tapis.

– Toujours dans la salle de bains ? Tu es bien lente aujourd'hui.

Tu n'es pas en avance non plus. Ruby garde les yeux fixés sur l'éponge qui va et vient dans l'eau.

– Bonjour, madame Ingram. Désolée, mon bus a été bloqué dans les embouteillages.

– Le bus prend l'autoroute. Il n'est jamais bloqué.

Ruby se mord la lèvre.

– Oui, m'dame.

– Veille à ce que ça n'arrive plus.

– Non, m'dame.

Mme Ingram hume l'air.

– Et qu'est-ce que c'est que ça ? Il y a comme une odeur. Tu n'as pas de douche, chez toi ?

Non, m'dame, je me lave aux bouches d'incendie dans la rue, pa'c'que je suis de South Central, et qu'c'est comme ça qu'on fait.

– Désolée, m'dame.

Habituellement, les Blancs font tout ce qu'ils peuvent pour oublier que leur bonne s'active dans leur maison. Mais aujourd'hui, une fois changée et rafraîchie, Mme Ingram reste collée à Ruby comme si elle attendait un photographe de *Maison et Jardin*. Mauvaise journée au bureau, devine Ruby, à moins que, simplement, elle s'ennuie. Mme Ingram passe les doigts sur les surfaces, repère des moutons de poussière invisibles et vérifie l'humidité du chiffon avec lequel Ruby nettoie le lavabo.

Le mieux est encore de s'en amuser en faisant semblant de la prendre au mot. Mme Ingram est la personne idéale pour ça. Elle n'a pas de mari, elle utilise des tas de rouges à lèvres éclatants et porte des pulls courts qui mettent en valeur ses seins coniques.

– Est-ce que je frotte bien, madame Ingram ? demande Ruby. Vous voulez que je le mouille un peu plus, madame Ingram ? Que j'aille plus vite ?

Les femmes de Sunnylakes ne se rendent jamais compte qu'on se moque d'elles. La plupart d'entre elles sont tellement coincées qu'il est difficile de les imaginer en train de faire l'amour. Mme Ingram lui adresse un maigre sourire, fait les cent pas dans sa maison propre et nette, poudre son visage propre et net, et râle, et ronchonne, et se plaint.

Lorsque Ruby regarde à nouveau sa montre, il est presque 17 heures. Heureusement, Joyce Haney n'est jamais à une minute près. Elle est toujours à courir après ses gosses et n'a pas le temps de courir après sa bonne. Parfois, elle débouche un soda et montre à Ruby ses travaux de couture. Elles commentent les motifs, parlent de la famille et des enfants. Joyce paie pour ces moments-là comme si c'était du travail.

À 17 h 15, Ruby range le matériel de ménage et referme la porte d'entrée. Aussitôt dans la rue, elle aperçoit le mouvement du rideau. Mme Ingram l'observe.

Le soleil de l'après-midi lance des épées d'or à travers les arbres. Ruby étire ses genoux et balance ses bras. Le pire est passé. Plus que deux heures et elle sera sur la route de la maison avec trois dollars en poche.

Le grondement d'un moteur trouble le calme de la rue.

Une luxueuse voiture surgit en vrombissant hors de l'allée des Haney, tourne au coin et s'éloigne à toute vitesse dans President Avenue. C'est une Crestliner noir et argent aux ailes arrière vertes. Mme Haney a dû avoir des visiteurs.

La maison des Haney est située un peu à l'écart de la rue, car la propriété descend jusqu'au lac. Les arbres, ici, sont plus vieux et sombres, et Ruby n'aime pas marcher parmi eux, l'hiver, quand la nuit rôde entre les branches. Derrière la maison, ils ont été coupés pour dégager la vue jusqu'au plan d'eau. Pourtant M. Haney a construit une grande palissade, si bien qu'aucun lac n'est visible depuis la maison, seulement les planches bien ordonnées qu'il repeint en blanc chaque année au printemps.

Ruby s'arrête. La voiture de Joyce est garée en haut de l'allée. La porte d'entrée est fermée, les fleurs plantées de part et d'autre sont en train de faner sous le soleil.

Quelque chose ne tourne pas rond et son estomac se serre.

Elle écoute. Les fenêtres sont ouvertes pour laisser entrer l'air, mais rien ne bouge derrière les rideaux. Aucun tintement de casserole, aucun cri d'enfant, aucun bavardage de radio dans le séjour.

Un mouvement accroche le coin de son œil. Ruby se retourne et aperçoit un éclat de couleur tremblotant qui danse parmi les arbres. La brise soulève sa jupe et un frisson remonte le long de sa colonne vertébrale. Elle serre les poings et s'efforce de maîtriser sa respiration.

– Bonjour ? Qui est là ?

Une tête d'enfant apparaît derrière un arbre. Une tête blonde et hirsute avec des grands yeux bleus tout mouillés. La fille de Joyce. Barbara.

Ruby s'agenouille. Les aiguilles de pin sont douces sous ses jambes. Elle tend les bras.

– Barbara, viens ici. Qu'est-ce que tu fais dehors ?
– J'attends.
– Tu attends qui, chérie ?
– La maman de Joanie.

Ruby met un peu de temps à se souvenir. La maman de Joanie est Mme Kettering, la voisine d'à côté. Barbara et Joanie sont meilleures amies.

– Viens là, dit Ruby. Il est temps de rentrer.
– J'ai promis d'attendre.
– Écoute, la maman de Joanie n'est pas venue, alors tu devrais rentrer.
– J'ai pas envie.
– Mais c'est presque l'heure du dîner.
– Non.

Quelque chose dans les yeux de la fillette fait trembler les mains de Ruby. Barbara fixe la maison comme si elle abritait un croque-mitaine ou un dragon.

– Où est ta maman, Barbara ?
– Elle m'a dit d'attendre.
– Et si on allait la voir ?

Barbara baisse les yeux.

– Ils ont tout dérangé, Whoobie.
– Eh bien, je suis là pour tout ranger. Allez, viens, chérie.

La fillette se détache de l'arbre et prend la main de Ruby. Elles marchent ensemble vers la maison. La main de Barbara est chaude. Ses petits ongles s'enfoncent dans la paume de Ruby.

Celle-ci sonne à la porte. Pas de réponse. À l'intérieur, cependant, Lily commence à pleurer.

– Madame Haney ? crie Ruby. Joyce ?

Elle sonne à nouveau. Le poids dans son ventre se répand dans sa poitrine. Les pleurs de ce bébé sont tellement…

rauques et désespérés, comme si Lily pensait que personne ne viendrait jamais.

Elle trouve à tâtons la clé de secours sous l'aigle en porcelaine près de la porte et libère la serrure. L'entrée est bien rangée ; il y a des fleurs fraîches sur le buffet. La maison des Haney possède une mezzanine, un mot que Ruby avait dû chercher dans le dictionnaire après son premier jour. Ça veut dire que les chambres se trouvent à mi-hauteur de l'escalier, de même que la salle de bains.

Les pleurs de Lily proviennent de la chambre des enfants.

Le tapis lavande absorbe les pas de Ruby. Elle grimpe les marches deux par deux et bondit jusqu'à la porte de la chambre qu'elle ouvre brusquement. Lily est assise dans son lit, les yeux brouillés de larmes, le visage rouge et fatigué. La pièce empeste. La couche de la petite est trempée. Quelque chose s'en est échappé et a taché sa combinaison.

Ruby soulève Lily et déboutonne ses vêtements, mais la petite crie encore plus fort et lui donne des coups de pied. Sa couche se détache avec un relent puant. Ruby la jette sur le côté et essuie Lily avec un chiffon. Elle vient de lui mettre un nouveau change lorsque Barbara entre et s'assoit par terre. Ses lèvres tremblent et ses yeux sont pleins de larmes.

– Barbara chérie, qu'est-ce que tu as ?

Lily hurle toujours. Ruby essaie de la mettre debout mais elle lui frappe la poitrine.

– Où est ta maman ?

– Ils sont pas là, dit Barbara. Ils ont tout dérangé.

Ruby fronce les sourcils et s'efforce de réfléchir. Peut-être que Joyce a eu une urgence. Qu'une amie l'a appelée ailleurs. Peut-être qu'elle a oublié les côtes de porc du dîner. Mais sa voiture est toujours dans l'allée, alors où...

Elle ferait mieux de partir. Quelque chose ne tourne pas

rond et ce n'est pas son problème. En plus, si M. Haney rentre et la trouve seule avec ses enfants, il va faire un infarctus.

– Écoute, Barbara, dit-elle, je vais appeler Mme Kettering et lui demander de venir. Elle pourra s'occuper de vous jusqu'à ce que Maman rentre, d'accord ?

Barbara ne répond pas.

– Tu m'accompagnes en bas, bichette ?

Barbara hoche la tête.

– Allons-y, alors.

Ruby hisse Lily sur sa hanche. Ça lui fait bizarre d'être seule dans la maison, et maintenant elle est sûre qu'elle *est* seule. Dans l'entrée, elle attrape le téléphone et feuillette le petit carnet d'adresses aux coins dorés jusqu'à ce qu'elle atteigne le K.

Ensuite, elle ne se souvient pas avoir vu Barbara se glisser derrière elle. Mais soudain, la fillette apparaît devant la porte de la cuisine, le menton tremblant et les yeux pleins de terreur. Elle tend vers Ruby une main toute sale.

– Whoobie, dit-elle. J'arrive pas à nettoyer.

– Ne t'inquiète pas, chérie.

Ruby fait passer Lily d'une hanche à l'autre et reçoit un coup de pied dans le ventre en guise de remerciement.

– Je vais m'en occuper, ajoute-t-elle.

Puis elle regarde les mains de Barbara et le sol semble basculer, l'attirant dans un puits sans fond. Les paumes de la fillette sont toutes rouges.

Du sang.

Elle pousse Barbara sur le côté et ouvre la porte de la cuisine à la volée.

Il y a du sang par terre. Du sang et des essuie-tout et un chiffon froissé imbibé de rouge. Les rayons du soleil traversent les rideaux et dessinent les ombres de marguerites sur le carrelage mural. Il y a du sang dessus aussi, étalé et poisseux, effrayant comme la langue du diable.

Ruby serre Lily contre sa poitrine et crie aussi fort qu'elle peut.

Chapitre 3

Mick

Mick essuie des gouttes de sueur sur son front avec sa manche. *C'est bien fait pour toi, inspecteur Blanke, à peine arrivé de New York et tellement excité à l'idée d'avoir récupéré le grand bureau qui fait le coin sud-ouest.* Le chef doit trouver très amusant de refiler la pièce la plus chaude au nouvel arrivant. Quand on lui a remis ses clés et qu'il s'est avancé fièrement vers la porte, les gars ont ricané. Ça aurait dû lui mettre la puce à l'oreille.

À 10 heures du matin, la pièce est déjà étouffante. Mick glisse un doigt sous son col pour le desserrer, le ressort trempé. Il ouvre les deux fenêtres et la porte en prévision du coup de chaleur qui s'annonce. Mais les portes ouvertes attirent les animaux errants et le chef Murphy passe bientôt la tête dans l'encadrement.

– Déjà au boulot, Blanke ? Il est seulement 10 h 10. Que faites-vous du sommeil réparateur ?

– Oh, Murphy. Vous en avez plus besoin que moi, fait Mick avec un sourire. Je travaille tard, monsieur. Jusqu'aux petites heures du matin.

– Petites comme pas très longues ? En tout cas, c'est pas votre jour de chance. Une affaire pour vous dans les quartiers résidentiels. Une femme disparue, intrusion probable dans le domicile. Traces de sang et tout le tintouin. Voici le dossier. Bougez-vous les fesses et allez voir ça. Le sergent Hodge vous attend sur place. Bonne journée.

Mick saisit ce que Murphy appelle le *dossier*, trois fines pages tapées à la machine avec quelques notes gribouillées dans les marges. Il pose les pieds sur son bureau, un de ces meubles modernes en bois laminé avec des pieds écartés comme les jambes d'une tapineuse de East Tremont. Classe, bien mieux que son bureau défoncé de Brooklyn qui lui manque plus qu'il n'ose l'admettre. Dos à la fenêtre pour éviter le soleil, il commence à lire.

La police a été appelée au 47 Roseview Drive à 17 h 30 par une voisine. La première patrouille a trouvé la voisine, la bonne et deux gamines qui attendaient sur place. La bonne a dit que les gamines étaient seules à la maison quand elle est arrivée. C'est elle qui a découvert les traces de sang dans la cuisine. La mère était absente et l'est toujours. Le mari, lui, est en déplacement à Palmdale pour une conférence. Les enfants ont été confiés à la voisine et la bonne a été arrêtée.

Arrêtée ?

Il lit la déposition de la jeune femme. Arrivée à 17 h 15, elle est montée à l'étage s'occuper de la plus jeune des gamines et changer sa couche, puis elle est redescendue et a découvert le sang dans la cuisine. Elle a alerté la voisine et attendu jusqu'à l'arrivée de deux policiers. Lesquels l'ont aussitôt arrêtée.

Pourquoi ?

Il jette un œil à son identité. Ruby Wright, vingt-deux ans, domiciliée au 1467 Trebeck Row, South Central. Noire.

Ah. C'est pour ça.

– Chef !

Il claque la porte derrière lui et remonte le couloir à grandes enjambées.

– Chef, les gars l'ont arrêtée pour ça ?

– Mesure de précaution. En attendant qu'on ait vérifié son histoire.

– C'est un témoin. Pas un suspect.

– Ouais. Mais elle pourrait être impliquée. C'est toujours suspect d'être la première sur les lieux.

– Je veux lui parler.

– Vous devriez pas vérifier la scène de crime d'abord ?

Murphy tire un bourrelet de graisse hors de son pantalon.

– Oh, Blanke, bougez-vous ! Allez donc inspecter, monsieur l'inspecteur.

– OK, Murphy. Vous énervez pas.

Mick sait quand il a perdu une bataille. Le chef ne l'apprécie pas et pour une bonne raison : Mick a été pistonné. Son boss à Brooklyn a tiré quelques ficelles, et tout à coup, la police de Santa Monica a eu besoin de son propre inspecteur. Voilà comment il s'est retrouvé dans la ville la plus ennuyeuse de Californie. Une ville où le soleil le rend vaseux dès qu'il met le pied dehors et où le pire crime commis depuis son arrivée est le vol du Schwinn du petit Timmy, un vélo tout neuf.

Il se perd à deux reprises dans Sunnylakes. Maudits soient les noms de ces rues. Hillview Crescent, Berrywood Road, Grand Park Street, Meadow Hill. L'axe principal, croyez-le ou pas, s'appelle President Avenue. Comme si M. Eisenhower en personne avait inauguré ce fichu quartier. On dirait une image d'affiche électorale avec ses maisons bien ordonnées, ses drapeaux, ses boîtes aux lettres étincelantes sous le soleil. Les rues sont si propres qu'on pourrait y dîner assis par terre, sauf que personne ne le ferait, bien sûr, car tout le monde ici possède une table et des assiettes de porcelaine commandées chez Wards.

Sur Roseview Drive, pas un rosier en vue. Le numéro 47 se trouve au bout, coincé entre une maison rose toute proche et une plus grande, avec un étage, à peine visible au milieu des arbres. Des voitures sont stationnées le long de la rue et des gens s'agitent un peu plus loin autour de la grande maison. Sûrement la première équipe de recherche.

Mick s'arrête à l'entrée de l'allée derrière une Chevrolet Bel Air rouge. Quand il sort de sa voiture, les rideaux remuent dans la maison rose. On l'observe. Intéressant... Dans un quartier aussi paisible, impossible qu'une voiture approche d'une maison et qu'un étranger enlève son occupant sans que les voisins s'en aperçoivent.

La porte du 47 a été entravée, mais le ruban est déchiré et pend sur les marches du perron. Mick observe discrètement les alentours et entre.

L'intérieur est... moderne. Dans l'entrée, un lino aux motifs carrés violets et des lampes chromées. Bien en vue sur le buffet, trône une photo de la famille. Joyce Haney, ses enfants sur les genoux. La petite est encore un bébé ; la plus âgée, avec ses couettes, sourit comme sur une publicité pour le pain de mie Sunbeam. Frank Haney, mari aimant et fier père de famille, se tient debout derrière elles et les entoure de ses bras, dans une attitude aussi protectrice que possessive. Il est blond aux yeux bleus et sa mâchoire carrée sent l'ancien quarterback du lycée à plein nez. Une tête d'alarme incendie, songe Mick – un visage que vous avez juste envie de défoncer.

La beauté de Joyce tient autant de la nature que d'un entretien soigné. Peau bronzée, cheveux parfaitement coiffés, bouche fine rehaussée par du rouge à lèvres, yeux noisette pas très grands et rêveurs comme ceux d'une star de cinéma.

Cet air qu'elle se donne, avec son sourire délicat et fatigué, ne lui va pas, pense Mick. Curieusement, il a l'impression qu'elle joue la comédie.

La cuisine est la seule pièce qui soit en désordre dans cette maison. Sauvagement en désordre. Mick s'arrête sur le seuil et prend le temps de mémoriser la scène. Il y a du sang sur le sol, qui s'étend de l'évier à la porte en une longue éclaboussure. Un rouleau d'essuie-tout est à moitié défait dans un coin et un morceau de chiffon bleu gît au milieu de la flaque coagulée brun sale. Il y a des morceaux de mouchoir en papier froissés à l'endroit où quelqu'un a essayé d'effacer le désordre, près de l'entrée.

Il inspecte la tache de sang. Dans sa vie d'avant, à Brooklyn, il a été confronté aux agressions à l'arme blanche des gangs, aux tortures vengeresses des Italiens et à un vieux grand-père japonais complètement fou qui avait plongé un couteau dans son abdomen et s'était éviscéré. Il y a peu de sang, ici, en comparaison. Mais sa présence dans cette cuisine de banlieue, avec ses fleurs sur le rebord de la fenêtre et son dessin d'enfant scotché sur le réfrigérateur, ses boîtes en fer pour le sucre, le café et les flocons d'avoine bien rangées sur le comptoir – ça, c'est inquiétant.

À l'étage il n'y a pas grand-chose à voir. Une chambre parentale bien rangée avec son lit king-size parfaitement fait, recouvert d'un dessus-de-lit à froufrous. Une coiffeuse bleu lavande dans un coin avec sa collection de cosmétiques. Une fouille rapide des tiroirs révèle une abondance de sous-vêtements élégants, rien de coquin. Le mari règne sur une collection de chemises pliées dans le placard. Ses costumes sont repassés au pli près. Rien n'a été déplacé et il ne semble pas non plus qu'on ait emporté quoi que ce soit.

La chambre des enfants est moins nette. Le lit de la fille aînée est fait mais les draps du berceau sont entassés à un bout. Il y a une tache brune sur la table à langer et une couche sale et puante est étalée sur le sol. La salle de bains et la chambre d'amis sont sans intérêt.

Sur la terrasse, qui domine une piscine et la pelouse la plus impeccablement entretenue que Mick ait jamais vue, le sergent Hodge est assis dans une chaise longue rayée. Un soda à la main, il semble en paix avec le monde.

Mick se faufile jusqu'à lui et lui frappe l'épaule, si fort que le sergent manque de renverser sa boisson.

– J'espère que vous avez apporté votre propre Coca, Hodge.

Le sergent se lève précipitamment.

– Bien sûr, inspecteur. Je me servirais pas dans le réfrigérateur. Je me détendais juste un peu. Il fait une sacrée chaleur à rester là sans rien faire.

Mick résiste à la tentation de s'asseoir lui-même. Le soleil se réfléchit vivement sur le carrelage autour de la piscine. Pas un brin d'herbe n'ose passer la tête entre les fissures. Un pot de géraniums, sur la terrasse, forme un unique clin d'œil à l'exubérance.

– Apparemment, le mari aime jardiner, tente Hodge.

Mick ricane :

– On dirait plutôt qu'il est névrosé.

– Pardon, monsieur ?

– Rien.

– Alors, quelle est votre théorie, inspecteur ?

Mick sourit.

– J'en ai aucune, pour le moment.

– Mais vous ne… ?

– Je garde l'esprit ouvert. Il est trop tôt pour tirer des conclusions.

– Bien.

Hodge secoue la tête comme s'il comprenait, ce qui n'est clairement pas le cas.

– Alors, quelle est la situation ? demande Mick. Je veux dire, j'ai eu le dossier ce matin, mais je veux l'entendre de votre bouche.

– L'agent Murray a été le premier sur les lieux. Il a vu le sang et il a appelé le commissariat central. Ils n'ont qu'une division pour les infractions mineures à Sunnylakes. Vous savez, les conduites en état d'ivresse, les accidents domestiques, tout ça.

– Ce n'était pas un accident domestique ?

– Eh bien, le mari n'était pas à la maison. Il est parti dimanche soir pour Palmdale. La femme a été vue par plusieurs témoins au cours de la matinée. Elle est allée au centre commercial aux alentours de 9 heures et a laissé sa fille aînée chez une voisine, Mme Nancy Ingram. Elle est rentrée à 11 heures et a récupéré sa fille. Elle était de bonne humeur. Mme Ingram a discuté avec elle avant d'aller travailler, elles ont parlé du repas de midi. Rien d'anormal. Ensuite… allez savoir ?

– La fille aînée a été trouvée dehors ?

– Par la bonne, oui. Elle était censée arriver à 17 heures, mais elle était en retard. C'est une Noire, vous êtes au courant ? Elle a trouvé la gamine, elle l'a ramenée à l'intérieur et a changé la plus petite. C'est en allant dans la cuisine qu'elle a vu le sang.

– Du coup, vous l'avez arrêtée.

Hodge hausse les épaules.

– Son histoire m'a semblé louche.

– Dans quel sens ?

– Elle est allée changer le bébé sans vérifier si sa patronne était à la maison.

– Mme Haney avait peut-être l'habitude de confier ses enfants à la bonne. Vous l'avez interrogée ?

– Elle était… nerveuse.

– Avez-vous essayé de la calmer ?

Mick a un goût acide dans la bouche. Il peut seulement imaginer la scène. Le sang, les enfants qui crient, le sergent Hodge qui hurle. *Nerveuse.* Bon Dieu, il aurait secoué les barreaux de sa cage comme un singe enragé.

Hodge hausse à nouveau les épaules.

– Vous auriez dû être là, monsieur. La petite portait juste une couche. Elle pleurait et donnait des coups de pied à la bonne. C'est un signe, pas vrai ?

Mick hausse un sourcil.

– Vous pensez ?

– La bonne criait à la grande d'arrêter de toucher à tout dans la cuisine. Parce que vous voyez, la petite chérie essayait de nettoyer le sang de sa maman. Et puis la voisine, cette Mme Ingram, est arrivée et l'a giflée et…

– La voisine a frappé la gamine ?

– Non, la bonne. Elle l'a juste giflée. On…

– Vous n'avez pas isolé la maison ? grogne Mick. Vous n'avez pas fait sortir les témoins de la scène de crime ? Qui d'autre était là ? Combien de personnes ont piétiné cet endroit ?

– Eh ben, pas beaucoup.

Le sergent Hodge compte sur ses doigts.

– Il y avait moi et les agents Murray, Stanwitz et Anderson, et puis la bonne, les gamines et Mme Ingram. C'est à peu près tout, je crois. Ah oui ! Et aussi le livreur de lait.

– Le livreur de lait ?

– Il s'est pointé juste avant 18 heures, monsieur. Il a dit qu'il avait oublié le beurre.

– Nom de Dieu.

– Mais ensuite on a posé un ruban. Personne n'est entré aujourd'hui. Tous ces gens, dehors, ils sont là pour fouiller les environs. Ils ne vont pas rester les bras ballants.

Mick frotte l'arête de son nez et attend d'être suffisamment calme pour maîtriser sa voix. Inutile de se lancer dans un sermon. Il est trop tard.

– Les gars du labo doivent passer cet après-midi, et aussi le photographe, ajoute Hodge. On a fouillé les propriétés voisines et les rives du lac. Aucun corps. La voiture est toujours là, alors elle n'est pas partie avec.

– Des nouvelles du mari ?

– On a eu un peu de mal à mettre la main dessus. Il est rentré tard à son hôtel, la nuit dernière. Il est en route et devrait être là cet après-midi pour récupérer les gosses chez Nancy Ingram.

– Pas d'autre famille ? Grands-parents, oncles ou autre ?

– La famille du mari vit à Philadelphie. Celle de l'épouse… Eh bien, on attend qu'il nous dise qui ils sont.

– Vous n'avez donc aucune piste.

– Pas vraiment.

Le sergent Hodge a l'air d'un chiot devant un paquet de friandises vide.

– On en saura plus quand on aura trouvé le corps.

– Rien ne nous prouve qu'elle est morte, sergent.

– Bien sûr. Mais réfléchissez : c'est une mère. Aucune mère saine d'esprit n'abandonnerait ses enfants.

Mick décide d'en rester là. Il suit le regard de Hodge jusqu'à la palissade qu'ils contemplent pendant un moment, comme s'il y avait une chance que Joyce Haney passe la tête par-dessus et leur fasse signe d'une main délicate et gantée. *Salut, les gars, je suis rentrée.*

Hodge hausse les épaules au niveau de ses oreilles, puis les laisse retomber.

– Vous vous imaginez dresser une palissade comme celle-là ? C'est comme s'ils ne voulaient pas regarder dehors.

– Ou peut-être qu'ils ne voulaient pas qu'on puisse regarder à l'intérieur.

– Pardon ?

– Gardez l'esprit ouvert, Hodge, dit Mick en soulevant son chapeau. Ce n'est jamais bon de faire des conjectures.

De retour dans la cuisine, il ouvre quelques placards mais n'y trouve rien d'extraordinaire. Une liste de courses est collée sur le réfrigérateur, écrite d'une main habile et expérimentée : *œufs, mayonnaise, corn flakes, riz, cacao, Spry*. Le réfrigérateur est presque vide.

Il enjambe le sang prudemment et ses yeux s'arrêtent sur le chiffon bleu. Un carré de tissu blanc est cousu à un bout. On y voit deux cow-boys de rodéo sauter des barrières et tomber de cheval. Il tire dessus mais le chiffon, collé au sol par le sang, refuse de venir. Il laisse tomber ; inutile de saccager la scène de crime davantage.

Ce n'est pas un chiffon, c'est un pyjama pour bébé. Tissu bleu moelleux, petits pieds blancs, col brillant et, sur le ventre, un patch avec d'autres cow-boys, ici tachés de brun. Mick essaie de se souvenir de Sandy et Prissie quand elles faisaient cette taille, mais sa mémoire est un brouillard rempli d'une odeur de lait, de nuits blanches et de doigts si petits qu'il avait peur de les briser entre ses mains.

Il déplie l'étiquette. Ouais, c'est bien un pyjama pour nouveau-né.

Chapitre 4

Mick

Nancy Ingram s'attendait à une visite de la police. On arrive toujours à savoir avec les femmes. Le ménage du salon fait dans l'urgence, le rouge à lèvres appliqué à la truelle, comme du joint d'isolation…

L'inspecteur Michael Blanke est assis dans un fauteuil tout neuf, en train de boire un soda dans un verre teinté jaune, avec des glaçons qui cliquettent contre les bords. Il fixe les yeux bleu-vert de Mme Ingram, dans les cils desquels de fines gouttes de mascara ont formé des paquets.

Elle se penche au-dessus de la table basse, étirant son pull jaune sur sa poitrine. Mick recule instinctivement et fait tourner son soda comme si c'était du whisky, regrettant désespérément que ce n'en soit pas.

– Je suis désolée, je n'ai pas eu le temps de ranger, dit Mme Ingram avec un geste de la main charmant. J'ai dû m'occuper des enfants. Barbara a fait trois cauchemars la nuit dernière. Et je viens de courir chez Laura Kettering, de l'autre côté de la rue, pour lui parler pendant que les petites regardaient la télévision. Personne n'a de nouvelles de Joyce. Vous avez vu tous ces gens ? Ils veulent lancer les recherches et…

Elle déglutit.

– Je pourrais faire sortir les filles plus tard. Ou pas. Ça pourrait leur faire peur. Oh, mon Dieu, je ne sais pas quoi faire.

Mick saisit l'opportunité d'aborder un autre sujet.

– Avez-vous été en contact avec Frank Haney ?

– Il était à Palmdale. Il est sur la route, à l'heure qu'il est. Le pauvre homme est dans tous ses états. Avez-vous découvert quelque chose ? Est-ce qu'elle a appelé ?

– Je vous rassure, toute notre équipe est sur l'affaire. En attendant, puis-je vous poser quelques questions ?

– C'est terrible, dit Mme Ingram en guise de réponse. Je ne sais quoi penser. Cette cuisine…

Elle a l'air fatiguée sous son maquillage ; elle n'a pas encore essayé d'obtenir des détails salaces, ni tenté de lui expliquer sa théorie. Elle est inquiète pour son amie, profondément inquiète, tout en s'efforçant de faire bonne figure devant les filles. L'une d'elles est assise dehors sur la terrasse, en train d'obliger sa poupée à passer la serpillière sur le sol d'une cuisine imaginaire.

– Avez-vous remarqué quelque chose d'inhabituel quand vous avez vu Mme Haney pour la dernière fois ?

– Non, rien du tout. Elle était habillée pour aller en ville et venait de rentrer du centre commercial. Elle m'avait confié Barbara pour une ou deux heures.

– Est-ce que c'était une habitude ?

– Oh, oui. J'adore ses enfants.

Un léger tremblement agite ses lèvres. Elle n'en a pas elle-même.

– Ça ne me dérangeait pas du tout, continue-t-elle. Je ne commence mon travail que vers midi. Et c'est plus facile pour Barbara de faire les courses avec une seule des filles.

– Est-ce que quelque chose vous a semblé bizarre dans son attitude lorsqu'elle est rentrée ?

– Elle était un peu débordée. Elle avait un gros sac de

courses et Lily s'accrochait à sa main. On n'a pas parlé longtemps. Elle m'a demandé si Barbara avait été sage, je lui ai répondu que oui, et elle m'a dit qu'elle devait préparer le repas alors je l'ai laissée partir…

Mme Ingram regarde son verre de soda comme si c'était une boule de cristal.

– Oh, Seigneur. Je ne veux même pas penser à ce qui aurait pu arriver… Tout ce sang.

– Ça a dû vous effrayer.

– Je venais de rentrer du travail et je me refaisais une beauté. J'ai entendu Lily hurler. Elle ne s'arrêtait pas et au bout d'un moment je suis sortie. La porte était ouverte, Ruby était sur la pelouse et hurlait comme une harpie, et j'ai juste…

Elle hésite.

– J'ai su tout de suite qu'il était arrivé quelque chose à Joyce. Appelez ça l'intuition féminine.

Des larmes apparaissent à travers son mascara. Mick se sent obligé de les apaiser :

– La vue du sang est toujours impressionnante. Il est difficile d'en être sûr, mais il semble que Mme Haney ait été blessée. J'espère qu'elle n'a pas été tuée.

– Elle pourrait avoir été enlevée ?

– C'est une hypothèse. Il est aussi possible qu'elle se soit blessée et qu'elle soit allée chercher de l'aide. Un agent appelle les hôpitaux en ce moment même.

– Elle aurait dû m'appeler. Ou Laura.

– Laura Kettering ? C'est une amie de Joyce ?

Mme Ingram fait une petite moue.

– C'est une voisine formidable, mais… très impliquée dans son foyer. Son mari est producteur dans le cinéma et il travaille comme un forcené. Elle a trois jeunes enfants – il ne lui reste pas beaucoup de temps pour voir des gens. Elle et Joyce sont proches, mais pas autant que Joyce et moi.

Mick remue les fesses et son fauteuil émet un grincement.

– Pourquoi avez-vous giflé Ruby Wright ?

Une pointe de dégoût traverse le visage soigneusement poudré de Mme Ingram.

– Parce qu'elle était hystérique. Elle était incapable de contrôler les enfants. Barbara mettait les doigts dans le sang. Et Lily… mon Dieu, sale et toute nue comme une gamine des rues. Je devais prendre les choses en main.

– Mlle Wright fait le ménage chez vous ?

– Ruby travaille pour moi depuis environ deux ans.

– À quelle fréquence vient-elle ?

– Les lundis, mercredis et vendredis, de 13 heures à 16 h 30.

Mick ne peut s'empêcher de regarder autour de lui. Qu'est-ce qui peut bien justifier plus de dix heures de ménage par semaine dans cette petite maison ?

– Quand elle a terminé ici, elle se rend chez les Haney ?

– Lorsque Joyce et Frank se sont installés ici, ils m'ont demandé si je connaissais quelqu'un pour les aider à la maison et je leur ai recommandé Ruby. Joyce est très soigneuse de son intérieur, et avec ses deux filles…

Mme Ingram sourit poliment.

– Moi, malheureusement, je ne peux passer tout mon temps à la maison, autrement le ménage ne serait pas un problème. Mais depuis que mon mari est mort… je travaille à l'agence immobilière de Sunnylakes quand ils ont besoin de moi pour les visites.

Mick avale une autre gorgée. Le verre jaune foncé donne à son soda un air d'échantillon d'urine fermenté.

– Pouvez-vous me parler du couple Haney ?

– Oh, Frank est un homme formidable. Très attentionné et dévoué à sa femme. Ils forment un couple heureux. Je…

Elle cligne plusieurs fois des yeux, très vite.

– Je ne veux même pas imaginer…

Mick pose son soda et se lève. Il n'y a rien d'autre à apprendre ici.

– Merci, dit-il. N'hésitez pas à nous appeler si quelque chose d'important vous revient.

Dehors, une grosse Pontiac noire a coincé sa voiture. Il enchaîne marches avant et marches arrière en pestant, jusqu'à ce qu'il réussisse à se libérer. À travers les arbres, il aperçoit un éventail de robes et de chapeaux. Les amis de Joyce Haney cherchent l'agneau perdu de Sunnylakes.

Ça lui donne une idée. Il abandonne son véhicule à moitié engagé sur la chaussée et marche tranquillement vers la maison qu'il croit être celle des Kettering. À mi-chemin, une femme sort de derrière les arbres et lui coupe la route. Elle est en train de fourrer une feuille de papier pliée dans son sac et se fige quand elle l'aperçoit.

– Qui êtes-vous ?

Il soulève son chapeau.

– Inspecteur Michael Blanke, police de Santa Monica. Et vous ?

– J'vois pas en quoi ça vous regarde.

Et moi, je vous parie qu'il y a pas mal de choses qui me regardent, ici. Il détaille ses cheveux mal coiffés, ses chaussures plates tout usées, son blouson turquoise qui jure mortellement avec sa jupe mauve. Elle est plutôt jeune, mais tout son visage exprime la misère.

– Vous venez de la maison ? demande-t-il.

– Je suis venue participer aux recherches.

– Vous êtes une voisine ?

Elle tressaille.

– Non.

– Une amie de la famille, alors ? Qu'est-ce que c'est que ce papier que vous venez de ranger ?

– Un tract. Pour la retrouver.
– Est-ce que je peux…
– Ah, Deena, tu es là.
Il se retourne. Une des femmes s'est détachée de la foule. Elle porte une robe vert clair, des gants blancs, et affiche un air grave.
– Nous t'avons attendue, dit-elle à la femme dénommée Deena. La première équipe de recherche est déjà partie. Tu peux les rattraper ou attendre avec Laura. Elle va rester ici, au cas où.
– Laura Kettering ? demande Mick.
C'est alors, seulement, que la nouvelle venue daigne l'honorer d'un regard.
– Oui, monsieur. Vous êtes de la police ?
– Inspecteur Michael Blanke, m'dame. Et vous êtes ?
– Merveilleux, dit-elle avec un sourire triste. Approchez, je vous en prie. Nous sommes tellement inquiets. Je suis Genevieve Crane et elle…
Elle fait un geste en direction de la femme renfrognée, qui détourne le regard, et termine :
– C'est Deena Klintz.
– Vous êtes une amie de Joyce ?
– Nous le sommes toutes, dit-elle. Je dirige le Comité des Femmes pour le Progrès de Sunnylakes. Vous voulez sûrement parler à Laura. Je vais vous la présenter.
Laura Kettering, épouse d'un producteur de cinéma et propriétaire d'une villa ressemblant à une demeure d'avant la guerre de Sécession, est une petite femme châtain clair avec des yeux tout rouges. Mme Crane lui précise que Mick est de la police et déclenche une nouvelle montée de larmes.
– Tout cela est tellement horrible, sanglote Mme Kettering. Dans notre propre quartier. C'est tout simplement horrible.

– C'est vrai, admet Mick. Mais nous allons élucider cette affaire. Avez-vous remarqué quelque chose d'inhabituel hier ?

– Non. J'étais à la maison avec les enfants.

– On ne vous a pas appelée pour que vous alliez chercher… Barbara ? demande-t-il, se rappelant de justesse le prénom de la petite.

– C'est ça qui est si terrible. Joyce avait l'habitude de prévenir. Si j'avais su…

Elle frémit et baisse la voix.

– Vous croyez qu'elle a été… violée ?

– Ne peignons pas encore un tableau aussi noir, intervient Mme Crane tandis qu'une ombre, néanmoins, traverse son visage. Contente-toi de répondre aux questions de l'inspecteur, Laura.

– Que pouvez-vous me dire du couple Haney ?

Mme Kettering le regarde d'un air ahuri.

– Que voulez-vous dire ?

– Ils sont heureux ? Est-ce que Joyce a déjà évoqué des problèmes ?

– Pour autant que je sache, intervient Mme Crane, Joyce Haney est satisfaite de son mariage.

– Sauf pour les trucs habituels, dit Mme Kettering.

Trois minuscules poils se dressent sur la nuque de Mick.

– Les quoi ?

– Oh, rien, s'empresse de dire Mme Crane. Frank travaille dur et Joyce a un peu du mal depuis la naissance de Lily. Un petit coup de baby blues. Elle a suivi un traitement formidable et s'est remise assez vite. Ils ont toujours formé un couple harmonieux.

– Et les filles, ajoute Mme Kettering, adorables. Toujours si bien habillées. Joyce a un vrai don pour les couleurs. Vous avez vu ce qu'elle a fait dans son salon ? C'est tout simplement…

– Connaissiez-vous Joyce avant qu'elle emménage ici ?
– Non.
– Et lui arrive-t-il de parler de son passé ?
Mme Kettering se tourne vers Mme Crane qui répond pour elle.
– Pas plus que ça. Elle a grandi à Philadelphie avec ses parents adoptifs, pour autant que je sache. Ses propres parents sont morts quand elle était jeune. Elle a rencontré Frank quand elle travaillait comme secrétaire. Ils se sont mariés et Barbara est née, puis ils se sont installés ici il y a deux ans, quand Frank a eu une promotion. Ils en avaient assez de la pluie.
– Vous avez dû être ravie d'accueillir d'aussi charmants voisins, dit Mick à Mme Kettering.
– Oh, oui. Je me suis sentie plus en sécurité en sachant que des gens dignes de confiance habitaient à côté.
Le niveau de sa voix baisse.
– Maintenant, évidemment…
– À votre place, je ne m'inquiéterais pas trop.
– Il a raison, dit Mme Crane en lançant à Mick un regard appuyé. Je suis sûre que l'inspecteur et ses hommes feront tout ce qu'ils peuvent pour retrouver Joyce.
Mick incline son chapeau et jette un œil autour de lui ; Deena Klintz a disparu. Il repart entre les arbres, saute dans sa Buick et se brûle les mains sur le volant.

De retour au bureau, il retire sa veste et jette son chapeau dans un coin. Sa chemise est trempée sous les bras et une auréole de sueur a fleuri autour de son cou comme un fichu garrot aqueux. Il met ses pieds sur son bureau, juste parce qu'il peut se le permettre, et ferme les yeux pendant quelques minutes, essayant de ne penser à rien.
Joyce Haney. Disparue soudainement. Mais pourquoi le

sang ? A-t-elle lutté contre quelqu'un ? Un cambrioleur ? Ou s'est-elle cogné la tête après avoir glissé ? A-t-elle titubé dans la rue, en plein soleil, sans que personne n'y prête attention ? Et pourquoi a-t-elle envoyé sa fille attendre dehors ?

Il repense au pyjama. Il y a quelque chose qui cloche dans cette scène. Il a raté un indice et ça le turlupine. Il n'arrive pas à mettre le doigt dessus. Ça le désespère assez pour qu'il décroche le téléphone et appelle sa femme.

Fran répond immédiatement.

– Bonjour ! Résidence des Blanke…

Comme elle ne peut pas le voir, il roule des yeux.

– Et pourquoi pas le royaume de Mick ? Ou le Palace prétentieux ?

– Qu'est-ce qui te dérange ?

– Pourquoi tu réponds au téléphone comme si on était les Rockefeller ? grogne-t-il.

– Tu veux que je dise quoi ? Maison de retraite pour inspecteurs en disgrâce ?

C'est blessant. Vraiment. Mais il n'a pas le temps de trouver une réponse que Fran est déjà passée à autre chose.

– Je suis vraiment occupée, chéri. Prissie a ses pom-pom girls samedi et Sandy n'est toujours pas sûre d'arriver à temps à cause des embouteillages de l'après-midi. Mais elle pourrait venir avec Brad. Je prévois un dîner en famille. Qu'en penses-tu, poulet ou agneau ?

– Ça m'est égal. Je…

– Mais qu'est-ce qui te ferait plaisir ?

Mick se pince l'arête du nez.

– Je n'en sais rien. On est seulement mardi.

– Et alors ? Tu dois bien savoir ce que tu veux, non ? Tu adores le poulet.

Il serre son téléphone à en faire grincer le plastique.

– Fran. Arrête de parler de poulet. Je suis au boulot.

– Moi aussi, chéri.

Mick ferme à nouveau les yeux et inspire profondément. Très profondément. C'est dans ces moments-là qu'il regrette de ne plus fumer. Une longue et vicieuse bouffée goudronneuse lui serait bien utile, en l'occurrence.

– Tu ne travailles pas, dit-il.

– Ah bon ? Les tâches ménagères sont un travail, comme leur nom l'indique. À moins que tu croies que je prépare ton dîner pour m'amuser ?

Juste après leur installation à Santa Monica, Fran a découvert le Comité des Femmes pour le Progrès local. Elle s'y est rendue religieusement et sa vie s'est beaucoup améliorée. Celle de Mick, par contre…

– Écoute, reprend-il. Quand Sandy et Priscilla étaient petites, combien de temps ont-elles porté leurs pyjamas de nouveau-né ?

– En général, seulement quelques heures. Jusqu'à ce qu'il y ait un petit accident.

– Fran. Tu sais ce que je veux dire. Quel âge avaient-elles quand ils ont été trop petits pour elles ?

– Environ quelques mois.

– Pas plus ?

– Non. Surtout Sandy. Elle avait de longues jambes. Elle leur faisait des trous aux pieds avec ses ongles.

– Et ces pyjamas, est-ce qu'ils se salissaient ?

– Mick, fait-elle d'une voix indignée. Tu n'étais pas le plus impliqué des pères, mais tu pourrais quand même te souvenir…

– Ce que je veux dire, c'est : est-ce qu'ils se délavaient ?

– Quel genre de tissu ?

– Hein ?

– Dans quel genre de tissu est le pyjama que tu as trouvé ?

Mick sourit. Sa femme est une petite futée.

– Un truc moelleux, dit-il. Non tissé. Comme une serviette, mais sans les bouclettes.

– De la flanelle. Et qu'est-ce que tu voudrais savoir, en fait ?

– Peux-tu dire, en regardant un pyjama, s'il est neuf ou s'il a déjà été porté par plusieurs bébés ?

– La flanelle ne doit pas être lavée à trop haute température, autrement elle rétrécit. Si elle est bien entretenue, on peut tout de même s'attendre à une décoloration.

Aha. Le pyjama était donc neuf. Les petits pieds blancs étaient impeccables.

– À moins que ce soit de la flanelle sanforisée, continue Fran.

– Quoi ?

– Sanforisée. Tu sais bien.

– Non, je ne sais pas.

– Des ingénieurs la passent dans une machine. Ensuite, tu peux la laver à toutes les températures et elle reste parfaitement blanche.

– Super.

– Au fait, poulet ou…

– Plus tard, Fran.

Il raccroche. Retour à la case départ.

Enfin, pas tout à fait. Il y a une autre personne à qui il doit parler sans attendre.

Il prend son carnet et se rend dans la cuisine, où il attrape les deux mugs les moins ébréchés dans lesquels il prépare du café, avec plein de lait et de sucre. Il met juste la bonne dose d'eau et le fait un peu plus fort que d'habitude. Parce qu'il s'apprête à affronter ce qui pourrait être sa mission la plus délicate de la journée. Une conversation avec Ruby Wright.

Chapitre 5

Ruby

Les flics débarquent dans l'après-midi et la changent de cellule. Sur tout le chemin, Ruby tremble. Elle ne peut pas s'en empêcher. Ses tressaillements font s'entrechoquer ses genoux et lui secouent l'estomac. Elle a vomi tout ce qu'il contenait pendant la nuit qu'elle a passée à pleurer, prier et sursauter au moindre bruit.

Sa nouvelle cellule possède une table et trois chaises en lieu et place du lit métallique et des toilettes sans chasse d'eau qui ont été sa seule compagnie pendant de longues heures. Les flics la laissent tomber sur une chaise et lui retirent ses menottes. Et puis ils sortent, et l'un d'entre eux reste devant la porte ; elle peut voir sa casquette à visière et ses cheveux coupés court à travers la fenêtre grillagée.

Un nouveau frissonnement se propage le long de sa colonne vertébrale. Elle lutte contre la panique, essaie de la compresser comme une brique de lait vide. Ça ne sert pas à grand-chose. Beaucoup de femmes comme elles se sont retrouvées dans des cellules semblables et celles qui en sont sorties n'ont plus jamais été les mêmes.

Ruby entend des pas dans le couloir, suivis d'une conversation à voix basse. Elle croise les mains entre ses genoux et prie de tout son cœur, à toute vitesse. Seigneur, délivrez-moi du mal. Seigneur, ramenez-moi ce soir dans ma famille. *Seigneur, laissez-moi quitter cet endroit en vie. S'il vous plaît, Seigneur, s'il vous plaît.*

Un homme fait irruption dans la pièce. Ses vêtements sont un peu vieillots mais il a un regard bleu perçant, le genre de regard qu'elle a appris à craindre. Il pose deux mugs de café sur la table à côté du magnétophone et s'empare d'une chaise.

– Bonjour, mademoiselle Wright, dit-il. Je suis l'inspecteur Mick Blanke, de la police de Santa Monica. J'ai pensé à vous apporter un café.

Il pousse un des mugs à travers la table. Ruby fixe le récipient afin de ne pas avoir à regarder le visage du policier. Il attrape l'autre mug et en avale une gorgée. Puis il allume le magnétophone.

– Ceci est un interrogatoire dans le cadre de l'affaire Joyce Haney. Nous sommes le mardi 25 août 1959 à 17 heures. Sont présents l'inspecteur Michael Blanke et Mlle Ruby Wright, domiciliée sur Trebeck Row, L.A. Maintenant, mademoiselle Wright, pourriez-vous me retracer les événements d'hier après-midi ?

Ruby se tient fermement à sa chaise, comme à un canot de sauvetage. Elle n'arrive pas à parler. Sa gorge est envahie de relents acides. Elle ne peut penser qu'à une chose. Tout mot qui sortira de sa bouche finira sur cet enregistrement ; on le passera devant un tribunal et elle sera enfermée pour le restant de ses jours. Ou pire.

– Mademoiselle Wright, tente à nouveau l'inspecteur. Votre situation est grave. Vous avez été arrêtée sur la scène d'un crime violent. Si vous coopérez, je m'assurerai que vous puissiez sortir d'ici dans moins d'une heure.

C'est ce qu'ils disent toujours, évidemment. *Crache le*

morceau, petite. Fais confiance au gros monsieur blanc, il va tout arranger.

Mais non, elle ne va pas tomber dans ce piège. Pas question. Elle le doit à la mémoire de sa mère.

Son estomac gargouille. L'inspecteur lève la tête.

– Vous avez encore faim ?

Encore ? On lui a glissé un sandwich par la porte, ce matin. Quand elle l'a ouvert, le fromage étalé dessus était moisi et recouvert du brillant caractéristique d'un crachat. Elle n'y a pas touché, mais un des flics lui a ordonné en hurlant de manger. *Mange-le, négresse ingrate.* Alors elle l'a broyé entre ses mains, l'a jeté dans les cabinets et a caché les morceaux trempés avec les deux dernières feuilles de papier toilette.

L'inspecteur soupire.

– Un moment.

Il éteint le magnétophone, quitte la pièce et revient deux minutes plus tard avec une bouteille de Coca et une lunch-box décorée d'une Chevrolet. Il lui tend le Coca encore fermé et décroche un ouvre-bouteille de son porte-clés.

Elle inspecte la bouteille à la recherche d'un signe d'altération, n'en trouve aucun et la débouche. Les bulles font bouillonner son estomac, mais elle boit à grandes gorgées.

Lorsqu'elle a vidé la bouteille, elle croise le regard de l'inspecteur. De la colère bout derrière son front. Cependant, cette colère ne semble pas dirigée contre elle.

– Je ne vais pas rallumer le magnétophone pour le moment, reprend-il. Comme ça, on pourra bavarder un peu avant de reprendre l'enregistrement.

Ruby est calée sur sa chaise, immobile.

– Écoutez, cette arrestation… elle n'aurait pas dû avoir lieu. Je vais essayer de vous faire sortir, mais vous devez m'aider. Vous étiez la première sur les lieux. Vos impressions ont une très grande valeur pour notre enquête. Je sais que nous ne sommes pas partis sur un bon pied mais…

Il hausse les épaules.

Ruby ne bouge toujours pas et attend tandis que l'afflux de sucre clarifie son esprit.

– Vous avez envie d'autre chose ? lui demande l'inspecteur.

Ouais, appelez mon père pour lui dire que je vais bien. Achetez-moi un ticket de bus. Récupérez-moi mon sac à main et mes affaires, espèce de porc. Laissez-moi partir.

L'inspecteur étouffe un nouveau soupir.

– Écoutez, je vous considère comme un témoin. Vous n'êtes pas obligée de parler, mais ça m'aiderait beaucoup si vous le faisiez. Je peux vous appeler un avocat, si ça vous permet de vous sentir mieux.

Des larmes s'accumulent dans les yeux de Ruby. Elle les retient de toutes ses forces. Ça ne servirait à rien de pleurer ici. Devant lui.

Il a l'air inquiet.

– On vous a bien informée que vous aviez droit à un avocat ?

Non, on ne lui a rien dit. Et de toute façon, qu'est-ce que ça aurait changé ? Quand bien même elle aurait eu droit à une tiare de diamants, est-ce qu'on lui aurait donnée ?

L'inspecteur marmonne quelque chose qui ressemble à un juron et se penche en arrière.

– Écoutez, je suis inquiet pour Mme Haney. Ce qui s'est passé n'a aucun sens, pas vrai ?

– Qu'est-ce qui lui est arrivé, alors ?

Elle pourrait se frapper. Elle ne voulait rien dire. Le magnétophone est toujours éteint, pourtant. Ce n'est pas que ça change grand-chose. S'ils veulent l'accuser d'un truc, ils trouveront un moyen.

– Nous n'avons pas trouvé de corps, si c'est ce à quoi vous pensez.

Il jauge sa réaction.

– Nous savons que Mme Haney est allée faire des courses le matin, puis qu'elle est revenue chez elle pour préparer le déjeuner et mettre Lily à la sieste. Après ça, mystère. Jusqu'à ce que vous arriviez.

Ruby sent son ventre se serrer, et ce n'est pas à cause de la faim. Qu'est-il arrivé à Joyce, bon sang ?

– Alors, dites-moi tout, reprend l'inspecteur. Quand vous avez terminé chez Mme Ingram, il était un peu plus tard que d'habitude, c'est ça ?

On dirait qu'il sait déjà tout. Ça facilite les choses. Elle ne dira rien.

L'inspecteur attend un moment.

– J'ai faim, dit-il soudain. Voyons voir.

Il ouvre la boîte à déjeuner qui contient un sandwich, une pomme et une banane. Puis il la pousse au milieu de la table.

Ruby fixe la nourriture. Son estomac, ce vieux traître, émet à nouveau un bruyant gargouillis.

Elle tend lentement la main et saisit une moitié de sandwich. L'inspecteur prend l'autre moitié et mord dedans. Elle attend qu'il ait avalé avant de commencer à manger.

C'est bon. Le pain est imprégné de graisse de bacon, mais la salade est restée croustillante malgré la chaleur. Elle sourit secrètement à la vue des fruits. L'inspecteur ne ressemble pas à un homme qui aime les fruits.

Ils mangent en silence. Quand elle a terminé, il lui propose un fruit et elle choisit la pomme. Elle ne peut pas s'empêcher de penser à la pomme empoisonnée de Blanche Neige, mais on n'est pas dans un conte de fées. Il n'y a pas grand-chose qu'on puisse dissimuler dans une pomme sans la couper, et celle-ci est intacte.

Leur repas terminé, l'inspecteur jette un œil à la porte.

– OK, dit-il, où en étions-nous ?

Elle vérifie le magnétophone. Il est toujours éteint.

– J'ai dû travailler un peu plus tard que d'habitude chez Mme Ingram.

– À quelle heure êtes-vous partie ?

– À 17 h 15 environ. J'ai remonté l'allée des Haney et j'ai vu Barbara au milieu des arbres.

L'inspecteur paraît satisfait. Pour tout dire, une lueur d'excitation s'est mise à scintiller dans ses yeux.

– Pourquoi était-elle dehors ?

– Elle attendait que Mme Kettering passe la chercher. Les voisines s'entraident pour garder les enfants.

– Mais Mme Kettering n'est pas venue. Pourquoi ?

Ruby hausse les épaules. Qui sait pourquoi, bon Dieu ? Elle a probablement appris que Joyce avait raflé le dernier rendez-vous disponible du samedi chez le coiffeur et elle s'est accordé une petite revanche.

– Du coup, vous avez récupéré Barbara ?

– Je l'ai ramenée dans la maison. J'ai entendu Lily pleurer, alors je suis montée dans sa chambre et j'ai vu qu'elle était toute mouillée.

– Et vous n'avez pas cherché Mme Haney ?

Son ventre se contracte. Elle doit faire attention à ce qu'elle dit, maintenant. Il va déformer ses paroles et les lui recracher en pleine face.

– J'étais préoccupée par le bien-être des filles et j'ai voulu appeler Mme Kettering pour qu'elle vienne aider. J'ai senti quelque chose… d'importun quand je suis entrée dans la maison.

Est-ce que ça sonne bien, importun ? C'est un joli mot insignifiant.

L'inspecteur a l'air satisfait.

– Et ensuite vous avez vu le sang ?

– Dans la cuisine.

Elle serre les poings. Ce n'est pas un souvenir agréable.

– Je ne suis pas restée là, à contempler la scène. Je suis ressortie en vitesse et je suis tombée sur Mme Ingram.

– Vous n'avez pas fouillé la maison ?

– J'avais deux gamines avec moi, monsieur. On est restées dehors jusqu'à l'arrivée de la police. J'avais peur qu'il y ait quelqu'un à l'intérieur. Et je ne voulais pas que Barbara... aille tout piétiner. Elle avait déjà mis les mains dedans.

– D'accord, dit l'inspecteur en pelant sa banane. Et c'est tout ?

– Eh bien, répond-elle le plus innocemment possible, vous connaissez la suite.

Il mord dans sa banane. Dans la pièce silencieuse, Ruby peut entendre ses dents s'enfoncer dans la chair jaune et molle.

– Le sergent Hodge m'a dit que Mme Ingram vous avait giflée. C'est vrai ?

– Il l'a en... Il l'a disputée parce qu'elle était dans la maison. Elle s'est mise en colère et...

Ruby détourne le regard et baisse la voix.

– C'était un cauchemar, là-dedans, conclut-elle.

– Je comprends, dit-il lentement. Si vous voulez mon avis, je pense que vous avez eu un comportement raisonnable.

Elle fixe ses yeux bleus, vifs et impatients.

– Autre chose que vous auriez vu ou entendu ? demande-t-il entre deux bouchées. Quelque chose d'anormal ?

– Rien, monsieur.

– Mme Haney... comment est-elle ?

– Toujours joyeuse et gentille.

– C'est une bonne patronne ?

– Ouais.

Et une bonne amie. Mais je ne le dirai jamais. À personne. Surtout pas à vous.

– Et au cours des semaines précédentes, avez-vous remarqué quoi que ce soit d'inhabituel dans son comportement ? Comment était-elle ?

– Normale. Elle parlait au téléphone, elle jouait avec les filles, elle veillait à ce qu'elles soient toujours bien habillées, elle préparait le dîner. Rien d'autre.

– Et M. Haney ?

– Je ne le vois jamais. Il n'aime pas que la bonne soit à la maison quand il rentre du travail. Alors je pars toujours avant qu'il arrive.

– Hmm.

L'inspecteur termine sa banane et plie la peau dans sa lunch-box.

– Je dois admettre que ça me dépasse complètement, reprend-il.

Ruby ne répond pas. Qu'est-elle censée ajouter ?

– Ce que je veux dire, continue l'inspecteur, c'est que nous n'avons pas retrouvé de corps et qu'il n'y avait pas tant de sang que ça. Joyce est peut-être encore en vie. On pourrait avoir affaire à un enlèvement ou à un cambriolage, mais la maison n'a pas été dérangée. Ça pourrait aussi être un cinglé, mais même les cinglés ne sont pas aussi stupides. Qui kidnapperait une femme au foyer en plein jour ?

Faites donc un tour à South Central, pense Ruby, *et vous pourriez vous faire une idée.*

– Quoi qu'il en soit, les filles auraient entendu s'il y avait eu une bagarre. Et les voisins auraient remarqué une voiture bizarre.

Un souvenir remonte à la mémoire de Ruby, rapide et fugace. Une Crestliner, gris métallisé comme une ombre, ses pneus brûlant le bitume. Elle repousse l'image. Inutile d'exciter l'inspecteur avec un détail qui pourrait n'avoir aucune importance.

– Très bien, reprend-il avec un soupir. J'ai besoin d'avoir quelque chose sur l'enregistrement. Pouvez-vous me répéter tout ça ?

Vingt minutes plus tard, Dieu a fait un miracle. Ruby attend à l'arrêt de bus, son sac en bandoulière et deux jetons à la main. C'est arrivé si vite qu'elle a à peine eu le temps de comprendre. L'inspecteur Blankc l'a accompagnée au guichet et a beaucoup crié. Il a attrapé des papiers et les a signés. Puis il a fait signer Ruby sur une feuille attestant qu'elle avait bien récupéré ses affaires. Elle n'a pas eu le temps de vérifier, mais maintenant, alors qu'elle attend le 168 pour Compton, elle fouille son sac et constate que tout est là, même les billets d'un dollar de Mme Ingram.

Le soleil brûle la chaussée dont les dalles réfléchissent la chaleur sur ses jambes. Santa Monica sent l'asphalte et l'essence ; les palmiers se balancent dans la brise. Le ciel est bleu, vaste et ouvert au-dessus d'elle, et elle est libre. Elle commence seulement à réaliser. Elle a réussi. Elle va rentrer à la maison.

Il lui vient à l'esprit qu'elle n'a même pas dit merci. À cet instant, elle entend la voix de sa mère, du plus loin que l'esprit humain peut entendre. *Tu n'as à remercier personne, ma fille. Tu as réussi ça toute seule.*

Le bus tourne au coin de la rue dans un flash argenté. Ruby valide son titre de transport en pleurant. Le chauffeur est blanc, mais il lui adresse un sourire inquiet.

– Tout va bien, jeune fille ?

Elle lui rend son sourire.

– Ça va. Ne vous inquiétez pas, monsieur. Ça roule.

Elle s'assoit à l'arrière et se retourne pour regarder le poste de police disparaître de sa vie. Elle a probablement perdu son travail ; Mme Ingram ne voudra pas qu'elle revienne après cette gifle. Mais ça aurait pu être pire. Bon Dieu, ça aurait pu être tellement pire.

Elle s'agrippe à son sac. À l'intérieur, glissée dans la petite poche où elle met ses clés et son porte-monnaie, il y a une carte de visite écornée. L'inspecteur la lui a collée dans la main juste avant qu'elle quitte le poste.

– Appelez-moi si vous pensez à quoi que ce soit d'autre, lui a-t-il dit.

Elle ne le fera pas. Mais elle va conserver la carte. On ne sait jamais.

Chapitre 6

Mick

Le Seafront View Motel est probablement la plus grosse arnaque de ce côté de Brentwood. Il n'y a pas plus de front de mer qu'il n'y a de vue, sauf si vous considérez que contempler l'Interstate 10 est une expérience visuelle remarquable.

Frank Haney attend dans la chambre numéro 7, qui présente fièrement ses deux lits doubles et une minuscule machine à café sur un plateau posé en équilibre précaire sur la commode. À la surprise de Mick, Nancy Ingram est là aussi, assise dans le seul fauteuil de la pièce, et elle a amené les filles. Haney berce la plus jeune sur ses genoux. La tête appuyée contre sa poitrine, celle-ci est en train de sucer son pouce. L'aînée est assise sur le lit, les jambes relevées et les yeux fixés sur la télévision qui fonctionne sans le son.

Mick cherche un endroit où s'asseoir et finit par s'installer sur le lit d'appoint avec un air gêné. Il sort son carnet de notes et dessine un petit serpent sur une page blanche. Haney se retourne, le visage ravagé par l'inquiétude.

– Des nouvelles de ma femme, inspecteur ?

– Nous faisons tout ce que nous pouvons. Si nous la trouvons, vous en serez le premier informé.

– Il doit y avoir une explication à tout ça. Mon Dieu, si elle est blessée… si elle est…

Il déglutit et enfonce le menton dans les cheveux de sa fille.

Mick jette un coup d'œil à l'aînée, Barbara ; son visage minuscule est blême sous la lueur de la télé.

– Pour l'instant, nous travaillons sur l'hypothèse que votre femme… va bien. Il se peut qu'elle ait été blessée, mais je ne m'inquiéterais pas plus que ça.

– Pas plus que ça ? fait Haney en serrant sa fille sur ses genoux. Alors où est-elle ? J'ai entendu qu'il y avait du sang sur le sol. Qu'est-ce qui lui est arrivé, putain ?

Mme Ingram quitte son fauteuil et, avec un sourire confus, prend Barbara par la main et la conduit dehors. La fillette la suit volontiers, sans regarder personne.

– Désolé, reprend Haney. Je suis juste… c'est terrible. Qui ferait un truc pareil ?

– Qu'en pensez-vous ?

Haney fixe Mick. Ses sourcils relevés par la peur se froncent sous l'effet de la colère.

– À vous de me le dire, inspecteur.

Mick passe en mode vieux copain.

– Commençons par le passé de votre femme. Elle est née à Philadelphie ?

– Le 2 septembre 1930.

– Et ses parents ?

– Oh, alors vous savez déjà.

– Je sais quoi ?

– À propos de l'incendie.

Mick ne sait rien, mais il n'en laisse rien paraître.

– Je voudrais entendre votre version de l'histoire.

– Ses parents sont morts dans un incendie quand elle avait douze ans. Seule Joyce a pu être sortie à temps de l'appartement en feu. Apparemment, sa mère…

Haney détourne le regard et déglutit.
– Elle n'était pas très bien dans sa tête. Joyce n'aime pas en parler. Elle aimait ses parents, mais la situation était... Enfin, je pense qu'elle a eu une vie meilleure avec les Delawney. Ils l'ont accueillie après l'incendie et lui ont donné un nouveau... un meilleur foyer.
– Joyce était proche de ses parents adoptifs ?
– Elle leur était dévouée. Nous rendions visite à Bill et Florence chaque week-end quand nous habitions à Philly.
– Le déménagement a dû être difficile pour elle, alors ?
– Oui, mais elle voulait fuir le mauvais temps et la pollution. Pour les enfants, vous comprenez ? Nous prévoyions d'aller là-bas pour une visite l'année prochaine, quand Lily serait assez grande pour supporter le voyage. Nous...
Il s'interrompt, les yeux brillants de larmes.
– Je n'ai pas encore prévenu les Delawney, murmure-t-il. Je devrais ?
– Peut-être pas aujourd'hui, suggère Mick. Nous vérifions tous les hôpitaux et d'importantes recherches sont en cours.
– Je sais, dit Haney. Toutes ces dames de son Comité.
– C'est ça. La plupart des cas de personnes disparues sont résolus dans les vingt-quatre heures.
– Ça fait *déjà* vingt-quatre heures.
Mick ignore sa remarque.
– Que pouvez-vous me dire d'autre à propos du passé de votre femme ?
– Elle était bonne à l'école, très intelligente. Elle est allée à l'université et a été diplômée avec les honneurs.
– Quel diplôme a-t-elle obtenu ?
– Histoire de l'art. Ensuite elle a travaillé chez Griffin Corps comme secrétaire pour le chef des relations publiques, qui se trouvait être mon patron. Je l'ai invitée à déjeuner et on connaît la suite, comme on dit.

Il adresse à Mick un sourire triste. Sa fille s'étire dans ses bras ; elle a un hoquet, puis elle commence à pleurer doucement.

– Des problèmes dans votre mariage ? demande Mick. Je suis désolé, mais c'est une question que je dois vous poser, au cas où votre femme serait partie… volontairement.

– N'importe quoi.

Haney commence à bercer la petite fille tandis que ses pleurs s'intensifient.

– Nous sommes très heureux. Joyce est une mère dévouée et une épouse remarquable. Bon, il nous arrive de nous taper sur les nerfs, comme tous les couples mariés, mais jamais…

– À quel propos ?

– Oh, allez…

Haney jette un œil à l'alliance de Mick.

– Vous êtes marié, vous aussi. L'argent du ménage, la décoration, l'éducation des enfants… Ce genre de choses. Rien de sérieux. Nous avons les mêmes aspirations, Joyce et moi. Nous nous aimons. Nous… Et puis merde. Assez.

Il se lève et ouvre la porte d'un coup sec. Mme Ingram apparaît immédiatement, comme si elle avait attendu près de la fenêtre. Elle lui prend Lily des bras et commence à roucouler.

– Merci, Nancy, dit Haney en scrutant le crépuscule qui a envahi le parking du motel. Où est passée Barbara ?

– Elle joue.

Mme Ingram lui montre une balançoire branlante, installée près du bâtiment de la réception, sur laquelle la fillette est assise, immobile.

Haney referme la porte et se passe la main sur le visage.

– Je suis désolé, inspecteur Blanke. C'est… Je suis tellement inquiet pour Joyce.

– C'est normal, dit Mick.

Il le croit ; Haney a l'air bouleversé, en colère aussi. Il parle de sa femme au présent et n'a fait aucun faux pas.

Le silence s'éternise et Haney s'impatiente.

– Je ne comprends pas à quoi riment ces questions. Vous devriez être dehors, en train d'attraper ce gangster.

– Vous croyez qu'il s'agit d'un enlèvement ?

– Mon Dieu. Et si elle avait surpris un cambrioleur et qu'il l'avait tuée pour être sûr qu'elle ne coure pas prévenir la police ?

– Nous allons devoir vous demander de vérifier si quelque chose a été volé, et si certains de ses vêtements sont manquants. Bijoux, objets personnels, photographies…

– Comment diable le saurais-je ?

– Vous ne connaissez pas le contenu du placard de votre femme ?

– Vous devriez le voir. Rempli à ras bord.

Haney soupire.

– D'accord. Je jetterai un œil.

– Autre chose. Votre fille aînée a été envoyée dehors, cet après-midi-là. Je me demandais…

– Quoi ?

– Votre femme pourrait avoir eu un visiteur.

– Nom de Dieu, qu'essayez-vous d'insinuer ?

Mick accentue son sourire de bon copain, ça ne mange pas de pain.

– Monsieur Haney, s'il vous plaît. C'est une question que nous devons vous poser. La routine, vous comprenez ?

– Ma foi, s'il lui reste du temps pour traîner avec un homme, c'est une sacrée magicienne. Elle a deux gosses, les tâches ménagères et les courses à faire. Et, avant que vous ne posiez la question, je ne suis pas quelqu'un de volage. Je suis à la maison à 19 heures, qu'il pleuve ou qu'il vente. Je passe tous mes week-ends avec ma famille. À moins qu'elle ait planqué un homme dans le sèche-linge, ma femme n'avait pas le temps pour les amourettes.

– Est-ce qu'elle sortait beaucoup ?

– Seulement pour aller au centre commercial ou conduire les enfants chez le médecin. Oh, et puis il y a le Comité des Femmes pour le Progrès. Vous avez dû en entendre parler.

Il roule des yeux pour signifier la solidarité masculine.

– En effet, dit Mick. Ma femme y va chaque semaine. À celui de Santa Monica.

– Alors vous savez de quoi je parle. Joyce s'y rendait seulement quand elle pouvait faire garder les enfants.

– J'ai cru comprendre que Mme Ingram s'occupait des filles le matin du jour où votre femme a disparu.

– C'est un trésor. Elle nous aide beaucoup.

Mick hoche la tête et fait semblant de prendre des notes. On entend les gémissements de Lily dehors, suivis par les tentatives de consolation désespérément enjouées de Mme Ingram : « Tout va bien, chérie. Ça va aller, Lily. Là, ma puce, tout va bien. »

– Monsieur Haney, continue Mick, prévoyiez-vous d'avoir un autre enfant ?

Et le voilà. Un coup d'œil tranchant, rapide et mauvais, comme un démarrage sur les chapeaux de roues. Il disparaît en moins d'une seconde, mais son écho continue à résonner dans la pièce.

– Pas encore, répond Haney. Mais peut-être quand Lily sera un peu plus âgée. La maison est assez grande et… naturellement, j'aurais aimé avoir un garçon.

Mick hoche à nouveau la tête et cette fois, il note quelque chose pour de bon.

Il n'en obtiendra pas plus de cet homme ce soir. Il essaiera à nouveau dans quelques jours, quand le choc sera passé. Ou, espère-t-il, quand Joyce Haney aura réapparu dans un hôpital ou été sauvée de l'appartement d'un dingue, un ancien petit ami peut-être, ou le vigile d'une pharmacie qui avait sur elle des vues tordues. Joyce Haney, secouée et traumatisée, mais en vie. Elle fera des cauchemars pendant quelques mois, développera peut-être une peur du noir. Mais elle sera de retour pour serrer ses enfants dans ses bras et repasser les pantalons de son mari et acheter tout ce qui figure sur la liste collée sur son réfrigérateur.

Haney interrompt cet enchaînement de pensées :

– Quand pourrai-je rentrer chez moi ?

– Quand on aura terminé. Demain en fin d'après-midi, j'espère.

– Les filles sont bouleversées.

– Oui, je comprends.

– Elles ont besoin de leur maison. Et de leur mère.

Mick hoche la tête et se lève.

– Nous travaillons aussi dur que possible. En attendant, si vous pensez à quelque chose qui pourrait nous aider – une connaissance liée au passé de votre femme, n'importe quoi qu'elle aurait dit ou fait et qui pourrait laisser supposer…

Haney se dresse tout près de lui.

– Mon épouse est une créature charmante, adorable et heureuse, dit-il d'une voix étouffée par la peur. Personne, dans sa vie passée ou présente, ne lui voudrait du mal.

– Évidemment, dit Mick.

Évidemment, c'est le cas, mon petit Franky. Jusqu'à ce que ça ne le soit plus.

De retour dans sa voiture, il consulte ses notes. Il n'a écrit qu'une phrase.

J'aurais aimé avoir un garçon.

La voici, la phrase au passé. Comme si cette option était pour toujours éliminée. Chiffonnée et écrasée, comme un certain pyjama bleu rangé maintenant dans une boîte à indices de la salle d'archives du poste de police de Santa Monica.

Tomber sur Murphy est la seule chose qui peut rendre cette journée plus désagréable qu'elle ne l'est déjà ; et c'est évidemment ce qui arrive, aussi inéluctablement que la défaite des Giants contre les Colts.

– Blanke, quel plaisir de vous trouver là.

Murphy se détache de la machine à café avec un sourire de rapace.

– Hodge m'a parlé de votre, disons, *rapide* inspection de la maison.

– Le recueil des indices a lieu aujourd'hui et demain, non ?

– C'est exact. Et espérons que *eux* feront leur job proprement.

Un silence glacial suit. Mick se demande s'il devrait le briser, juste histoire d'évacuer le courant qui bout dans ses veines. Mais il laisse tomber. Il a eu affaire à suffisamment de truands irlandais pour savoir que, parfois, le silence est bien plus exaspérant que les insultes.

– Bon, grogne Murphy, mettez-moi au jus avant que je rentre chez moi. Qu'est-ce que fichait le mari ?

– Parti à une conférence.

– Aucun voisin n'a rien vu ?

– Non. Nancy Ingram, la voisine la plus proche, était sortie. Les autres, les Kettering, ne peuvent pas vraiment voir la propriété. Trop d'arbres. En plus, les Haney ont dressé une grande palissade blanche tout autour de leur petit havre de paix. J'ai parlé à Mme Kettering. Il semble que les Haney s'étaient isolés.

Murphy croise les bras et gonfle les joues.

– Vous n'auriez pas dû laisser partir cette négresse. C'est notre premier suspect.

– Elle ne parlera jamais à un flic si elle est enfermée dans une cellule.

– Oui, eh bien maintenant, elle est de retour à South Central, ce nid à rats, et ses proches vont sûrement lui remonter les bretelles. Dans le temps, j'avais un cousin qui patrouillait entre Cooper et la Vingt-Deuxième. Un boulot sacrément risqué. Je vous préviens, ils n'aiment pas les flics.

Tu parles d'une surprise, pense Mick en se gardant bien de le dire. Il met son chapeau et se prépare à filer, mais Murphy n'a pas terminé.

– Vous savez, dit-il, quand ils m'ont dit que vous arriviez, j'ai su tout de suite qu'on aurait des ennuis.

– C'est vrai, chef ?

– Le truc, c'est que vos méthodes ne conviennent pas ici. Nous sommes à Santa Monica. Nous sommes des gens civilisés. Personne ne va livrer sa grand-mère pour du cash ou dénoncer quelqu'un contre une remise de peine. Vous n'êtes pas dans votre univers. Je vous donne jusqu'à vendredi. Si Joyce Haney n'a pas reparu, morte ou vive, je vous retire l'affaire. On n'a pas envie que vous foutiez tout en l'air ici comme vous l'avez fait à New York.

Une image traverse l'esprit de Mick comme un flash. Beverly Gallagher, son teint pâle, ses lèvres boudeuses et ses grands yeux bruns. Des yeux dans lesquels un homme pouvait se perdre ; c'était arrivé à nombre d'entre eux, et ça ne s'était jamais bien terminé.

Il balaie ce souvenir et sourit.

– Ne vous inquiétez pas, chef, dit-il gentiment. Il n'y a que deux choses que j'ai l'intention de faire, ce soir. La première, c'est rentrer à la maison. Quant à la seconde, eh bien… ça dépendra des dispositions de ma femme.

Puis il incline son chapeau et sort dans la chaleur du soir.

Chapitre 7

Joyce

Nancy accepte de garder Barbara pour la matinée pendant que je me rends chez le docteur au centre commercial. C'est un vrai trésor. Ce doit être difficile pour elle d'avoir perdu son mari si tôt, avant d'avoir eu des enfants. Elle a eu trente ans l'an dernier et il n'y a aucun nouveau mariage à l'horizon.

Je la salue d'un signe et installe Lily sur la banquette arrière. On n'avance pas sur ces petites routes qui sont toujours bouchées. Mais une fois sur l'autoroute, on s'envole. Sunnylakes s'éloigne et disparaît. Il n'y a plus que nous, le ciel bleu et le pont de l'autoroute toujours en construction, tel un bras géant tendu inutilement. Je ne serai plus là quand il atteindra l'autre côté. La joie explose en moi comme un feu d'artifice. Je vais filer au-delà de ce pont et fondre sur l'horizon bleu, émerveillée.

Jimmy et moi avions l'habitude de nous garer sous un pont comme celui-ci, à moitié terminé, quand ils construisaient le Walt Whitman Bridge. Juste pour rire, je décide d'en parler à Lily.

– Mon lapin, dis-je, sais-tu que la première fois que Maman a conduit une voiture, c'était avec Jimmy ? Je pensais que je n'y arriverais jamais, mais il m'a expliqué qu'il suffisait d'appuyer sur la pédale et de maintenir le volant dans la bonne direction. Je riais tellement que j'avais mal à l'estomac.

Je presse les mains contre mon ventre. Il me fait mal. Encore.

Jimmy. Tout se trouble et enfle dans ma mémoire. Tous les hauts et les bas. Les sommets, les abîmes, les flux et les reflux. Lily sourit et je glousse comme une gamine. Frank déteste quand je joue les poètes. Pourtant, Genevieve Crane prétend qu'en chaque femme il y a une poétesse. « Vous ne pouvez pas vous empêcher de devenir une poétesse, dit-elle. Il y a tellement de choses que les femmes ne peuvent exprimer clairement. »

Mon humeur est encore en train de se dérégler. Dans ces cas-là, j'ai tendance à prendre des risques. Le docteur dit que je dois apprendre à me poser. J'attrape un Miltown dans mon sac à main et je l'avale. Lily arrête de sourire.

L'exubérance quitte mon cerveau comme de l'eau de vaisselle, n'y laissant qu'un métal bien propre, parfaitement immaculé. La lumière du soleil baisse et ma peau se transforme en pierre. Plus rien ne peut entrer en moi, maintenant. Et ce qui est à l'intérieur ne peut plus s'échapper.

Les gens nous regardent entrer dans le centre commercial. Je porte ma robe jaune et Lily sa petite robe salopette et ses barrettes rouge cerise. Elle est absolument adorable. Même le docteur le dit. Genevieve Crane avait raison, il est tellement compréhensif. Il renvoie l'infirmière pour me recevoir en privé et me donne ce dont j'ai besoin.

Après ça, je me cramponne à ces petits paquets alors que je déambule avec Lily dans le centre commercial. Je ne devrais pas aller chez Reubens, mais je ne peux m'empêcher de jeter un œil à sa vitrine. Elle m'attire comme un aimant.

Malheureusement, Mme Reubens est en train d'approvisionner les étagères de sa devanture. Je passe juste devant lui et entre dans le magasin suivant. Une jeune femme se précipite pour m'aider. Je me sens embarrassée et assaillie par les souvenirs, et je me retrouve à acheter un pyjama bleu. La vendeuse me l'emballe et jette un œil à ma taille, bien régulière et fine grâce à l'Appetrol et à la discipline. Mon ventre répond à son regard par une contraction, mais aucune émotion ne suit. Rien du tout.

Nous sortons et repassons devant chez Reubens. Lily et moi regardons la vitrine avec désinvolture. Je suis contente de n'avoir pas emmené Barbara. Elle est comme son père : toujours en demande, jamais satisfaite. Elle tirerait sur ma jupe, attraperait tout ce qui lui ferait envie et se mettrait en colère si elle ne l'obtenait pas.

Lily, elle, est encore malléable. Elle hésite entre le bébé et la petite fille, entre sa mère et son père, entre l'étonnement et l'espoir. Elle regarde tout, mais seulement parce que tout lui semble merveilleux. J'ai envie de la récompenser pour ce miracle. Il faut qu'elle sache qu'elle ne devrait jamais cesser de s'étonner.

Alors j'entre.

Quand ai-je cessé de m'émerveiller ? À quel moment ai-je cessé de peindre ? Pourquoi devrais-je me l'interdire ?

Ces questions tournent dans mon esprit tandis que je choisis des crayons de couleur, et soudain la réponse se trouve dans ma main. Les aquarelles. Jaune citron, bleu cadmium, rouge des teinturiers. Un arc-en-ciel qui tient dans la poche. Plus de plaisir qu'une boîte de pilules ne pourrait jamais en donner.

Je ne devrais pas peindre. Frank n'aime pas ça, bien que Genevieve Crane dise que j'ai un talent incroyable. C'est un mauvais exemple pour les enfants, une mère qui se fait plaisir, quand il y a des repas à prévoir, des tapis à aspirer et des bouquets de fleurs à arranger.

Pendant que je paie et passe le lourd sac sur mon épaule, Lily tire sur ma jupe. Elle commence à pleurer mais je ne peux pas la porter aussi. Je la traîne jusqu'à la voiture en marchant si vite que ses petites jambes peinent à suivre.

Chapitre 8

Ruby

Sous les draps le monde paraît chaud et paisible. La peau de Joseph sent la cannelle, le savon et quelque chose qu'il est impossible de nommer. Quelque chose qui n'appartient qu'à lui.

Ruby déplace un tout petit peu sa tête. Elle aime quand sa joue frotte la clavicule de Joseph ; elle adore la façon dont il réagit, à moitié endormi, en resserrant son étreinte. Puis ses bras se détendent à nouveau et il repart à la dérive. Sa poitrine se lève et s'abaisse, emportant son corps à elle dans un va-et-vient continu.

Le soleil brille à travers les rideaux coupés dans un vieux drap et punaisés au cadre de la fenêtre. La pièce est étouffante de sommeil. Elle ne veut pas que cet instant prenne fin. Mimi va commencer à râler et Pa à brailler pour avoir son petit déjeuner. Elle fait glisser sa main le long du bras de Joseph. Ils ont si peu l'occasion d'être seuls, tous les deux.

Quelqu'un se met à crier dans la rue. On entend du verre qui éclate et un hurlement. Joseph se précipite hors du lit, écarte les rideaux et lance :

– Tirez-vous de ce quartier, putain !

Ruby s'enveloppe dans le drap et le rejoint devant la fenêtre. Trop tard. Elle ne voit que trois silhouettes qui courent et tournent au coin. De l'autre côté de la ruelle, une vitre de la vieille Ford que M. Roan gare toujours devant sa maison est fracassée.

Stupides voleurs – y a rien à prendre là-dedans, c'est sûr. Mais peut-être que ce n'étaient pas des voleurs. Peut-être qu'ils voulaient juste casser quelque chose.

– C'est… C'est…

Joseph cherche ses mots tandis qu'il passe ses sous-vêtements.

– Je déteste voir ça. Des gars réduits à voler. À voler un frère. Et tout ça pour quoi ?

– Il n'y avait rien à voler, dit Ruby. C'est juste la Ford de M. Roan.

– Détruire et voler, au lieu de travailler et de se respecter eux-mêmes. Ça me rend malade.

– Ils n'ont rien pris. Je ne crois pas.

– … enchaînés à une existence de crime et de pauvreté, qui engendre d'autres crimes. Enchaînés, Ruby, c'est le mot qui convient.

– Ouais, ils feraient mieux de trouver un travail.

Joseph tourne sur lui-même.

– Il n'y a pas de travail. C'est ça le problème. Ils n'embauchent pas les Noirs. Y a pas de travail pour nous.

– Moi, j'ai un travail. Et toi aussi. Le vieux Tobby n'engage que des Noirs.

Joseph glousse.

– Ouais, parce qu'on n'est pas chers et que le vieux Tobby est un connard de première.

– Il est plutôt gentil. Il a conduit Maman à l'hôpital dans sa dépanneuse. Tu te souviens ?

– Et il vous a pris trois dollars.

La voix de Joseph s'assourdit un instant tandis qu'il disparaît sous sa chemise.

– … C'est pour ça qu'on doit continuer le combat. Ils disent que l'esclavage est terminé et que la ségrégation est en train de disparaître. Mais tu as eu une ambulance pour ta mère ? Tu vois des écoles mixtes ? Tu vois des Noirs avec des cravates et des carrières, qui vont au bureau tous les jours ? Hein ? Tu vois tout ça ?

Il a raison. On ne voit pas tout ça.

– Et maintenant un vol. Devant notre propre maison.

Le cœur de Ruby s'échauffe. Il a dit *notre* maison. Comme si c'était là qu'il habitait, dorénavant.

Il interprète mal son expression.

– Pourquoi tu souris ? Tu trouves ça drôle ?

– Je ne trouve pas ça drôle. La détresse de l'homme noir…

– La détresse des Noirs engendre la prospérité des Blancs, continue Joseph.

Une fois lancé, il peut continuer longtemps.

– La terreur d'être noir…

Il marque une pause et semble se souvenir de ce qui s'est passé la veille. Il prend Ruby dans ses bras et la serre contre sa poitrine.

– Bon, tu sais de quoi je parle.

Ruby ferme les yeux. *C'est mieux. Tais-toi un peu. Touche-moi. Sens comme je suis vivante.*

– Rubyyyy !

La voix de Mimi pourrait sculpter de la brique.

– Ruby, laisse-moi entrer !

– Quoi ? crie Ruby dans la poitrine de Joseph. On dort.

– Vous dormez pas. Vous parlez.

Joseph roule des yeux. Ruby dépose un baiser désolé sur ses lèvres.

– Ma frangine veut s'habiller, dit-elle en attrapant des sous-vêtements propres et une serviette. Sors de là et laisse-lui la place.

Dans la cuisine, Pa a commencé son petit déjeuner. Des œufs au plat grésillent sur la gazinière et le café fait des bulles dans la bouilloire. Ruby salue d'un geste et se glisse dans la douche, éjecte deux cafards d'un coup de serviette et bouche la bonde avec des mouchoirs. Pas envie que d'autres bestioles reluquent son intimité pendant qu'elle essaie de se laver. Le crépitement des gouttelettes sur son bonnet de douche soulage ses nerfs. La ritournelle du quotidien.

Ensuite, elle s'installe dans la cuisine et saisit le *L.A. Times* de la veille, comme toujours ouvert sur les pages sportives. Dizzy joue une mélodie à la radio et Pa est en train de servir le café. Elle commence à lire et les mots de Mme Cannon, son ancienne professeure, remontent à sa mémoire. *Tu dois lire. Plus tu lis, plus tu sais de choses.* Elle a pris l'habitude de parcourir le reste du journal pendant que son père lit les pages sport, et elle commence à comprendre pas mal de choses.

Mais alors qu'elle a lu la moitié d'une interview du nouveau sénateur d'Hawaï, Joseph entre et commence à parler avec Pa.

Ruby pose son journal et observe ses hommes. Pa est courtois ; il s'est résigné au fait que sa petite fille était devenue une femme. Et Joseph et lui ont toujours beaucoup de choses à se dire.

– Les droits civiques n'apportent rien s'ils ne sont que des mots sur du papier, proclame Joseph. On a besoin d'une révolution dans ce pays, d'un vrai changement.

– Mais comment vous comptez y arriver sans affrontement ? demande Pa. Et crois-moi, vous n'avez pas envie de ce genre d'affrontement. J'en ai vu, autrefois. Ils débarquent en deux minutes et font cracher leurs armes. Ils tirent sur tout ce qui bouge. Je l'ai vu de mes yeux, gamin. C'est pas la solution. Alors, à quoi ils pensent dans ton comité ?

– À des marches pacifiques. Comme cet Indien – c'est quoi son nom ?

– Mahatma Gandhi, intervient Ruby.

– C'est ça. Marcher pour nos droits. Arrêter de travailler. Se mettre en grève. Leur montrer ce que nous valons.

– Tu viens de dire que personne ne travaille, de toute façon, dit Ruby.

– C'est comme ça qu'il faut faire, continue Joseph en ignorant sa remarque. Le Comité pour la Promotion de l'Homme Noir se réunit encore ce soir. C'est Leroy qui préside. On va faire entendre nos voix.

Ruby lève les yeux.

– Je peux venir ?

– Tu ne dois pas travailler pour ces gens de Sunnylakes ?

Elle secoue la tête. Pas après ce qui est arrivé lundi soir. Mme Ingram a laissé un message pour elle à Mme Estrada disant qu'elle était renvoyée. Alors autant qu'elle occupe sa soirée.

– J'aimerais entendre ce qu'ils disent.

Joseph lui adresse un sourire incertain.

– C'est le Comité pour la Promotion de l'*Homme* Noir, Ruby. Pour faire progresser la vie d'hommes comme moi et ton père. Tu devrais rester à la maison, être avec ta famille.

Ma vie a besoin de progrès, elle aussi, voudrait dire Ruby. Mais ça lui semble trop mièvre, alors elle choisit une autre voie :

– La sœur de Leroy y va, pas vrai ?

Joseph regarde juste au-dessus d'elle.

– Pas vraiment. Pas souvent. Pourquoi ? Tu es jalouse ?

Jalouse d'une fille aussi sûre d'elle et chic que Tamona ? Dieu sait comment, cette fille a pas mal d'argent pour quelqu'un qui ne travaille pas. L'autre jour, Ruby l'a vue à l'institut de beauté, avec ses cheveux tout frisottés autour de la tête comme un halo. Effet naturel. Ridicule.

Elle voudrait riposter, mais Joseph s'est déjà retourné vers Pa.

– Vous viendrez ?

– Je suis trop vieux pour ça, gamin, répond Pa avec un faible sourire. J'ai tout vu, le meilleur comme le pire. On s'est installés ici pour échapper aux lynchages, mais notre sort ne s'est pas amélioré. Maintenant, c'est la fin de la ségrégation et ça n'est pas mieux. Les Noirs et les Blancs vivent toujours séparés. Nos maisons sont séparées, nos emplois sont séparés, nos vies sont séparées. Et ce sera toujours comme ça.

Sans savoir pourquoi, Ruby pense à Joyce. Mme Haney la ferait asseoir à la table de la cuisine et lui poserait des questions. *Tu devrais trouver des livres sur l'enseignement, prendre de l'avance pour l'université. Tu en es capable, Ruby, tu verras. Ne laisse jamais la vie te freiner.* Joyce ne s'est jamais moquée de ses aspirations.

– Tu sais, commence-t-elle, Mme Haney, elle...

– C'est exactement ce dont je parle, la coupe Joseph en remuant la tête. Tu as vu ça ?

Il lui arrache le journal des mains et le tourne sur la première page. Le visage de Joyce occupe la une avec ce commentaire : *Une femme au foyer disparaît en plein jour.*

Ruby veut attraper le journal mais Joseph le retient.

– Écoute.

Il lit à haute voix :

– Dix-sept policiers ont fouillé le lac et ses abords, tandis qu'une douzaine d'autres effectuaient des recherches maison par maison. Les voisins ont passé la zone au peigne fin, sans trouver trace de la femme disparue. « Nous faisons tout notre possible, affirme Michael Blanke, l'inspecteur en charge de l'enquête. Nous espérons toujours ramener Joyce à la maison, auprès de ses enfants et de son mari, en vie et en bonne santé. »

– Et alors ? dit Ruby.

– Ils ne feraient jamais autant de bruit pour une femme noire disparue. Tu crois que si Mme Estrada, au-dessus, disparaissait, ils enverraient trente flics pour la chercher ? Ils n'enverraient personne, et tu le sais.

– Ce n'est pas la faute de Mme Haney.

– Et qu'est-ce qui t'est arrivé, hier ? insiste Joseph en secouant la tête. Je te le répète, reste à l'écart des Blancs. Elles peuvent avoir l'air gentilles, tes petites femmes au foyer guindées, mais pour elles, tu n'es jamais qu'un service qu'on paie pas cher.

La colère afflue dans la poitrine de Ruby, virulente et brûlante. Elle se lève d'un bond et renverse son café sur la table.

– L'argent, c'est l'argent ! crie-t-elle. Je fais de mon mieux. Je t'interdis de dire que je suis pas chère.

– Mais ce qu'ils te paient, c'est des cacahuètes, pour eux. La société dans laquelle nous vivons te met…

– J'ai dit. Je. T'interdis.

Elle reprend sa respiration, le cœur battant à tout rompre, et conclut :

– De dire ça.

Elle ouvre violemment la porte de la cuisine et se souvient soudain qu'il ne faut pas la claquer car elle a tendance à sortir de ses gonds, ce qui rend sa sortie un peu moins théâtrale. Puis elle percute Mimi qui l'attend dans le couloir, les mains sur les hanches.

– Un appel pour toi, lui dit sa sœur.

Ruby s'arrête net. Mme Estrada bloque l'entrée. Elle porte une longue blouse matelassée avec des fleurs aux couleurs délavées et un nœud jaune autour du cou. Elle ressemble à un énorme cadeau d'anniversaire, mais son expression présage un enterrement plutôt qu'une fête.

– C'est toujours chez moi que ça sonne, se plaint-elle. Et j'dois toujours descendre pour te prévenir. Ou ta sœur. Ou ton père. Ça tombe toujours sur moi. Mon téléphone n'est pas…

– D'accord, madame Estrada.

Ruby attrape une pièce dans la poche de la veste de son père et se faufile entre Mme Estrada et la porte pour passer dans le couloir. Elle ne réalise qu'à mi-étage qu'elle est toujours enveloppée dans sa serviette. Mme Estrada, évidemment, le remarque aussi.

– Il est 10 heures du mat', gamine, et t'es même pas habillée. Et qui c'est qui parle avec ton père ? T'as un homme qui vit ici ? Si ta mère savait. Elle est pas morte depuis un an et tu renonces déjà à…

– Non, madame Estrada. Il n'y a pas d'homme. Je sors juste de ma douche.

C'est seulement un demi-mensonge.

Mme Estrada règne sur le seul téléphone de l'immeuble et gagne une bonne partie de son argent grâce aux appels pour les autres. Son téléphone est installé sur une table dans une petite alcôve. Pour l'heure, il est décroché et le combiné attend près du bol mexicain où l'on est censé mettre sa pièce.

Ruby saisit l'appareil.

– Allô ? C'est Ruby Wright…

– Bonjour, c'est Frank Haney.

Le cœur de Ruby fait un bond. Qu'est-ce qu'il peut bien vouloir ? Il n'a aucune raison de l'appeler. Les flics l'ont laissée partir.

– J'ai trouvé votre numéro dans le carnet d'adresses de Joyce, dit-il. Quand venez-vous, d'habitude ?

– Le lundi, le mercredi et le vendredi, répond Ruby d'une voix mal assurée. À 17 heures.

M. Haney semble ennuyé.

– Oh. Venez plus tôt aujourd'hui. La police a terminé avec la maison et…

Il fait un bruit comme un couinement de chiot.

– C'est vraiment le bazar. La cuisine… Je ne veux pas que les enfants voient ça. Je vous paierai les heures supplémentaires.

Ruby inspire.

– Combien ?

– Deux dollars de l'heure. Ça devrait suffire, je pense.

Ruby en a le souffle coupé. Deux dollars. C'est… C'est comme… Mme Ingram la paie seulement soixante cents.

– Vous êtes toujours là ? demande M. Haney. Écoutez, je comprends votre réticence. Aujourd'hui, je vous donnerai un bonus de dix dollars. C'est un travail… déplaisant.

Ruby enfouit ses mains dans le nœud de sa serviette au niveau de sa poitrine. L'université vient de se rapprocher un petit peu.

– Oui, monsieur Haney, ça ira. Je saute dans le bus immédiatement.

– Faites vite.

Il raccroche sans dire au revoir.

Mme Estrada pose sur Ruby un regard de pure curiosité enduit d'une couche de mépris.

– C'était qui ?

– Un homme, répond Ruby qui a soudain envie d'être impertinente. Il a besoin de moi.

– Et tu vas le voir ? Honte à toi, jeune fille. Qu'est-ce que ta mère…

– Ne vous inquiétez pas, madame Estrada.

Devant la porte, elle se retourne et se déhanche outrageusement.

– Il me paie. À l'heure, vous voyez ?

De retour dans sa chambre, elle se heurte à un problème. Son uniforme est toujours en train de tremper dans une cuvette d'eau savonneuse. Et elle n'en a qu'un. Comme elle n'a pas envie de se retrouver seule en jupe avec M. Haney, elle se décide pour un chemisier qui la fait ressembler à une grenouille de bénitier et pour un pantalon foncé. Des chaussures plates complètent sa tenue, mais elle ne peut résister à l'envie d'y ajouter sa pince à cheveux en plastique en forme de papillon. Deux dollars de l'heure et dix dollars de prime, aujourd'hui. D'ici samedi, elle aura fait la moitié du chemin jusqu'à l'université.

Elle sort de la chambre et Joseph hausse les sourcils en la voyant.

– Où est-ce que tu vas ?

– Travailler, dit-elle en faisant de son mieux pour avoir l'air nonchalant. Je peux prendre le journal, pour le bus ?

– Travailler où ? Cette femme de Sunnylakes a dit qu'elle ne voulait plus de toi.

Elle fourre la une du *L.A. Times* dans son sac à main.

– J'ai un autre job. Ou plutôt, on m'a rajouté des heures.

– Chez les Haney ?

– Ouais.

– Attends un peu…

En deux enjambées, il est à côté d'elle et lui empoigne le bras.

– Tu es folle de retourner là-bas ? Tu t'en es à peine sortie, la dernière fois.

– À peine sortie de quoi ? Je n'ai rien fait.

– Ouais, mais ils s'en fichent.

– Il faut que tu me laisses partir, dit-elle avec insistance. J'ai du travail.

– Tu es cinglée, Ruby.

– Je ne suis pas cinglée. J'ai besoin d'argent. Il paie mieux que personne.

– Je te jure, si tu vas…

– Alors quoi ? J'ai des projets, moi aussi, Joseph.

Elle se redresse pour lui faire face.

– Il faut que je gagne de l'argent. Je dois payer ma formation d'enseignante. L'université commence à l'automne. J'ai besoin de cinq cents dollars. Tu les vois tomber d'un arbre ?

– Alors fais de la couture. Ou du travail à la pièce. Un truc que tu puisses faire à la maison.

– Non.

Quelque chose fait pression dans sa poitrine. Elle ne saurait dire quoi précisément, mais il faut qu'elle prenne ce bus, maintenant, et que Joseph retire sa main de son bras.

– Joseph, dit-elle. Tu restes en dehors de mes affaires. Je veux travailler. C'est un vrai travail. Tu dis que nous autres, on est toujours enchaînés. Alors ne commence pas à m'enchaîner, toi aussi.

Et, ça, bien sûr, ça le fait taire.

Chapitre 9

Ruby

Alors qu'elle attend l'arrivée du bus, Ruby regrette ses paroles. Joseph ne désire que son bien. Bon Dieu, certains hommes envoient leurs copines chez les Blancs et récupèrent tout l'argent qu'elles ramènent à la maison. Certains les prostituent sur les parkings ou dans les ruelles qui longent Harbor Freeway. Et d'autres rient de la façon dont les patrons blancs pelotent leurs sœurs et se moquent des hématomes que leur infligent leurs femmes quand ces pelotages sont allés trop loin. Joseph ne ferait jamais ça. Il prend soin d'elle.

Pour se changer les idées, elle sort son journal et commence à lire. La police n'a aucune piste concernant la disparition de Joyce. Toute personne l'ayant aperçue est priée de contacter le poste de Santa Monica, qui paiera une belle récompense pour toute information pouvant contribuer à résoudre l'affaire.

Heureusement, l'article ne mentionne pas son arrestation et Ruby se demande si elle doit remercier l'inspecteur Blanke pour ça. À moins que les flics aient simplement refusé d'admettre qu'ils n'avaient arrêté une Noire que pour la libérer ensuite.

Sur Roseview Drive, pas un souffle de vent entre les arbres ; l'air est blanc de condensation. La voiture de Joyce est toujours garée devant le 47, et la Chrysler noire de M. Haney stationne dans le garage. Ruby entend un cri d'enfant et jette un œil en direction de chez Mme Ingram. Rien ne bouge derrière les rideaux ou dans la cour, mais les pleurs d'enfant sont aisément reconnaissables. C'est Lily qui appelle sa mère.

Le cœur lourd, soudain, elle remonte l'allée et frappe à la porte. M. Haney lui ouvre. Ses cheveux sont ébouriffés et il cligne des yeux nerveusement. Il regarde derrière elle et la fait vite entrer, les lèvres pincées, comme s'il avait peur que les voisins puissent les voir.

– Plus tôt vous aurez terminé, mieux ce sera, la prévient-il. Nancy s'occupe des enfants, mais ça fait un moment et je ne veux pas les lui imposer plus longtemps.

Il fait un geste en direction de la porte de la cuisine, restée fermée.

– Là-dedans. N'ouvrez aucun tiroir et n'entrez pas dans la chambre. Dites-moi quand vous aurez terminé. Je serai en train d'arroser la pelouse.

Il triture maladroitement ses boutons de manchette, deux petits disques noirs cernés d'une ligne blanche, comme les pneus de sa voiture. Une fois qu'il a roulé ses manches, il passe dans le salon, saisit le téléphone sur la tablette près du canapé et le pose par terre, le plus près possible de la porte du jardin.

Lorsque Ruby entre dans la cuisine, ses mains sont moites. Ce qu'elle y voit n'est pas aussi repoussant que ça l'était. Le sang s'est assombri, et il paraît désormais plus sale que terrifiant. Mais tout de même… Joyce détesterait ça ; elle aimait que sa cuisine soit d'une propreté éclatante.

Bien. C'est le moment de régler ça pour son retour.

Elle noue un vieux torchon autour de sa taille en guise de tablier. Il y en a cinq dans le placard, tous bien amidonnés, avec leurs jolis motifs à pois. Joyce lui en aurait proposé un mais, curieusement, Ruby a l'impression que M. Haney serait furieux si elle se servait elle-même.

Le sang est durci et poisseux. Deux jours de chaleur estivale l'ont collé au carrelage tel du vernis à ongles. Il faut l'imbiber d'eau et beaucoup frotter. Ruby en a sur les doigts. Il y a des gants sur l'évier mais eux non plus ne sont probablement pas pour elle. À chaque fois qu'elle essore son chiffon, l'eau du seau devient plus rouge. Une odeur de King Pine[1] et d'autre chose, quelque chose de vivant et fétide, emplit l'air. Elle s'essuie les mains sur le torchon, y laissant une trace rose, et ouvre la porte de service.

Dehors, l'air frémit sous la chaleur. Le pot de géraniums qui trône sur la terrasse n'a pas l'air au mieux de sa forme. Les fleurs pendent sur leurs tiges. Quelques pétales ont déjà viré au brun.

Ruby sent son cœur se serrer. Ces fleurs sont la fierté et la joie de Joyce. Elle les arrose et les taille tous les jours. Plus d'une fois elle a dit à Ruby à quel point elle les aimait, et combien elles avaient besoin qu'on prenne soin d'elles. Ce serait terrible qu'elle les trouve mortes en rentrant.

Ruby vide le liquide rougi dans l'évier, remplit son seau et arrose doucement les fleurs. L'eau scintille comme un voile de mariée. Une vague chaude déferle à travers le corps de Ruby, et pendant un instant, elle sent une présence bienveillante et reconnaissante.

Que se passe-t-il ? Elle pose le récipient et regarde autour d'elle. Elle est seule, évidemment. Et pourtant, c'est là, *elle* est là. Sa mère croyait aux esprits et en cet instant, Ruby y

1. Détergent.

croit aussi. C'est Joyce qui la regarde. Et elle la remercie d'avoir arrosé ses fleurs.

Une brise se lève et la sensation s'évanouit. Ruby tressaille. Elle se sent nerveuse, maintenant.

De retour dans la cuisine, elle commence à nettoyer les placards, qui ont reçu pas mal d'éclaboussures. Il y a des feuilles d'essuie-tout collées dessus. Et d'autres sur le plan de travail, à côté d'une bouteille de bière brune. De la Blue Ribbon.

Plus elle la regarde, plus celle-ci lui semble étrange, posée ainsi, bien en vue dans la lumière du soleil, vide et sans bouchon. Des traces de poussière apparaissent sur le goulot et en dessous. L'étiquette semble avoir été triturée nerveusement.

Joyce ne boit pas de bière. M. Haney probablement, mais Ruby n'en a jamais vu dans la maison, sauf après un barbecue. Et s'il avait bu celle-ci durant l'une des nuits précédant la disparition de sa femme, Joyce aurait jeté la bouteille.

Ruby tend lentement la main et la saisit. La poudre qui la recouvre révèle de légères taches. La bouteille a été soumise à une recherche d'empreintes par la police.

Son cou la picote et pendant un instant elle sent la nausée envahir son estomac. Il s'agit d'une scène de crime. Joyce a disparu. Puisse le Seigneur la garder en vie.

Elle observe un instant les empreintes de doigts, jusqu'à ce qu'un mouvement attire son attention derrière la fenêtre. C'est M. Haney avec son tuyau d'arrosage. Une petite voix dans son esprit la prévient qu'il vaudrait mieux qu'il ne la voie pas s'attarder sur des choses qui ne la concernent pas.

Elle s'empare de la poubelle et y jette la bouteille qui disparaît avec un bruit sourd. Puis elle se remet à quatre pattes et recommence à frotter le sang, qui ruisselle sur le carrelage de la cuisine et forme une flaque autour de ses genoux.

Dehors, M. Haney coupe l'eau et entame une conversation avec Nancy Ingram, qui vient d'arriver. Elle est clairement remontée. Leurs voix sont de plus en plus fortes. Ruby arrête d'essuyer et écoute.

– Toute la journée, dit Mme Ingram. Et la nuit dernière aussi. Lily… Je ne sais pas ce qui cloche avec cette enfant. Elle ne se calme jamais.

– La maison n'est pas prête, répond fermement M. Haney.

On dirait qu'il a envie de crier.

– Pas maintenant, Nancy. Pas encore.

Lily commence à pleurer et M. Haney fait des petits bruits pour l'apaiser.

– Si, maintenant, dit Mme Ingram. Je dois aller travailler, Frank. Je ne peux pas continuer comme ça.

– Comment tu crois que je me sens ?

Cela semble apaiser Mme Ingram et le niveau des voix baisse. Ruby nettoie le même endroit encore et encore, mais il n'y a plus rien à entendre.

Un mouvement attire son attention. Elle se retourne et manque perdre l'équilibre. La porte de la cuisine s'ouvre lentement et un petit visage apparaît dans l'entrebâillement.

C'est Barbara. Ses yeux sont rouges et fatigués, ses cheveux dressés comme les poils d'un balai. Le lacet de sa chaussure gauche est défait et sa robe est toute froissée, comme si elle avait dormi avec.

– Whoobie, murmure-t-elle.

Ruby jette son chiffon dans l'eau rosie et lui ouvre les bras. Barbara se précipite vers elle en trébuchant. Ruby lui tapote le dos, lui caresse les cheveux et lui susurre de petits mots apaisants. La fillette ne fait pas un bruit. Elle est tellement amorphe que Ruby finit par l'écarter à bout de bras pour la regarder dans les yeux.

– Ça va, Barbie chérie ?

La fillette évite son regard. Ses yeux vagabondent sur le sol de la cuisine et remontent vers la fenêtre.

– Est-ce que Maman est revenue ?

– Non, pas encore. Tu dois être patiente.

– Je veux t'aider à nettoyer, dit Barbara.

Ses lèvres se mettent à trembler.

– Je voulais être sage. J'ai promis d'être sage.

– Mais tu es très sage, ma chérie.

Trop tard. De grosses larmes cristallines se forment sous les paupières de la petite et roulent sur ses joues.

– Je voulais nettoyer, gémit-elle. Je voulais aider. Ils ont tout sali. Je voulais que tout soit joli pour Maman.

– Mais tu vois ? J'ai déjà nettoyé, répond Ruby.

Cependant, après avoir rapidement réfléchi, elle ouvre une boîte de Cocoa Puffs et renverse quelques céréales sur le sol, sans que Barbara la voie. Puis elle saisit un chiffon propre, le rince sous le robinet et le lui tend.

– Regarde, là. J'ai oublié ça. Tu peux le nettoyer.

Un petit sourire émerge sous les larmes de Barbara. Ruby va chercher le tablier pour enfant accroché dans le placard et le lui attache à la taille. La fillette se met au travail, silencieuse et appliquée, comme si elle aussi avait un patron qui allait passer un doigt ganté sur les surfaces pour vérifier.

Lorsqu'elles ont terminé, Ruby donne à Barbara un verre d'eau qu'elle avale avec enthousiasme. Du liquide coule sur sa robe, qui de toute façon a besoin d'être changée. Alors Ruby la prend par la main et l'emmène vers sa chambre, à l'étage.

C'est alors que Mme Ingram sort du salon en serrant ses lèvres rouge feu. Elle s'arrête net en voyant Ruby.

– Frank ! crie-t-elle. Viens voir.

M. Haney apparaît dans le couloir, Lily sur le bras. De la sueur coule sur ses tempes.

– Qu'est-ce que vous fabriquez ? demande-t-il en fronçant les sourcils. Je ne vous paie pas pour vous amuser.

– J'allais juste mettre une robe propre à Barbara.

Mme Ingram fait claquer sa langue.

– *Elle* travaille encore ici ? Tu es fou ?

– Il fallait bien que quelqu'un nettoie la... la cuisine.

– Mon Dieu, Frank. Arrête de parler de ça. Je ne supporte pas.

Mme Ingram laisse échapper un petit gémissement et lève une main vers son visage. M. Haney déplace Lily sur son autre bras et tapote l'épaule de sa voisine.

– Tout va bien, Nancy. Elle va rentrer, tu verras, la rassure-t-il d'une voix pourtant tremblante.

Mme Ingram hoche la tête.

– J'ai besoin d'un verre, Frank. Est-ce qu'on pourrait prendre un verre ? Ruby peut s'occuper des enfants, juste un petit moment, d'accord ?

M. Haney fait un peu la grimace mais finit par passer Lily à Ruby.

– Mettez-la au lit... Je n'aime pas m'éloigner du téléphone, au cas où ils appelleraient.

– Bien sûr, monsieur.

Ruby fait le calcul dans sa tête. Elle peut faire durer le coucher au moins une demi-heure. *C'est votre argent, monsieur.*

Dans la chambre des filles, elle installe Lily dans son lit. La petite pleure toujours, calme mais inconsolable, avec parfois des petits hoquets. Ruby se rappelle avec quelle impatience Barbara a bu son eau. Elle était assoiffée. C'est le mot, assoiffée.

Elle va remplir un biberon et attrape quelques cookies

dans la cuisine. Les petites joues de Lily se gonflent quand elle boit. Sa grande sœur dévore ses gâteaux, puis se roule en boule sur le sol et s'endort. Lily refuse de manger mais ne tarde pas à fermer les yeux aussi.

Soudain, tout est calme.

Enfin, pas tout à fait. Des voix proviennent du séjour. Hélas, la chambre des enfants est située sur la mezzanine, trop loin pour que Ruby puisse comprendre.

Elle met Barbara au lit, récupère sa robe et se rend dans la salle de bains, située juste en haut des marches. Comme le lavabo est à côté de la porte, elle peut passer la tête dehors tout en faisant semblant de laver la robe.

Mme Ingram est assise sur le canapé, dos à Ruby ; M. Haney, lui, va et vient dans la pièce en une sorte de danse impatiente autour du téléphone. Le verre dans sa main contient un liquide ambré.

– Tu... Tu crois qu'elle a tout découvert ? dit-il.

Mme Ingram tire une bouffée sur sa cigarette.

– Pas de mon fait, répond-elle. Non Frank, je ne pense pas. Comment pourrait-elle savoir ?

– Elle pourrait avoir vu quelque chose, ou entendu... Putain, Nancy, on a peut-être fait une erreur.

– Tu regrettes ?

Mme Ingram a la voix cassée, comme si elle s'efforçait de retenir quelque chose de toutes ses forces.

– Es-tu en train de me dire que tu regrettes ?

– Nancy... Ma femme a disparu. Joyce a... Ce n'est pas le moment.

– Je suis désolée, Frank. Elle me manque aussi. Je...

Elle souffle de la fumée.

– As-tu eu des nouvelles de l'inspecteur ?

– Il m'a demandé si Joyce voyait quelqu'un. Si elle... Putain, je suis tellement idiot.

– Tu n'es pas idiot, Frank.

Mme Ingram se lève et pose une main sur son bras.

– Elle ne ferait pas ça. Elle en est incapable. Je le sais mieux que personne. Elle n'aime que ses enfants.

– Et moi, dit M. Haney. Joyce m'aime, moi.

Mme Ingram laisse retomber sa main. Dans le silence qui suit, Ruby ouvre les robinets et plonge bruyamment la robe sous l'eau. Ensuite, elle descend dans la cuisine et la laisse tomber dans le panier à linge sale.

Lorsqu'elle revient dans le couloir, Mme Ingram est partie. M. Haney est immobile près de la porte du jardin. La vive lumière du soleil ne convient pas du tout à son visage pâle et tendu. Il s'est transformé en fantôme, et le téléphone est la cloche qui le convoquera au paradis, ou en enfer.

– Les enfants dorment, annonce Ruby.

Et elle ajoute, pour faire bonne mesure :

– Lily était assoiffée.

Il lève les yeux, comme s'il se réveillait d'un rêve.

– Ça vous en a pris du temps.

Sans un mot de plus, il sort un billet de dix dollars et quelques pièces de son porte-monnaie et les lui tend. Ses mains sont grandes et fortes, larges comme celles d'un fermier.

– Même heure demain, dit-il. J'ai juste… Il y a tellement de choses à faire. Je pourrais être appelé au bureau, et il y a du linge à laver. Nan… Mme Ingram fera quelques courses. Quand vous aurez fini, vous pourrez faire manger les filles et les coucher.

Une vibration, comme une alerte, secoue le ventre de Ruby. Elle l'ignore et répond :

– Bien sûr, monsieur Haney.

Le téléphone sonne. M. Haney fait presque un saut périlleux jusqu'à l'appareil et décroche. Il fait signe à Ruby de sortir, et elle referme la porte derrière elle.

En attendant le bus, elle inspecte ses ongles. Il y a des traces brunes incrustées dans les rainures de sa peau. Elle frotte ses doigts contre sa blouse, mais le sang ne partira pas si facilement.

Chapitre 10

Mick

– Et quand alliez-vous m'en parler, bordel ?

Mick fait claquer son mug de café sur son bureau avec un bruit menaçant et une fissure apparaît autour de l'anse. Le café gicle et forme une flaque. Il voit rouge, littéralement. Des bulles écarlates dansent devant ses yeux, cachant le visage crétin du sergent Hodge qui se tient là, debout, casquette à la main, et cherche ses mots. Debout parce que dans le commissariat de ce trou paumé merdique, un officier de police ne peut même pas disposer d'une seconde chaise dans son bureau.

– Ça m'a pas semblé important, m'sieur, fait Hodge en chiffonnant sa casquette contre sa poitrine. Parce qu'on n'avait rien trouvé.

Mick ferme les yeux jusqu'à ce que les taches rouges disparaissent et qu'il soit raisonnablement sûr qu'il ne va pas défaillir d'un infarctus. Il a passé la matinée au centre commercial à courir dans tous les sens, pour finalement découvrir que Hodge et Simmons y avaient déjà mené des interrogatoires – sans résultat.

– C'était sa dernière sortie dans le monde extérieur, putain. Elle a forcément parlé à quelqu'un. Payé à la caisse de l'épicerie. Embauché un gars pour porter ses sacs. Comment est-il possible qu'elle se balade là-dedans avec sa mioche habillée comme une poupée de collection sans que personne les remarque ?

– J'sais pas, monsieur.

– Et en plus, j'ai perdu une demi-journée.

– Désolé, monsieur.

Mick saisit son mug et le fait à nouveau claquer sur son bureau afin d'avoir le plaisir d'entendre l'anse se briser. Hodge en profite pour filer et bouscule Jackie, la secrétaire, qui arrive avec une pile de papiers. En voyant le bureau de Mick, puis le bonhomme lui-même et la tasse cassée, son visage se crispe.

– Les rapports d'appels, inspecteur.

– Merci, Jackie.

– Et pourriez-vous parler moins fort ? J'entends à peine le téléphone.

– Il y a eu des appels, alors ?

– Environ trois douzaines.

– Pas mal. Il y en a d'intéressants ?

Elle relève la tête, une lueur de surprise dans les yeux. Manifestement, elle n'a pas l'habitude qu'on lui demande son avis.

– Deux ou trois, je dirais.

Elle sourit.

– Et aussi un excentrique qui a vu des ovnis, trois chasseurs de primes sans emploi et une soi-disant sœur perdue de vue depuis un bail.

– Merci.

Elle s'attarde un instant avec un brin d'espoir.

– Autre chose ?

Mick songe à lui faire une fleur, mais il n'est pas d'humeur.

– Trouvez-moi une chaise, grogne-t-il. Et fermez cette porte.

Il jette le mug dans la poubelle, où il finit en morceaux. Ce travail accompli, il éparpille les rapports d'appels sur son bureau.

Il a prévenu Murphy que ça arriverait, mais son chef a insisté pour que tout appel qui leur serait utile soit récompensé et qu'on en fasse l'annonce dans la presse. Le maire, soucieux d'entretenir l'image idyllique de Sunnylakes, a fixé la somme à mille dollars. Et voilà que des dizaines de cinglés ont fait chauffer les lignes, tous persuadés d'avoir résolu une énigme qui laisse perplexe un inspecteur professionnel. Des dizaines de problèmes en plus étalés sur son bureau et qui absorbent lentement la flaque de café.

On dirait que tous ceux qui sont passés au centre commercial Paradise Plaza hier ont leur théorie. Joyce Haney a été kidnappée par des extraterrestres, embarquée dans un van par des étrangers à l'air soviétique, enlevée par deux grands Noirs… Certains appels sont un peu moins farfelus : « J'ai vu une femme avec un petit enfant qui avait du mal à garer sa voiture, j'ai voulu l'aider, mais elle m'a envoyé paître. » « Une femme élégante était assise près de la fontaine et donnait des fraises à un enfant. J'ai trouvé ça étrange, car ce ne sont pas des fruits de saison. Rappelez-moi s'il y a une récompense. » « La femme en question a acheté du matériel de peinture – je la reconnaîtrais. » « Une femme à l'air négligé, peut-être la victime, a été vue chez Clarkson en train de se renseigner sur des gadgets érotiques. Elle a peut-être filé avec son amant. »

Mick soupire. Il a parlé à chaque employé de rayon de l'épicerie, jusqu'à ce que le manager lui demande de partir et de repasser après la fermeture. Mais à quoi ça lui a servi ? C'est comme si Joyce n'avait jamais mis les pieds là-bas.

Et soudain il comprend. Le frigo a été retrouvé vide, la liste de courses encore collée sur la porte. En vérité, Joyce

Haney ne s'est pas rendue au centre commercial pour faire ses courses alimentaires. Elle y est allée pour autre chose.

Et si c'était…

Le sang lui monte à la tête. Il remue la paperasse et finit par trouver la feuille qu'il cherche. *Du matériel de peinture – je la reconnaîtrais.*

Il attrape le téléphone en laissant traîner sa cravate dans la tache de café et ne se trompe que deux fois de numéro avant d'obtenir la communication. Une femme d'un certain âge lui répond :

– Arts et travaux manuels Reubens, que puis-je pour vous ?

Avec sa musique d'ambiance hypnotique, le centre commercial Paradise Plaza ressemble à un mirage planté dans le no man's land poussiéreux qui sépare Sunnylakes de ce qui a été construit jusqu'à présent de Santa Monica Freeway. Des allées quadrillent l'espace à chaque niveau. Dans le hall de cette splendeur sous air conditionné trône une sculpture métallique représentant une sorte de ventilateur, de râteau ou de champ de forces multidimensionnel. Très moderne. Tout ici est moderne.

Mick résiste à l'envie de botter les fesses d'un petit garçon penché au-dessus d'un bassin chromé en forme de nid d'abeilles. Derrière le bassin se trouve la bulle d'information – comment décrire autrement cette bernacle en plastique qui sort du sol ? – occupée par un type en costume vert.

– Arts et travaux manuels Reubens, dit Mick. Où puis-je trouver ça ?

– Section B, répond l'homme.

– Mais encore ?

– Ici, c'est la D.

Mick plaque ses deux mains sur la bulle.

– Et comment, cher monsieur, passe-t-on de la section D à la section B ?

– Enlevez vos mains de la vitre, s'il vous plaît. La section B se trouve au deuxième étage. En haut des escaliers, après la séparation, dans la zone rouge.

– La zone rouge ? Je croyais qu'ils n'étaient pas fans de consumérisme, par là-bas.

– Pardon ?

Mick incline la tête.

– Vous ne m'avez été d'absolument aucune aide, merci.

L'homme lui adresse un sourire affligé.

– Passez une excellente journée, monsieur.

Mick grimpe à l'étage et continue jusqu'à trouver la moquette rouge brique. Il repère la boutique Reubens, de l'autre côté de l'allée.

Le magasin est flanqué d'un côté d'une boutique de sous-vêtements exhibant de discrets peignoirs et des jupons pour enfants, et de l'autre d'un commerce de radios bourré de métal étincelant et de plastique beige. La vitrine de Reubens, en revanche, est un bric-à-brac de couleurs et de matériaux. De la laine à tricoter jaune dans une boîte verte. Une collection d'encriers à côté d'un arc-en-ciel de crayons. Un cadre ancien avec une élégante petite aquarelle appuyé contre un panier de ficelles dont seules les femmes connaissent l'usage.

En entrant, Mick sent les muscles de son cou se tendre. La même sensation que lorsqu'il doit assister aux pièces de théâtre du lycée de Prissie ou aller chercher Fran à son Comité. Il entre en territoire étranger — un monde inconnu.

Une femme approchant l'automne de sa vie est assise derrière le comptoir. Elle se lèche le doigt pour tourner une page d'un catalogue d'exposition, puis lève les yeux et fronce les sourcils d'un air perplexe. Veillant à maintenir un vernis de professionnalisme, Mick attrape une pelote de laine, l'observe et la repose. En vain : la femme sait bien qu'il est un imposteur.

– Puis-je vous aider, monsieur ? demande-t-elle.

Il vérifie son nom sur son badge.

– Madame Reubens ? Je suis l'inspecteur Blanke, de la police de Santa Monica. On s'est parlé plus tôt.

– Ah, oui, répond-elle avant de poser son catalogue. Je serais très heureuse de vous aider. Mais si quelqu'un entre dans le magasin, faites semblant d'être un client, s'il vous plaît. Je ne voudrais pas...

Elle laisse sa phrase en suspens, et cette discrétion la rend immédiatement sympathique. Elle ne cherche pas à s'attirer la moindre gloire. Elle veut vraiment aider.

– Vous connaissiez Mme Haney ? demande Mick.

– Pas exactement, avoue-t-elle en ajustant ses lunettes. C'était une cliente, disons... irrégulière. Elle venait tous les... oh, trois ou quatre mois, peut-être. Deux ou trois fois par an.

– Ça semble un peu rare pour que vous vous souveniez d'elle.

– En fait, voyez-vous, elle était spéciale. Elle errait longtemps dans la boutique. Elle s'attardait sur nos encres, nos peintures, nos stocks de papier. Elle ouvrait une boîte de crayons, elle passait les doigts sur des papiers de différents grammages, elle prenait vraiment son temps. Mais elle n'achetait jamais rien.

– Jamais ?

– Même pas une gomme, monsieur. Et quand je lui demandais si elle avait besoin d'aide ou si elle cherchait quelque chose en particulier, elle déclinait poliment et partait dans un autre rayon. Au début je l'ai suspectée de... eh bien, d'avoir les doigts un peu trop agiles.

– Vous pensiez qu'elle volait ?

– Peut-être.

Mme Reubens jette un œil sur le côté.

– Je ne veux pas dire du mal de mes clients, mais les gens de Sunnylakes sont… il y a beaucoup de vols. Plus que nous n'en avions en centre-ville.

– Vous aviez une boutique ailleurs, autrefois ?

– À Clifton. Mais nos affaires étaient en baisse depuis que l'autoroute nous a coupés de Brentwood. Quand ils ont construit le centre commercial, j'ai su que c'était ça ou rien. J'ai déménagé.

– Je vois.

– Quoi qu'il en soit, Mme Haney est passée lundi et a acheté une boîte d'aquarelles, quelques ramettes de papier, un pinceau à poils de martre, des crayons de bois, une gomme à fusain, du blanchissant et une boîte de crayons de couleur pour enfants.

Mick sort son carnet de notes. Enfin quelque chose à se mettre sous la dent.

– Pourtant, vous disiez qu'elle n'avait jamais rien acheté.

– C'est pour ça que c'était aussi remarquable.

– Vous lui avez parlé ?

– Très peu. Elle semblait… perdue dans ses pensées. Je n'avais pas envie de la faire fuir.

– A-t-elle utilisé une carte du crédit ?

– Oh, non, elle a tout payé en liquide. Mais je me souviens de son visage et de sa tenue. Elle était avec sa petite fille. J'ai mis tous ses achats dans un grand sac et j'y ai glissé le petit sac qu'elle avait avec elle. Je lui ai demandé si elle avait un projet particulier. Elle m'a répondu que oui, et je lui ai dit que j'espérais qu'elle allait s'amuser, ou quelque chose comme ça. Et elle m'a répondu : « Oh, je ne vais pas m'amuser. Personne ne s'amuse au purgatoire. »

– C'est plutôt étrange.
– Je ne vous le fais pas dire. Ensuite, elle est partie rapidement.
– Vous disiez qu'elle avait déjà un sac. Qu'y avait-il dedans ? Des provisions ?
– Non, c'était trop petit pour ça.
Mme Reubens penche la tête en avant.
– C'était un sac en papier brun. Sans marque. Mais quand je l'ai soulevé, il y a eu un cliquetis. Il y avait des flacons à l'intérieur. Des flacons de médicaments, je dirais.
– Vous ne lui avez pas posé de questions ?
– Non, bien sûr.
Mick ouvre son carnet et écrit *médicaments* sur une page blanche. Puis il entoure le mot de plusieurs cercles. Aquarelles. Papier. Crayons de bois. Et crayons de couleur pour les enfants.
– Comment était-elle habillée ? demande-t-il à la commerçante.
– Elle portait une robe jaune et un chapeau assorti, répond-elle aussi sec. La robe avait un nœud à la taille. Elle portait aussi des gants. J'ai trouvé ça très élégant.
– Que voulez-vous dire ?
– Eh bien, j'avais l'impression qu'elle était habillée pour une occasion spéciale. Peut-être en rapport avec le Comité des Femmes pour le Progrès.
Elle pointe son catalogue du doigt.
– La première fois que Mme Haney est venue ici, c'était avec la directrice du Comité, Mme Crane. C'est une bonne cliente, elle organise des cours de dessin et des sorties en ville…
Elle brandit son catalogue.
– Amblioni expose à L.A. en ce moment. J'ai pensé que Joyce Haney avait peut-être prévu d'y aller.

– Elle aurait donc pu être sur le point de se rendre à un cours de dessin ?

Mme Reubens hésite.

– Eh bien, si c'est le cas, elle ne semblait pas pressée d'y aller.

– Je ne comprends pas.

– Son regard était… agité, ou quelque chose dans le genre. Je ne sais pas exactement.

– Effrayé ? En colère ?

– Non, pas comme ça. Elle était souriante et gentille. Mais j'ai eu l'impression que sa robe était un déguisement. Qu'elle cachait quelque chose…

Mick attend qu'elle développe.

– Elle était sur le point de craquer, précise Mme Reubens. Elle avait l'air hébétée. Vous voyez, quand une lettre nous a appris que mon frère, paix à son âme, était mort en Corée, ma mère a eu la même expression. Désespérée, mais sans crainte, parce qu'il n'y avait plus rien à craindre. Elle… On aurait dit que le destin avait déjà fait tomber son couperet et qu'elle n'attendait plus que ses membres se détachent.

Mick veut reprendre la parole, mais il est interrompu par le tintement d'un carillon. Une femme à l'expression aigre avec un petit chien en laisse entre dans le magasin. De son sac dépassent plusieurs pelotes de laine rose layette.

Mme Reubens lui fait signe avec un sourire professionnel.

– Bonjour, madame Smith. La couleur ne vous convenait pas, finalement ?

– Merci, dit Mick. Vous m'avez beaucoup aidé.

Puis, apercevant l'expression curieuse de Mme Smith, il ajoute bien fort :

– Vous m'avez énormément aidé. Je suis impatient de parler à ma femme de ce magasin incroyable.

Une fois dehors, il examine à nouveau la devanture. Il

semble qu'il existe plus de couleurs qu'il ne l'imaginait. Leurs noms ressemblent à des mots magiques – vert émeraude, bleu thalo, rouge alizarine. En comparaison, la poignée de couleurs exposée dans la boutique de sous-vêtements d'à côté paraît pauvre et stérile sous son éclairage fluorescent.

Il regarde de plus près – et se fige. Derrière la vitre, un pyjama bleu avec de petits pieds blancs et de minuscules cow-boys qui tombent de leurs chevaux est présenté sur un cube de plastique.

Il se précipite à l'intérieur, aussitôt entouré par plusieurs jeunes femmes en robes vichy et aux cheveux trop laqués qui ne savent absolument rien. Finalement, une femme plus âgée fait son apparition et lui confirme que plusieurs pyjamas bleus ont bien été vendus ce lundi ; et notamment, oui, à une femme habillée en jaune. Ce pyjama est un produit populaire, lui explique-t-elle, et non, ils ne conservent pas la liste de leurs clientes.

Il finit par retrouver la sortie du centre commercial. Dans l'après-midi poussiéreux, l'autoroute ressemble à une rivière argentée. Le trafic se limite à cette heure à un filet qui s'écoule en direction de Sunnylakes, contournant l'immense chantier du pont qui connectera bientôt la banlieue à L.A. proprement dit. Mick grimpe dans sa Buick et se met tranquillement en route vers Santa Monica.

Joyce Haney prenait donc des médicaments. Pourquoi ? Douleurs ? Règles ? Un coup de froid ? Il va devoir trouver son médecin et avoir avec lui une conversation sérieuse. Parce qu'il a comme une sale impression. Et si elle était allée le voir pour une autre raison ? Un petit problème à régler pendant que son cher mari était en déplacement ? Un truc illégal, un truc que le médecin aurait fait dans l'intimité de sa maison à elle, pendant l'après-midi ?

Et si ce truc avait salement, terriblement mal tourné ?

Une autre chose le titille. Où est passé ce matériel de peinture ? Certainement pas au 47 Roseview Drive. La fouille de la maison n'a rien donné. Et il ne se souvient d'aucune aquarelle sur les murs. Que s'est-il passé, ce lundi-là, pour que Joyce Haney ait eu besoin d'un exutoire artistique, quelques heures avant de disparaître ?

Une chose est sûre. Quand il en aura terminé avec le médecin, il faudra qu'il s'offre une petite visite au Comité des Femmes pour le Progrès de Sunnylakes.

Chapitre 11

Mick

Le médecin du centre commercial, un certain Morton, ne lui apprend pas grand-chose. Mick l'appelle depuis son bureau et le docteur lui explique que les pilules étaient un traitement pour soigner l'indigestion. Plusieurs flacons, oui, parce que Mme Haney est une femme au foyer occupée et qu'elle manque de temps pour se déplacer. Comment l'a-t-elle connu ? Il lui a été recommandé par Mme Genevieve Crane.

Mick envoie le sergent Hodge vérifier l'alibi du médecin pour l'après-midi de lundi. Il s'essuie le front avec la manche de sa chemise en jetant un œil à la paperasse étalée devant lui, puis ouvre la porte et crie en direction de la réception :

– Jackie, trouvez-moi des infos sur le Comité des Femmes pour le Progrès de Sunnylakes. Et harcelez-moi les gars du standard jusqu'à ce qu'ils me remettent le rapport d'appels des Haney.

– Je suis dessus, monsieur Blanke, répond-elle du tac au tac.

La chaleur lui écrabouille le cerveau. Il tire sur la fenêtre qui s'entrouvre en tremblant d'une dizaine de centimètres. Elle n'ira pas plus loin. Une brise timide et discrète comme une collégienne à son premier bal s'immisce dans la pièce.

Histoire de passer le temps, Mick parcourt les photos de la scène de crime du 47 Roseview Drive qui lui ont été livrées ce matin, accompagnées d'un inventaire complet de la maison. Les documents confirment ce qu'il sait déjà. Aucune trace de matériel de peinture ni des flacons de pilules. Il y avait bien des médicaments dans le placard à pharmacie : paracétamol, substituts alimentaires Appetrol, Miltown, aspirines pour enfants et sirop pour la toux, mais rien contre les indigestions.

Il retourne sa théorie dans tous les sens. Ça va être difficile à prouver, mais ça pourrait coller. Le docteur Morton, fidèle médecin de ces dames de Sunnylakes, pourrait très bien pratiquer des avortements illégaux. Et Mick, malheureusement, a vu plus d'une fois ce qui arrivait quand un avortement foirait dans un appartement de Brooklyn. Ça expliquerait le sang et les essuie-tout, peut-être même le pyjama.

Alors voilà comment ça se passe. Joyce Haney se rend chez le docteur Morton, lui demande de procéder à un avortement et repart avec des flacons de pilules, probablement des antidouleurs en vue de l'opération. Elle se rend ensuite chez Reubens et achète tout le nécessaire pour une aquarelliste débutante. Et quand, en sortant du magasin, elle passe devant la vitrine de la boutique de sous-vêtements, elle aperçoit le pyjama bleu et va l'acheter. Pourquoi ? Qui sait. Les hormones, l'hystérie féminine, le chagrin. Quelque chose comme ça. L'après-midi, le docteur Morton vient chez elle pour pratiquer l'opération, pendant que la petite fait sa sieste. Ils envoient la plus grande jouer dehors. Mais ça tourne mal. Joyce est blessée. Ou meurt.

Il parcourt à nouveau les photos. Même en noir et blanc, la cuisine paraît ensoleillée et impeccable. Si on ne prend pas en compte le sang. Et la bouteille de bière sur le comptoir.

Une bouteille de bière ? Il rembobine jusqu'à sa première

visite sur les lieux et n'arrive pas à s'en souvenir. Comment a-t-il pu rater ça ? Et à qui était cette bière ? À Haney, peut-être, à moins que le docteur Morton ait eu besoin de calmer ses nerfs avant de…

Jackie passe une tête dans le bureau et lui tend une note.

– J'ai son adresse.

– Quoi ? À qui ?

– À la présidente du Comité des Femmes pour le Progrès de Sunnylakes, Genevieve Crane. Elle habite Portland Road.

Il hoche la tête et lui fait signe de sortir. Il est juste 16 heures, il lui reste à peu près une heure pour rendre visite à Mme Crane. Mais d'abord, il compose le numéro des Haney.

On décroche dès la première sonnerie.

– Allô ? Oui, allô, c'est Frank Haney.

Son chuchotement étouffé provoque des fourmillements dans la colonne de Mick. Ça fait trois jours et toujours pas de nouvelles de sa femme.

– Ici l'inspecteur Blanke, annonce-t-il. J'appelle juste pour vous faire un résumé de la situation. Pour être honnête, on n'avance pas beaucoup. On a reçu des appels. Votre femme a été vue au centre commercial.

Haney répond après un silence :

– Je sais tout ça. J'ai parlé à votre sergent. Vous n'avez rien. Ça fait trois jours et vous avez que dalle. Vous êtes des bons à rien.

Toute la sympathie que Mick pouvait éprouver s'évapore en un instant.

– J'ai parlé à Mme Reubens cet après-midi. Elle possède la boutique Arts et travaux manuels Reubens, et elle m'a dit que votre femme y était passée lundi matin.

À l'autre bout de la ligne, le silence dure une seconde de trop.

– Et alors ?

– Elle a acheté des boîtes d'aquarelles, du papier, des pinceaux, des gommes, et d'autres fournitures du même genre. Mais on n'a rien trouvé dans la maison. Avez-vous vu du matériel de peinture quelque part ?

– Non, répond Haney d'une voix plate.

– Est-ce que votre femme aime peindre ?

– Elle aimait ça. Quand on s'est rencontrés. Elle a arrêté quand on a eu les enfants. Elle a peut-être… acheté ces fournitures pour une amie ?

– Quelle amie ?

– Ça, je n'en sais rien.

Haney a l'air de plus en plus impatient.

– Quelqu'un du Comité des Femmes. Elles adorent l'art, pour ce que j'en sais. Il y avait une femme, là-bas, qui était amie avec Joyce et qui n'avait pas beaucoup d'argent. Joyce l'aidait parfois en la conduisant ici ou là, ce genre de chose. Diane, peut-être. J'ai oublié son prénom.

– Merci, nous allons regarder ça.

Mick songe à la femme agitée qu'il a rencontrée lors de sa première visite à Sunnylakes. Il mettrait sa main à couper qu'il s'agit de Deena.

– Vous avez intérêt. Je suis débordé, ici. Je veux que ma femme rentre. Si vous ne la retrouvez pas avant la fin de la semaine, je porterai plainte pour négligence.

– Bien sûr, monsieur Haney.

Passez une excellente journée, cher monsieur.

Mais Frank Haney a raccroché brutalement.

Mick n'a même pas le temps de s'éponger le front que son téléphone sonne. Il décroche en râlant.

Une femme se présente :

– Je suis Florence Delawney.

Il lui faut un moment avant de connecter.

– La mère de Joyce Haney ?

– Sa mère adoptive.

Elle a une voix sèche et coupante.

– Avez-vous des nouvelles de notre fille ?

– Pas encore, j'en ai peur, répond Mick.

Il se déplace avec son téléphone, cherchant à s'éloigner du soleil.

– Merci de me rappeler. Je suis l'inspecteur Blanke, c'est moi qui travaille sur l'affaire.

– Je ne vois vraiment pas en quoi nous pouvons vous aider.

– Eh bien, commençons par le commencement. Quel âge avait Joyce quand vous l'avez recueillie ?

– Douze ans. Elle était pupille de l'État. Elle avait perdu ses parents. Bill et moi avons décidé de nous comporter en bons chrétiens.

– Vous connaissiez sa famille ?

– Seigneur, non. Nous n'avons rien à voir avec... Nous cherchions un enfant d'un milieu défavorisé, mais nous n'avions aucune connaissance de sa situation familiale. Si nous avions su, peut-être que...

Suit un silence de mauvais augure. Mick en profite pour attraper son soda et en avaler une grande gorgée.

– Les parents de Joyce sont morts dans un incendie ?

– Oui.

– Joyce en était-elle très affectée ?

– Un peu. C'est sa mère qui a mis le feu. Pour autant que j'en sache, sa santé mentale était... dégradée. Elle a essayé de s'enfuir avec Joyce plusieurs fois. Elle retirait sa fille de l'école, traînait seule dans les bars, laissait son foyer à l'abandon... Le père de Joyce a même essayé de la faire interner. Évidemment, nous ne savions rien des problèmes de cette femme à cette époque. Nous n'avons su que lors de nos séances de confession.

– Des séances de confession ?

– Prières, méditation. Lire la parole de Dieu. Pour la rendre meilleure.

– Pourquoi ?

– Monsieur Blanke…

Florence Delawney s'éclaircit la gorge en toussant si fort que Mick en a mal à l'oreille.

– Joyce faisait des cauchemars terribles. Le diable s'était immiscé dans son esprit. Nous avons pensé que la parole du Christ serait le meilleur remède. Mais nous n'étions pas dupes. Cette enfant avait beaucoup de secrets, et les secrets sont des péchés.

– Comment était-elle à l'école ?

– Oh, plutôt intelligente. Nous l'avons rapidement détournée des sciences pour l'inscrire en arts ménagers. Elle a insisté pour aller à l'université, mais Dieu merci, c'est à ce moment-là qu'elle a rencontré Frank.

– Vous appréciez Frank en tant que gendre ?

– Il a fait d'elle une femme et une mère. En la voyant grandir… eh bien, nous étions un peu inquiets. Une histoire pareille, ça ne faisait pas d'elle le parti le plus attractif.

– Vous pensez que la maladie mentale de sa mère aurait pu faire peur à ses prétendants ?

– Ce genre de chose est héréditaire, n'est-ce pas ?

Mme Delawney soupire.

– Et maintenant, c'est ressorti. C'est ce que j'ai toujours dit à Bill, dès que nous avons appris la vérité sur les parents de Joyce. Son sang va finir par parler, je lui disais. Il faudra qu'on ait les reins solides pour supporter ça. On ferait mieux de s'y préparer avec la parole du Seigneur.

Une vision des reins de Florence Delawney traverse l'esprit de Mick, suivie par un frisson de dégoût. Il est temps de jouer franc jeu.

– Y a-t-il quelqu'un dans son passé qui aurait pu

l'encourager à s'enfuir ? demande-t-il. Ou quelqu'un qui pourrait être lié à sa disparition ? Un ancien petit ami, peut-être ?

Le silence à l'autre bout du fil est sans équivoque.

– Ce n'est pas quelque chose que nous approuvons, dit Mme Delawney.

– Bien sûr, mais y a-t-il eu…

– Nous sommes une famille respectable. Nous avions été très clairs avec Joyce : aucun homme n'aurait été toléré en dehors d'un projet de mariage.

Mick traduit ça dans sa tête. Il y avait donc un homme. Un flirt de lycée, peut-être, ou un amour de voisinage.

Il termine son soda et repousse la bouteille sur le côté. Son goût sucré l'a rendu nauséeux.

– Merci infiniment, dit-il. Vous m'avez beaucoup aidé. Passez une bonne journée.

Après qu'elle a raccroché, il consulte sa montre et décide de repousser à plus tard sa visite à Mme Crane et son Comité des Femmes. Son propre petit monde de béatitude domestique l'attend.

Lorsqu'il arrive à la résidence des Blanke, le dîner n'est même pas prêt. Rentrée quelques minutes après lui, Fran ignore clairement les grognements de son estomac et son allusion pas très subtile au fait qu'elle aurait pu lui préparer une assiette si elle savait qu'elle allait être en retard.

– Si tu as si faim que ça, Mick, dit-elle, tu peux te préparer un toast avec des œufs.

– Je viens d'arriver.

– Moi aussi.

– J'enquête sur une disparition.

– Tu ferais mieux d'enquêter sur la cuisinière. Elle fait toujours ce bruit bizarre quand je monte le gaz.

– Pourquoi tu ne me ferais pas une démonstration ?

Elle soupire.
– Encore ?
– Oui. Et mets des spaghettis à cuire pendant que tu y es.
– Mick ! s'exclame-t-elle en fronçant les sourcils. Tu es de mauvais poil.
– J'ai faim.
Fran roule des yeux et disparaît dans la cuisine. Mick la suit avec l'estomac qui gargouille. Il ouvre ostensiblement la porte du Frigidaire et attrape un pot de cornichons. Mais Fran a des yeux dans le dos.
– Ne t'avise pas de toucher à ça.
– Quoi ? Mais pourquoi ?
– Je les ai prévus pour samedi.
Il repose les cornichons et se coupe quelques tranches de fromage tandis que Fran s'affaire avec les casseroles. Elle jacasse un moment au sujet du Comité des Femmes pour le Progrès de Santa Monica et, comme elle s'arrête pour respirer, Mick en profite pour intervenir.
– Alors, demande-t-il, de quoi est-ce que vous parlez avec ces dames ?
– Oh, de tout. Du rôle des femmes à la maison, de recettes, des enfants, de nos maris…
Elle lui adresse un regard qui en dit long.
– Et de problèmes médicaux ?
– Que veux-tu dire ?
– Des accouchements, ce genre de chose. Des grossesses.
Fran rougit.
– C'est un peu tard pour moi.
– Mais les femmes plus jeunes…
– Ça arrive, oui. Quel est le bon moment pour avoir ses enfants. Et puis… comment éviter d'en avoir.
Voilà. C'est exactement là qu'il voulait en venir.
– Que conseille-t-on, en général ?

Fran a l'air atterrée.
– Mick... En quoi est-ce que ça te concerne ?
– Eh bien...
– Michael Blanke, je te le redemande : en quoi la prévention des grossesses te concerne ?
Il perçoit sa colère juste un peu trop tard.
– Putain, Fran, c'est pour une affaire dont je m'occupe. Merde !
– Surveille ton langage.
Il soupire.
– Désolé, chérie, j'ai eu une longue journée.
– N'essaie pas de m'amadouer.
Elle hoche la tête.
– Je sais. C'est cette Mme Haney. Cette affaire te tracasse.
Mick avale une dernière bouchée de fromage et la regarde verser des petits pois congelés dans une casserole d'eau.
– Tu as raison. Je dois trouver le méchant, mais il est bien caché.
– Parce que les banlieues ne sont pas ton monde, Mick. Tu n'es pas dans ta zone de compétences. Ce n'est pas la guerre, ici, tous les méchants ne portent pas une croix gammée.
– Un soleil levant, corrige-t-il tout en songeant que ce n'était jamais aussi simple.
Fran ouvre une boîte de cannellonis et la vide dans une casserole. Les cannellonis font un bruit de succion en tombant, entraînant leur sauce et l'estomac de Mick se remet à gargouiller.
– Écoute, dit Fran, tu dois bien avoir quelque chose à te mettre sous la dent.
– Non, rien. Ma femme a oublié de préparer le dîner.
– Peut-être que je pourrais m'infiltrer pour toi. Je suis une femme au foyer et une mère. Tu crois que je passerais inaperçue ?

Mick la regarde racler la sauce dans la casserole. Elle vient de se faire une teinture et un été de barbecues et de repas entre amis a apporté de jolies petites rondeurs à ses hanches. Il résiste à l'envie de les pincer et se demande si, avec une dizaine d'années de plus, Joyce Haney subirait les mêmes transformations. Si sa silhouette perdrait sa finesse, si ses yeux rêveurs seraient cernés de rides. Chez Fran, le processus paraît naturel, tel un acte de solidarité marital qui l'aurait associée au développement de sa propre calvitie et de ses douleurs aux genoux. Mais pour Joyce Haney, ça ne colle pas. On a du mal à l'imaginer vieillir.

Son ventre se contracte. Peut-être qu'elle ne vieillira jamais.

Pendant le repas, Fran se lance dans la description du dîner qu'elle a prévu samedi soir après l'entraînement de pom-pom girl de Prissie et parle de l'exposition d'art qu'elle doit *absolument* aller voir, parce que *toutes* les femmes de son Comité y vont. Lorsqu'elle fait allusion au prix des tickets, Mick a le regard dans le vide. Il pense à ce qu'elle lui a dit plus tôt. Il déteste l'admettre, mais Fran a raison. Il a besoin de quelqu'un qui connaisse les habitants de Sunnylakes et leurs secrets. De quelqu'un qui puisse y évoluer discrètement, sans être vu ou entendu.

Une idée germe dans son esprit. *Ruby Wright.*

C'est une idée de dingue, mais il a toujours eu un penchant pour les méthodes peu orthodoxes.

Chapitre 12

Joyce

Quand Nancy est partie travailler, j'ai envoyé les filles en haut de l'allée et j'ai peiné sous le poids de mon sac. Frank ferait une de ces têtes s'il savait. Je n'ai rien acheté de ce dont nous avons besoin. Pas de corn flakes, pas de riz, pas de steaks pour le dîner. J'ai dépensé mon argent en couleurs. En belles et merveilleuses couleurs.

Tandis que je cache les peintures dans le fond d'un placard où il ne peut les trouver, une vague de culpabilité me traverse. Je devrais me concentrer sur mes obligations. Quels que soient mes efforts, je ne me concentre jamais assez sur mes obligations. Il va s'en rendre compte. Une étagère poussiéreuse, une tache de jus collante sur le sol. Une poubelle qui sent les couches-culottes.

Dans la cuisine, je surveille le travail des enfants. Barbara dessine de petites maisons sans intérêt et y colle des bonshommes et des fleurs. Lily ne dessine pas encore, Lily peint. Elle tient les crayons bien serrés dans son poing et les laisse filer rapidement. Aujourd'hui elle a choisi du rouge, du jaune et de l'orange. Ses lignes irrégulières traversent la page avec tant de vigueur qu'elles débordent sur la toile cirée de la table, marquant son domaine.

Je dépose un baiser sur sa tête et Barbara me lance un regard plein d'espoir. Mais le professeur Summer conseille de ne pas féliciter les enfants qui ne le méritent pas, alors je l'ignore et commence à cuisiner.

Elles ne savent pas la chance qu'elles ont. Je n'avais pas de peinture quand j'étais enfant. Pas de table de cuisine recouverte d'une toile cirée. Rarement un déjeuner qui mijotait sur la gazinière. Je passais mes nuits cachée dans les placards et sous les escaliers. Je harcelais Maman pour avoir les rebuts de chou et les oranges avariées qu'elle mendiait chez l'épicier. Je lui courais après quand elle s'enfuyait dans la nuit. Je m'asseyais avec elle dans les couloirs des refuges qui nous récupéraient et les salles d'attente des infirmières qui guérissaient les pires blessures. Je priais avec elle sur les bancs des églises, où tout le monde voyait notre détresse, où personne ne levait un doigt pour nous aider.

Et, bien sûr, je la suivais, timidement, avec mes nattes serrées comme de la corde, lorsqu'elle rentrait à la maison quelques jours plus tard. Quand il n'y avait plus d'argent ou que Papa nous retrouvait, vêtu de son plus beau costume, des roses dans la main et la voix pleine d'indulgence. Je hochais la tête quand il me demandait si je voulais rentrer et j'ai appris qu'un homme n'a jamais tort très longtemps.

Je passais des nuits à apaiser Papa, à caresser ses mains doucement, minutieusement. Parfois, ça marchait. Il s'endormait alors sans frapper Maman au point que ses cris poussent les voisins à cogner contre les murs. Il ronflait, la tête sur la table de la cuisine, et je restais assise à côté de lui sans oser bouger de peur de le réveiller, jusqu'à ce que mes pieds soient glacés.

De toutes ces nuits, il y en a une dont je me souviens particulièrement. J'avais un peu plus de douze ans. Il ne dormait pas, mais il ne s'était pas non plus mis dans une colère noire. Au contraire, il me disait qu'il m'aimait.

Je ne sais toujours pas comment Maman l'a découvert. Je n'en ai jamais parlé, et je n'en parlerai jamais. Mon père m'avait dit qu'il m'aimait. C'était un trésor trop beau pour être partagé et trop douloureux pour être supporté. L'amour, l'amour pour toujours. Mais Maman a su quand même. Parce que quelque chose en moi s'est brisé, et qu'elle en a trouvé des éclats dans ma culotte. Et cette fois-ci, elle ne s'est pas enfuie.

Elle aurait dû. Papa l'a projetée contre le comptoir de la cuisine et elle est lentement devenue blanche. Mais il a continué à la frapper. *Relève-toi, relève-toi. Relève-toi, sale pute stupide tu es trop bête pour baiser alors comment oses-tu me dire ce que je peux et ce que je ne peux pas faire avec ma propre fille…*

Elle ne s'est jamais relevée. Papa lui a jeté une couverture dessus et il a dit, *c'est toi et moi maintenant, ma chérie*. Toi et moi. Comme des rois. On sera heureux comme des rois.

Je devrais être bouleversée, il me semble. Je devrais enrager, hurler. Pourtant je suis aussi calme qu'un océan sous le soleil. Car ça n'a pas d'importance. Rien n'a d'importance, aujourd'hui.

J'attrape le dessin de Lily. Les couleurs dansent sur la feuille comme des flammes.

Je n'ai jamais dit à personne la vérité sur mon père, et je ne le ferai jamais. Maman a parlé à tout le monde de ses hématomes. À l'infirmière du district, à la police et au pasteur.

Et qu'est-ce que ça lui a apporté ?

Chapitre 13

Ruby

Pendant toute la matinée de jeudi, Barbara s'accroche à Ruby comme une ombre. Elle la suit partout dans la maison, attend près des portes ou des tables, toujours silencieuse et suçant parfois son pouce. Ruby essaie de la faire participer. Elle lui donne un chiffon pour essuyer les plinthes et fait même goutter un peu de savon sur le carrelage de la salle de bains pour qu'elle puisse l'aider à passer la serpillière. Mais elle n'obtient aucune réaction.

Plus tard, lorsqu'elle est accroupie pour nettoyer derrière les toilettes, où les gouttes d'urine de M. Haney se mêlent indûment aux moutons de poussière, Barbara entre en douce et se colle à son dos.

Ruby se fige. Puis elle se retourne et enveloppe la fillette tout entière dans ses bras. Elle passe une main dans ses cheveux de poupée et tapote ses minuscules épaules. La colonne vertébrale de Barbara est aussi fragile que celle d'un oiseau.

C'est alors que les pas de M. Haney résonnent dans le couloir. Ruby se libère de l'étreinte de la fillette et se remet à frotter. La petite reste debout près du lavabo et l'observe.

– Whoobie, dit Barbara après un moment, est-ce que tu pourras rester dans ma chambre ?

– Je ne peux pas rester, chérie. Je dois rentrer chez moi.

– Mais tu peux pas rester ce soir ? Je n'ai pas envie d'être toute seule.

– Tu n'es pas toute seule. Tu as Lily et M… ton papa.

Barbara fixe le sol.

– J'ai fait un cauchemar.

– Ma pauvre chérie. C'était quoi ?

– J'ai vu une vilaine chose.

– Ce n'était qu'un rêve, ma poupée. Ce…

Elle hésite. Cette façon qu'a Barbara de regarder par terre n'est ni de la timidité ni de la tristesse. Elle est effrayée. Carrément terrorisée.

Ruby jette son chiffon dans le seau, *splash*, et s'agenouille à côté d'elle.

– Est-ce que tu veux me raconter ?

– J'ai trouvé la robe de Maman, explique Barbara.

– Dans ton rêve ?

– Elle s'est mise en colère. Elle m'a dit de sortir. Je me suis levée pour aller le dire à Papa. Mais Papa n'était pas à la maison.

– Et ensuite, que s'est-il passé ?

– J'ai rêvé que j'étais en voiture avec Maman mais après elle est tombée et elle était toute sale.

– Ce n'était pas réel, dit Ruby.

Elle sent pourtant la nausée bourdonner dans son estomac. C'est un rêve sacrément tordu pour une petite fille.

Barbara la suit jusqu'à la cuisine et la regarde depuis le seuil essorer son chiffon et rincer son seau. Elle reste appuyée au cadre de la porte, son pouce bien enfoncé dans la bouche. Mais elle n'entre pas.

Lorsque Ruby frappe à la porte ouverte du salon pour prévenir son patron qu'elle a terminé, elle aperçoit Mme Ingram qui traverse la pelouse en faisant rebondir Lily sur sa hanche. La petite porte une robe d'été verte imprimée de marguerites.

Un souvenir surgit brusquement dans l'esprit de Ruby et se déroule comme un film. Joyce a fabriqué ce vêtement dans les chutes d'une robe qu'elle avait cousue pour elle-même, dans un tissu trop voyant pour être porté à Sunnylakes. Elle s'en était enveloppée, telle une Romaine de l'Antiquité. *Regarde, Ruby, je suis une prairie fleurie !* C'était juste deux mois après la mort de sa propre maman, qui aurait adoré ce tissu, et Ruby était si fatiguée et triste qu'elle avait fondu en larmes.

Joyce avait laissé tomber le tissu et l'avait serrée dans ses bras. Ruby n'avait jamais été enlacée par une femme blanche, mais elle n'avait même pas eu le temps d'être surprise, car Joyce lui avait alors révélé un secret si important qu'il les avait liées pour toujours. *Ma mère a été assassinée, comme la tienne. Elle a été tuée par un homme qui pensait qu'elle ne méritait pas de vivre. Ne fais pas la même erreur que moi en gardant ça pour toi. Il faut que le monde sache ce qui est arrivé à ta mère.*

Le problème, c'est que le monde ne veut pas écouter. Rien que d'y penser, Ruby sent les larmes monter dans sa gorge. Elle les ravale et expire lentement.

Lily pousse des cris joyeux. Mme Ingram rit et l'embrasse. M. Haney lève les yeux de la télévision, allumée sans le son au fond du salon, et leur adresse un sourire bref et douloureux.

– Maman, s'exclame alors Lily en pointant le poste du doigt.

Elle a raison. Le visage de Joyce Haney est en train de vaciller sur l'écran.

Mme Ingram pose la fillette par terre et s'exclame :

– Mille dollars ! Mon Dieu, c'est une belle somme.

Puis elle se retourne et aperçoit Ruby.

– Je constate qu'*elle* est toujours là. Très bien. Du moment qu'elle est à l'heure… Ça me fait penser que je vais devoir filer au bureau.

Elle sourit à Frank.

– Est-ce que je peux te la prendre pour une heure ou deux ? J'ai tellement de linge en retard.

– Bien sûr, répond M. Haney.

Ruby tressaille. Et si elle n'avait pas eu le temps ? Mme Ingram aurait pu lui demander son avis.

Mais aucune conversation de ce type ne s'ensuit. Mme Ingram retourne chez elle et Ruby la suit en faisant le tour par la cuisine et la porte de derrière. Barbara, toujours en train de traîner dans son dos, la regarde s'éloigner avec un air de chien battu. Ruby se baisse pour se mettre à son niveau.

– Je reviens bientôt, chérie, lui dit-elle. Essaie de ne pas faire de cauchemar.

Chez Mme Ingram, il y a des assiettes de restes tout secs sur la table de la salle à manger. Les restes d'un vieux dîner sont abandonnés dans le four et le buffet est recouvert de verres. Mme Ingram sourit avec un geste désinvolte.

– J'ai eu un invité hier soir. Tu t'en occupes ?

– Oui, madame Ingram.

Ruby serre les poings. *Vous aviez juste parlé du linge, sale menteuse.*

Tout nettoyer et faire la vaisselle lui prennent une bonne heure. Mme Ingram passe ce temps-là dans la salle de bains. Elle en sort avec les lèvres refaites et du rouge sur les pommettes.

– Tu t'occuperas des draps, aussi, Ruby, dit-elle. Ils ont besoin d'être changés.

Elle est affreuse avec tout ce maquillage. Ses lèvres rouge vif et son sourire forcé la font ressembler à un vampire. Ruby hoche poliment la tête et file à l'étage.

La chambre de Mme Ingram sent comme si elle n'avait pas été aérée depuis des jours. C'est une odeur forte et écœurante, vestige d'une activité moite sous les draps. Ruby se pince le nez et soupire. Nettoyer les désordres intimes des autres est le pire aspect de son travail. Les taches d'urine de M. Haney et les tampons hygiéniques de Mme Ingram. Et maintenant, ses drôles de petites affaires.

Les rideaux sont toujours tirés. Ruby les ouvre et force sur la fenêtre pour la faire coulisser. Les couvertures sont étalées n'importe comment et les oreillers sont tout écrasés. Les deux. Deux têtes ont reposé là la nuit dernière.

Ce n'est pas son problème, en vérité. Mais Ruby ne peut s'empêcher de mesurer l'écart entre Mme Ingram et Joyce Haney, qui était toujours en train de glisser un torchon dans le linge sale ou de vider un cendrier au moment où elle sonnait à la porte. Ruby faisait toujours semblant de ne rien remarquer, bien sûr, et Joyce prétendait qu'elle ne levait jamais le petit doigt à la maison. *Bonjour, Ruby, entre. Je suis désolée qu'il y ait un tel désordre…*

Elle secoue les couvertures et ramasse un bas qui traîne à côté du lit. Entortillé dans le dessus-de-lit, elle découvre un bouton de manchette qui ressemble à une roue avec un petit cercle blanc tout autour…

Son estomac se retourne et son visage s'empourpre. Il appartient à M. Haney. Elle le dissimule sous le bas, qu'elle a posé sur la table de nuit. Ni vu ni connu.

Ensuite, elle s'occupe des draps violet foncé assortis au tapis et aux rideaux lavande. En les retirant, elle découvre deux petites taches au milieu.

Elle sent la nausée l'envahir. Depuis qu'elle a Joseph dans

sa vie, elle sait d'où provient ce genre de taches. Elle imagine M. Haney roulant sur le corps de Mme Ingram, râlant et grognant… Oh, Seigneur, est-ce que Joyce était au courant ?

Et si elle l'avait découvert ? Frank et Nancy croient qu'elle ne se rendait compte de rien mais…

Une pointe de terreur lui transperce le cœur. Elle laisse tomber les draps et récupère le bouton de manchette. Oui, et si Joyce avait tout découvert ? Et si elle avait confronté son tricheur de mari ? Et s'il s'était mis en colère, *vraiment* en colère et…

– Pose ça tout de suite.

Ruby lâche un cri. Ses muscles se glacent de terreur. Elle ouvre la main et le bouton de manchette tombe sur le sol.

Mme Ingram se tient sur le pas de la porte. Elle porte un blazer noir sur un chemisier couleur chair déboutonné juste assez pour laisser entrevoir la naissance de ses seins. Ses lèvres s'écartent en un sourire étrange. Ruby peine à respirer. Ça y est. Elle va se faire sucer le sang par une vampire jusqu'à ce que mort s'ensuive.

Mais Mme Ingram lui demande simplement :

– Tu as terminé ici ?

– Presque, m'dame.

Ruby souffle jusqu'à ce que les battements de son cœur cessent de soulever sa poitrine.

– Je récupère juste les draps.

Elle ramasse la pile de linge sale et avance vers la porte. Mme Ingram fait un pas de côté. Ses yeux tombent sur les taches blanches puis se fixent sur ceux de Ruby.

Son regard est… triomphant. Elle a fait l'amour la nuit précédente, et elle veut que Ruby le sache. Maintenant, elles partagent un secret, et cela lui donne du pouvoir. Ses lèvres de vampire entrouvertes s'y abreuvent immédiatement.

Le cœur de Ruby accélère comme la Corvette d'un mac.

La moquette de l'escalier flotte dangereusement sous ses pieds. Elle a l'impression de marcher sur le parquet branlant de la maison de sa tante Emmeline. Elle se dirige sans réfléchir vers la cuisine et fourre les draps dans la machine à laver. Ses mains versent la lessive et appuient sur les boutons, mais son esprit n'est qu'un maelström de panique.

Elle ne sait pas que je sais avec qui elle était. Elle ne peut pas savoir que j'ai reconnu ces boutons de manchette. Seigneur, faites qu'elle ne sache pas. Seigneur, toi qui nous as offert ton fils unique, préserve-moi des pécheurs et que ta main me protège, amen.

Sa vue redevient enfin claire et elle parvient de nouveau à respirer normalement. Quand elle retourne dans l'entrée, Mme Ingram est déjà près de la porte.

– C'est l'heure de partir. Je n'ai pas toute la journée.

Ruby lui fait face franchement. Comme disait sa mère, il faut regarder le diable dans les yeux. Mais dans les yeux de Mme Ingram elle n'aperçoit que de l'impatience, et une légère expression de rage de dents si fréquente chez les Blancs quand ils regardent un Noir.

Dehors, Mme Ingram grimpe dans sa voiture et s'éloigne. Ruby traverse la pelouse pour retourner chez les Haney. Le soleil de l'après-midi lui chatouille la peau. Elle ferme les yeux un instant et laisse la lumière danser sur ses paupières. Elle ressent exactement la même chose que quand Joseph lui a appris à conduire la dépanneuse du vieux Tobby. Cette impression d'être propulsée en avant par l'accélération, grisante et terrifiante.

Un soupir s'échappe de sa poitrine. C'est fini, tout va bien.

Mais soudain, elle réalise que Mme Ingram a oublié de la payer. Et c'est comme une gifle en pleine figure qui laisserait sur sa joue une trace de colère rouge et brûlante.

Au numéro 47, M. Haney est au téléphone. Sa voix lui parvient à travers les portes du salon restées grandes ouvertes. Il a l'air agité. Peut-être qu'il parle de Joyce.

Ruby reste devant l'entrée de la maison sans savoir quoi faire. Il faut qu'elle récupère son argent. Mais déranger M. Haney ne serait pas une bonne idée. Et si elle continue à traîner comme ça, quelqu'un risque de la voir et d'appeler la police.

Elle se faufile derrière la maison avec anxiété et traverse la terrasse. Barbara est assise sur un des fauteuils de jardin.

– Tu n'es pas ma maman, dit-elle en guise de salut.

– Ta maman va bientôt rentrer.

Pourvu que ces mots soient vrais.

Ruby jette un œil autour d'elle. Les géraniums de Mme Haney sont tout fanés. Ils ont trop de soleil, ici. Elle attrape l'arrosoir et le remplit au robinet de la cuisine. Quand elle retourne sur la terrasse, la voix de M. Haney est plus forte.

– S'il te plaît, Maman, dit-il. Je ne peux pas y arriver. Je dois retourner travailler lundi. Les filles n'ont personne pour les garder.

Il ne faut pas que Mme Ingram entende ça. Ruby écoute en arrosant les fleurs.

– Oui, la bonne vient tous les jours. Tu n'auras pas à t'occuper du ménage. Juste à faire la cuisine et à veiller à ce que les filles n'approchent pas de la piscine. Je parlerai à M. Erskine, je suis sûr que je pourrai finir plus tôt, étant donné les circonstances…

Il fait une pause. Son interlocutrice, probablement Grand-Mère Haney, semble discuter les termes de leur accord. M. Haney fait de petits bruits comme *hum* et *aha*, et finit par l'interrompre d'une voix tranchante :

– Mais non, tu es ridicule. Tu n'as pas besoin d'apporter le pistolet. Sunnylakes est aussi sûr que le paradis, et de toute façon, on en a déjà un. Oui… oui, je sais, mais ce n'est pas… Honnêtement, ça n'a rien à voir avec ça.

Ruby entre dans la cuisine pour remplir à nouveau l'arrosoir. Le sifflement de l'eau couvre la suite de la conversation. Quand elle ressort, la voix lui parvient à nouveau clairement.

M. Haney semble atterré.

– Maman ! Joyce va bien. La santé mentale de sa mère n'a rien à voir avec ce qui est arrivé. Non… c'était une erreur de jugement passagère. Je sais… Je sais, et on s'en est occupé.

Ruby se mord la lèvre. Quelle qu'ait été cette erreur de jugement passagère, M. Haney n'en semble pas ravi.

– Elle n'est pas folle, dit-il, elle a disparu. Écoute, on en reparlera quand tu seras là. Je viendrai te chercher.

Ruby arrose les géraniums jusqu'à ce que l'eau déborde du pot, emportant les pétales morts qui s'éparpillent sur les tomettes. Mais M. Haney ne dit rien d'autre.

Joyce n'apprécierait pas ça. Les pétales secs ressemblent à des emballages de cadeaux abandonnés depuis longtemps. Ruby détache les boutons morts et balaie les pétales sur le côté. Quand elle a terminé, les géraniums commencent à relever la tête. Avec un peu d'amour, ils pourraient même se redresser tout à fait.

Chapitre 14

Mick

Sur Santa Monica Freeway, la circulation est à l'arrêt. Le soleil tape sur la Buick de Mick, faisant gentiment mijoter son conducteur. La radio de la police fixée au tableau de bord annonce un trafic chargé sur tout le chemin jusqu'à la banlieue.

Mick tire sur son col et enlève sa cravate. Il ferait mieux de se calmer. Avoir l'air d'un diable sorti de sa boîte n'aura pas bon effet sur le Comité des Femmes pour le Progrès de Sunnylakes. Pas plus que la demi-heure de retard qu'il a déjà accumulée. Si seulement le chantier de ce fichu pont avait été lancé ailleurs, de préférence de l'autre côté de la planète.

À la sortie suivante, la plupart des voitures tournent à droite vers le centre commercial. La route se dégage et Mick enfonce l'accélérateur. L'air s'engouffre par sa fenêtre et balaie la sueur de son front. Un rapide coup d'œil sur la carte confirme ce qu'il sait déjà. Portland Avenue ne se situe pas exactement à Sunnylakes, mais au centre-ville, un endroit autrefois appelé Speckleton.

La maison de Mme Crane est une jolie demeure avec des bow-windows, des volets vert foncé et une girouette perchée sur le pignon. L'allée est occupée par une grosse Pontiac noire et plusieurs autres voitures stationnent le long du trottoir. Mick gare sa Buick et marche tranquillement vers la maison, se préparant à d'inévitables protestations, à des coups d'œil subtils à son alliance et à un épais nuage de parfum. À des secrets, aussi. Les femmes ont toujours des secrets. Il a besoin de savoir ce qui se passe vraiment dans ce comité, et si ça peut lui permettre de résoudre l'énigme de la disparition de Joyce.

Mme Crane ouvre la porte et l'accueille avec un sourire poli.

– Vous êtes un peu en retard, le débat a déjà commencé. Je vous en prie, entrez.

Elle l'accompagne dans un grand salon largement ouvert sur la cuisine. Sur des chaises disséminées çà et là, une demi-douzaine de femmes en écoutent attentivement une autre. Il reconnaît Mme Kettering, vêtue d'une tenue couleur pêche qui la fait paraître si pâle qu'elle pourrait devenir invisible, et la fille qui semble à bout de nerfs avec ses cheveux mal coiffés. Deena Klintz.

L'oratrice, une femme plus âgée au chignon serré et au tailleur brun, s'arrête quand il entre et jette un regard à Mme Crane.

– Un invité ?

– Je vous en prie, docteure Steps, continuez, lui répond Mme Crane.

Mais c'est trop tard. L'apparition de Mick a perturbé l'assemblée. Mme Kettering se serre convulsivement les mains. Deux femmes avec des chapeaux pillbox[1] se mettent à chuchoter fébrilement. Deena fuit comme une belette qui aurait vu un loup.

– Bien, reprend Mme Steps.

Elle semble un peu irritée.

1. Petit chapeau rond et plat.

– Comme je viens de le mettre en lumière, la science que l'on nomme économie domestique suit la devise selon laquelle la vie ne commence vraiment qu'avec le temps libre. Les cuisines modernes doivent refléter cela, tout en promouvant les valeurs de notre époque : efficacité, propreté, bienséance. Regardez ça.

Elle sort un dépliant représentant une cuisine carrée entourée de comptoirs blancs et équipée d'un réfrigérateur, d'un congélateur et d'une énorme cuisinière à gaz à six feux qui trône dans un angle, morne et dominatrice comme un tank japonais.

– Les rideaux de gaze évitent que le regard soit attiré par la rue, explique-t-elle. Les autres distractions, comme la radio et le téléphone, ont été reléguées dans le salon. Les surfaces et les sols blancs permettront de repérer la moindre trace de saleté, encourageant ainsi une vigilance constante contre les germes. Mais ce n'est pas tout.

La docteure Steps esquisse un sourire de victoire qui laisse tout le monde de marbre.

– En disposant les appareils ménagers indispensables de la manière la plus efficace, reprend-elle, une femme au foyer peut gagner un temps considérable. Nos tests en laboratoire ont montré qu'avec une bonne configuration, le nombre de pas nécessaires à la préparation d'un gâteau de Savoie peut être réduit de cent sept à soixante-dix-neuf. Imaginez à quel point vous économiserez votre énergie et éviterez d'user vos chaussons.

Quelques femmes murmurent leur approbation. Mme Kettering prend des notes frénétiquement tandis que Deena effrite son maquillage en se mâchouillant les lèvres. Mick jette un œil à Mme Crane qui est assise bien droite, le visage impassible.

La docteure Steps se tourne vers lui.

– Alors, cher monsieur, qu'en pensez-vous ? N'est-ce pas incroyable de voir que la science économique peut être aussi utile à la maison qu'en entreprise ?

Mick hoche la tête. La cuisine a vraiment l'air aussi bien pensée que le bureau d'un conseiller fiscal de Wall Street. Mais alors, il songe à celle de Joyce. Regardez plus près et vous trouverez une traînée de sang sur le carrelage, des murs capitonnés qui enflent et toutes les assiettes du dîner réduites en morceaux.

– Ça fait presque peur, dit-il.

Manifestement satisfaite, la docteure Steps toise l'assemblée.

– Et maintenant, avez-vous des questions ?

Mme Kettering intervient :

– Quelle est la marque de cette cuisinière ?

La docteure Steps ouvre la bouche pour répondre, mais Genevieve Crane lève la main et prend la parole, comme si Laura Kettering n'existait pas :

– Merci beaucoup pour votre intervention, docteure Steps. Vous disiez que votre devise était que la vie commence vraiment avec le temps libre. Pourtant, je n'ai rien vu pour le temps libre dans cette installation.

Mme Steps semble étonnée.

– Eh bien, naturellement, la cuisine n'est pas un lieu de détente. Les gains de temps que nous prévoyons peuvent être utilisés dans d'autres pièces de la maison. Devant sa coiffeuse, par exemple. Ou avec les enfants, lors de loisirs éducatifs.

– Historiquement, pourtant, la cuisine a toujours été le cœur de la maison, reprend Mme Crane, un petit sourire aux lèvres. Un espace pour toute la famille. Une source d'enrichissement et de chaleur, où les femmes se rassemblaient pour partager leur fardeau, qu'il soit physique ou moral. Votre conception de l'efficacité prévoit-elle cette fonction historique de la cuisine ?

– Scientifiquement, il s'agit d'une vision démodée, répond la docteure Steps en refermant son dépliant avec un bruit sec. La raison pour laquelle tant de femmes de nos âges tombent en dépression est précisément liée au fait qu'elles doivent supporter des cuisines vieillottes et inadaptées.

– N'est-ce pas plutôt, peut-être, parce que ces femmes passent leur temps dans leur cuisine ?

S'ensuit le silence le plus parfait auquel Mick ait jamais assisté. Le silence de huit femmes qui retiennent leur souffle en même temps.

Mme Crane raccompagne la docteure Steps à la porte et les autres femmes se mettent à chuchoter entre elles. Laura Kettering se débarrasse de son carnet de notes, prend une assiette de donuts au chocolat et s'avance vers Mick.

Prudent, celui-ci pose sa première question avant de commencer à manger.

– Parlez-moi de ce comité. Qu'y faites-vous, en fait ?

– Toutes sortes de choses. Des cours de peinture et d'arts ménagers. Des repas quand c'est l'été ou pour les fêtes. Nous avons aussi un club de lecture, et une fois par mois nous organisons un après-midi débat.

– Pouvez-vous me parler de Joyce Haney ?

– Oh, c'est une femme adorable.

Les yeux de Mme Kettering se remplissent de larmes. Elle pose son assiette et, d'un geste, invite les autres à se servir. Deena Klintz est la seule à le faire.

– Elle est toujours si intelligente. Vous devriez voir ses peintures. C'est la meilleure d'entre nous.

– Travaillait-elle comme artiste avant de se marier ?

– Eh bien, je ne suis pas la meilleure personne pour vous éclairer là-dessus. Vous devriez parler à Deena. Elle et Joyce sont de si bonnes amies.

Il y a quelque chose d'hésitant dans sa façon de s'exprimer. Elle baisse d'un ton.

– Nous pensions toutes que Deena venait… eh bien, du mauvais côté de la route. Mais Mme Crane dit que l'origine n'a aucune importance et que nous sommes toutes sœurs en ce bas monde.

Une pensée germe dans l'esprit de Mick. Il devrait demander à Mme Kettering si Ruby Wright pourrait assister à la prochaine réunion du comité. Ce serait un joli petit baptême du feu pour les sœurs de Sunnylakes.

– Joyce avait l'habitude de passer prendre Deena à Crankton avant de venir à nos réunions, continue Mme Kettering. Deena n'a pas de voiture.

– Mais alors, comment a-t-elle pu participer aux recherches, mardi dernier ?

– Je suis allée la chercher, intervient Mme Crane, de retour dans le salon. Avez-vous des nouvelles de Joyce ?

– Ça fait cinq jours, dit Mick prudemment. Il est possible qu'il lui soit arrivé malheur.

Il surveille sa réaction mais elle n'en a aucune.

– Vous arrive-t-il d'évoquer des questions de santé lors de vos réunions ? reprend-il.

– De temps en temps.

– Le planning familial ?

Elle semble plus réticente, maintenant.

– Bien sûr, les enfants représentent une part importante de la vie d'une femme. Nous parlons de leur éducation, de la façon de leur inculquer les bonnes manières. Et, bien sûr, de notre expérience de la grossesse et de l'accouchement.

– Et de la possibilité d'éviter cette expérience ?

Les yeux de Mme Kettering s'agrandissent. Mais avant qu'elle ait pu ouvrir la bouche, Mme Crane s'approche de

Mick si près qu'il peut sentir son parfum et lui dit d'une voix basse et froide comme du métal :

– Accepteriez-vous de me suivre dans la cuisine, inspecteur ? Je crois que nous n'avons plus de café.

Il voudrait lui demander en blaguant si l'agencement de sa cuisine est approprié à son projet, mais les mots restent coincés dans sa gorge.

C'est une grande pièce avec des fenêtres lumineuses et une vieille table tout éraflée. Des faïences lustrées avec des fleurs peintes à la main sont alignées sur les comptoirs. Les étagères sont encombrées de bocaux d'herbes, de livres de cuisine et de boîtes de thé.

Mme Crane attrape une cafetière et la pose un peu brutalement sur le comptoir. Elle remplit la bouilloire d'eau.

– Pourquoi me posez-vous une question pareille ? demande-t-elle enfin.

– Joyce Haney pourrait avoir été enceinte. Elle pourrait avoir subi un avortement. Elle est allée au centre commercial et a consulté le docteur Morton, sur votre recommandation, et elle en est repartie avec des tas de pilules. Avez-vous une explication à ça ?

Elle répond sur un ton glacial :

– J'en ai au moins une douzaine. Douleurs périodiques. Maux de tête. Ballonnements dus à la chaleur. Perspective d'une longue semaine solitaire, avec les enfants qui lui tapent sur les nerfs et la poussière qui s'accumule.

Elle baisse la voix.

– Saviez-vous que toutes les femmes qui sont ici prennent des drogues ?

Heureusement, Mick n'a pas encore son café, car il aurait pu tout recracher sur sa robe.

– Des drogues ?

– Des traitements médicaux. Vous trouvez ça bizarre,

hein ? Ces femmes sont parfaitement prises en charge. Elles ont tout ce dont elles ont besoin : les plus belles robes, une gamme sans fin de produits diététiques et les mixeurs les plus chers qu'on puisse s'offrir. Et pourtant, elles souffrent de terribles maladies. Anxiété, dépression, crises de panique, hystérie…

Mick est tenté de répondre que c'est sûrement le cas de la plupart des femmes, mais il est suffisamment sage pour se taire.

– Et Joyce Haney, demande-t-il. Est-ce qu'elle suivait un tel traitement ?

– Oui.

Mme Crane remplit un filtre de café et le place sur la verseuse.

– Elle m'a raconté que sa maman avait souffert d'épisodes maniaques, et elle-même a connu une période difficile après la naissance de Barbara. Elle s'est installée à Sunnylakes, entre autres, pour soigner ses nerfs.

– Vous ne pensez pas que ça ait marché, pourtant.

Mme Crane soupire.

– Inspecteur, je ne sais pas à quel point je peux être honnête avec vous.

– Allez-y franchement, s'il vous plaît.

– La plupart des femmes, ici, se marient en sortant de l'université. Elles deviennent femmes au foyer, elles élèvent leurs enfants et vont à l'église. Et voilà. Personne ne s'intéresse à leurs désirs ou à leurs rêves. Tout le monde se fiche de leurs talents ou de leurs opinions.

La bouilloire se met à siffler. Elle la retire du feu et verse l'eau prudemment.

– Croyez-moi, personne n'a jamais demandé à Joyce ce qu'elle pensait du monde. Ce n'est pas d'un déménagement qu'elle avait besoin, c'est…

Elle se tait, prend la cafetière et retourne dans le salon. Elle a l'air si sombre que Mick ne peut s'empêcher de penser à M. Crane. Il imagine un petit moustachu. Un type dominé par sa femme qui n'a pas le droit d'entrer dans la cuisine et conduit une grosse Pontiac noire pour s'assurer d'obtenir sur la route le respect auquel il n'a pas droit à la maison.

Mick suit Mme Crane et cherche Deena Klintz sans la trouver. Il s'approche alors de Mme Kettering, qui est en train de resservir gracieusement du café à une femme avec un chapeau en forme de pain de viande.

– Avez-vous vu Mlle Klintz ?

– Oh, elle est partie.

Elle lui propose une tasse de café.

– Du sucre ?

Il en accepte deux cuillerées.

– Où est-elle allée ?

– Au travail, dit Mme Kettering. Au Old Country Inn. Elle reste rarement pour les discussions, surtout quand Joyce est absente…

– Pauvre Deena, dit Mme Pain de Viande. Elle et Joyce sont si proches. Elles se ressemblent tellement, vous comprenez ?

– Quand Joyce a-t-elle rejoint le comité ?

– La première fois qu'on l'a vue, c'était juste après qu'elle a emménagé ici, dit Mme Kettering. Elle est venue deux fois, peut-être trois, puis elle est tombée enceinte de sa chère petite Lily. Évidemment, on ne l'a plus croisée pendant quelque temps… mais ensuite, Mme Crane lui a rendu visite. Et depuis, Joyce venait régulièrement.

Elle a soudain l'air anxieuse.

– Je veux dire, elle *vient* régulièrement, inspecteur. Je suis désolée.

Eh oui, cet imparfait si redouté. *Intéressant.*

– Vous pensez qu'elle pourrait être morte ?

Mme Kettering frémit.

– Quel mot horrible. Je n'ai jamais… je ne sais pas. Mais Deena a mentionné quelque chose…

Les oreilles de Mick se dressent.

– Quoi ?

– Eh bien, je suis sûre que ce n'est pas important.

Elle regarde Mme Pain de Viande et une étincelle dans ses yeux contredit ses dernières paroles.

– Deena a dit que Joyce avait fait quelques erreurs de trop dans le passé.

– Quel genre d'erreurs ?

– Je ne saurais dire. Je ne suis pas au courant de ces… erreurs.

– Ça n'avait pas un rapport avec sa mère ? demande l'autre femme.

– Je ne sais pas.

Mme Kettering chuchote presque.

– Tout ce que je sais, c'est que la mère de Joyce avait… des sortes de crises. Mais c'est tout. Deena adore en rajouter pour se rendre intéressante.

– C'est vrai, malheureusement, ajoute Mme Pain de Viande avec un soupir. Pas étonnant que cette pauvre Nancy n'ait pas été ravie qu'elles deviennent amies.

– Vous voulez parler de Nancy Ingram ? Elle n'appréciait pas l'amitié entre Deena et Joyce ?

Mick essaie de les imiter en levant ses sourcils avec un air stupéfait. Et ça marche.

– Bien sûr que non, dit Mme Pain de Viande. Une personne comme Deena n'est pas une bonne fréquentation, surtout en présence d'enfants. Tu n'es pas d'accord, Laura ?

– Effectivement, répond Mme Kettering. Qui sait ce que

Deena a pu ramasser dans ce restaurant pour routiers, si vous voyez ce que je veux dire ?

Les deux femmes hochent la tête avec détermination.

Mick boit une gorgée et se brûle la langue. Le café a un goût sucré et insipide. Soudain, il a l'impression de flotter au milieu de requins en chemisiers amidonnés. Il se demande si c'est ce que ressent Deena lorsqu'elle est ici.

Il pose sa tasse.

– Il est temps que j'y aille, dit-il. Merci de m'avoir accueilli.

– C'est tout naturel, lui assure Mme Kettering avec un sourire charmant. J'espère que vous avez appris des choses.

Il retrouve Mme Crane et la salue. Elle l'accompagne à la porte. Dans le couloir, une autre pensée s'impose à lui.

– Puis-je voir les peintures de Joyce ?

– Elles sont conservées au centre culturel. Mais je pourrais en ramener quelques-unes après notre prochain cours.

Elle ouvre la porte et le regarde droit dans les yeux.

– Je suis inquiète pour Joyce. Très inquiète.

– Je sais bien. Nous faisons tout notre possible.

– Non, vous ne comprenez pas.

Elle baisse la voix.

– J'ai encouragé Joyce à s'épanouir. À dire ce qu'elle pensait. Elle a tellement de talent. Elle aurait pu être une grande artiste et je pensais… Je pensais qu'elle devait essayer.

– Et ?

– Peut-être que c'était une erreur. Et si j'avais…

Elle s'arrête, puis reprend sans avoir terminé sa phrase.

– S'il vous plaît, rappelez-moi si je peux vous aider.

Mick veut ajouter quelques mots, mais une des femmes appelle depuis le salon. Mme Crane revêt son sourire parfait et referme la porte.

Chapitre 15

Mick

Sur le chemin du retour, Mick est de mauvaise humeur. Il a été incapable de mettre ces bonnes femmes au pied du mur. Ce n'est pas seulement une façon de parler, c'est l'affreuse vérité. Surtout cette Genevieve Crane. Elle s'est montrée plus rusée que lui. Il le sent.

Il appuie sur l'accélérateur. Il ne laissera pas ça arriver à nouveau. Il a besoin de réponses, et vite.

Le Old Country Inn est un bar-hôtel-restaurant pour déprimés. En garant sa Buick sur le parking, Mick craint fort qu'elle ne fonde si sa discussion avec Deena Klintz dure trop longtemps.

Il n'aurait pas dû s'inquiéter. Dès qu'elle l'aperçoit, tout son corps se crispe avec effroi. Elle a l'air différente, ici. Fatiguée et intimidée. Son uniforme rose ne met pas sa peau en valeur, pas plus que la teinture auburn bon marché visible à la racine de ses cheveux. *Une imitation de la couleur de Mme Crane*, pense Mick tout en mettant cette information de côté pour plus tard.

– Je voulais vous parler, au comité, dit-il. Mais vous avez disparu. S'il vous plaît, je ne vous prendrai pas plus de dix minutes. Je suis sûr que vous voulez aider votre amie.

Deena lui jette un coup œil hésitant.
– J'ai du travail, monsieur.
Mick regarde autour de lui. Le restaurant abrite en tout et pour tout une clocharde devant un café froid et deux vieux qui partagent une assiette d'œufs au plat et un journal.
– Peut-être que nous pourrions nous revoir pour un entretien officiel après votre service ?
– Je termine tard, aujourd'hui.
– Et demain ?
Il baisse la voix.
– Le temps presse, mademoiselle Klintz. Joyce Haney a disparu depuis cinq jours. J'ai cru comprendre que vous étiez amies ?
Elle hausse les épaules, et son regard est si abattu qu'il a presque pitié d'elle. Qu'est-ce qui a pu la faire changer autant entre Sunnylakes et ici, bon Dieu ? Il s'était préparé à une Deena impertinente, maligne et piquante.
La réponse arrive de la porte de la cuisine, où apparaît un homme qui n'aurait pas détonné dans un passage souterrain pour les eaux usées. Il arbore une chemise graisseuse et un coquard à l'œil gauche.
– Qu'est-ce qu'vous voulez ? grogne-t-il.
– Je suis juste en train de parler à Mlle Klintz.
Mick redresse les épaules.
– Je suis de la police.
– J'vois ça. Sortez d'ici, m'sieur. J'ai pas b'soin de flics dans mon restaurant.
– Mais Mlle Klintz…
– Elle a rien à vous dire. T'as rien à lui dire, hein, chérie ?
Deena hoche la tête.
– C'est bien. Écoute les conseils du vieux Daddy Gene, parle pas aux flics sans un avocat. Compris ? On connaît nos droits, m'sieur.

Mick pourrait sûrement insister. Il sait être persuasif. Il a obligé Jason Grigg à lâcher le gang des O'Leary alors même qu'ils l'avaient menacé de détruire la pâtisserie de sa mère. Avec elle dedans, évidemment. Mais il a l'impression que si les bonnes vieilles méthodes pourraient le mener quelque part avec le patron, elles ne l'aideront pas à se faire apprécier de Deena.

– Quel est le meilleur moment pour vous ? lui demande-t-il.

Pour toute réponse, il obtient un haussement d'épaules.

– Elle est futée, lâche le vieux Daddy Gene avec un large sourire. Elle parlera pas à un flic sans son avocat.

Mick répond à son sourire, puis se tourne à nouveau vers Deena.

– Comment puis-je contacter votre avocat, alors ?

Elle le dévisage et sa lèvre inférieure commence à trembler.

– Écoutez, reprend Mick, passez-moi un coup de fil plus tard et dites-moi quand ça vous arrange.

Il lui tend sa carte, jette un regard noir au dénommé Gene et quitte l'établissement.

La Buick n'est restée que dix minutes sur le parking, mais elle s'est déjà transformée en un portail pour l'enfer. Une chaleur surréelle s'en échappe quand il ouvre la portière. Alors il ouvre aussi l'autre et attend un moment, tandis que la sueur suinte du bord de son chapeau.

Le problème, ce sont les femmes. Mme Ingram, Mme Crane, Mlle Klintz. Fran a raison, il ne comprend rien aux gens de Sunnylakes. Et ce n'est pas bon. Le temps joue contre Joyce, si tant est qu'il lui en reste.

La solution au problème est simple, quoique incroyablement compliquée. Il n'a aucune garantie que Ruby acceptera. En vérité, il est quasiment sûr qu'elle va lui claquer la porte au nez. Il n'a pas le choix, pourtant. Si les femmes sont le problème, peut-être que l'une d'entre elles est la solution.

Il démarre et rejoint l'autoroute. Cette fois-ci, il dépasse Santa Monica et file directement vers L.A.

Le Old Country Inn est un palace d'Hawaï comparé à South Central. Le maire aime dire que le quartier est « défavorisé ». Malgré cela, Mick ne s'attendait pas aux vitres cassées, aux ordures dans la rue, à la puanteur des eaux usées et du caoutchouc brûlé.

Il tourne dans Trebeck Row et s'arrête devant le numéro 1467, l'immeuble à trois étages où réside Ruby. Une boutique *Tout à 49 cents* occupe le rez-de-chaussée avec ses vitrines bourrées de papier toilette rose, de paquets de lessive et de petites voitures bon marché. Un de ses murs est noirci comme après un récent incendie. Il manque quelques marches à l'escalier de la sortie de secours et sa peinture est tout écaillée.

Mick se gare près d'une vieille Ford aux vitres brisées. Trois gamins en tee-shirts délavés l'observent depuis le palier d'un immeuble. Il les salue d'un signe de tête. L'un après l'autre, ils reculent dans l'ombre du bâtiment.

Aucun nom n'est inscrit près de la sonnette de l'immeuble de Ruby Wright. Après un appui insistant, le carillon émet un faible cri. De l'autre côté de la rue, les gamins ont été remplacés par deux hommes qui observent Mick sans sourire, les bras croisés.

Mick sent sa gorge se serrer. Il sonne à nouveau et appelle sans grand enthousiasme. Un rideau s'écarte à l'étage du haut et une femme jette un œil en bas, un plumeau à poussière rose à la main. Elle porte des bigoudis et son visage rondelet est trempé de sueur.

– Excusez-moi, m'dame ! crie Mick.

La femme s'écarte de la fenêtre. Mick sonne une troisième fois. Puis il tape sur la porte.

– Mademoiselle Wright, c'est l'insp… M. Blanke. S'il vous plaît, ouvrez.

Il entend traîner des pieds et parler à voix basse à l'intérieur. Finalement, la porte s'entrouvre d'une dizaine de centimètres en grinçant sur un homme d'âge mûr en mocassins et pantalon. Il gratifie Mick d'un regard franc, mais il transpire l'appréhension comme on sent le tabac.

– Ma fille n'est pas là, dit-il, détachant bien chaque mot.

– Je dois lui parler. C'est urgent.

Mick sort son badge et le lui montre au creux de sa main, afin que les gens dans la rue ne puissent pas le voir.

– Ça concerne l'affaire Haney, précise-t-il. Quand doit-elle rentrer ?

– Pas avant un moment, explique l'homme en jetant des coups d'œil dans son dos, où l'on entend une conversation téléphonique jusque dans les escaliers.

– Écoutez, tente encore Mick, j'ai besoin de son aide. Si vous n'y voyez pas d'inconvénient, je vais attendre chez vous.

– Je vous ai dit qu'elle…

Une porte s'ouvre sur le palier au-dessus. Mick reconnaît le visage qui apparaît dans l'entrebâillement.

Il sourit.

– J'attendrai le temps qu'il faut, dit-il.

L'homme s'apprête à répondre, mais Ruby sort sur le palier et l'empêche de poursuivre :

– C'est bon, Papa, vaut mieux le laisser entrer.

Ruby conduit Mick dans la cuisine. Là, un jeune homme appuyé au comptoir lui envoie un regard chargé de colère. Le frère de Ruby, peut-être. Ou son petit ami ?

Mick inspire profondément. Il ne s'attendait pas à un accueil chaleureux, surtout après l'arrestation de Ruby. Mais le regard de l'homme est brûlant. Il va devoir avancer prudemment.

Ce qui est dommage, car l'endroit lui paraît familier, comme les cuisines des centaines d'appartements qu'il a visités à Brooklyn. L'évier repose n'importe comment sur les canalisations et le raccordement de la cuisinière à gaz est un véritable cauchemar. Mais le sol a été balayé et les tasses à café aux couleurs vives alignées sur le comptoir ne sont pas ébréchées.

Le vieux monsieur s'assoit sur un fauteuil à accoudoirs. Ruby se laisse tomber sur une chaise en plastique blanc, s'écarte un peu d'un livre ouvert sur la table et croise les bras.

– Qu'est-ce que vous voulez ? demande le jeune homme.

Mick se tourne vers Ruby et expose la situation dans ses grandes lignes.

– Donc vous voyez, dit-il finalement, je suis dans une impasse. J'ai besoin de votre aide. Je me suis dit que vous pourriez me fournir des informations sur la famille Haney. N'importe quel indice sur lequel vous pourriez tomber, et...

Ruby consulte son père, qui tressaille. Pendant un bref instant, ils communiquent en silence.

– Nan, finit par dire Ruby. Si je me fais repérer, je perdrai mon emploi. En plus, qu'est-ce que vous croyez que M. Haney va faire quand il découvrira que j'ai fouiné chez lui ? J'ai déjà été arrêtée une fois dans cette affaire. Ça me suffit largement.

– Je n'appellerais pas ça fouiner, tente Mick en s'efforçant de sourire. Mais vous devez savoir des choses sur ces gens. Un truc que Joyce aurait dit ou fait, un truc concernant sa famille ou bien...

– Je ne sais absolument rien.

Mick soupire et décide d'utiliser son arme secrète.

– Il y a une récompense, annonce-t-il. Mille dollars pour toute information qui permettra de résoudre l'affaire.

Une seconde passe, durant laquelle Ruby, son père et le jeune homme échangent de rapides coups d'œil.

– Je ne veux pas de votre argent, tranche Ruby. À quoi il me servirait si je me retrouve en prison ?

– Ça n'arrivera pas, ça restera confidentiel, répond Mick. Je ne répéterai pas un mot de ce que vous me direz, je vous le promets. Mais vous devrez signer un…

– Elle signe rien du tout, intervient le jeune homme.

Ruby lui adresse un regard furieux.

– Je peux me défendre toute seule, Joseph, tu sais ?

– Je dis juste que tu signeras rien.

– Et non, je signerai rien. Tu vois une feuille de papier dans ma main ? Oh et puis tu sais quoi ?

Elle se lève brusquement et, avec gentillesse et fermeté, fait sortir les deux hommes de la pièce.

– Laissez-moi donc parler avec l'inspecteur. En tête-à-tête.

Elle referme la porte et se rassoit. Mick sourit, mais son visage à elle reste impassible.

– Vous dites que l'affaire n'avance pas ?

– Eh bien, je…

– C'est pas bien. Joyce mérite mieux. Elle a deux petites filles, en plus. Je n'ai pas envie de vous aider, vous, mais j'aimerais l'aider, elle.

– J'ai les moyens de protéger mes sources vulnérables.

– Même vos sources de couleur ? Ou vous allez m'expliquer que maintenant, la loi ignore la couleur des gens ?

Mick déglutit.

– Eh bien…

– Parce que vous savez, inspecteur, si vous changez d'avis et que vous me dénoncez, je suis cuite. Et si vous faites de moi votre principal suspect, je suis bonne pour la corde. C'est aussi simple que ça. Alors comment je saurai que vous n'êtes pas en train de m'entuber ?

Mick sent comme un creux dans son estomac. Il s'enorgueillit d'en connaître un rayon sur les problèmes raciaux. *Considère leur communauté avec politesse et respect*, avait-il l'habitude de dire à ses collègues policiers et aux copains de bowling de Fran, *et ils finiront par coopérer*.

Face au regard plein de colère de Ruby, pourtant, cette jolie théorie tombe en poussière.

– Parce que j'ai promis de ne pas vous lais… de ne pas révéler votre identité, dit-il. Je suis sérieux. Je suis quelqu'un d'honnête.

Ruby renifle, puis elle penche la tête et lui fait un sourire qui pourrait paraître amical si son regard n'était pas aussi tranchant.

– Je ne veux pas de votre promesse. Passons un marché. Je vous fournirai des informations. Mais seulement quand je penserai que ça en vaut la peine.

– Ça me semble honnête.

– Et si vous ne tenez pas parole, m'sieur, j'en parlerai à ma mère qui est au ciel et elle répétera tout au Seigneur. Et ce sera lui le juge, parce qu'il ne distingue pas les couleurs non plus, et que sa loi est plus juste que tout ce qu'on a sur Terre.

– C'est d'accord, dit Mick en sentant son ventre se serrer.

– Alors voici un premier os à ronger. Quand j'ai trouvé Barbara au milieu des arbres… Bon, on est allées dans la maison, je suis allée chercher Lily et j'ai changé sa couche.

Un tremblement nerveux agite son nez.

– Barbara est sortie de la cuisine. Et elle a dit : « Ils ont tout dérangé. »

– Ils ?

– C'est ce qu'elle a dit. Il devait y avoir quelqu'un d'autre dans la maison.

– Vous l'avez interrogée ?

– Non. J'ai… J'ai vu ce sang sur ses mains. J'ai pensé que c'était de la peinture, mais ensuite j'ai vu ce qu'il y avait dans la cuisine. Tout ce sang… Et ça semblait si bizarre. J'ai eu la même sensation quand j'ai fait le ménage, hier. Le soleil et la bouteille de bière. Ça collait pas.

Mick repense aux photos de la scène de crime, avec la bouteille de Blue Ribbon posée sur le comptoir. Il ne se souvient toujours pas l'avoir vue là quand il a inspecté les lieux. Ça prouve juste qu'il ne rajeunit pas. Il griffonne avec soin une bouteille dans son carnet.

Ruby le regarde dessiner. Son visage se crispe.

– C'est tout ce que j'ai à vous dire.

– Allez, Ruby. Quoi d'autre ? Que pensez-vous du couple Haney ? Qu'est-ce qu'on raconte dans le quartier ?

– Appelez-moi mademoiselle Wright. Parce que vous croyez que les voisins se confient à moi ? Vous devez être…

Son visage se ferme et Mick comprend qu'il n'en obtiendra pas plus aujourd'hui. Avec réticence, il remet son chapeau au bord toujours humide et range son carnet.

– Je suis ravi de travailler avec vous, dit-il.

Ruby le dévisage attentivement.

– Encore une chose…

– Bien sûr. Quoi ?

– Sunnylakes est un nid de vipères. Des femmes comme Mme Ingram vous raconteront n'importe quoi pour toucher la récompense. Vous devriez vous méfier de ce qu'on vous rapporte.

Mick hésite.

– Pourquoi critiquez-vous Mme Ingram ? C'est la meilleure amie de Joyce.

– Ouais, c'est ça, répond Ruby.

Chapitre 16

Ruby

– T'es complètement folle, Ruby.

Joseph entre dans la chambre au moment où la voiture de l'inspecteur disparaît au coin de la rue. Ruby s'éloigne de la fenêtre et se prépare à l'affrontement, qui s'annonce pénible.

– C'est quoi ton problème ? lâche-t-elle. Je fais rien de mal.

– Tu es en train de mettre les pieds dans la merde et ça va t'exploser à la gueule. Tu peux pas faire confiance à ce type. Tu veux être encore arrêtée ? Tu crois qu'ils te laisseront partir, cette fois ?

Elle croise les bras.

– Je ne vais pas m'incriminer moi-même.

– Ça, les flics seront ravis de s'en charger pour toi.

Son père apparaît à la porte. Il a l'air inquiet, mais son regard brille.

– Ça ne coûte rien de garder un œil ouvert, dit-il. S'il y a une récompense.

– C'est dangereux, réplique Joseph. Et désolé, m'sieur, mais est-ce que vous pensez vraiment qu'ils vont donner de l'argent à une Noire ?

– Je t'ai dit que je me fichais de l'argent, intervient Ruby.

Elle ne tient pas en place. Pourquoi faut-il que son père s'en mêle ? Ce n'est clairement pas le scénario idéal pour une dispute.

– Allons faire un tour, Joseph, reprend-elle. On cuit, ici. Sortons acheter une glace.

Dehors, le soleil tape si fort qu'on pourrait sans doute faire frire un œuf sur le capot de la Ford de M. Roan. Ruby traverse la rue, Joseph sur les talons. La colère qui les anime semble relier leurs corps. Dans la tête de Ruby, les arguments volettent tels des vers luisants, s'évanouissant en un clin d'œil avant qu'elle puisse les attraper.

– Je dois le faire pour Joyce, dit-elle alors qu'ils atteignent Florendale. Ce n'est pas une mauvaise personne. Si elle est toujours en vie, peut-être que l'inspecteur arrivera à la retrouver. Elle a des enfants, Joseph.

– Ta mère aussi avait des enfants. Rappelle-toi comment ça s'est passé pour elle.

– Tu ne sais rien du tout.

Elle marche à grands pas. Sa poitrine est gonflée de colère, car sa mémoire vient de rouvrir des plaies encore brûlantes.

– Quand Maman est morte, Joyce est la seule à m'avoir écoutée. Parce que sa mère aussi a été assassinée.

Joseph s'arrête net.

– Elle t'a raconté ça ?

Ruby hausse les épaules.

– J'imagine que personne d'autre à Sunnylakes ne voulait entendre un truc pareil. Je… On se comprenait. On savait toutes les deux à quel point c'était difficile de vivre ça, et…

– Elle n'en savait rien. Cette madame Villa-de-Luxe avec sa Chevrolet. Tu n'aurais pas dû lui parler.

– Il fallait bien que je parle à quelqu'un. Tu ne sais pas comment c'était. Papa ne parlait à personne. Mimi s'était lacéré les bras. Je devais tout gérer, tout reposait sur moi. Mais Joyce m'a vraiment écoutée. Et elle était la seule. On se remontait le moral. Elle m'a parlé de sa mère et je lui ai parlé de Maman, et elle m'a conseillé d'économiser pour l'université pour que ma mère soit fière de moi.

Joseph glousse.

– C'est ça, pendant qu'elle restait assise toute la journée au bord de sa piscine à ne rien faire. Parce que tu étais là pour faire le boulot à sa place. Tu parles d'une amitié. Tu devrais entendre ce que Leroy dirait au sujet de ta dépendance. Au Comité…

– Tu savais que Joyce se rendait aussi à un comité ? le coupe Ruby. Un comité de femmes. Où elles apprennent comment se débrouiller par elles-mêmes.

– Ça lui a fait une belle jambe.

– Joseph.

– Elle n'est pas un modèle pour toi.

Ils ont atteint la boutique du vendeur de glaces. Ruby cherche de l'argent dans sa poche et trouve un billet de cinq dollars tout froissé que M. Haney lui a donné le matin. Joseph fouille aussi sa poche mais n'y trouve rien. Il se mord la lèvre et son regard glisse au-dessus de Ruby.

– J'ai pas vraiment envie d'un truc froid, lâche-t-il.

Elle sait ce que ça veut dire. Elle pourrait l'inviter, bien sûr. Sortir ses cinq dollars et dire, *Pas de problème, chéri, aujourd'hui c'est moi qui paie*. Mais ce n'est pas une option. Alors elle répond :

– Ouais, moi non plus.

Sur le chemin du retour, elle se creuse la cervelle pour trouver des arguments. Il a raison, bien sûr. Joyce avait une existence tellement éloignée de la sienne que le fossé ne pourrait jamais être comblé. Mais elles avaient aussi un point commun. Des choses qu'aucune d'elles ne pouvait obtenir. Des rêves continuellement insatisfaits.

– Imagine que vous laissiez les femmes participer à votre comité, dit-elle. Comme les femmes de Sunnylakes. Ce serait quelque chose.

– Ce serait absurde, Rub.

– Tamona y va bien, elle.

– Tamona est la sœur de Leroy. Et elle n'est pas non plus un modèle pour toi.

– Peut-être, mais où est le mien, de comité ? Tu penses que tu peux tout arranger juste en répétant les paroles de Leroy. Personne ne m'apprend comment faire, moi.

Elle serre les poings.

– Je dois trouver mon chemin toute seule.

– Et tu ne choisis pas le bon.

– Parce que le tien est meilleur ?

Ruby s'est mise à crier, et elle se fiche que les gens la regardent.

– Tu veux toujours changer les choses, mais qu'as-tu fait pour changer, toi ? J'essaie juste d'avancer pour ne pas finir comme Maman, qui a travaillé toute sa vie et qui est morte dans la rue comme un chien.

Joseph secoue la tête. Ses yeux restent sombres et Ruby a l'impression d'avoir essayé d'éteindre un incendie avec de l'essence.

– Je ne veux plus être juste la bonne, ajoute-t-elle.

Puis sa voix se lézarde :

– Je veux être quelqu'un.

– Quelqu'un comme qui ? Tu penses devenir ingénieure en aéronautique, mademoiselle Je-sais-tout ? Ou députée ? Tu veux devenir présidente ?

– Je serai enseignante.

Elle croise les bras.
– Prof de sciences. Comme Mme Cannon.
Il se moque d'elle :
– C'est ce que t'a dit cette Mme Haney ? On dirait qu'elle a oublié de préciser que tu enseignerais dans une école pour les Noirs sans aucun financement. Et pour des gamins qui ne trouveront jamais de travail. Elle a peut-être été gentille avec toi, Ruby, mais ça ne suffit pas. Cette Blanche n'a jamais rien fait pour t'aider. Rien du tout.
– Ben malheureusement, aucun homme noir ne m'a jamais aidée non plus.
À peine ces mots ont-ils glissé hors de sa bouche qu'elle voudrait les ravaler. Mais c'est trop tard. Le visage de Joseph se durcit et, pendant un très court instant, son regard exprime une extrême vulnérabilité.
– Joseph, dit-elle. Je ne voulais pas…
– Fais ce que tu veux, lui répond-il d'une voix atone. Mais ne viens pas pleurnicher quand cet inspecteur jettera ton petit cul en prison et que ta patronne adorée attachera un nœud coulant à un arbre pour t'y pendre.
Puis il se retourne et s'éloigne.
Ruby reste plantée sur le trottoir, bouillonnante et lourde et prête à hurler. *Tu peux pas dire ça. Connard. T'as pas le droit de me dire ça à moi.*
Mais au lieu de parler, elle s'assoit sur le trottoir et pleure jusqu'à ce que le soleil commence à se coucher et que la rue se remplisse de visages inconnus et de cris.

*

Le lendemain, M. Haney ne lui prête aucune attention. Sa mère va arriver et il vérifie sur une carte le chemin qu'il doit prendre pour aller à l'aéroport, tout en grondant les filles et en se demandant où il pourrait acheter des fleurs fraîches par cette affreuse chaleur.

Finalement, il traîne les deux filles jusqu'à sa voiture et s'en va, laissant Ruby terminer son travail.

Elle en profite pour fureter un peu. Tandis qu'elle fait la poussière sur les étagères dans la chambre d'amis, elle laisse son regard glisser du canapé-lit noir et blanc au tapis bleu pâle et au vase en argent en forme de fusée.

Pour la première fois, elle réalise à quel point cette maison est sans âme. À l'intérieur, tout ressemble à une page de catalogue. Elle a du mal à imaginer que Joyce ait choisi ces objets, qu'elle soit allée dans un magasin et ait montré ce vase en disant « Ouais, m'sieur, c'est celui-là que je veux ». C'est comme si cette maison idéale essayait de vous convaincre de sa perfection en exhibant des objets qui lui étaient étrangers. Une imitation du bonheur.

Seulement, une imitation n'est pas la réalité. Le secret dissimulé sous le sourire de Joyce et son désir d'amitié la frappe, tout à coup. Joyce n'était pas heureuse. Elle repense aussi aux taches sur les draps de Mme Ingram et se demande si c'est la dernière chose à laquelle Joyce a pensé, avant que quelqu'un ne laisse une mare de sang sur le sol de sa cuisine.

Ruby soulève quelques coussins, ouvre avec précaution un ou deux tiroirs et feuillette même un livre portant la marque de la bibliothèque de Sunnylakes. Mais elle ne trouve rien d'intéressant.

Comment s'y prendrait un inspecteur ? Comment découvre-t-on la vérité ? Elle va devoir apprendre. Peut-être avec l'aide d'un livre. Mme Cannon, sa professeure, disait toujours : *Si vous êtes coincé, trouvez un livre.*

Elle met tout en ordre et quitte la maison. Dans l'allée, elle réfléchit. Il n'y a pas de bibliothèque à South Central.

Celle de Watts est trop petite pour détenir le genre de livre dont elle a besoin. Mais elle connaît quelqu'un qui peut probablement l'aider. Mme Cannon en personne.

En descendant Makee Avenue, elle vérifie ses ongles. C'est idiot. Elle est adulte, maintenant, et aucun professeur n'a plus le droit de lui poser de questions stupides sur son hygiène. Cela dit, elle a passé plus de temps à l'école qu'en dehors, et Mme Cannon a une telle façon d'inculquer les choses que vous ne les oubliez jamais.

La maison qu'elle cherche est un petit pavillon avec une pelouse bien entretenue et une clôture métallique qui aurait besoin d'un coup de peinture. Les fenêtres ont des rideaux comme il faut et toujours tirés, de telle sorte que le salon ressemble à un endroit merveilleux, illuminé de rouge et de jaune. Ruby n'y est pas entrée souvent, mais à chaque fois, ça a été un moment magique.

Elle laisse courir son doigt le long du nom inscrit sous la sonnette, Laureen Cannon, sans se décider à sonner. Peut-être qu'elle n'est pas chez elle. Peut-être qu'elle est encore à Parkland, en train de corriger des devoirs.

Mais alors elle entend des bruits de pas feutrés, et la porte s'ouvre en grand sur une petite femme rondelette avec des lunettes dorées et un chignon austère.

– Ruby Wright, si je ne me trompe pas. Quelle surprise !

– Madame Cannon. Je… Comment…

– Commence donc par entrer. Je peux t'offrir quelque chose ?

Ruby la suit dans le couloir et passe devant un miroir. Heureusement qu'elle porte sa tenue grise et stricte de Sunnylakes, aujourd'hui. Mme Cannon n'apprécie pas les shorts colorés et les bracelets, et elle sait vous le faire comprendre.

Le séjour est exactement comme Ruby se le rappelait. Bien rangé et ordonné, avec des meubles en bois et des bibliothèques sur tous les murs. Des livres sont empilés sur une table à côté du canapé. D'autres sont posés sur le rebord de la fenêtre. La pièce sent le papier et un parfum de pêche.

Mme Cannon passe dans la cuisine et revient avec deux verres d'eau.

– Que lis-tu en ce moment ?

La question prend Ruby au dépourvu.

– Je travaille, maintenant, dit-elle à toute vitesse. Je n'ai pas beaucoup de temps pour…

– On a toujours le temps de lire. Alors ?

– Je lis les journaux et d'autres trucs. En fait, c'est pour ça que je suis là. J'ai besoin d'un livre.

– Tu es sûrement capable de remplir un formulaire d'adhésion à une bibliothèque.

– Oui, mais c'est le genre de livre qu'on ne trouve pas dans n'importe quelle bibliothèque. Ça concerne les enquêtes criminelles. Les techniques d'interrogatoire, ce genre de chose… Mme Cannon, sauriez-vous garder un secret ?

Mme Cannon hoche la tête. Ruby lui parle de Joyce et de l'inspecteur. Elle ne lui dit pas tout, assez cependant pour que son ancienne professeure se pince le menton.

– Et maintenant, tu veux jouer les policiers ?

Une lueur de dédain traverse son regard.

– C'est plutôt… ambitieux.

– Non, répond Ruby avant d'avaler une gorgée d'eau. En fait, je veux devenir enseignante.

Il y a un moment de silence, légèrement troublé par le bruit de la rue qui filtre à travers les rideaux. Puis Mme Cannon déglutit.

– Vraiment ?

– Oui, à cause de vous. Vous êtes une prof super.

– Je suis flattée, mais quel est le rapport avec la disparition de ton amie ?

– Eh bien, je pensais que vous pourriez m'aider, parce que vous nous aidiez toujours tellement quand vous nous faisiez venir chez vous en retenue.

– C'était censé être une punition, mademoiselle Wright.

– Ouais, mais en vérité, c'était…

Ruby ose un sourire.

– C'était pour notre éducation, pas vrai ? Pour nous apprendre à apprécier des trucs nouveaux. Pour nous stimuler. Pour qu'on regarde les choses autrement et qu'on se pose des questions et… Mon père dit toujours que le monde ne change pas. Et ma mère le disait aussi. Mais venir ici a transformé ma vision des choses. C'est pour ça que je veux être enseignante.

– Pour changer le monde ?

– Ben… oui.

Et elle n'aura même pas besoin d'un de ces stupides comités pour le faire.

Mme Cannon cligne deux fois des yeux. Elle retire ses lunettes avant de les remettre.

– D'accord, dit-elle. Comment puis-je t'aider ?

– J'ai besoin d'un livre sur les techniques d'investigation de la police. Vous pouvez m'en trouver un, n'est-ce pas ? Je… Je peux payer.

– Qu'est-ce qui te fait penser que j'ai accès à ce genre de livre ?

– Vous connaissez des gens à l'université, pas vrai ? Dans les universités pour les Noirs. Ils ont tous les livres, là-bas.

– Je préférerais que tu vérifies à la bibliothèque du quartier.

Mme Cannon fixe son verre d'eau.

– Je suis certaine qu'ils peuvent fournir…

Mais soudain ses yeux se troublent. Elle se tord les mains et se mord la lèvre comme pour retenir un cri de colère.

– Au diable tout ça, murmure-t-elle. Dieu me pardonne, mais j'ai l'impression de parler comme un fichu conseiller d'éducation et je ne fais qu'insulter ton intelligence. Sache tout de même qu'à mon avis, tu prends beaucoup de risques.

– Pas si je sais comment poser les bonnes questions. Je dois aider Joyce. Je sens que je peux découvrir des choses que personne d'autre ne peut trouver.

– Je vois.

Mme Cannon hésite, mais juste un instant. Puis elle attrape une feuille de papier et un stylo. Ruby doit se mordre la lèvre pour s'empêcher de sourire. Elle a gagné.

Mme Cannon écrit quelques mots.

– J'ai un ami à Howard qui peut t'aider. Et peut-être Anthony à l'université d'État de West Virginia… Je vais te faire envoyer quelque chose.

Elle pose son stylo.

– Et où en es-tu de ton projet d'enseigner ?

– J'économise toujours pour l'université, dit Ruby qui sent sa voix se coincer dans sa gorge.

– Et ça avance ?

– Pas vraiment. Mon père dit que ça va pas se faire.

C'est sorti sans qu'elle puisse s'en empêcher.

Mais Mme Cannon fait comme si elle n'avait pas entendu, et c'est pour ça que Ruby la trouve si géniale.

– Tu dois y arriver. J'ai confiance en toi, Ruby. C'est pour ça que je t'invitais chez moi. J'ai confiance.

Elle se lève et s'approche des bibliothèques. Après une brève recherche, elle en sort un livre qu'elle presse dans la main de Ruby.

– Voilà, c'est un début.

Ruby fixe le titre. *Pédagogie critique – Enseigner comment passer du handicap à la liberté.*

– Tu en feras bon usage, dit Mme Cannon en débarrassant leurs verres.

Chapitre 17

Joyce

Les filles sont en train de dormir et je m'apprête à repousser la porte, mais pas avant de leur avoir jeté un dernier regard. Le rictus qui déforme la bouche de Barbara me fait penser à Lucille, ma belle-mère. Si seulement Frank pouvait voir à quel point sa fille tient de sa famille.

Ça a été ma première erreur. J'ai eu Barbara, une fille. Puis j'en ai eu une autre, mais avant que Lily vienne au monde j'avais fait tant d'autres erreurs que Frank et moi avions cessé de compter.

Je ferme la porte entièrement.

Du fond du placard, les peintures m'appellent. Pourtant, la cuisine doit passer d'abord. J'efface les traces du déjeuner, frotte les surfaces et vaporise un peu de King Pine. Je serai partie avant que Ruby n'arrive et je ne veux pas qu'elle trouve une maison en désordre. Nous rions ensemble, elle et moi, et nous avons pleuré ensemble, aussi, en évoquant nos mères, assassinées par des hommes qui les considéraient comme des déchets. J'ai dit à Ruby des choses que je n'avais jamais dites à personne. Qu'elle n'est pas obligée de pardonner, qu'elle devrait être en colère face à tant d'injustice. Qu'elle a le droit de haïr.

Ruby était heureuse, ces derniers temps. Elle est amoureuse, et d'après ce qu'elle m'a confié, il s'agit d'un garçon convenable, qui prend soin d'elle. Jusqu'à il y a quelques semaines, je détestais voir des jeunes filles amoureuses. J'avais envie de les étrangler. Ce qui est totalement irrationnel, évidemment, et plutôt inquiétant.

Et puis Jimmy a téléphoné.

Après l'incendie, quand je suis partie vivre avec Papa et Maman, tout me semblait gris. Les années se confondaient comme des plats allégés ; elles n'avaient aucun goût. Je priais, je faisais le ménage et j'étais sans arrêt punie. Jusqu'à ce que j'entre à l'université.

Jimmy ne suivait pas vraiment les cours, mais il fréquentait le milieu étudiant. Nous avons commencé à discuter. Puis nous nous sommes embrassés. Puis nous avons fait des virées en voiture et bientôt, nous nous sommes retrouvés sur la banquette arrière.

Je ne voulais pas, au début, mais Jimmy insistait. Il disait qu'à notre époque, seules les filles frigides se l'interdisaient. Et comment pouvait-il être sûr de mon amour pour lui si je ne me détendais pas ? Alors je l'ai fait.

Et là, j'ai commis une autre erreur. J'ai aimé ça. J'ai aimé ses baisers et sa façon de me prendre par la taille pour me mettre dans la bonne position, et j'ai désiré qu'il me pénètre. J'ai vraiment, vraiment aimé ça. Et ensuite, j'en ai réclamé encore. Je suis revenue vers lui sans me soucier de la Bible, de Maman ou du mariage.

Jimmy, je devrais le préciser, est lui aussi revenu vers moi.

Et il m'a abandonnée, plusieurs fois. Avant que je me marie, et pendant mon mariage. Mais il est toujours revenu. Son travail pouvait l'entraîner loin de Philadelphie, et peu importait le nombre de filles qui lui tournaient autour – dans les bars, chez des amis ou près des bases militaires –, il revenait toujours.

Ce qui me fait penser qu'il faut que je me prépare. Il ne me reste que quelques heures. Je me précipite dans la salle de bains et ouvre les robinets. Dans ma chambre, j'envoie voler mes vêtements. Ça me fait rire bêtement. Nue comme Ève, ni regret ni lamentation, tout n'est qu'illusion.

L'eau du bain est bouillante mais je m'y plonge malgré tout. Je veux sentir de la chaleur sur ma peau, la chaleur de son souffle, son corps appuyé sur le mien, le feu interdit que Maman et les médecins essayaient d'étouffer avec leurs prières et leurs traitements. Le feu gronde toujours en moi, pourtant, et avec l'après-midi qui approche, je suis incapable d'attendre. Je veux raviver ses flammes. Mes doigts dansent sur mes seins et chaque contact déclenche une étincelle.

Pauvre Frank, ce n'était jamais comme ça avec toi. Je m'en suis sentie coupable pendant tellement d'années. Mais tu as commencé à t'absenter sans raison et ma culpabilité s'est éteinte, ainsi que tout ce qui nous liait.

Maman me traitait d'effrontée et de putain, mais il n'y a eu que deux hommes dans ma vie. Jimmy et Frank. Alchimie et manque. Tu batifoles, tu convoles, tu t'envoles et tu dégringoles.

Un dernier après-midi et tout va changer. Je fais glisser mes mains sur mes cuisses comme Jimmy le faisait. Je renverse la tête pour accueillir un baiser qui ne viendra pas. Mes paumes se nichent entre mes jambes, à l'endroit où les secrets brûlent d'impatience.

Genevieve a raison. Je n'ai pas besoin d'un homme. Je peux me débrouiller seule, et plutôt joyeusement.

Chapitre 18

Mick

Mick boit son soda bruyamment et pose les pieds sur son bureau. La réponse semble si proche, et pourtant... Le pyjama, le Comité des Femmes, le soudain intérêt de Joyce pour la peinture. Il y a là un mystère qu'il est incapable de percer. Il va devoir obliger Mme Crane à lui remettre ses dossiers, la liste des profs de dessin ayant participé à leurs réunions, le nom de toutes les personnes qui pourraient l'éclairer sur Sunnylakes. Les médecins, par exemple.

Mais pour ça, il faudrait qu'il demande à Murphy une autorisation. Et tandis qu'il considère cette perspective particulièrement plaisante, il entend son chef brailler dans le couloir.

Mick jette un œil prudent par la porte de son bureau. Murphy est en train de passer un savon à deux officiers, dont Hodge. Il fait régner la loi comme on marque des bestiaux au fer rouge.

Mick les prend en pitié.

– Cessez le feu, dit-il. Ne gaspillez pas vos munitions avec ces blancs-becs.

Murphy se retourne.

– Blanke ! crie-t-il. Vous êtes notre échec le plus cuisant depuis cette foutue bataille du périmètre de Busan[1].

– J'ai une théorie qui pourrait expliquer…

– On a tous une putain de théorie, Blanke. La mienne est qu'elle a été frappée par la foudre et qu'elle s'est évaporée. Bon sang, mais qu'est-ce que vous foutiez à boire le thé avec toutes ces bonnes femmes ?

– J'interrogeais des témoins importants, si je puis me permettre. Je…

– Je vous jure que si vous nous fichez ici le même merdier qu'à New York, je vous obtiendrai bien pire qu'une putain de mutation. Je n'admets pas que mes hommes baisent une civile sous prétexte de boucler une affaire.

Hodge siffle entre ses dents.

– C'est pour ça que vous avez atterri ici ?

– D'abord, j'ai pas… ça faisait partie d'un plan pour infiltrer O'Leary et sa bande.

Il n'est pas sûr de savoir pourquoi il ressent le besoin de raconter à ces idiots ce qu'il s'est passé avec Beverly, mais le regard stupéfait de Hodge réclame une explication.

– Cette fille était un moyen de parvenir à mon but. Et c'est toujours resté professionnel, quoi qu'ils aient pu vous raconter.

– Ils m'ont dit que vous aviez dépassé les bornes, inspecteur.

Mick serre les poings dans son dos à s'en briser les articulations.

– Je n'ai pas été reconnu coupable, se défend-il.

– Et pourtant, ils vous ont envoyé à l'autre bout du pays,

1. Célèbre bataille qui opposa, en 1950, les forces de l'ONU, auxquelles appartenait l'armée américaine, à celles de la Corée du Nord.

aussi loin que possible de cette petite garce. Quel âge elle avait, Blanke ? Elle était majeure, j'espère.

– Vingt-quatre ans. Et elle... elle a mal interprété la situation.

– On dirait qu'elle n'est pas la seule.

Murphy lui jette un méchant sourire.

– Au moins, vous savez vous y prendre avec les dames. Voyons donc votre foutue théorie.

– L'avortement, dit Mick après un silence pour marquer son auditoire.

Les yeux de Murphy sortent de leur orbite, comme s'il auditionnait pour une maison hantée. Puis il se reprend, croise les bras et lâche en grognant :

– Vous êtes cinglé.

Mick fait claquer ses lèvres.

– Réfléchissez, chef. Joyce Haney tombe enceinte, mais elle ne veut pas garder l'enfant. Elle attend que son mari soit en déplacement et convient d'un rendez-vous avec le docteur Morton. Le matin, elle se rend au centre commercial pour acheter des médicaments contre la douleur. Le docteur la rejoint chez elle dans l'après-midi, quand la rue est calme. La plus jeune des fillettes est en train de dormir, alors elle envoie l'autre jouer chez les voisins. Ils pratiquent l'opération dans la cuisine, où... c'est plus facile de nettoyer. Ça expliquerait le sang.

Murphy se tapote le menton avec un doigt.

– Et où serait passée Mme Haney, maintenant ?

– Peut-être que ça s'est mal passé. Imaginez ça : elle fait une hémorragie interne, alors le médecin la met dans sa voiture et s'en va. Peut-être qu'il voulait la conduire dans une clinique privée, mais qu'elle est morte en route... et qu'il s'est débarrassé du corps.

Murphy secoue la tête.

– Vous avez évoqué un pyjama. Pourquoi aurait-elle acheté un pyjama si elle avait l'intention de se débarrasser du petit bâtard ?

– Désolé, chef. Je n'ai aucune explication pour ça.

Hodge ouvre la bouche et lâche avec difficulté :

– Hys… hystérie féminine ?

– Faites-moi plaisir, reprend le chef. Ne parlez pas de votre théorie foireuse à Frank Haney avant d'en être certain.

– Pigé, chef.

De retour dans son bureau, Mick se réfugie dans le seul coin d'ombre et réfléchit. Genevieve Crane lui a laissé entendre que le ménage Haney n'était pas au mieux. Joyce avait des problèmes psychologiques, et manifestement, Monsieur Frankie le vivait plutôt mal. Peut-être qu'il a craqué sous la pression et…

Avant qu'il ait pu aller au bout de sa pensée, Jackie passe la tête dans son bureau.

– Une Mme Crane a appelé. Elle voudrait vous voir au sujet d'une certaine Deena. Vous pourrez passer chez elle ?

– Bien sûr, répond Mick. Pendant ce temps-là, pourriez-vous essayer de m'avoir des places pour l'exposition Amblioni ? C'est pour l'affaire.

– Je m'en occupe. Vous penserez à compléter la note de frais ?

Mais Mick a passé la porte.

Quand Genevieve Crane lui ouvre, elle porte déjà son chapeau et ses gants. Elle ferme à clé derrière elle et entraîne Mick vers la Pontiac noire garée dans l'allée. Comme si c'était la chose la plus naturelle au monde, elle ouvre la portière côté conducteur, s'assoit à l'intérieur et déverrouille l'autre.

– Je vous en prie, dit-elle.

Mick met un petit moment à réaliser. Ce n'est pas la voiture de M. Crane. C'est la sienne. Incroyable...

Elle tourne la clé de contact d'un mouvement de poignet élégant. Mick s'installe sur le siège passager et ne peut s'empêcher d'observer les muscles de ses genoux se contracter tandis qu'elle appuie sur l'accélérateur.

Mme Crane le gratifie d'un demi-sourire.

– Ça va, inspecteur ?

Il se ressaisit et regarde droit devant lui. Mme Crane fait sa marche arrière avec classe et s'engage dans la rue. Ils prennent Portland Avenue et traversent le vieux Speckleton en direction de l'autoroute. La Pontiac flotte comme un yacht, toutes voiles dehors.

– C'est le jour de congé de Deena, aujourd'hui, dit Mme Crane en accélérant. Elle veut vous parler, mais elle m'a demandé d'être là aussi. Elle n'est pas très à l'aise avec les forces de l'ordre. Mais j'imagine que vous êtes habitué, non ?

Il ignore la question.

– Cette Deena détonne un peu dans votre groupe, non ? Elle n'est pas très « Sunnylakes ».

– Notre communauté possède deux facettes, comme toute l'Amérique, répond Mme Crane. Il y a le Sunnylakes que vous connaissez. Les maisons spacieuses, les barbecues, les maris qui travaillent et leurs femmes qui restent à la maison. Et il y a l'autre. Les gens qui ont du mal à s'offrir un petit déjeuner. Ceux pour qui le mariage et l'accès à la propriété sont un rêve inatteignable. J'ai invité Deena à rejoindre notre Comité car je trouvais important que les autres comprennent que leur monde et ses privilèges n'étaient pas accessibles à tous.

Mick se recale dans son siège. Un commentaire sociopolitique intelligent aurait été approprié, mais tout ce qu'il trouve à dire est un « Je vois » qui vaut à peine mieux qu'un *Hein ?*.

Mme Crane, imperturbable, envoie des appels de phares à un conducteur qui vient de lui couper la route.

– Naturellement, toutes ne sont pas d'accord, enchaîne-t-elle. Mais Joyce et Deena se sont tout de suite bien entendues. Et puis Nancy a commencé à apprécier Deena aussi et elles sont devenues inséparables, toutes les trois.

Ce n'est pas tout à fait ce que Mme Kettering lui a dit, mais Mick préfère garder ça pour lui.

– Pourquoi croyez-vous que Joyce et Deena s'entendaient si bien ?

– J'ai toujours pensé qu'elles avaient quelque chose en commun. Elles étaient comme deux âmes sœurs, comme deux femmes qui partagent la même expérience.

Deux orphelines nées du mauvais côté de la rue, songe Mick. Deux femmes jetées dans un monde auquel elles n'appartiennent pas. À ceci près que Joyce avait la chance de pouvoir faire semblant, avec ses robes, sa voiture et ses deux jolies enfants.

Ils quittent l'autoroute à Crankton. C'est la première fois que Mick vient ici, et il ne tarde pas à le regretter. Crankton est une sorte de camp de mobil-homes installé sur des terres agricoles à moitié abandonnées. Des sacs en plastique claquent au vent sur les arbustes poussiéreux au bord de la route. Des cannettes scintillent dans le fossé et des chiens errants les regardent passer avec méfiance depuis leurs niches improvisées dans des palettes et du grillage. L'air est rempli d'une odeur d'engrais, pimentée d'effluves d'égout.

Ils s'arrêtent près d'un mobil-home qui a dû être bleu un jour avant de virer au gris moisi. Mme Crane gare la Pontiac et le moteur émet un dernier ronronnement, telle une panthère en train de faire sa sieste. Elle conduit Mick jusqu'au porche et, comme la sonnette pendouille au bout de ses fils, elle frappe contre le mur.

– Deena, c'est moi. Je suis avec l'inspecteur Blanke.

Deena Klintz apparaît derrière la porte, son visage pâle brouillé par la moustiquaire. Elle fait sauter trois loquets et les fait entrer.

La porte ouvre directement dans le salon, qui sert aussi de salle à manger et de placard. Le mobilier – un canapé, un portemanteau, une télé et une table pliante – est usé mais plutôt bien entretenu. On peut en dire autant de Deena, qui s'est lavé les cheveux et porte un chemisier neuf dévoilant un peu trop sa poitrine tachetée. Son rouge à lèvres, quoique plus épais et farineux, est de la même couleur que celui de Mme Crane.

Elle leur propose du café ou du soda en cannette. Mick, incertain de l'état de la cuisine, opte pour ce dernier.

– Maintenant, Deena, commence Mme Crane, il faut tout raconter à l'inspecteur.

– C'est à propos de Joyce, explique Deena, comme si ce n'était pas évident. Il y a quelque chose que vous aimeriez peut-être savoir.

Mick sirote sa boisson et attend la révélation.

– Jimmy s'est pointé, dit Deena.

Mick se redresse si vite qu'il renverse du soda sur son pantalon.

– Qui est Jimmy ? demande-t-il en essuyant la tache. Et pourquoi n'en avez-vous pas parlé plus tôt, bon sang ?

– Elle vous en parle maintenant, intervient Mme Crane.

– J'ai promis, reprend Deena avant d'ajouter calmement : J'ai juré de ne rien dire, à cause de Frank. Jimmy est un vieil ami de Joyce. De l'époque où elle habitait à Philadelphie. Ils ne se sont pas vus pendant des années. Il s'était engagé dans l'armée et a fait la Corée. Mais maintenant, il est de retour.

– Cinq ans après la fin de la guerre ? fait Mick en levant un sourcil. Joyce était… elle est mariée, elle a des enfants. Il a dû être un très bon ami, en réalité.

Deena se tasse sur elle-même.

– Je vous jure sur ma tête…

– Raconte-lui, intervient Mme Crane. Fais-le pour Joyce.

Mick enfonce ses ongles dans sa jambe et sourit. *L'inspecteur va t'étrangler si tu ne craches pas le morceau tout de suite.*

– Joyce m'a dit que Jimmy voulait l'épouser, explique Deena. Vous savez, avant qu'il parte en Corée. Mais pendant qu'il était là-bas, elle a rencontré Frank.

– Quand Jimmy est-il réapparu ?

– Il y a trois semaines, environ. Il est passé la voir.

– Chez elle ?

– Un après-midi, quand Frank n'était pas là. Mais Joyce l'a mis dehors.

– Savez-vous pourquoi ? Est-ce qu'ils se sont disputés ?

– Un peu. Joyce m'a dit qu'il avait mis beaucoup de temps à la retrouver. Il lui a demandé pourquoi elle l'avait abandonné. Elle était… gênée. Et elle avait peur que Frank apprenne qu'il était venu chez eux. Alors elle l'a amené chez moi.

– Ce type est venu ici ?

Deena baisse les yeux et rougit.

– Pas… pas longtemps. Juste le temps qu'ils puissent parler tranquillement. Joyce n'est restée qu'un moment. Elle lui a dit la vérité. Qu'elle voulait rester avec Frank.

– Vous pensez qu'elle était heureuse en ménage ?

Deena le regarde comme si elle ne comprenait pas. Ce qui, se dit Mick, est probablement le cas. Son hypothèse est confirmée par la réponse de la jeune femme.

– Frank ne l'a jamais frappée, explique-t-elle. Et il lui donnait de l'argent tous les mois pour entretenir la maison. Elle n'a jamais manqué de rien.

Si cela suffisait à rendre un mariage heureux, Mick Blanke passerait son temps à sauter de joie.

Il s'éclaircit la gorge.
– Connaissez-vous le nom de famille de ce Jimmy ?
– Non. Il… il est parti lui aussi. Je voulais juste vous en parler au cas où ça pourrait vous aider à retrouver Joyce. Mais c'est tout ce que je sais. Je vous jure, inspecteur.
Mick a le sentiment que ce n'est pas tout à fait vrai.
– Comment ça s'est passé ? Est-ce que ce Jimmy s'est énervé quand Joyce l'a repoussé ?
– Un peu. Il a dit qu'il lui laissait du temps pour réfléchir.
– Je croyais qu'elle lui avait déjà dit non.
– Certains hommes ont du mal à accepter ce genre de réponse, intervient Mme Crane.
Deena acquiesce d'un mouvement de tête.
– Nancy m'a dit qu'il y avait une récompense, ajoute-t-elle.
– Les informations vont vite. En effet, il y a une récompense de mille dollars pour toute information cruciale qui nous permettrait de retrouver Joyce.
Elle penche la tête.
– Ah, d'accord. J'imagine que… Je vous contacterai si je me souviens d'autre chose.
Évidemment qu'elle le fera. Mick fait claquer sa langue et lui adresse son plus beau regard de flic.
– Nous ne payons que si l'information est utile. Et il y a une amende pour les fausses déclarations qui nous font perdre notre temps.
Elle soutient son regard.
– Bien sûr. Je ne ferai perdre son temps à personne, monsieur.
Il demande à Deena une description de Jimmy et ne repense à ses révélations que bien plus tard, longtemps après qu'ils sont retournés à Sunnylakes et qu'il a remercié Mme Crane.
Alors qu'il est à nouveau bloqué dans les embouteillages à proximité du chantier du pont, il ne sait même plus ce qu'il

était censé se rappeler. Il se reproche d'être aussi tête en l'air qu'un écolier. Il a raté quelque chose dans ce taudis. Quelque chose a sorti la tête de l'eau pour chercher de l'air, mais il n'a pu l'attraper avant qu'il plonge à nouveau.

Chapitre 19

Ruby

Au moment d'entrer dans la maison des Haney, Ruby sait qu'elle n'y est plus la bienvenue. Mme Haney mère est arrivée. C'est une femme grassouillette avec des cheveux blancs aux reflets bleutés qui la regarde aussitôt avec une expression pincée.

– Vous devez être la bonne, dit-elle. Vous arrivez toujours aussi tôt ?

– M. Haney m'a demandé de venir le matin, m'dame.

– Ça ne m'arrange pas. Et c'est quoi, ce sac ?

Ruby pose la main sur son petit sac à main.

– Mon argent et ma carte de transport.

– Laissez-le sur le perron. Je ne veux pas que vous vous promeniez dans la maison avec un sac.

– Oui, m'dame.

– Et cette tenue… il vous faut un uniforme et des chaussons. Les tapis coûtent cher. Nous allons devoir diminuer votre salaire aujourd'hui.

– Oui, m'dame.

– Et ne touchez pas aux affaires des enfants.

– Bien, m'dame.

Mme Haney la dévisage telle la mère des dragons. Sa

robe verdâtre et ses cheveux filasse accentuent encore cette impression. Elle est prête à cracher du feu quand M. Haney apparaît avec une barbe de trois jours, Lily dans les bras.

– Le jardin manque d'entretien, dit-il. Quand vous aurez terminé, vous arroserez les fleurs. Elles sont desséchées. Il fait si…

– Je ne comprends pas à quoi te servent ces géraniums, au juste, le coupe sa mère. Ils gênent le passage. Les filles pourraient trébucher.

– Ce sont les fleurs de Joyce, Maman. Elle n'aimerait pas…

Ruby n'entend pas la suite car soudain Barbara se met à pleurer, et Ruby en profite pour filer dans la cuisine.

Lorsqu'elle a terminé les sols, elle s'échappe dans le jardin. Elle est en train de remplir l'arrosoir quand M. Haney apparaît au coin de la maison. Il a roulé ses manches de chemise et ses mains sont sales d'avoir arraché des mauvaises herbes. Sa bouche est contractée, c'est mauvais signe. Il prend l'arrosoir des mains de Ruby et sort de sa poche cinq dollars soigneusement pliés en deux.

– Ma mère pense que c'est mieux que tu partes.

Eh bien, ça n'aura pas été long à venir.

Il s'essuie le front.

– Elle pense qu'elle peut se débrouiller seule avec les enfants et le ménage. Mais tu pourras revenir mardi pour faire les sols. À l'ancien tarif.

– D'accord, monsieur Haney.

C'est alors que Mme Ingram apparaît. Elle porte un tablier de jardinage et un pantalon corsaire qui fait ressortir ses fesses. La tenue parfaite pour se lancer à l'abordage d'un homme tel que M. Haney. Elle hâte le pas et lui prend l'arrosoir des mains.

– S'il te plaît, Frank, dit-elle. Ne t'embête pas avec les fleurs. Pas maintenant.

– Elles sont dans un état épouvantable, répond-il. Surtout celles qui sont en pot. Je déteste voir des fleurs fanées, mais je n'arrive pas à m'en occuper... Je suis trop préoccupé. Ma mère pense que je devrais m'en débarrasser. Mon Dieu, j'aurais dû...

Mme Ingram pose une main sur son bras.

– T'occuper des fleurs n'est pas une priorité. Donne-les-moi. Je vais les jeter.

Ruby serre les lèvres. Ce n'est pas juste. Ces fleurs sont la fierté et le bonheur de Joyce. Et maintenant Mme Ingram, avec son petit cul et sa permanente toute fraîche, va les mettre à la poubelle. Comme si elle faisait déjà de la place pour sa perruche en plastique.

– Et si vous me les donniez ?

Les mots sont sortis de sa bouche sans qu'elle ait pu les arrêter.

– Je... Je pourrais m'en occuper.

Mme Ingram fronce le nez, mais au bout d'un moment, M. Haney sourit.

– C'est une très bonne idée, oui.

– Vraiment ? intervient Mme Ingram. Tu les lui donnes ?

– Pourquoi pas ? C'est mieux que de les jeter.

Il soulève le pot en poussant un grognement.

– Prenez-les chez vous et faites de votre mieux. Vous pourrez les rapporter quand Joyce sera revenue.

Le pot est lourd, même si sa terre est toute sèche. M. Haney et Mme Ingram observent Ruby en souriant, et elle réalise avec horreur qu'ils attendent un merci.

Cinq minutes plus tard, elle se demande comment on peut être aussi maladroite. Le pot est lourd et encombrant. Presque tous les géraniums ont fané. Des petits morceaux de pourriture brune volent sur son visage à chaque souffle de vent. Ses bras commencent à lui faire mal avant même qu'elle n'ait dépassé la maison de Mme Ingram. Et Roseview Drive semble s'étendre à l'infini.

À l'arrêt du bus, un coup d'œil à sa montre lui révèle qu'elle a vingt minutes d'attente. La montre lui fait aussi penser à Joseph, et son moral s'effondre. Il n'a pas appelé et elle ne sait pas comment réagir. C'est son premier amour, après tout. Elle s'efforce de garder la tête froide, mais elle a vraiment le béguin pour lui, ce qui rend sa douleur d'autant plus vive.

Puis elle réalise qu'elle vient de se faire virer. Ce qui signifie plus d'argent. Sans accès à la maison des Haney, elle ne pourra pas aider à retrouver Joyce, et elle ne touchera pas non plus la récompense. Ainsi prend fin son rêve d'aller à l'université. Elle n'a plus ni mec, ni argent, ni avenir. *Mais qu'est-ce qui lui arrive ?*

Le bus arrive. Son pot se coince entre les sièges de l'allée centrale et le chauffeur lui crie de dégager le passage. Un Blanc avec un chapeau de cow-boy lui crache *le* mot honni au visage et elle a l'impression qu'on la poignarde jusqu'à l'os. Elle s'assoit dans la dernière rangée, appuie son front sur le pot posé sur ses genoux et pleure tout le long de la route jusqu'à Compton.

Elle sort du bus épuisée par les larmes et la soif. Elle n'en peut plus. Elle devrait abandonner ce foutu pot ici, sur le trottoir. Laisser quelqu'un d'autre avoir pitié de ces fleurs.

Mais qu'arrivera-t-il, alors, si Joyce rentre à la maison et les réclame ? *Désolée, je les ai abandonnées dans une rue du ghetto. Elles se sont noyées dans de la pisse de clochard.*

Si seulement Joseph était là. Il est fort. Il pourrait les porter et Ruby avec, sans problème.

À la maison, Mimi l'accueille sans même remarquer son fardeau.

– Où est la boîte à chapeaux de Maman ? crie-t-elle en guise de bonjour. Elle était sous mon lit. Pourquoi tu ranges toujours les trucs où personne peut les trouver ?

– Et pourquoi tu fais pas un peu de ménage dans ta chambre, des fois ? braille Ruby en réponse. Ça t'éviterait ce genre de problème.

– Si tu ramenais pas des mecs à la maison, j'aurais pas besoin de ranger.

Mimi lui jette un regard méchant. Amour et haine entre sœurs.

– En tout cas, on dirait que Joseph a dégagé, c'est déjà un problème de réglé.

– Connasse.

Ruby pose son pot par terre pour sauter sur sa sœur, mais celle-ci se réfugie dans la chambre de Pa, où Ruby a vu pour la dernière fois la boîte à chapeaux en haut de l'armoire, à côté de la guitare cassée et de la valise qui contient les robes de messe de sa mère.

Les larmes se pressent à nouveau dans ses yeux, transformant les géraniums en éclaboussures rouges et brunes. Elle ramasse le pot et se débrouille pour le faire entrer dans la cuisine. Elle l'installera sur la sortie de secours et advienne que pourra.

Pa, expulsé de sa chambre par les recherches frénétiques de Mimi, entre dans la cuisine au moment où Ruby ouvre la fenêtre.

– Qu'est-ce que c'est que ce truc ?

– Un cadeau de mon patron, murmure-t-elle en hissant les fleurs vers l'ouverture. Je veux juste…

C'est alors que Mimi se précipite dans la pièce, la boîte à chapeaux dans les mains.

– Je l'ai, Pa ! crie-t-elle. Est-ce que je peux…

Et elle percute sa sœur.

Ruby essaie de rattraper le pot qui lui échappe mais c'est trop tard. Il percute le sol avec un crac et se casse en trois morceaux. La terre se répand sur le sol ainsi que les fleurs, les pétales et un enchevêtrement de racines desséchées.

– Espèce de débile, fait Ruby en repoussant sa sœur dans le couloir. T'es vraiment conne. Ils vont retenir ça sur ma paie.

– Et toi, t'es plus maladroite qu'une vache, rétorque Mimi. De toute façon, elles étaient moches.

Pa les attrape toutes les deux et les sépare.

– Arrêtez, les filles. Bouge tes fesses dans ta chambre, Mirabelle.

– Je sors avec Pam et Ginnie.

– Non, tu restes ici. Et tu y resteras jusqu'à ce que ta chambre soit rangée. Et toi, Ruby, tu sors ce bordel de ma cuisine. On n'a pas de place.

– Mais M. Haney m'a donné…

– Je m'en contrefiche. Débarrasse-moi de ça et cesse de te chamailler avec ta sœur.

Ruby sanglote. Elle voudrait se retenir, mais elle est à bout. Les cris, la colère, cette satanée chaleur. Maintenant qu'elle a perdu son travail, ça va être comme ça toute la journée, tous les jours.

Elle attrape une poubelle sous l'évier et commence à ramasser les débris. Ce qu'il restait des géraniums est tout écrasé sous la terre. Leurs racines sont entortillées autour de petits bâtons blancs qui se détachent quand elle tire dessus. Elle les récupère et les jette, puis elle ramasse la terre avec ses mains. Sous les racines il y a autre chose, un objet blanc et bombé. De la porcelaine ? Un morceau de pot plus ancien ?

Elle écarte la terre et le ramasse.

Le monde s'arrête soudain de tourner. Sa respiration se bloque dans sa poitrine et un cocon se forme autour d'elle, l'isolant du bruit alentour. Elle ne peut s'empêcher de fixer ce qu'elle a entre les mains. C'est si petit, si délicat, si horrible.

Pa se tourne vers elle et reste bouche bée. Il dit quelques mots, mais elle ne l'entend pas, alors il tend le bras pour l'obliger à se relever. Le minuscule crâne blanc tombe des mains de Ruby et se niche à nouveau au milieu des racines parmi lesquelles il a dormi pendant tout ce temps.

Lorsqu'elle reprend conscience, Joseph est à côté d'elle. Il l'attire contre sa poitrine et tout devient sombre. Elle reprend son souffle et halète dans la chaleur de sa chemise. Quelque part dans son dos, Pa s'exclame :

– Oh, Seigneur. Oh, Seigneur.

Mimi pleure. Même Joseph tremble. Il ne cesse de répéter :

– Je t'avais dit que ça t'attirerait des ennuis. Je te l'avais dit. Je te l'avais dit.

Ruby reste immobile jusqu'à ce qu'il la repousse. Il se précipite à la fenêtre et tire les rideaux, alors qu'il faudrait être Superman pour réussir à voir à l'intérieur. Ensuite, il s'agenouille et tapote le crâne avec une fourchette.

C'est un crâne de bébé. Ruby, libérée de son envoûtement, ne peut s'empêcher de le regarder. Il est si parfait. Rond et blanc, avec de grandes cavités oculaires remplies de saleté. Elle voudrait les nettoyer pour que la petite chose puisse voir. Joseph remue la terre et trouve ce qui ressemble à une main avec de petits os de doigts. D'autres os se nichent parmi les racines. Les bâtons. Les bâtons sont des os. Un bébé entier. Enterré sous les plantes.

Le bébé de Joyce. Joyce a eu un bébé et elle n'en a jamais parlé à personne. Sauf à moi. Elle m'a demandé d'en prendre soin.

– Blanke, dit soudain Ruby. Il faut appeler l'inspecteur Blanke.

Joseph lève la tête et éclate de colère.

– Je t'ai dit de ne pas t'en mêler !

– Et moi, je t'ai dit que je ne risquais rien. Je ne suis pas impliquée.

– Tu as ramené ce truc à la maison.

– Joyce me demandait toujours de veiller sur elles.

La voix de Ruby devient fragile comme du papier.

– Elle me demandait de prendre soin de…

Joseph se relève d'un bond et la saisit par les épaules.

– Putain, Ruby, qu'est-ce qui se passe ? Qu'est-ce qu'elle t'a raconté ? Tu sais quelque chose ?

– Je ne sais rien du tout, répond-elle en repoussant ses mains. Laisse-moi appeler l'inspecteur Blanke, s'il te plaît.

– Tu n'appelles personne. On se débarrasse de tout ça.

Ruby regarde à nouveau le petit crâne.

– Tu ne peux pas faire ça. L'inspecteur doit savoir. C'est important. Laisse-moi l'appeler, je t'en prie.

– Je vais me gêner.

Joseph commence à mettre la terre, les os et les pétales fanés dans la poubelle avec ses mains.

– On va balancer tout ça. Loin d'ici. À Glendale, pourquoi pas, ou quelque part sur Cross.

Ruby se jette sur lui.

– Non. Arrête !

– T'es complètement cinglée. Dégage.

Elle repousse son bras.

– Non. C'est une scène de crime. N'y touche pas.

– Ruby.

– Ne touche à rien.

Joseph secoue la terre de ses mains, éparpillant des fragments d'os.

– OK, débrouille-toi. Mais moi, je me tire.

Il jette un regard noir à Pa et sort de la cuisine à grands pas.

– Fais comme tu veux ! crie Ruby. Sauve ton cul minable et ne viens plus jamais le poser ici !

– Ruby, chérie, dit Pa d'une voix très douce. Peut-être qu'il a raison. On ne devrait pas…

Mais Ruby ne peut en supporter davantage. Elle s'empare de la monnaie qu'elle a récupérée dans le bus et se précipite vers la porte. Pas question qu'elle appelle depuis le téléphone de Mme Estrada. Elle dévale la rue en courant, puis Brookes, et continue à courir et à courir jusqu'à ce qu'elle trouve une cabine téléphonique en état de fonctionner. Et tout du long, elle prie pour que l'inspecteur soit à son bureau.

Chapitre 20

Mick

Il est parfois impossible d'enrober les choses. Il y a un bébé mort étalé sur le sol de la cuisine des Wright. Mick s'efforce de respirer lentement. Il a déjà vu des squelettes auparavant, et celui-ci n'est pas le pire. Il y a eu ce pauvre Giuliani dans un baril d'acide, avec ses morceaux de chair qui pendaient comme les guenilles d'un épouvantail. Ou les restes de cette prostituée rejetés par l'East River, avec toutes ses parties molles bien mâchouillées et seulement son corset et ses bas pour la maintenir en un seul morceau. Mais il s'agissait d'adultes. De ratés, mauvais et dangereux, qui ne méritaient peut-être pas leur sort, mais qui avaient nui à des gens qui ne le méritaient pas non plus. Celui-ci... est différent.

Le bébé le fixe de ses yeux vides, petite tête de fée en train de sortir du sol. Des pétales sont éparpillés autour du squelette. Les racines des géraniums ont poussé à travers la cage thoracique, l'enveloppant avec une délicatesse étrange. Cette vision le bouleverse au plus profond de lui. *Pauvre petit ange. Pourquoi te cachais-tu ?*

Derrière lui, Ruby renifle.

– Qu'est-ce que vous allez faire ?

Il se redresse. Ruby est avachie sur une chaise de cuisine, le visage marqué par la terreur. Sa sœur est appuyée contre la porte de la chambre. Le vieux M. Wright fait les cent pas dans le couloir, marmonnant des prières entre ses dents.

Ruby lève les yeux sur lui et Mick réalise avec une pointe d'embarras qu'il les fixe depuis un moment. Il s'éclaircit la gorge et songe à toucher le bras de Ruby pour l'empêcher de trembler, mais finalement il décide de lui servir un soda.

– Tenez. Vous avez besoin de sucre, comme dirait ma femme.

Elle boit à petites gorgées. Elle est au bord des larmes et Mick cherche désespérément les mots qui conviennent, sans les trouver.

– Racontez-moi tout, dit-il. Dites-moi ce qui s'est passé aujourd'hui.

Ruby raconte, hésitante. Mick l'écoute jusqu'à ce qu'il soit certain qu'elle ait tout dit.

– Alors comme ça, reprend-il, Joyce vous a demandé de veiller sur ses géraniums. C'était quand ?

Ruby change de position sur sa chaise.

– Il y a quelques semaines. J'étais en train de les arroser. Elle est sortie et on s'est parlé du fait qu'ils poussaient bien. Elle m'a dit que c'était son bien le plus précieux, et – elle retient un sanglot – et que si un jour elle partait, je devrais m'en occuper.

– Elle a parlé de partir ?

– Quelque chose comme ça.

– Et ça ne vous a pas paru étrange ?

– J'ai cru qu'elle parlait de vacances ou autre.

Ses yeux se tournent vers le tas de terre.

– Je vous jure que je n'étais pas au courant de… tout ça.

Mick hoche la tête.

– Je vous crois.

– Mais eux, ils ne me croiront pas. Ils penseront que je savais ce qu'il y avait là-dedans. Ils se demanderont pourquoi j'ai réclamé ce pot. Et M. Haney me fera porter le chapeau.

C'est un problème auquel Mick a déjà réfléchi.

– Je trouverai une solution, assure-t-il. Ça ne vous retombera pas dessus.

Le vieux M. Wright passe la tête dans la cuisine et marmonne d'une voix sombre :

– Ruby a déjà dit ça. Et maintenant, regardez-moi ce bazar.

– Auriez-vous une sorte de cageot ?

Ruby réfléchit.

– Nous avons un plateau.

– Pouvez-vous me le donner ? Vous ne le reverrez probablement jamais.

Elle pousse une chaise devant le placard et en sort un vieux plateau à petit déjeuner recouvert d'une toile cirée à fleurs.

– Ça fera l'affaire, dit Mick.

Il attrape un couvercle de casserole sur l'égouttoir de l'évier et ramasse avec précaution le squelette du bébé. Puis il récupère autant de terre qu'il peut dans la poubelle et y ajoute les morceaux du pot brisé. Enfin, il recouvre le plateau d'un torchon à vaisselle.

– Qu'est-ce que vous allez leur raconter ? demande Ruby.

– Oh, je trouverai bien. Puis-je utiliser votre téléphone ?

– On n'en a pas.

– Ah.

– Pourquoi ? Vous voulez appeler qui ?

– Mon chef. Il faut qu'il fasse venir un médecin légiste.

– Vous n'avez pas de radio ?

– Si. Mais je ne veux pas que tout le commissariat soit au courant.

– Et… et il n'y aura pas de problème ?

– On va me crier un peu dessus, fait Mick avec un large sourire, mais ne vous inquiétez pas, d'accord ? Je vais emporter tout ça et vous ferez profil bas pendant quelques jours, vous vous reposerez. Offrez-vous un petit plaisir.

Il regrette immédiatement d'avoir prononcé ces mots. Mais Ruby hoche la tête, le visage à nouveau fermé.

Il voudrait ajouter autre chose, mais il ne sait pas quoi. La barrière qui les sépare est vieille de plusieurs siècles. Et malgré tous ses efforts, il ne peut en venir à bout.

Si Genevieve Crane est étonnée d'avoir de ses nouvelles à peine quelques heures après qu'il est sorti de sa Pontiac, elle n'en laisse rien paraître. Elle semble plutôt amusée.

– J'ai besoin de votre aide, lui annonce-t-il au téléphone, mais ça pourrait poser quelques problèmes.

– Je suis tout ouïe.

– Certaines preuves sont apparues dans l'affaire Haney, mais je ne peux vous révéler comment j'y ai eu accès. Je préfère éviter d'évoquer une certaine personne. Alors voilà : pourrait-on imaginer que vous soyez passée en voiture sur President Avenue, ce matin ?

– Je crois que ça aurait pu me plaire.

– Bien. Et c'est alors que vous êtes tombée sur Ruby Wright, d'accord ?

– J'imagine, si seulement je pouvais me souvenir de qui il s'agit.

– De la femme de ménage de Joyce Haney. Elle transportait un gros pot de géraniums, pas vrai ? Les géraniums de Joyce.

– Ah, oui, je m'en souviens.

– Et comme elle avait du mal à le porter, parce qu'il était trop lourd, vous lui avez proposé de le prendre. Et c'est comme ça que je l'ai vu sur votre pelouse quand nous sommes rentrés de chez Deena. Vous m'avez demandé de le transporter jusqu'au jardin, mais comme je suis un gros maladroit, je l'ai laissé tomber dans l'allée.

– C'est vrai ?

– Oui, et vous m'avez donné un vieux plateau à petit déjeuner pour emporter les morceaux.

Mme Crane glousse.

– Ça me ressemble tellement. Mais dites-moi, inspecteur, qu'avez-vous découvert dans ce pot de fleurs ?

Mick serre son téléphone dans sa main.

– Je préférerais ne rien dire. Pour le moment.

– Allez, il faut que je sache. Je n'ai pas l'habitude de mentir pour un homme sans une bonne raison.

– Vous ne mentez pas. Vous m'aidez juste à établir la vérité.

– La vérité sur quoi ?

Sa voix est devenue plus tranchante.

– Qu'avez-vous découvert, bon sang ?

Depuis que la vérité l'a regardé depuis un amas de terre, curieusement, il répugne à en parler. Sa théorie a toujours été que Joyce possédait un sombre petit secret qu'elle dissimulait même à son cher mari. Surtout à lui.

– Eh bien…

Il se pince le menton de sa main libre.

– Vous vous souvenez que nous avons parlé d'avortement ?

– Oui, répond-elle après une petite pause.

– J'ai découvert la preuve que Joyce Haney pourrait avoir eu un autre enfant.

– Et vous croyez qu'elle a avorté ?

Il se remémore le petit crâne parfait, les os de doigts

délicats comme de la dentelle, la cage thoracique entremêlée de racines.

– Je n'en suis pas certain.

– Vous pensez que l'enfant pourrait être en vie ?

– Il n'est pas en vie, ça, j'en suis sûr.

– Oh…, fait Mme Crane avant de reprendre lentement : Oh, mon Dieu.

– Écoutez. Je vous expliquerai tout. Pour le moment, j'ai seulement besoin d'être sûr que si mon boss pique une crise, vous lui confirmerez mes propos. Même en présence de M. Haney.

– C'est d'accord.

– Je vous remercie. Écoutez, je vous rappellerai, et peut-être qu'on pourra rediscuter de tout ça.

– Certainement, répond-elle. Mais je dois vous demander un service en échange, inspecteur.

Mick retient son souffle.

– Oui ?

– Je sais pourquoi Joyce est allée voir le docteur Morton. Elle avait besoin de médicaments. Ceux que lui avait prescrits son médecin habituel ne… ne lui suffisaient pas. Elle était surexcitée. Nerveuse. Exaltée. Frank avait du mal à la supporter.

– Est-ce vous qui lui avez recommandé ce médecin ?

Nouvelle pause.

– Oui, mais… C'est la faveur que je voudrais vous demander. Je mentirai pour vous à propos du pot de fleurs, et vous veillerez à ce qu'on ne fasse aucun lien entre le docteur Morton et moi-même, ou mon comité. Il travaille dans l'intérêt de la médecine et avec un grand professionnalisme. Il est particulièrement compréhensif avec les femmes.

Mick fait comme s'il attendait la suite. Mais Mme Crane est suffisamment avisée pour ne rien ajouter. Pendant quelques secondes, il n'entend que sa respiration sur la ligne, calme et régulière comme des vagues lointaines.

– D'accord, tranche-t-il. Marché conclu.

Deux heures plus tard, Mick est en train de regarder le médecin légiste, Wilson, se pencher au-dessus du plateau d'os. Il ne peut s'empêcher d'évoquer sa théorie de l'avortement, ce qui pousse Wilson à préciser que ce bébé-là était « arrivé à terme ».

Mick en déduit que sa mère, qui qu'elle soit, n'aurait pas pu dissimuler sa grossesse. Il est mort depuis un moment, c'est une évidence. Mais Wilson est incapable d'estimer la cause du décès ou l'âge du cadavre. La seule hypothèse qu'il ose émettre est que l'enfant a dû passer au moins trois ans dans ce pot, à en juger par l'absence de chair et par les racines qui ont poussé entre les petites côtes.

Mick laisse son esprit dériver. Trois ans. Juste avant que les Haney ne s'installent à Sunnylakes.

– Il faut faire venir M. Haney, dit-il aux ossements. Cet homme nous doit des explications.

*

Murphy envoie Hodge et l'agent Souza chez les Haney. Une heure plus tard, Frank Haney traverse le commissariat, flanqué des deux policiers. Il semble tout sauf heureux.

– C'était vraiment nécessaire ? lâche-t-il quand on le fait asseoir en face de Mick dans la salle d'interrogatoire. Vous me faites passer pour un criminel aux yeux de tout le voisinage.

Mick se penche au-dessus de la table.

– C'est ce qui vous inquiète ? Vous n'avez pas envie de savoir ce qu'on a découvert ? Pourquoi vous êtes ici ?

– Si vous aviez retrouvé Joyce, vous m'auriez appelé.

– C'est exact. Mais j'ai une surprise. Nous avons trouvé autre chose.

Haney lève des yeux apeurés et recule presque imperceptiblement sur sa chaise.

– Votre bonne, dit Mick. Elle a bien emporté un pot de géraniums, aujourd'hui ?

– Oui. Pourquoi ? Quoi qu'elle vous ait dit, elle ment. On s'est séparés d'elle, alors elle essaie sûrement de…

– Elle n'a rien dit du tout. Elle a donné les fleurs à Mme Crane, chez qui je les ai récupérées. Durant le transport, le pot a été cassé. Et devinez ce qu'il y avait à l'intérieur ?

– Je n'en sais rien. Et j'apprécierais que vous en veniez aux faits.

Mick serre les poings.

– Eh bien, nous avons retrouvé les restes d'un squelette.

Haney peine soudain à respirer. Sa poitrine se soulève deux fois et sa voix se brise :

– Joyce ?

– Un enfant en bas âge. Un nouveau-né.

Silence. Puis un frémissement parcourt le corps de Frank Haney, comme s'il était sur le point d'éclater.

Mais Mick n'est pas là pour éprouver de la sympathie.

– Vous avez une explication ?

– Je ne sais pas, s'exclame Haney. Je ne sais pas. Je n'imagine même pas comment c'est arrivé là.

Oh, si, tu peux très bien imaginer, songe Mick.

– Monsieur Haney, je vous le demande à nouveau. Savez-vous à qui est ce bébé ?

– Non.

– C'est le pot de fleurs de Joyce. Depuis quand est-il dans votre famille ?

– Je n'en sais vraiment rien. C'est elle qui s'occupait des fleurs. Je ne me charge que de la pelouse et de tailler les haies et…

– Monsieur Haney, vous êtes-vous installés ici avec ce pot ou l'avez-vous acheté à Sunnylakes ?

– Je l'ignore. Les déménageurs…

– Je les appellerai pour qu'ils me fournissent l'inventaire du déménagement. Ça me fera juste du travail supplémentaire.

– Je crois que nous l'avons apporté de Philadelphie.

Haney s'enfonce dans sa chaise.

– Oui, Joyce a insisté pour que nous le prenions dans la voiture. Elle aimait ces géraniums et… oh, mon Dieu.

– Quoi ?

– Je… je ne peux pas…

Il a les larmes aux yeux, tout à coup.

– Combien d'enfants avez-vous eus avec Joyce ?

– Deux, inspecteur. Seulement deux.

– À en juger par l'état de décomposition, nous estimons que le bébé est mort il y a au moins trois ans. Juste avant que vous n'emménagiez à Sunnylakes.

– Oui… peut-être.

– Monsieur Haney, y a-t-il quelque chose que vous aimeriez me dire ?

– J'aime ma femme, bégaie-t-il. Je l'aime. Je n'ai jamais voulu… Oh, Dieu me pardonne.

– Comment cet enfant s'est-il retrouvé dans ce pot de fleurs ?

– Je n'en sais rien.

– Votre femme était-elle enceinte avant que vous ne déménagiez à Sunnylakes ?

– Il n'y a jamais eu de bébé.

– Alors que s'est-il passé ? A-t-elle subi un avortement ? Un avortement tardif ?

– Jamais. Elle n'aurait jamais… Il n'y avait pas de bébé.

Il sanglote et vacille comme s'il avait été frappé par un poids lourd invisible. Il se recroqueville et glisse lentement de sa chaise. Il se pelotonne sur le sol et pleure dans son poing.

Mick tapote la table avec ses doigts, puis il coupe l'enregistrement. Il n'obtiendra rien d'un homme dans cet état. Une nuit en cellule devrait le calmer. Et ça laissera à Mick le temps de parler à nouveau aux parents adoptifs de Joyce, ainsi qu'à Mme Haney mère.

– Monsieur Haney, vous êtes suspecté d'être impliqué dans la mort d'un nourrisson. Vous êtes en état d'arrestation.

Il lui attrape le bras, mais Haney ne réagit pas. Il continue à trembler sans pouvoir se contrôler.

– Monsieur Haney, s'il vous plaît. Levez-vous ou je devrai ajouter un refus d'obtempérer aux charges qui pèsent contre vous.

– Sur la terrasse…

Le visage de Haney a la couleur d'un mouchoir à la fin d'un sale hiver.

– Pendant tout ce temps. Et elle arrosait les fleurs. Tous les jours.

Finalement, les policiers doivent le remettre sur ses pieds et le guider jusqu'à sa cellule. Devant la porte, il se retourne vers Mick. Ses yeux vitreux et cernés de rouge ont une intensité bizarre.

– Est-ce que c'était…

Il déglutit.

– Est-ce que c'était un garçon ?

Mick hausse les épaules.

– C'est impossible à dire. Il ne reste que des os.

Frank Haney pousse alors un cri. Un cri qui remplit tout le commissariat. Un cri animal, un hurlement qui continuera à résonner dans les oreilles de Mick des heures plus tard, alors qu'étendu sur son lit il peinera à trouver le sommeil, le spectre d'une petite cage thoracique entremêlé aux circonvolutions de son cerveau.

Chapitre 21

Ruby

Ce soir-là, après que l'inspecteur est parti avec le plateau, Mme Lucille Haney lui téléphone. Ses paroles du matin semblent oubliées. M. Haney a dû s'absenter et Mme Ingram ne peut prendre qu'une des filles à la fois, alors elle a besoin de quelqu'un pour s'occuper de Barbara pendant qu'elle vaque à ses affaires.

Ruby fait des cauchemars toute la nuit. Elle se lève alors que le soleil est à peine levé, l'estomac lourd. Retourner dans cette maison n'est pas une bonne idée. Pas après ce qui est arrivé. Mais en rester éloignée n'est pas non plus une solution, alors elle passe son uniforme et va prendre le bus.

À Sunnylakes, la mère des dragons la reçoit façon impératrice. Elle porte une robe mauve et un chapeau pillbox assorti dont la voilette pendouille au-dessus de ses cheveux fraîchement mis en plis. Elle a complété sa tenue par des gants de cuir noirs qui ressemblent à ceux des nazis dans les comics de Joseph.

Mme Haney toise Ruby comme s'il s'agissait d'une crotte de chien et son mépris mériterait une médaille d'argent dans un concours national.

– Je dois rejoindre mon fils à Santa Monica, dit-elle. Cela

pourrait me prendre un certain temps. Vous ferez les sols de la cuisine, la chambre des filles et la salle de bains. Si vous devez vous nettoyer le visage, utilisez l'évier de la cuisine. Et veillez à ce que Barbara fasse sa sieste.

– Bien, m'dame. Où est Barbara ?

– Dans le jardin, évidemment.

Mme Haney mère part sans un mot de plus et ferme la porte d'entrée à clé.

Barbara est en train de jouer sur la terrasse, à bonne distance de la piscine. Ruby s'assoit dans un des transats – une terrible infraction – et se protège les yeux du scintillement de l'eau. Dans la chaleur brumeuse, elle perçoit des chuchotements qui lui rappellent la présence qu'elle a sentie ici tandis qu'elle arrosait les fleurs. Mais c'est seulement Barbara qui joue.

– Barbara chérie, tu es une gentille fille, dit la fillette pour elle-même. Va dans ta chambre. Maman va aller lui parler.

Ruby se rapproche doucement. Barbara prend son baigneur et le place derrière le pied d'un transat. Puis elle fait marcher une poupée en plastique avec de longues jambes, un regard cruel et un maillot de bain rayé vers son genou. Là, elle lui fait rencontrer un bonhomme en papier à oreilles de chien dont le visage est tout gribouillé au stylo noir. Elle les pose tous les deux par terre et récupère le baigneur.

– Au revoir, Maman, dit-elle. Ne te fais pas de bobo.

Ruby pense au livre arrivé hier par la poste par l'intermédiaire de Mme Cannon. *Techniques d'interrogatoire pour les enquêtes criminelles*, du docteur Matt Futterer. Il était accompagné d'une carte d'un vrai professeur qui lui souhaitait bonne chance pour ses études. Elle a caché la carte sous son matelas, avec l'argent qu'elle a économisé pour l'université, et a lu jusqu'à 2 heures du matin.

Elle s'agenouille à côté de Barbara et lui caresse le dos.

– À quoi tu joues ? demande-t-elle.

– Au papa et à la maman.

– Et pourquoi la maman n'est pas dans la même pièce que le bébé ?

– Parce qu'ils ne veulent pas le bébé.

– Ah bon ? Mais les papas et les mamans aiment toujours beaucoup leurs bébés.

– Maman a laissé le bébé tout seul dehors.

Ruby songe au petit squelette et frissonne. Barbara ne peut tout de même pas être au courant, si ?

Ruby attrape le bonhomme en papier et le fait marcher jusqu'au baigneur.

– Regarde, Papa revient. Il dit : « Ma pauvre petite Barbara, mon bébé. Je suis revenu et je t'aime très fort. » Tu vois ?

– Ce n'est pas Papa.

Ruby se fige. Le docteur Futterer dit qu'il faut éviter les questions directes. Qu'il faut laisser les enfants s'exprimer par eux-mêmes. Alors elle choisit ses mots avec soin :

– Si tu me dis comment il s'appelle, je pourrai jouer avec toi.

– Je peux avoir un soda, Whoobie ?

– Continuons à jouer, Barbara.

La fillette pose les poupées par terre.

– J'ai soif.

– Est-ce que cet homme était là quand… quand ta maman est partie ? As-tu vu…

– Je veux un soda.

Dans un froissement de jupon, Barbara se précipite dans la maison et ouvre en grand le réfrigérateur. Le temps que Ruby rassemble les poupées, elle a sorti une bouteille et essaie d'en retirer le bouchon. Ruby lui prend la bouteille des mains, l'ouvre et verse du soda à la cerise dans une tasse.

– Assieds-toi à table, dit-elle.

Barbara boit à petites gorgées rapides. Ruby sort le balai à franges, un seau et fait couler l'eau chaude. Elle attend que le seau soit à moitié plein, puis elle le pose sur le sol et y verse le King Pine. Barbara la regarde faire en buvant bruyamment et en balançant les jambes.

– Barbara, tu te rappelles, la semaine dernière, quand je t'ai trouvée au milieu des arbres ? tente à nouveau Ruby.

La fillette continue à boire.

– Ta maman t'avait demandé d'attendre Mme Kettering, mais elle n'est pas venue. C'est bien ça ? Que faisait ta maman ?

– Où est Lily ?

– Elle est chez Nancy. Écoute, Barbara, que…

– Je veux Lily.

– Tu ne peux pas la voir maintenant. Je t'ai posé une question. Tu dois me répondre. Je…

– Je veux ma maman.

Barbara jette la tête en arrière et se laisse tomber de sa chaise. Sa tasse se renverse et un filet rose poisseux se répand sur la table.

Ruby bondit et attrape la fillette par le bras.

– Barbara. Regarde ce que tu as fait.

– Maman. Maman. Je veux Lily. Je veux Papa.

– Ils ne sont pas là. Tu fais des bêtises. Calme-toi, maintenant.

– Mamaaaaan.

Barbara se tortille pour échapper à son emprise. Ruby essaie de la retenir mais la fillette est plus rapide. Elle se jette en arrière, glisse et se cogne la tête sur le coin d'une chaise.

Ça fait un bruit creux et les yeux de Barbara deviennent tout ronds. Le temps se fige dans un silence stupéfait, et

Ruby a l'impression de tomber dans le vide. Mais Barbara finit par ouvrir la bouche et, grâce au ciel, respire un grand coup.

Puis elle pousse un cri. Un cri puissant et perçant. Assez fort pour être entendu à l'autre bout de la rue. Si Mme Ingram n'arrive pas en courant, c'est à n'y rien comprendre.

Ruby saisit la tête de Barbara et la serre contre sa poitrine.

– Là, tout va bien, ma chérie, murmure-t-elle. Ça va aller, ma puce. Tu n'as rien. Ça va passer.

Mais Barbara se tortille et lui donne des coups de pied en braillant, alors Ruby l'écarte d'elle et serre ses poings dans ses mains.

– Arrête, Barbara. Assez. Arrête de hurler tout de suite.

– Mamaaaan !

Les cris sont assourdissants. Ils doivent cesser ou Ruby est fichue. Elle saisit les bras de Barbara d'une main et frappe ses petits doigts. Une fois, deux fois. Plus fort. La troisième fois, Barbara cesse de pleurer. Elle reste immobile, debout, et regarde fixement Ruby qui se rassoit et souffle enfin.

– Bien. Attends un peu que je dise à ton père quelle mauvaise petite fille…

– Alors, c'est comme ça que ça se passe quand le patron est absent…

Ruby se retourne. Il y a un homme sur la terrasse. Un Blanc avec des cheveux bruns et une chemise bleue. Son large sourire est absolument terrifiant.

– Ne fais pas attention à moi, dit-il en entrant dans la cuisine.

Ruby saute sur ses jambes.

– Vous ne pouvez pas entrer, monsieur. C'est… Nous…

– La vieille salope est absente, pas vrai ? C'est parfait. Ne t'inquiète pas, mon ange. Je suis un ami de la famille.

Ruby pousse Barbara derrière son dos.

– Non. Vous devez partir.
– Sinon ?
– Sinon… j'appelle la police.
– Vraiment ? C'est drôle, je m'apprêtais à faire la même chose. Je n'aime pas voir une négresse maltraiter une petite fille.
Ruby sent son ventre se glacer. Elle tend le bras derrière elle et pose la main sur le crâne de Barbara, où une bosse est en train de grossir. Son cerveau lui crie de s'éloigner de cet homme, mais ses pieds sont cloués au sol.
– Je n'étais pas…
Elle couine comme une pauvre souris.
– Ce n'est pas vrai.
– J'ai vu ce que j'ai vu, mon cœur.
L'homme passe devant elle et jette un œil dans le couloir.
– On dirait que ce vieux Frankie est sorti, pas vrai ?
Il entre dans le salon et commence à ouvrir les placards. Deux de ses doigts de la main droite sont courts et rabougris, comme s'il avait pris un mauvais coup de masse.
– Tu sais où Joyce range ses peintures ?
Ruby secoue la tête.
– Je ne sais pas qui vous êtes, mais vous n'êtes pas le bienvenu dans cette maison.
Il se tourne vers elle avec un grand sourire.
– Oh, tu sais rien de rien. Je suis plus que le bienvenu ici. Un ami de la famille, en quelque sorte. Et je veux retrouver Joyce aussi sûrement que son cher mari. Réfléchis un peu. Je pourrais raconter à Frankie ce que tu as fait à son adorable petite fille. Ou me taire. Alors, est-ce que tu vas moucharder, mon cœur ? Parce que j'ai comme l'impression qu'on ne devrait même pas en parler, hein ? Et rester invisibles comme deux bateaux dans la nuit.
Ruby prend Barbara dans ses bras. La fillette se colle

à sa poitrine, aussi molle qu'une serviette, et ses doigts s'enfoncent dans sa peau. Elle essaie de trouver une bonne réplique, mais son esprit est trop focalisé sur la panique qui circule dans ses veines. *Danger !* crie-t-il. *Danger, danger, danger !*

– J'imagine qu'on a un deal, alors ? lâche l'homme en gloussant. Maintenant, tu vas être une gentille fille et me dire où Joyce range ses peintures. Il y en a une à laquelle je tiens et je ferais mieux de la trouver avant que Frankie mette la main dessus.

– Je ne sais pas. Elle ne fait pas de peinture.

– Allez. Ne me dis pas que tu n'as jamais fouiné dans cette maison ?

Ruby recule jusqu'au couloir et il la bouscule pour grimper l'escalier de la mezzanine. Il sent fort l'après-rasage. Son pantalon vient d'être repassé et ses cheveux plaqués en arrière sont tout brillants de gomina. Il est plutôt jeune, à peine trente ans. Mais il dégage une drôle d'impression, quelque chose de rance et d'usé.

– Qui d'autre pourrait savoir, ma belle ? Tu veux bien m'indiquer la bonne direction ?

– Je fais seulement le ménage, dit faiblement Ruby. Je sais pas.

– D'accord. Je crois que je sais à qui demander. De toute façon, je n'ai pas besoin de toi. Reste ici.

L'homme file tout droit vers la chambre. Il est déjà venu ici, songe Ruby. Il connaît la maison. Sa chemise fait une bosse dans le dos au niveau de sa ceinture. Horrifiée, Ruby serre Barbara dans ses bras. Elle a vécu suffisamment longtemps à South Central pour reconnaître la forme d'un pistolet.

Ses genoux se dérobent et elle est soulagée de trouver le mur derrière elle. L'homme se retourne et la dévisage en souriant. Il sait ce qu'elle a vu.

– Tu sais quoi, mon cœur, pourquoi tu viendrais pas avec moi dans la chambre, finalement ? roucoule-t-il. Je me sentirai pas à l'aise pour chercher si je te tourne le dos.

Ruby secoue la tête.

Le sourire de l'homme s'évanouit.

– Allez, bouge. Fais ce qu'on te dit.

Ruby essaie de répondre. *Allez au diable, monsieur. Vous bluffez. Je rentrerai pas dans cette chambre. Parce qu'une fois que j'y serai, je n'en sortirai plus jamais.*

Mais sa bouche est aussi sèche que du charbon. Elle déplace Barbara dans ses bras et recule. Un pas après l'autre.

L'homme grogne. Il la rattrape et saisit son bras d'une poigne de fer, enfonçant ses doigts rabougris dans sa chair.

– J'ai dit bouge, salope.

Barbara gémit. C'est un tout petit bruit mais ça suffit. Quelque chose explose à l'intérieur de Ruby. *Oh non, putain, mon bonhomme. Tu vas pas nous avoir comme ça.*

Elle fait pivoter son bras pour l'arracher à son emprise et lève le genou à toute vitesse, comme elle l'a vu faire dans les films, droit dans ses parties intimes. Elle frappe juste. L'homme la lâche et trébuche en arrière. Il pousse un cri d'âne en train de mourir, mais retrouve son équilibre et avance brusquement vers elle.

Ruby le frappe. Son poing heurte de la peau et des cheveux. Ça fait mal. La douleur la surprend et monte en flèche dans son bras. Mais elle a causé plus de dégâts qu'elle n'en a subis. L'homme recule en grognant.

Assez. Elle se retourne et s'enfuit à toute vitesse. Serrant Barbara aussi fort qu'elle peut, elle court à travers la cuisine, jusqu'au jardin, et pique un sprint autour de la maison.

Lorsqu'elle arrive dans l'allée, elle entend des coups contre la porte d'entrée, à l'intérieur. Évidemment. Il ignore qu'elle est fermée à clé. Ruby court vers la maison de Mme Ingram, trébuchant entre les arbres, Barbara collée à son corps. Elle aperçoit fugitivement une voiture gris métallisé. La voiture. *Sa* voiture.

Elle frappe à la porte de Mme Ingram en hurlant :

– Ouvrez-moi, ouvrez ! Je vous en prie, madame Ingram. Ouvrez, s'il vous plaît !

Pendant une éternité de pure terreur, elle attend que retentisse l'inévitable coup de feu qui fera voler son crâne en éclats. Mais la porte finit par s'ouvrir et elle se laisse tomber à l'intérieur, presque dans les bras de Mme Ingram.

– Il y a un homme, bégaie-t-elle. Un homme. Le meurtrier de Joyce. J'ai reconnu sa voiture, la grise. Il est entré dans la maison.

Il faut reconnaître à Mme Ingram qu'elle ne perd pas de temps. Elle claque la porte, les conduit dans la chambre à l'étage, ouvre un placard et en sort un pistolet.

Ruby pousse un cri en le voyant mais Mme Ingram sourit, son rouge à lèvres brillant comme une peinture de guerre.

– C'est celui de Frank. Il me l'a donné hier, au cas où le criminel reviendrait dans le quartier. Ma foi, qui aurait cru qu'il avait raison ?

Et là-dessus, elle se précipite au rez-de-chaussée.

Ruby dépose Barbara sur le lit où dort sa petite sœur. Elle doit desserrer un par un ses petits doigts qui laissent dans sa peau des marques aussi visibles que des tatouages hawaïens. Puis elle avance sur la pointe des pieds jusqu'à la fenêtre. La maison des Haney est tout juste visible à travers les arbres. Elle aperçoit la fenêtre de la chambre, mais rien ne bouge à l'intérieur.

Barbara commence à pleurer. Ruby s'assoit sur le lit et la prend sur ses genoux. Pendant qu'elle la berce, elle observe la chambre. Cette fois, Dieu merci, elle n'y trouve aucun signe d'une présence masculine.

Son regard tombe sur un placard ouvert. Les vêtements de Mme Ingram forment un fouillis de rose, de turquoise et de mauve de plutôt mauvais goût. Et là, fraîche comme le matin, est suspendue dans un sac de pressing une robe fourreau jaune canari. Une robe qui lui est… familière.

Ruby repose Barbara à côté de sa petite sœur et regarde de plus près. La robe n'est pas le style de Mme Ingram. Mais elle est très belle.

C'est alors que la porte s'ouvre et que Mme Ingram surgit dans la pièce.

– Je n'ai vu personne. Il a dû partir, dit-elle. Hé, qu'est-ce que…

Son regard est fixé sur Ruby qui reste pétrifiée, une main sur le vêtement. Elles s'observent un moment avec méfiance et colère, puis soudain, capitulent. Un sourire triste traverse le visage de Mme Ingram.

– Jolie robe, n'est-ce pas ?

Elle la sort et la brandit devant Ruby.

– Je l'ai achetée pour notre exposition de dimanche. Nous organisons un petit événement à la bibliothèque avec le comité. Joyce et moi voulions…

Sa voix se brise.

– Nous voulions que ce soit une journée spéciale. Aller en ville, juste toutes les deux, et… Oh, et puis peu importe.

Elle remet la robe à sa place et son visage se durcit.

– Tu vas rentrer chez toi maintenant. Je dois me préparer. Je raconterai à Lucille ce qui s'est passé quand elle reviendra.

Chapitre 22

Mick

Samedi matin, Mick passe au bureau pour échapper aux préparatifs incessants de la fête organisée par Fran. Il commence par appeler le docteur Morton avec lequel il a une discussion aussi brève qu'avisée. Après avoir été mis au courant de la conversation entre Mick et Mme Crane, Morton admet avoir prescrit quelques médicaments ici et là pour soulager les femmes de Sunnylakes de leurs difficultés quotidiennes. Et son alibi s'avère valable. Joyce Haney, explique-t-il, est venue le voir au sujet de ses sautes d'humeur.

– On lui avait déjà diagnostiqué des passages dépressifs et des manques d'enthousiasme pour les relations maritales, précise-t-il à Mick. J'ai prolongé le traitement qu'elle avait commencé à Philadelphie.

Manifestement, celui-ci s'était avéré efficace jusqu'à trois semaines avant sa disparition. Mais tout à coup son mari, Franky le Magnifique, s'était plaint de l'anxiété et de la nervosité de sa femme. Alors le docteur Morton, toujours soucieux des mariages de Sunnylakes, avait renouvelé les prescriptions habituelles de Joyce.

Mick dessine un cœur dans son carnet. Trois semaines.

Pile le moment où son ancien petit copain est apparu et a troublé le cours paisible de son existence.

– J'ai considéré qu'il s'agissait d'une résurgence périodique d'anciens problèmes, précise encore le docteur Morton. C'est assez courant, chez les femmes au foyer. Le stress lié aux enfants, à l'entretien de la maison et aux maris… Vous voyez ce que je veux dire.

– Je vois, dit Mick.

Et il se demande comment il se sentirait s'il vivait à Sunnylakes et qu'il devait faire face à une journée parfaite de plus, enfermé dans sa cuisine parfaite, attendant que ses enfants parfaits soient couchés afin que son mari parfait puisse lui en faire un autre. La nuit dernière, il a arraché une publicité Miltown dans un magazine de Fran et l'a punaisée sur son mur. Une maîtresse de maison innocente à la fin d'une journée productive, recevant gracieusement un baiser sur la joue de l'homme de la maison alors qu'elle fait briller un dernier couvert. *Depuis que j'utilise Miltown, nos disputes sont devenues des baisers.*

Les noms de médicaments de Joyce Haney s'enchaînent sur la page de son carnet. Mellaril, Butisol, Méthédrine, Miltown-méprobamate. On dirait des noms de tribus de la jungle. Il les lit avec la voix d'un présentateur télé.

– Les primitifs Méprobamatiens subviennent à leur pauvre existence grâce à la chasse et à la pêche au harpon. Ils doivent se battre pour ces ressources avec la tribu voisine des Butisol.

Soudain, une pensée lui vient. Quelles conséquences peuvent avoir ces saloperies pendant une grossesse ? Quand Fran était enceinte de Sandy, ses hormones lui assuraient la stabilité émotionnelle d'une ballerine de cinq ans et réduisaient son intelligence à celle d'une assiette de purée. Si vous ajoutiez à cela du Thorizuma quelque chose, qu'est-ce que…

Des coups contre la porte l'arrachent à ses pensées. Il enlève ses pieds de son bureau et fait tomber par terre une pile de papiers.

– Entrez ! crie-t-il.

– Mme Haney voudrait vous voir, lui annonce Jackie.

Le temps d'un battement de cœur, Mick imagine une jeune femme aux cheveux sombres et au sourire plein d'esprit, habillée d'une robe jaune, ses lèvres parfaitement peintes en rose. *Bonjour, inspecteur. J'ai appris que vous me cherchiez. Eh bien, me voilà…*

La femme qui entre dans son bureau fait voler ses illusions en éclats. Elle a des cheveux blanc argenté et porte une robe mauve une peu trop serrée à la taille. Son expression n'est pas très différente de celle d'une enseignante de pensionnat qui viendrait de découvrir qu'une de ses protégées a été engrossée par le garçon d'étable.

– Madame Lucille Haney, dit Mick avec un peu trop d'enthousiasme. Que puis-je faire pour vous ?

– Pour commencer, vous pouvez relâcher mon fils. Il est innocent.

– Malheureusement, je ne peux pas faire ça avant que nous ayons avancé dans notre enquête.

– Vous n'avez rien contre lui.

– Ça m'embête de vous le rappeler, madame, mais il s'agit du cas plutôt grave d'un squelette de nouveau-né trouvé dans le pot de fleurs de votre belle-fille.

Lucille Haney se renfrogne.

– Frank n'a rien à voir avec ça. C'est la faute de Joyce. Seulement la sienne.

Mick est stoppé dans son élan.

– Vous voulez dire que vous étiez au courant ?

– Non.

Elle pâlit un peu et Mick constate qu'elle doit faire appel à toute sa volonté pour tenir debout. Il ressent soudain pour elle un élan de sympathie. Elle a perdu sa belle-fille et pourrait aussi perdre son fils – sans compter cette histoire d'enfant mort qui, si elle l'ignorait, doit avoir été un choc considérable.

Elle serre son sac à main.

– S'il vous plaît, inspecteur Blanke. Laissez-moi parler à mon fils. Il y a une chose qu'il devrait vous expliquer, et je crois que ce serait plus simple pour lui si j'étais là.

Il parcourt son bureau du regard, mais la seconde chaise qu'il a réclamée n'est toujours pas apparue. Alors il se contente de hausser les épaules avec un sourire.

– S'il y a quoi que ce soit que vous voulez me dire, je suis tout ouïe.

Elle s'éclaircit la gorge.

– Eh bien… Je savais que Joyce était… enceinte. En 1956, après la naissance de Barbara.

– Et vous ne vous êtes jamais demandé où le bébé était passé ?

– La situation n'était pas… favorable. Ils avaient des problèmes de couple, vous voyez, et…

Elle fait une pause.

Mick débouche un soda et l'observe patiemment. Il a tout son temps.

– Ça restera confidentiel ? finit-elle par demander.

– Pourquoi ? fait Mick avec un sourire.

– Parfois la police laisser fuiter des informations dans la presse.

– C'est vrai. Nous sommes aussi poreux que le *SS Lurline*[1] après sa rencontre avec un sous-marin jap. Mais je vous promets que je ne transmettrai aucune des informations que

1. Paquebot américain qui lors d'une traversée en 1941 intercepta des messages japonais, quelques jours avant l'attaque de Pearl Harbor.

vous me donnerez, à moins que ce ne soit pour obtenir une condamnation. Je ne prendrai même pas de notes.

– Et en échange, vous ferez tout pour retrouver Joyce ?

Elle semble insinuer que ce n'est pas déjà le cas. Mais Mick ne va pas gâcher une aussi bonne source pour une goutte de vinaigre.

– Cette affaire est ma priorité absolue, assure-t-il. Ma seule priorité.

Mme Haney mère soupire.

– Joyce n'était pas exactement ce que nous avions espéré. Un peu trop… éloignée du bon chemin, si vous voyez ce que je veux dire. Mais Frank l'aimait et c'était une gentille fille. Ils formaient un couple heureux – je devrais ajouter que c'est toujours le cas – mais après la naissance de Barbara, ils ont eu des… problèmes.

Elle fixe son sac à main tandis que sa bouche formule les mots suivants :

– C'était dû à un manque d'obligeance de la part de Joyce. Je crois que le terme médical approprié est frigidité.

Frank Haney ne pouvait donc plus coucher avec sa femme. Ça a dû être une sacrée épreuve pour ce parfait Américain au menton finement ciselé.

– Le docteur lui a prescrit des médicaments pour… augmenter son désir de se soumettre au coït.

Lucille Haney se tord les doigts.

– Au début, ça n'a pas semblé marcher, mais ensuite Joyce est tombée enceinte. Malheureusement, c'était un peu trop tôt s'agissant de sa santé. Sa santé mentale. C'était… ce n'était pas le bon moment pour eux.

La sonnerie du téléphone la coupe dans son élan. Mick décroche le combiné et raccroche aussitôt.

– Vous voulez dire que Joyce ne voulait pas de l'enfant ? demande-t-il.

– Je n'en suis pas sûre. Elle a caché sa grossesse à Frank. Elle l'a fait dormir dans la chambre d'amis pendant trois mois et portait uniquement des pulls longs et des blouses. Ce n'est qu'au début de l'été qu'il a découvert qu'elle était enceinte de plus de sept mois. Ils ont eu une terrible dispute à cause de ça. Elle l'a mis dehors. Frank a pris Barbara et ils sont venus vivre avec moi quelque temps. Il avait peur que ce soit la fin de son mariage. Je n'ai jamais vu mon fils aussi abattu. Mais à la fin...

Elle reprend son souffle pour continuer :

– À la fin, ça s'est réglé tout seul. À peu près six semaines après son installation chez moi, elle a appelé pour annoncer qu'elle avait perdu le bébé. Frank s'est précipité à ses côtés. Il a veillé sur elle, il lui a acheté des robes neuves et l'a emmenée au cinéma. Il s'est montré très patient. Et bientôt, ils étaient de nouveau amoureux. Mais ce qui était triste, bien sûr, c'est qu'il n'y avait pas de bébé.

– Pas de bébé, répète Mick.

Ses doigts autour de sa bouteille sont soudain tout froids.

Mme Haney baisse le regard. Un petit bruit sort de ses poumons. Elle y met fin d'un haussement d'épaules, ouvre son sac à main et en sort un mouchoir qu'elle fait voleter jusqu'à son visage. Après s'être tapoté les yeux avec un air guindé, elle trouve la force de le regarder à nouveau.

– Ça a été dur pour Frank. Très dur. Un terrible fardeau à porter. Il se sentait coupable et il a mis du temps à faire son deuil.

– Et elle, comment l'a-t-elle vécu ?

– Pardon ?

– Joyce. Comment a-t-elle réagi ?

– Oh, grâce aux médicaments, elle est rapidement redevenue la gentille personne qu'elle avait toujours été. Les médecins disaient qu'elle avait besoin de soleil, alors ils ont décidé de déménager. C'était une bonne idée. Sunnylakes est un endroit bénéfique contre... contre les sombres nuages de l'âme.

Le regard de Mme Haney semble passer à travers lui et pendant un instant, il se demande quels sombres nuages s'attardent dans son esprit. Mais elle reprend la parole avant qu'il ait pu l'interroger :

– Quand Lily est née, et malgré sa déception d'avoir une autre fille, Frank était ravi. Il disait qu'ils essaieraient d'avoir un troisième enfant.

Le téléphone se remet à sonner et Mick arrache le câble de la prise murale.

– Continuez, dit-il.

– Avec Lily, Joyce n'a eu aucun problème. Elle était sous Miltown pendant presque toute sa grossesse. Ça a formidablement équilibré ses humeurs.

– On dirait la petite famille parfaite, dit Mick.

Mme Haney fronce les sourcils.

– Frank a toujours supposé que le corps du bébé avait été emporté à l'hôpital et enterré dans un endroit approprié.

– Sauf que ce n'était pas le cas.

Le visage de Mme Haney est pâle et immobile.

– J'imagine que non.

Ils restent un moment silencieux. Mick réfléchit à son coup suivant tandis que Mme Haney se tamponne à nouveau les yeux. Quelque chose dans l'attitude de cette femme, quelque chose, dissimulé sous des couches et des couches de raideur, lui fait penser à de la peur. Mais il n'arrive pas à savoir ce qui la tracasse vraiment. L'idée de perdre son fils, peut-être, ou celle qu'il soit arrivé malheur à Joyce. Ou autre chose. La peur de la vérité.

– Vous m'avez bien dit que l'enfant était mort pendant l'été ?

– Au mois d'août 1956.

Et exactement trois ans plus tard, elle disparaît. Mick se lèche les lèvres.

– Et vous me jurez que votre fils désirait cet enfant ?

– Oui, répond-elle après une infime hésitation.

Mick avance vers elle de deux pas et baisse la voix.

– Madame Haney, croyez-moi, si votre fils est impliqué dans la mort de ce bébé, je le découvrirai. Si vous coopérez, cependant, nous pouvons l'aider. Nous pouvons qualifier son attitude de réaction spontanée provoquée par le stress et le désir de protéger sa famille, si vous préférez. Un juge serait très indulgent face à cela.

Mme Haney serre les lèvres. Elle a retrouvé son air habituel : sévère, calme et supérieur.

– Il aurait aimé son fils, dit-elle. Frank n'aurait jamais tué un enfant, inspecteur.

Bien sûr, songe Mick. Mais il n'a pas pris la peine de vérifier s'il avait vécu ou s'il était mort.

Il perd au moins une demi-heure à rassembler des déclarations de témoins et à griffonner dans son carnet. Il devrait vraiment rentrer chez lui. Fran va devoir décider de sa tenue pour le match de Prissie. Elle aura besoin de lui pour choisir exactement le contraire de ce qu'il lui recommandera. Le match commence à 14 heures. Il y verra Sandy, ce qui lui fera plaisir, et Brad, ce qui l'obligera à partager des analyses sportives et des bons mots virils. Ensuite, il lui faudra supporter deux heures de football américain universitaire horriblement ennuyeuses, allégées seulement par les cabrioles d'une Prissie en mode athlète grecque sous kétamine.

Décidément, cet après-midi ne présente aucun intérêt. La seule chose dont il ait vraiment envie, il doit l'admettre, c'est de parler à Genevieve Crane. Peut-être qu'elle l'emmènerait à nouveau dans sa Pontiac.

Le spectre de Fran, cependant, lui interdit d'y penser. Le souvenir de son visage brisé après l'affaire Beverly lui revient à l'esprit, provoquant un frisson. Il a expliqué sa débâcle un millier de fois à son chef, à son équipe et au représentant du bureau du gouverneur. Mais le plus dur a été de rentrer à la maison pour lui expliquer à elle.

Une part de lui se demande s'il ne court pas le risque de se ridiculiser à nouveau. Il n'y a pas grand-chose de commun entre Beverly Gallagher et Genevieve Crane, à part leurs cheveux auburn, mais... une femme en détresse a toujours besoin d'un héros. Il était celui de Fran, bien sûr, et il est possible qu'il le soit toujours, mais le fait qu'elle soit si compétente et raisonnable a tendance à rendre ses tentatives invisibles.

Il s'autorise à imaginer à quoi ressemblerait un déjeuner avec une femme comme Mme Crane, une fois l'affaire résolue, dans un endroit avec des livres, des salades et du whisky pur malt. Le soleil du soir enflammerait les perles de ses boucles d'oreilles ; ils évoqueraient les Démocrates et le déploiement des troupes au Vietnam, se demanderaient si le projet de faire d'Hawaï un État américain est vraiment une bonne idée.

Ses divagations sont stoppées net par Murphy qui déboule dans son bureau en donnant un grand coup dans la porte.

– Blanke, beugle-t-il, pourquoi votre téléphone ne fonctionne pas ?

– Parce que je l'ai débranché.

– Et pourquoi vous avez fait ça, putain ?

– Et pourquoi je devrais répondre au téléphone en plein entretien avec un témoin, putain ?

Le ventre de Murphy se soulève.

– Parce qu'on a le cadavre d'une femme sur les bras.

– Ouais, dit Mick. Et je suis justement en train d'essayer de découvrir qui...

Il sent son cœur se décrocher.

– Elle est morte ? C'est sûr ?

– On lui a tiré dessus. Un voisin a appelé la police. Hodge vous attend sur place, alors grouillez-vous.

– Qui a appelé ?

Mick bondit sur ses pieds et attrape son carnet.

– C'était Mme Ingram de Roseview Drive ?

– De quoi vous me parlez, bordel ? Vous n'allez pas à Roseview Drive. Ce macchabée vous attend dans le magnifique quartier de Crankton. J'espère que votre vaccin contre la rage est à jour.

– Alors ce n'est pas Joyce Haney ?

Murphy roule des yeux.

– Seigneur, Blanke… C'est une Deena. Deena Klinke, un nom comme ça. Bougez-vous les fesses avant que j'y accroche des patins et que je vous pousse moi-même jusqu'en bas de la colline.

Chapitre 23

Mick

La chaleur ne fait pas de cadeau à Deena Klintz. Heureusement, Mick a été assez malin pour s'arrêter au drugstore et acheter un tube de Vicks format sac à main. Il s'en tamponne un peu sous les narines et ouvre la porte du mobil-home.

Toutes les fenêtres sont closes et les rideaux tirés. L'endroit est envahi par l'odeur sucrée et écœurante de la mort, pas très différente de celle de roses éparpillées sur de la viande rance. Il y a moins de mouches qu'il n'en attendait, mais beaucoup de sang.

Deena est étendue sur le sol à côté du canapé. Elle est sur le ventre, mais sa jupe est baissée et semble intacte, ce qui est une maigre consolation. Sa chevelure couvre son visage, dissimulant le pire, mais à travers les mèches graisseuses il distingue clairement la plaie d'entrée sur sa tempe. Des cheveux et du sang sont aussi répandus sur le canapé et la petite table, ainsi que de petits amas jaune-gris. Du tissu cérébral. On lui a tiré dessus ici, sur le canapé. Il y a de fortes chances pour que d'ultimes convulsions l'aient projetée à terre.

Il observe le reste de la pièce. Deux verres de soda, l'un à moitié plein, l'autre vide, sont posés sur la table. Une assiette remplie de miettes de cookies est abandonnée entre les deux et une boîte de gâteaux aux marshmallows Nabisco à moitié pleine traîne sur le comptoir. Une casserole attend d'être nettoyée dans l'évier et du linge sale forme un tas dans un coin. Une demi-douzaine de bouteilles de bière a été répartie dans deux paniers devant la porte d'entrée. Des bouteilles de bière. Mick note mentalement qu'il faudra y relever les empreintes. Une autre porte, entrouverte, mène à la chambre. Le lit est défait et plusieurs feuilles de papier sont éparpillées dessus. Il en ramasse une.

Il s'agit d'une peinture représentant un moulin sur une colline, souligné par un soleil verdâtre qui n'arrive pas à déterminer de quel côté porter les ombres. C'est un travail d'amateur, comme le sont tous les autres. Mick découvre de maladroites natures mortes, des fenêtres avec leurs pots de fleurs et des ponts dans la brume. Sujets banals pour un hobby banal qui a sans doute un peu égayé une existence banale et difficile.

Il déniche les tubes de peinture à l'eau de Deena dans un placard. Ce sont des couleurs bon marché, comme celles que Fran avait l'habitude d'acheter pour les projets scolaires de ses filles. Ici, le bleu phtalo est devenu du bleu marine, et le jaune cadmium est simplement du jaune.

Perdu dans ses pensées, il sort sur le pas de la porte. L'air de Crankton a un goût de poussière et d'huile de moteur, mais à cet instant, c'est un délice. Hodge, qui monte la garde près de l'entrée, le regarde inspirer. Mick s'attend à un ricanement moquant la mauviette yankee incapable de supporter une petite odeur de décomposition, mais le visage de Hodge est celui d'un homme dont l'esprit est complètement absorbé par la question de savoir combien de temps encore il va retenir le contenu de son estomac.

– Vous avez trouvé quelque chose, monsieur ? demande-t-il.

– Pas encore, répond Mick. Vous avez dit que c'était une voisine qui l'avait trouvée ?

– Une certaine Mme Ethel Bibberson. Elle a dit qu'elle était passée ce matin pour emprunter une tasse de farine, mais que personne ne lui avait répondu et qu'elle avait appelé la police quand elle avait senti l'odeur.

Mick jette un œil au mobil-home de Mme Bibberson et se souvient des bouteilles de bière près de la porte de Deena. De la farine ? C'est peu probable.

– Quelqu'un a été témoin du crime ?

– Personne. Mais Mme Bibberson dit qu'une voiture gris métallisé était garée sur la route hier après-midi. Elle a entendu une explosion de gaz d'échappement. Peu après, la voiture est partie.

– Elle aurait pu entendre le coup de feu. Est-ce qu'elle a reconnu la voiture ? A-t-elle relevé sa marque et son numéro d'immatriculation ?

– Nan. Elle n'était même pas sûre que le conducteur soit allé chez Deena.

Comme par enchantement, une autre voiture gris métallisé apparaît sur la route ; un nuage de poussière annonce sa progression longtemps avant que le reflet du métal ne soit visible à travers les arbres. C'est Wilson, le médecin légiste.

À l'intérieur du mobil-home, Wilson tourne autour de Deena comme un vautour qui hésiterait avant de donner son premier coup de bec. Il écarte ses cheveux. L'intérieur du crâne de Deena est visible, éponge grise parsemée de veines rougeâtres. Mick regarde ailleurs, mais il se sent aussitôt coupable. Il se ressaisit et se tourne vers Wilson, dans une attitude qu'il espère plus digne d'un flic qui vient de Brooklyn.

– Alors ? demande-t-il.

– Qu'est-ce que vous en pensez ?

– Coup de feu en pleine tempe.

– Bien joué, inspecteur.

Wilson observe la tête de Deena de plus près.

– On lui a tiré dessus de biais. Ça a ouvert le crâne en deux. Plutôt méchant. Comme si on avait mal visé, ou si le tireur n'avait pas su tenir un pistolet. Cela dit, ça a pu aussi bien être délibéré.

Mick renifle.

– Quelque chose que je ne pourrais pas voir par moi-même ?

– Il semble qu'il n'y ait pas eu de violence sexuelle, en tout cas rien de récent. Quelques marques sur son bras, mais elles sont plus anciennes. Une semaine, peut-être.

Wilson examine les hématomes.

– Quelqu'un l'a maltraitée, c'est certain. On peut voir des empreintes de pouce ici, et là. Mais, comme je l'ai dit, je ne pense pas que ce soit le tueur. Je pense qu'elle a été tuée par surprise.

– Pourquoi ?

– À cause de l'angle. Je n'en serai certain qu'après l'autopsie, évidemment, mais je crois que le tueur devait être assis à côté d'elle sur le canapé. Regardez ces verres. Ils ont bu un petit coup et puis – bam !

Mick se pince le nez et s'efforce d'avoir l'air perdu dans ses réflexions. En réalité, il essaie seulement de se faire une bonne inhalation de Vicks.

– Des signes de blessures défensives ?

– Non.

– Elle devait connaître l'assassin, alors. Mais pourquoi diable se sont-ils assis pour discuter avant qu'il ne passe à l'acte ?

– Peut-être qu'ils se sont disputés. Ça a pu commencer plutôt calmement, et puis, d'une manière ou d'une autre, le petit goûter a mal tourné.

– Je ne pense pas...

Mick se force à regarder Deena, ce qu'il reste de sa pauvre personne, tandis qu'une impression bizarre lui tiraille le ventre.

– Je l'ai rencontrée à plusieurs occasions. Elle n'aurait pas ouvert à quelqu'un dont elle avait peur. Il y aurait eu… Elle se serait défendue. Mais je ne vois aucun signe de bagarre. Pas de verre brisé, rien n'a été jeté.

– Très bien.

Wilson se triture le nez.

– C'est vous l'inspecteur, monsieur. Mon travail se limite à observer la viande.

– Elle n'est pas… Oh, laissez tomber.

Il se retient d'insister. Ne jamais emmerder les médecins légistes. Ils connaissent tous vos points faibles et comment les révéler à coups de scalpel.

– Je dis seulement que c'est bizarre. Le tueur a dû arriver armé et décidé. Pourquoi s'est-il d'abord assis pour boire un soda ? Et pourquoi avoir apporté des cookies ?

Wilson hausse les épaules.

– Par sadisme ? Peut-être que notre homme a pris plaisir à dorloter sa victime avant de dégainer son arme. Certains aiment faire ce genre de truc. Vous rassurez votre victime afin que sa peur soit plus savoureuse au moment où vous renversez les rôles.

Évidemment, pense Mick. C'est une explication. Mais il y a une autre raison pour laquelle on prend le temps de discuter. *Pour obtenir des informations.*

Le ronronnement d'une nouvelle voiture le tire brusquement de ses pensées. Il regarde par la fenêtre et reconnaît la Pontiac de Mme Crane. La dame en personne en descend, vêtue de vert vif et les mains gantées de blanc.

Mick abandonne Wilson à son travail et ferme la porte avec tant de hâte qu'il la fait claquer. Mme Crane se tourne vers lui et son expression le surprend. Sa bouche est une fine balafre rouge et ses yeux sont glacés d'inquiétude.

Il se précipite à sa rencontre et dissimule le mobil-home comme il peut en lui bloquant la vue.

– Je suis désolé. Ce n'est pas le bon moment.

Elle tente de regarder derrière lui.

– Deena. Mon Dieu. Qu'est-il arrivé ?

– Je ne peux rien dire pour l'instant. Rentrez chez vous. Je passerai dans quelques heures et…

– Comment est-elle morte ?

La question le prend au dépourvu. Rien n'a encore été dévoilé à la presse.

– Madame Crane, dit-il, je comprends que vous soyez bouleversée.

– Qui a fait ça ? Que lui est-il arrivé ? Est-ce que c'était un de ces salopards du restaurant ? Je vous en prie, inspecteur. Je veux savoir ce qui s'est passé.

– Et moi, je veux savoir ce que vous fichez là, répond-il avec toute la conviction dont il est capable.

– Je vous ai appelé au bureau et je suis tombé sur un de vos gars. Je venais de découvrir que Deena avait emporté les peintures de Joyce. Le policier, un certain Barnes, m'a appris qu'une dénommée Deena Klintz avait été assassinée, et que vous étiez sur les lieux.

Maudits soient les flics débutants. Mick lâche un soupir.

– Écoutez, c'est très embêtant. Ce n'est pas un endroit pour une dame. Pourquoi vous…

– Deena a pris les peintures de Joyce. Vous pensez que c'est important, inspecteur Blanke ?

– Cette enquête commence à peine. Si vous pouviez…

Ses yeux glacials sont soudain noyés de larmes. Elle sort un mouchoir en papier de son sac à main qu'elle referme d'un geste sec.

– Les peintures, reprend-elle. Nous avons eu un cours hier soir et Nancy nous a rappelé que Deena et Joyce comparaient souvent leur travail.

Mick tressaille.

– Il y avait des peintures étalées sur son lit.

– Est-ce que je peux les voir ? Je pourrai vous dire lesquelles sont de Joyce et lesquelles sont de Deena.

Mick voudrait répondre que c'est hors de question, mais finalement l'idée ne lui paraît pas mauvaise. Ces peintures sont peut-être importantes.

– Je vais les chercher, dit-il.

Wilson est en train de partir. Il observe la Pontiac et sa conductrice, puis adresse à Mick un sourire dément.

– Bon voyage, inspecteur.

Mick l'ignore et ouvre la porte. Il rassemble les peintures éparpillées sur le lit en une pile désordonnée. Lorsqu'il se retourne, Genevieve Crane attend sur le seuil.

– N'entrez pas là-dedans, la prévient-il.

C'est trop tard.

Mme Crane pénètre dans le salon et observe la scène avec une sérénité à la fois admirable et terrifiante.

– Les salauds, dit-elle en détachant chaque syllabe, calme et tranchante comme une lame. Les-sa-lauds.

– Je suis désolé, insiste Mick, mais vous devez sortir.

– Je ne toucherai à rien. Avez-vous des suspects ?

– Personne pour l'instant. Un témoin a aperçu une voiture grise sur les lieux hier soir, mais c'est à peu près tout. Savez-vous si Deena avait des ennemis ?

Mme Crane émet un grognement.

– Une douzaine de douzaines.

– Vraiment ? Qui ça ?

Un sourire déforme les coins de sa bouche, mais ses yeux restent rayonnants de colère.

– Si par ennemis vous entendez les gens qui étaient un danger pour elle… allez donc parler à tous les routiers, à tous les représentants de commerce et à tous les fichus poivrots qui traînaient dans son restaurant et la traitaient de salope frigide parce qu'elle refusait qu'ils glissent leurs pattes sous sa jupe.

Mick la dévisage, abasourdi.

– On dirait qu'elle a été tuée par surprise, dit-il prudemment. Elle n'a pas opposé de résistance. Enfin, je ne pense pas que ce soit un rencard qui ait mal tourné, ou un admirateur qui se soit un peu trop excité…

Le regard de Mme Crane lui transperce la poitrine.

– Le mot qui convient pour de tels admirateurs est violeurs, dit-elle. Et l'admiration n'a pas grand-chose à voir là-dedans. C'est même le contraire, inspecteur.

Mick déglutit.

– Ce que je veux dire, c'est que ça semblait planifié. Comme si le tueur voulait qu'elle se sente d'abord à l'aise…

– Pourquoi ?

– Je ne sais pas encore.

Il lui tend les peintures.

– Alors, qu'est-ce que vous en pensez ?

Mme Crane les saisit et parcourt des yeux de grossières coupes de fruits et des rivières pleines d'éclaboussures. Elle hésite un court instant devant la représentation d'un chapeau et d'une robe roses accrochés à une chaise.

– Deena, murmure-t-elle alors qu'un voile d'humidité recouvre ses pupilles. Pauvre, pauvre Deena.

Puis elle brandit l'image d'une orchidée. Sauf que ce n'est pas une simple peinture. C'est la vision d'une floraison bleu et mauve. Les feuilles sont des jaillissements de vert, les pétales sont dessinés à petits coups de pinceau, chaque dégradé de couleur est simplement suggéré et néanmoins parfaitement clair.

– Joyce, dit Mme Crane. C'est le talent de Joyce. Elle avait un don, comme Amblioni. Je veux dire, elle *a* un don.

Mick étudie l'œuvre attentivement. Il connaît l'art à peu près aussi bien que son chien la philosophie danoise, mais il sait reconnaître le talent quand il le rencontre. Joyce a capturé l'âme d'une orchidée. Indolente, tendre, bulbeuse.

Mme Crane lui rend les peintures.

– Les autres sont de Deena. C'est étrange, il devrait y en avoir plus de Joyce. Je vérifierai à nouveau au centre culturel.

– C'est gentil à vous, dit Mick. Je vous ferai savoir ce que nous aurons découvert ici.

En la raccompagnant à la porte, il jette un dernier coup d'œil à Deena. Avec sa tête sur son bras, on dirait presque qu'elle se repose. Mais ses cuisses et ses mains sont devenues sombres au contact du sol. Les infirmiers vont s'amuser quand ils vont l'allonger sur le brancard.

– Trouvez-le, ordonne Mme Crane. Trouvez ce salopard.

Mick hoche la tête. Elle le fixe un instant, puis elle pivote sur ses talons et sort.

Il la suit. Il y a tellement de choses qu'il voudrait lui dire. *Merci d'avoir pleuré Deena, car Dieu seul sait si quelqu'un d'autre le fera. Merci d'être plus solide que moi, merci de n'avoir pas détourné le regard. Merci de vous être montrée attentionnée.*

Mais le moment passe et bientôt, la voiture s'éloigne.

Il échange encore quelques mots avec Hodge et va s'asseoir dans sa voiture pour attendre les infirmiers. Il laisse la porte ouverte et espère la fraîcheur qui n'arrivera jamais. Et soudain, il se souvient. Sandy, Prissie et Fran. Le match. Il est 15 h 15. Il l'a raté.

Ce qui veut dire que Fran ne va plus lui parler du week-end. Ce qui veut dire que, du coup, peu importe qu'il rentre maintenant ou qu'il reste dehors un peu plus longtemps. Et qui pourrait résister à South Central un samedi soir ?

Chapitre 24

Joyce

J'ai passé une demi-heure à me maquiller et à mettre les vêtements que j'ai choisis. Je veux porter ma robe à marguerites, mais Frank trouve qu'elle me donne un air de petite fille, que c'est une journée trop importante pour s'amuser.

Mon abdomen se contracte. Ce ne sont pas mes règles. Quand je suis sortie du bain, je me suis sentie propre. C'est quelque chose de plus archaïque. Mon corps possède sa propre mémoire. Ce sont les douleurs de l'accouchement qui résonnent au plus profond de moi. Une douleur connue par un nombre incalculable de femmes depuis qu'Ève a été damnée et obligée de donner naissance à ses fils dans la douleur.

J'écoute à la porte de la chambre des enfants. Lily dort encore. Barbara murmure dans sa barbe en jouant avec ses poupées qu'elle habille de différentes robes. Je me glisse dans ma chambre et sors mon sac de matériel de peinture, ainsi que le pyjama que je viens d'acheter. Je fais glisser mes mains sur le tissu.

Je vais le donner à Jimmy. Je vais lui dire que c'est pour notre fils. Celui qu'il n'a jamais rencontré, et peut-être aussi pour celui que nous n'avons pas encore rencontré. Si seulement j'avais cette chance.

Mon fils. Il aurait trois ans aujourd'hui. L'année dernière, pour son anniversaire, je me suis anesthésiée avec ce qui me restait de Mornidine et je suis restée sur mon lit à délirer alors que Lily ne cessait de hurler. Finalement, Nancy est arrivée, elle a pris les filles et les a emmenées Dieu sait où. Je ne me souviens pas du retour de Frank à la maison, mais je vois encore son visage quand il a ouvert la porte de la chambre et m'a regardée. Il n'a pas dit un mot, mais il pensait que je méritais ça. Et c'était vrai. Pourtant, même le plus long des purgatoires doit prendre fin un jour.

Je commence à transpirer. La chambre tourne et je peux entendre mes propres battements de cœur. La panique déferle dans mon corps à chaque pulsation. Je mérite ça. Je ne dois pas…

Je ne peux pas supporter la douleur dans mon ventre, si vive et pourtant si apaisante. Je la déteste et je la désire. Un membre qui fait mal est encore vivant. Ce qui a cessé de faire souffrir est vraiment mort.

J'avale d'un coup plusieurs Mellaril. Je ferme les yeux et je le vois. Mon joli, mon précieux garçon. Il était bleu et rouge, blanc et violet. Il avait des cheveux noirs et des ongles jaunes. Toutes les couleurs de l'arc-en-ciel. Il se tortillait. C'est ça, le pire. Il se tortillait et ouvrait les yeux. Il était vivant et puis il est mort, j'ai ri et puis j'ai pleuré. Il est mort et je suis morte à l'intérieur.

Mon abdomen se contracte et je gémis. Frank dit que je devrais oublier. Mais je ne peux pas. Je me souviendrai de chaque détail. Ses petits doigts ouverts comme des boutons de géranium. La courbe de sa lèvre supérieure était fine et hautaine, exactement comme celle de Jimmy.

Je vais le peindre. Cette simple pensée électrise mes articulations. Je vais le saisir sur le papier. Je le présenterai au monde. Mon beau garçon arc-en-ciel.

Je me mets debout, et la chambre tourne autour de moi. J'attrape les peintures et, dans la cuisine, je remplis plusieurs verres d'eau. Le dessin orange, rouge et jaune de Lily collé sur le réfrigérateur attire mon regard et je pense à nouveau au purgatoire. Je me demande si ça pourrait être pire que le feu de l'enfer, la nuit où ma mère est morte.

D'abord, c'était juste une allumette. Je l'ai allumée en m'accroupissant sur le sol de la cuisine, mes entrailles encore brûlantes de l'amour de Papa. Je n'ai pensé à rien. J'ai juste trouvé naturel d'allumer une allumette et d'enflammer les manteaux et les costumes de Papa, l'un après l'autre, jusqu'à ce que les flammes dansent si joyeusement.

Je me précipite dehors, sur la terrasse, déroule le papier et le colle sur les dalles avec du Scotch. Je le peindrai ici, près des géraniums. Comme ça, Jimmy verra à quoi il aurait ressemblé. Comme ça, tout le monde verra quel beau et formidable garçon j'ai eu.

J'étais tellement seule. Oh, Frank, tu ne comprendras jamais combien j'étais terriblement seule. Je prenais les médicaments et les médicaments me rendaient léthargique, alors je me couchais et me coucher me rendait anxieuse, alors je me levais et je prenais d'autres pilules et je tournais en rond, en proie à des vagues de douleur. Barbara me manquait. Tu me manquais. Et pendant tout ce temps, mon petit garçon donnait des coups de pied à l'intérieur de mon ventre, il voulait sortir pour embrasser le monde.

Après qu'il a disparu, le silence. Ton silence et celui de Lucille. Le même silence qui a entouré ma mère, le silence des pompiers et celui de l'assistante sociale. Le silence qui enveloppe la pièce quand Deena arrive avec un bleu ou que quelqu'un demande des nouvelles du mari de Genevieve Crane. C'est le silence de ceux qui ne veulent pas savoir.

Tu devais savoir, Frank. Oh, oui, tu savais. Pourtant, tu n'as jamais posé de questions.

J'ai commis une faute. J'ai brisé notre famille heureuse. Je ne supportais pas que tu me touches, Frank, mais j'en ai accepté un autre, et c'est ma faute, et tu as tout à fait le droit d'être en colère.

Mais ce n'était pas la faute de mon petit garçon. C'est ton silence qui l'a tué. Voilà, je l'ai dit. Je vais peindre ça sur le grain de ce papier. C'est ton silence qui l'a tué, et toi aussi, Jimmy, tu l'as tué. Mon père, mon mari et mon amant, tous ont conspiré contre mon fils et maintenant il est mort et je...

Barbara frappe contre la porte de la terrasse que j'ai fermée. Je n'ai pas envie d'être dérangée. Pas cet après-midi.

Le visage de mon petit garçon est parfait. Il est l'essence de notre amour. Jimmy et moi, café et thé, océan et rivière.

Ce n'était pas ma faute. *Ce n'était pas ma faute à moi seule.*

Chapitre 25

Ruby

Cette fois-ci, plutôt que de se pointer chez elle comme un prédicateur, l'inspecteur a la décence de l'appeler pour annoncer sa visite. Il lui propose de la retrouver sur Skid Row, ce qui est parfait : il y a plus de Blancs, là-bas, et leur rencontre aura l'air moins bizarre. Mme Estrada écoute chaque mot de leur conversation depuis son salon, si bien que Ruby est obligée de répondre par des *oui*, des *d'accord* ou des *u-hum, faisons comme ça*.

Lorsqu'elle redescend chez elle, son cœur bat à toute vitesse. Peut-être que l'inspecteur a résolu l'affaire. Elle ne cesse de penser au bébé. Pauvre petite chose.

Elle repousse cette sombre pensée et commence à fouiller dans ses vêtements. Que doit-on porter lors d'un rendez-vous avec un homme blanc ? Sûrement pas une robe. Elle ne prendra pas le risque. Un pantalon, alors, avec un haut. Mais rien de trop voyant. Elle ne veut pas faire trop exotique, quoiqu'elle adore l'orange et le rouge. Son père dit toujours que sa mère et elle avaient le même goût pour les couleurs.

Elle choisit un chemisier bleu qu'elle porte pour la messe et son plus beau pantalon, qu'elle replie au niveau des chevilles pour créer des ourlets. Puis elle plaque ses cheveux sur sa tête avec un peigne chauffant, fait mousser de la vaseline sur sa frange et tire sur ses boucles pour se composer une queue-de-cheval.

Soudain, elle sent une pression au fond de sa gorge. Elle ravale ses larmes. Ce n'est pas bien de pleurer. Elle ne sait même pas pourquoi elle pleure. À cause de Joseph, peut-être, ou de la lettre de l'avocat qui dit que le procès n'aura pas lieu et qu'ils n'obtiendront pas de dommages et intérêts pour la mort de sa mère. À cause de son rêve d'aller à l'université qui s'évanouit. À cause de ce minuscule bébé dans le pot de fleurs, de cet ange désormais monté au ciel. Elle joint les mains et prie. *Maman, si tu trouves le petit de Joyce, là-haut, s'il te plaît, dis-lui que je prie pour lui de tout mon cœur. Dis-lui qu'il n'est pas seul.*

Mimi fait irruption dans la pièce.

– Pourquoi est-ce que tu t'es habillée pour la pluie ? demande-t-elle.

Elle détaille les vêtements de Ruby avec un grand sourire.

– Tu veux demander à Joseph de te reprendre ? Ou c'est un nouveau mec ?

– C'est pas tes oignons.

Ruby bouscule sa sœur et entre dans le salon d'un pas nonchalant.

Pa a le regard perdu par-delà la fenêtre. La lettre tant redoutée arrivée ce matin est toujours posée sur la table de la cuisine. Mimi l'a apportée avec un air réjoui, mais dès que Ruby a aperçu le papier bien blanc et l'adresse imprimée, elle a su qu'elle concernait leur mère et que ça n'annonçait rien de bon.

Ils avaient versé leurs économies à un avocat pour qu'il engage une procédure à propos du décès. Pa, encore sous le choc de la douleur, avait réclamé à la municipalité quelque chose pour les filles. Espérer contre toute espérance, comme il disait toujours. Et maintenant…

Voir son père comme ça devant la fenêtre frappe Ruby en pleine poitrine. Il avait la même attitude après la mort de sa femme. Il restait là, à regarder, pendant des journées entières.

Elle doit rester forte pour lui. Lui montrer que tout va bien. Elle passe ses mains sous l'eau et se tourne vers lui comme si de rien n'était.

– Arrête de t'en vouloir. On fera appel.

– On n'a pas d'argent pour faire appel.

– M. Haney me paie des heures sup. Je ferai des économies.

– Ruby, tu ne devrais pas...

Il ne termine pas sa phrase. Il en est incapable. Ruby se mord la langue et s'efforce de sourire.

– Je dois sortir un moment. Je vais voir l'inspecteur pour faire le point.

Pa fronce les sourcils.

– Oh. Joseph t'accompagne ?

– Il se pourrait que je le croise.

– Vous vous êtes remis ensemble ?

Elle hausse les épaules et se tourne pour partir, mais son père la rattrape et pose ses mains sur ses épaules. Elle se tasse sur elle-même. Depuis qu'elle a un boulot et un mec, il a cessé d'être affectueux. Et voilà que ses mains l'écrasent avec douceur vers le sol.

– C'est un bon gars, ce Joseph, dit-il. Mais il s'emporte trop facilement. Ils sont tous comme ça, ces jeunes. Et ça ne conduira à rien de bon. Vous devriez vous rabibocher. Il a besoin d'une fille comme toi. Quelqu'un qui lui permette de se poser. De s'ancrer.

Ruby essaie de croiser le regard de son père sans y parvenir. Ce n'est pas qu'il ait tort – au contraire. Mais le cœur de Ruby joue une autre mélodie, ces derniers temps. Une mélodie alimentée par les dollars des Haney, les appels de l'inspecteur et le livre du docteur Futterer.

– Oui, Pa, dit-elle en ravalant la question qui lui brûle la langue.

Si je passe mon temps à l'ancrer, quand est-ce que je vais pouvoir voler, moi ?

Son père lui serre les épaules.

– Bonne chance avec l'inspecteur. Attention à ce que tu dis.

– T'inquiète, Pa.

Ses yeux se posent sur la lettre.

– C'est juste que… sois prudente.

Ruby saisit ses mains et les écarte.

– Je serai rentrée bien plus vite que tu ne le penses.

Il lui adresse un regard étrange.

– Souviens-toi juste de ta mère, conclut-il.

Quand Ruby remonte la rue, le soleil est descendu assez bas pour érafler les toits. Les enseignes au néon sont allumées. L'air gris argenté a l'odeur du vent du désert. Les mots de son père brûlent dans sa poitrine. *Souviens-toi juste de ta mère.* En vérité, elle pense à elle chaque jour. Et peut-être que son père a raison. Quand il s'agit des Blancs, rien n'est jamais garanti.

Skid Row est toujours grouillante les soirs comme celui-là. Les Blancs viennent boire un coup dans les bars à blues. Des étudiants, des vétérans de la guerre et des marginaux. Ruby s'installe sur un banc dans Pershing Square. C'est un joli endroit durant la journée, avec des arbres et une fontaine. Souvent, des pigeons se posent sur la statue d'un cavalier sur son cheval. Mais à cette heure-ci, le soir, l'endroit est rempli d'ombres.

L'inspecteur Blanke ne tarde pas à arriver. Il s'arrête au bord du trottoir et claque sa portière sans la verrouiller. Ruby rit dans sa barbe. *South Central pourrait bien vous donner une petite leçon ce soir, monsieur.*

– Merci d'être venue, dit-il en se laissant tomber lourdement sur le banc. J'ai vraiment besoin de vous parler.

– Vous avez découvert ce qui est arrivé ?

– Comment savez-vous ?

– Comment je sais quoi ?

– Que Deena Klintz...

Il prend soudain conscience du malentendu.

– Oh, vous parlez de ce qui est arrivé au bébé ?

– Pourquoi ? Qu'est-il arrivé à Deena... Machinchose ? C'est pas cette serveuse de restaurant ?

– Vous la connaissez ?

Ruby croise les bras.

– Elle est venue chez Joyce une ou deux fois après des réunions du Comité des Femmes. Elles ont pris un café sur la terrasse.

Elle hésite.

– Mais ce n'est pas comme si je lui avais déjà parlé.

– Elle a été tuée cet après-midi.

Ruby a le souffle coupé.

– À cause de Joyce ?

– Je n'en sais rien. Merde, je n'ai pas la moindre putain de piste dans cette affaire. C'est comme si... je suis tout près, mais je ne peux pas entrer dans leurs têtes. Ces gens – Frank, Deena, Mme Ingram, Mme Crane. Et la mère de Frank.

Il lâche un grognement.

– La mère des dragons, dit-elle sans pouvoir s'en empêcher.

Elle retient sa respiration et enfonce ses doigts dans ses cuisses. *Erreur, ma fille. Grosse erreur.*

Mais l'inspecteur rit. On dirait son premier rire de la journée.

– Vous pouvez l'appeler comme ça. Elle savait que Joyce était enceinte. Et Frank aussi. Mais ils ne se sont jamais demandé ce que le bébé était devenu.

– Seigneur, comment a-t-il fini dans… dans le pot ?

Le regard de l'inspecteur s'assombrit. Ce n'est pas souvent qu'elle voit un Blanc chercher ses mots. Il serre les lèvres et secoue la tête.

– Ou bien ils l'ignoraient, ou bien ils s'en fichaient, conclut-il.

Ruby a l'impression d'avoir avalé un chewing-gum de travers.

– Ils vont remonter jusqu'à moi ?

– Non. J'ai mis une femme dans le coup. La version officielle, c'est qu'elle vous a vue marcher avec les fleurs, qu'elle les a récupérées et les a gardées pour Joyce.

– Qui ça ?

– Genevieve Crane. Elle préside le Comité des Femmes pour le Progrès.

– La patronne avec la grosse voiture ? Pourquoi est-ce qu'elle m'aiderait ?

– Parce que je lui ai demandé. Parce que c'est une femme en qui on peut avoir confiance.

Ruby n'ajoute rien. C'est ce qu'il pense, mais il ne connaît pas les femmes de Sunnylakes.

Un couple sort d'un bar et titube dans leur direction. À l'entrée du square, ils commencent à crier. L'homme gifle la femme violemment et hurle :

– Sale pute !

L'inspecteur tourne sur lui-même, mais avant qu'il ait pu se lever, un autre homme sort du bar et ramène la femme à l'intérieur en riant.

L'inspecteur fronce les sourcils.

– Je crois que nous devrions aller ailleurs. C'est… ce n'est pas un bon endroit pour parler d'une affaire. Vous avez faim ?

Ruby le dévisage. Elle est affamée, ouais. Qui ne le serait pas à cette heure de la nuit ? Mais à quoi pense-t-il ?

– Je connais un restaurant à trois blocs d'ici, dit-il. Le Tropicana.

– Je ne peux pas aller là-bas.

L'inspecteur a l'air étonné.

– Pourquoi pas ?

La réponse est simplement *parce que*. Parce qu'elle n'y est pas la bienvenue. Parce que le proprio va sortir son fusil. Parce qu'ils vont la regarder avec tant de haine qu'elle ne pourra pas avaler la moindre bouchée. Ils pourraient même empoisonner son burger à la pisse et à la strychnine.

L'inspecteur ne comprend pas.

– Allez, insiste-t-il en rigolant. On n'est pas en Alabama.

– Seigneur, encore heureux.

La colère monte dans le ventre de Ruby. Ce type est parfois vraiment, vraiment idiot.

– Vous pensez que ça va aller parce qu'il n'y a aucune pancarte sur la porte qui m'oblige à rester dehors ? Allez donc interroger le gars qui dirige le Tropicana. Ils n'ont pas besoin de pancarte. Je… Je ne peux pas y aller.

Il soupire et détourne le regard, un peu mal à l'aise. Elle connaît cette attitude. Joyce avait la même, quand elles s'approchaient trop près de la vérité.

Elle n'a toujours pas confiance en lui. Pourtant, elle a une idée. Un petit test, en quelque sorte. Pour voir ce que valent ses principes libéraux.

– Écoutez, reprend-elle, je vais vous emmener ailleurs. Et c'est moi qui conduis.

Il la dévisage comme si elle lui avait demandé d'emménager dans son garage.

– Quoi ? Mais vous ne…

– Je n'irai nulle part si ce n'est pas moi qui conduis.

Il y réfléchit tout en jetant un œil à sa vieille Buick. Sa poitrine se soulève, puis s'abaisse.

– Vous savez conduire ?

Un peu. Joseph lui a donné quelques leçons dans la dépanneuse du vieux Tobby. On appuie sur l'embrayage, on enclenche la vitesse et on lâche le frein.

– Ouais, répond-elle. Bien sûr que je sais.

Mais elle ne sait pas. La Buick est particulière. Le siège est trop loin du volant et les vitesses refusent de passer. Elle tire le levier sur *drive* et laisse une des pédales remonter lentement. Le moteur vrombit, puis crachote. La voiture a un soubresaut avant de s'étouffer avec un grognement.

– Le frein à main, intervient l'inspecteur d'une voix rauque.

Ruby sent son visage la brûler.

– Ce modèle est différent, murmure-t-elle. Je dois...

Il libère le frein à main.

– Essayez encore. Laissez la pédale remonter à moitié. Vous sentez la résistance ? Maintenant, vous accélérez, juste un peu, et n'oubliez pas le volant.

La voiture s'élance. Il appuie à sa place sur le clignotant et elle s'engage dans le trafic. Elle se souvient, maintenant. N'utilise qu'un pied, appuie sur l'accélérateur. Reste proche du milieu de la route.

C'est génial. La voiture semble nager tranquillement le long de Crotona. Les autres véhicules forment un flot devant elle, tel un banc de poissons rouges et jaunes dans un océan nocturne. Il y a même un bus qui avance lourdement, comme une baleine. Elle cale à un feu rouge, mais l'inspecteur veille à garder son calme.

– Débrayez et redémarrez, lui conseille-t-il.

Tandis qu'elle écrase la pédale et tourne la clé, la radio de la police fixée au tableau de bord crépite et crache un flot de paroles.

– 1-4-1 dans les Hills. Sergent Woods, je répète. Vérifiez localisation, unité sept.

L'inspecteur l'éteint.

Ils sortent de South Central. Elle attend qu'il dise « stop » ou « pas comme ça » ou « qu'est-ce que vous fichez ? », mais il se tait. Il se contente d'allumer la stéréo et de fredonner avec Pat Boon. Ruby met son clignotant et s'engage sur Harbour Freeway. Ils s'envolent et elle laisse la voiture prendre de la vitesse, de plus en plus.

C'est magique. Ici, l'asphalte est aussi doux que du velours et les lumières de L.A. brillent au loin. Le monde défile à leur passage, sombre, vaste et ouvert. Les lumières des réverbères tremblotent sur le capot. Son cœur s'emballe. Elle ne pense plus à la lettre, ni à sa mère, ni à toute cette injustice. Elle se sent libre. Quand elle aura son diplôme et qu'elle gagnera son argent, elle conduira comme ça tous les soirs. Toute seule.

Ils roulent ainsi jusqu'à ce que le Central Flavor Late Nite Diner apparaisse. Ruby y est venue une fois, il y a des années, avec sa mère et sa sœur. Mimi était petite, et elles rentraient de chez le docteur quand le bus était tombé en panne. La serveuse avait offert à sa sœur une boîte de crayons et le cuisinier noir était venu demander à sa mère si elle préférait ses œufs bien cuits ou avec les jaunes coulants.

Lorsqu'elle quitte l'autoroute, la voiture fait une embardée sur la gauche et l'inspecteur s'exclame :

– Wouawouawoua, ralentis.

Elle freine trop fort, puis elle retire son pied de la pédale et la voiture bondit dangereusement. L'inspecteur grimace. Elle rappuie sur l'accélérateur et s'engage sur le parking. Les pneus crissent, elle fait hurler l'embrayage et le moteur finit par s'étouffer dans un bruit de ferraille.

C'est fichu. Il va lui interdire de conduire pour toujours. Les larmes se pressent dans ses yeux. Elle n'ose pas le regarder.

– Désolée, murmure-t-elle.

Il soupire.

– Cette vieille carne peut supporter ça. Elle a connu pire avec mes filles.

Il a des filles ? Elle ne savait même pas.

Le restaurant est plein de gens venus dîner après le cinéma ou avant de descendre en ville. Une serveuse leur apporte des menus. Ils ont augmenté les prix d'un demi-dollar. Ruby prend son temps pour choisir. Elle a cinq dollars dans son sac à main, mais elle ne veut pas dépenser cet argent durement gagné dans des gaufres et des burgers. Alors ce seront des frites toutes simples et un Coca. Ce qui est dommage, car pour autant qu'elle s'en souvienne, la nourriture est plutôt bonne ici.

L'inspecteur lève les yeux de son menu et fronce un sourcil, ce qui lui donne des airs de présentateur de journal télévisé.

– Au fait, choisis ce que tu veux.

– Hein ?

– Je veux dire, ne t'inquiète pas du prix.

– C'est vous qui payez ? dit-elle avec un air narquois.

Il repose son menu avec un grand sourire.

– Encore mieux, c'est l'État de Californie.

Chapitre 26

Ruby

La serveuse leur apporte deux glaces au soda. L'inspecteur en pousse une vers Ruby et saisit son propre verre à deux mains.

– Je vais vous résumer la situation, commence-t-il. L'enquête ne mène nulle part. D'abord, il y a le bébé. La mère de Frank prétend que Joyce avait un problème psychologique au moment de sa grossesse. C'était si grave que Frank a dû quitter la maison. Il… Ils l'ont laissée complètement seule. Et après ça, ils ne lui ont jamais demandé ce qui s'était passé. Le bébé avait disparu et il semble que l'histoire était close pour le clan Haney.

Ruby songe aux géraniums et à Joyce en train de couper les bourgeons fanés sur la terrasse, dans la lumière jaune du soleil.

– C'est horrible, dit-elle.

– Ça n'a aucun sens. Frank et Joyce ont juste repris leur relation. Ils ont déménagé en Californie, ils ont eu un autre bébé et ont joué les familles heureuses.

Ouais, sauf qu'il y avait des taches sur les draps de Mme Ingram et qu'un cinglé est entré dans la maison. Tu parles d'une famille heureuse.

L'inspecteur se frotte les tempes.

– Bref, et pour couronner le tout, nous avons trouvé Deena Klintz en train de pourrir dans son salon. Elle avait emporté chez elle des peintures de Joyce. Mais ces peintures ont disparu, sauf une. Est-ce que son assassin les a prises ? Personne n'en sait rien. Personne n'en a la moindre idée. Je n'y comprends rien. Alors, qu'en pensez-vous ?

Des peintures, hein ? Ruby réprime un frisson.

– Je pense que personne ne vous dira rien, là-bas.

Il relève la tête, ennuyé.

– Vous parlez comme mon boss. Je vais finir par y arriver, soyez-en sûre. C'est juste que les règles, ici, sont différentes de celles de Brooklyn. Ces pavillons. Ces rideaux vichy. Ces femmes qui suivent des cours de dessin. Ces allées, ces piscines et ces maîtresses de maison qui préparent des boissons pour le retour de leur mari…

Ruby se retient de rire.

– Je sais. Les tabliers à volants, les mêmes que ceux des rideaux de la chambre.

L'inspecteur s'esclaffe.

– La flanelle sanforisée. Les courses du matin au centre commercial. Ce n'est pas mon univers.

– Vous devez voir les choses autrement, lui conseille-t-elle en adressant une rapide prière de remerciement au docteur Futterer. Qui a un mobile ? Qui n'est pas ce qu'il prétend être ? Tout le monde a quelque chose à cacher, à Sunnylakes.

– C'est insensé.

Il attrape une cuillère et enfonce sa crème glacée sous la surface du soda. De petites bulles, accrochées à la boule, entraînent des nuées gazeuses vers le bas du verre.

Ruby prend le temps de réfléchir.

– C'est vrai, elles cachent toutes quelque chose. Joyce avait un grand secret. Ça la dévorait de l'intérieur, et pourtant elle n'avait personne à qui en parler. Les gens de Sunnylakes, ils vivent au pays des rêves. Et ils veillent à ce que personne ne vienne percer leur bulle. Ils... jouent à faire semblant. Vous avez sûrement remarqué.

– Ouais, admet-il avec une grimace. En quelque sorte.

– Alors vous devez cesser d'attendre qu'ils vous aident et commencer à creuser dans leurs secrets les plus profonds et les plus sombres. À ce propos, j'aurais besoin d'une assurance.

– Une quoi ?

– Pour être sûre que vous n'irez pas tout répéter aux Haney ou à d'autres. Je... j'économise pour un projet important et j'ai vraiment besoin de ce travail.

L'inspecteur hausse les sourcils.

– Qu'est-ce que vous voulez ?

Elle lui offre son plus beau sourire.

– *Votre* plus grand secret. Racontez-moi un truc que vous voulez que personne ne sache.

– Quoi ? Mais pourquoi ?

– Pour que je puisse vous faire confiance. Je vais vous apprendre des secrets. Alors commencez par m'en révéler un en échange. Quelque chose qui puisse vous blesser.

Il recule. Sa peau paraît cireuse sous l'éclairage. Il est fatigué, pense Ruby. Vraiment fatigué. Comme s'il venait de passer une longue et pénible semaine. Mais cette peau cache autre chose. Quelque chose qu'il a planqué sous un vernis d'assurance virile et blanche.

– Je pourrais vous raconter pourquoi on m'a transféré, suggère-t-il lentement. Ça vous suffirait ?

– Nan. C'est pas un vrai secret. Votre boss sait pourquoi, et vos collègues aussi, j'imagine. Je veux mieux. Un truc dont vous n'avez parlé à personne.

Il la dévisage et elle craint un instant qu'il ne se lève pour partir, mais il se contente de soupirer.

– D'accord, dit-il. J'ai peut-être… un truc. En 45, j'ai été mobilisé et envoyé dans le Pacifique. Je pensais que j'allais devoir tuer des nazis mais… eh bien, nos ennemis étaient jaunes, pas blonds. Et quand on nous a débarqués à Mindanao, on a découvert que nos alliés étaient jaunes, eux aussi, alors allez savoir. Woodruff nous a conseillé de tirer sans nous poser de questions. La plupart des gars s'en fichaient…

Il soupire à nouveau.

– L'un d'eux s'appelait Billy Benson.

Ruby le dévisage. Au teint cendreux qu'a pris son visage… il s'agit d'une histoire vraie.

– Sur l'île de Leyte, le général a rassemblé un régiment pour traquer les Japonais cachés dans les îlots. Billy et moi on y est allés en hurlant et en riant. On ne s'attendait pas à tomber sur… vous savez…

– Non, je ne sais pas.

– Des civils.

Il avale avec difficulté.

– Ça paraît stupide, mais les Japs étaient déjà lessivés. On imaginait qu'on allait tomber sur une île déserte. Mais il y avait des villages pleins d'habitants, des pères terrifiés qui essayaient de protéger…

Il s'arrête et ferme les yeux pendant un instant.

– Billy était loin devant moi. Il a tué un jeune homme, un adolescent. Sa poitrine a carrément… explosé. Et puis un type plus âgé, peut-être son père, est sorti de chez lui en courant avec un couteau. Billy a levé son M1 pour tirer, mais son arme s'est enrayée. Alors j'ai soulevé la mienne et je… je n'ai pas pu appuyer sur la détente. J'étais pétrifié. J'avais deux gamines à la maison. Prissie n'avait pas encore un an. Je ne pouvais juste pas m'empêcher de penser à ce que je ferais si un maniaque tirait sur l'une d'elles en pleine poitrine. Est-ce que j'arriverais en courant comme cet homme ?

– Qu'est-ce qui s'est passé ?

– Le vieux a poignardé Billy à la jambe, mais ensuite Billy a débloqué son arme et l'a abattu. Il ne m'a pas vu avant que je le rejoigne et que je l'aide à extraire la lame. C'était une vieille lame rouillée et elle avait traversé la grosse artère. On a perdu dix-neuf gars ce jour-là, et Billy deux jours plus tard. Ensuite, ils ont largué les bombes et nous avons repris la mer. Je n'en ai jamais parlé à personne, même pas à Fran.

– OK...

Elle ne sait pas quoi dire.

– Je comprends, en tout cas. Je ne crois pas que je pourrais tuer qui que ce soit, jamais.

– Moi, j'ai toujours cru que je pourrais...

Pendant un moment, il semble très loin. Mais soudain, il tourne son attention vers sa glace au soda et remue la main avec impatience.

– À vous, maintenant.

Elle repousse son propre verre.

– Pour commencer, je crois que Barbara a vu quelque chose d'important. Quand elle est rentrée et qu'elle a trouvé tout ce sang dans la cuisine...

Elle marque une pause ; l'inspecteur se penche en avant.

– Je l'ai vue jouer cet après-midi-là avec ses poupées, et on aurait dit qu'il y avait un homme dans la maison. Elle interprétait la scène avec ses poupées. Et souvenez-vous de ce qu'elle m'a dit. *Ils* ont tout dérangé.

– Elle aurait vu sa mère avec quelqu'un. Mais qui ?

– J'essaie de la faire parler, mais c'est difficile.

– Continuez. Mais faites attention. Les enfants ne se souviennent pas des choses comme les adultes. Ils...

– Je sais. Évitez les questions directes et tout ça.

Il lui offre un large sourire.

– Exactement.

– Deuxième énigme, et peut-être la réponse à la première. Hier, un homme est entré dans la maison.

– Chez les Haney ?

– Ouais, pendant que j'étais toute seule. Il cherchait les peintures de Joyce.

Le souvenir de la scène lui assèche la gorge et elle se sert une cuillerée de glace.

– Ses peintures ? Pour quoi faire ?

– Comment je pourrais le savoir ? Je ne lui ai pas demandé. Il était armé.

– Mon Dieu, et il ne vous a pas agressée ?

– J'ai eu la peur de ma vie. Il m'a dit qu'il était allé voir une amie de Joyce et m'a demandé si je savais où étaient ses peintures. Je lui ai répondu que non, et ensuite j'ai attrapé Barbara et j'ai filé chez Mme Ingram.

Un détail la surprend, soudain.

– Pourquoi vous n'êtes pas au courant ? Elle m'a dit qu'elle préviendrait la police.

L'inspecteur fait la moue.

– Je ne pense pas qu'elle l'ait fait. À moins que les collègues aient oublié de m'en parler.

– Ou peut-être qu'elle ne m'a pas crue. Elle m'a assuré qu'elle n'avait vu personne, après tout. Elle n'a probablement pas voulu s'ennuyer pour une négresse.

Une part d'elle attend qu'il réagisse, mais il se racle seulement la gorge. *Ben tiens.*

– Pouvez-vous me décrire cet homme ?

– Cheveux noirs, plutôt négligé. Difficile à dire, mais peut-être une trentaine d'années ? Il était… Ce n'était pas la première fois qu'il venait. Il connaissait la maison, et je pense qu'il avait déjà vu Barbara. Oh, et il avait deux doigts tout rabougris.

– Jimmy.

Pendant un instant, l'inspecteur semble effrayé.

– C'est l'ancien petit copain de Joyce. Est-ce qu'elle vous en a parlé ?

– Non.

Joyce ne lui en a jamais dit un mot. Même quand elles discutaient de Joseph.

– On dirait qu'il a pas mal ébranlé la félicité conjugale des Haney, reprend l'inspecteur. Vous avez dit qu'il cherchait des peintures ? C'était quand ? Avant midi ?

Ruby le regarde et sent la terreur monter en elle. Deena est morte cet après-midi-là. Et cet homme… Elle se cramponne à son verre.

– Oh, Dieu du ciel. Vous pensez…

– Ça se pourrait.

Une sensation de malaise lui grignote les entrailles. Deena est morte. Deena, avec ses dents cariées et son air maladroit quand elle s'asseyait dans le canapé des Haney.

Ce n'est pas qu'elle l'appréciait. Les ploucs blancs ont une façon bien à eux de se comporter avec les Noirs. Certains les considèrent comme des frères, mais les autres les voient comme des êtres inférieurs. Ils apprécient que le sort d'autres gens puisse être pire que le leur.

Leurs gaufres arrivent. L'inspecteur engloutit la sienne comme s'il était affamé. Ruby observe la montagne de bonnes choses dans son assiette : du bacon et des œufs, avec de jolis jaunes bien cuits, du sirop dans un pot en verre et des tranches de cheddar avec des cornichons. Mais elle n'a plus d'appétit.

Bon, elle *pourrait* manger, mais juste un peu.

Tandis que l'inspecteur mâche bruyamment, elle le questionne à son tour.

– Quel âge ont vos filles, maintenant ?

– Sandy a vingt et un ans et Priscilla dix-sept. Sandy va à l'université, Prissie est pom-pom girl.

Un éclair de fierté passe dans son regard, mais aussitôt après, il s'assombrit.

– Prissie avait un match important aujourd'hui. Ma femme avait tout préparé pendant la semaine, et j'ai tout raté. J'étais en train d'enquêter sur la mort de Deena. Fran va me casser les cou… oh, désolé. Je ne voulais pas jurer.

– Vous inquiétez pas, inspecteur, fait Ruby avec un sourire. Ma mère aussi jurait comme une charretière. Vous auriez dû l'entendre parler à mon père.

L'inspecteur sourit.

– Et les Haney ? reprend-il. Vous croyez que Joyce a déjà remis Frank à sa place ? Ils se disputaient ?

– M. Haney est un sale type, répond Ruby en savourant chaque mot. Il n'aimait pas que je sois là. Sans doute parce que Joyce appréciait ma présence. Il était jaloux.

– Jaloux ?

Elle réfléchit à une explication.

– Vous savez, reprend-elle, ma mère disait toujours qu'il existe deux types d'hommes. Certains s'intéressent à vous et d'autres ne s'intéressent qu'à eux-mêmes. Quand ceux-là s'occupent de vous, c'est seulement pour vous remettre à votre place. Pour vous rabaisser. Et M. Haney appartient à cette catégorie d'hommes. Il se fichait de Joyce, mais il la maintenait dans une cage dont elle ne pouvait s'échapper. Il ne voulait pas qu'elle s'intéresse à autre chose qu'à leur petit monde parfait.

L'inspecteur hoche la tête.

– Vous êtes plutôt maligne, vous savez.

Ruby avale une bouchée de gaufre.

– Je ne vous ai pas encore parlé de ma troisième piste, dit-elle. Mais celle-là… c'est juste une hypothèse.

– Au point où j'en suis, j'accepterais même qu'on me tire les cartes.

– Mme Ingram. Je… je crois qu'elle a une aventure avec M. Haney.

– Vraiment ? Vous en êtes sûre ?

– Elle… eh bien, ma mère aurait dit que c'est une femme facile. Et elle aime que les gens le sachent. J'ai trouvé des boutons de manchette dans sa chambre, les mêmes que ceux de M. Haney. Et des taches. Vous voyez ce que je veux dire.

Elle revoit les draps sortant de la machine à laver avec leurs taches douteuses. Et le souvenir du regard de Mme Ingram la fait frissonner. Un regard de prédatrice. Celui d'une chatte qui a attrapé une souris et la montre fièrement à ses chatons.

L'inspecteur sauce son assiette avec son dernier morceau de gaufre.

– Hum. Je garderai ça à l'esprit.

– Et si Joyce avait tout découvert ?

Il se fige, sa fourchette au niveau du menton.

– Vous croyez que Frank aurait tué sa femme pour se mettre avec sa maîtresse ?

– Peut-être.

– Il pourrait juste divorcer. Et il a un alibi pour le jour où Joyce a disparu. On a vérifié avec l'hôtel. N'oubliez pas non plus Deena. Elle a été tuée le jour où on a trouvé le bébé. Frank Haney était en garde à vue.

– Seulement à partir du soir.

Ruby mâche son dernier morceau de bacon. Comment va-t-elle lui faire comprendre ? Si l'inspecteur se retrouve coincé, Joyce ne sera jamais retrouvée. Et si elle est morte, son assassin s'en tirera, en toute impunité. Elle a vraiment un mauvais pressentiment à propos de M. Haney. Il y avait cette bouteille de bière, qui suggérait qu'il était revenu. Le fait qu'il ait confié à Mme Ingram son pistolet, le jour même où Deena a été tuée.

– À propos de la récompense, intervient l'inspecteur. Si tout ce que vous dites est vrai, vous pourriez y avoir droit.

L'esprit de Ruby dérive. Mille dollars. Ça fait une sacrée somme. Elle pourrait aller à l'université et en garder pour Mimi. Fini, les serpillières et les nettoyages, fini, l'odeur du King Pine.

Malgré tout, l'idée de gagner autant d'argent grâce à la mort d'une mère lui paraît… injuste.

L'inspecteur semble éprouver le besoin d'en rajouter.

– Vous pourriez vous faire plaisir. Partir en vacances, ou quelque chose comme ça. Vous pourriez faire ce dont vous avez envie.

– Je veux aller à l'université, dit-elle à sa gaufre.

– Alors allez-y. Que voulez-vous étudier ? Les arts ménagers ?

Elle lui jette un coup d'œil assassin.

– Les sciences.

– C'est… bien.

– Mais avec mon propre argent. Ma mère disait toujours que ce n'est pas bien de profiter de l'argent qui tombe du ciel comme ça. Ça porte malheur.

Il a l'air désarçonné.

– Peut-être que vous devriez en discuter avec votre mère. Ce n'est pas une loterie. Vous me venez en aide, après tout. Merde, vous aidez la police.

– Ma mère est morte.

Elle ne sait pas pourquoi elle le lui a dit, c'est sorti tout seul.

– Elle a été percutée par un camion l'année dernière.

– Oh. C'est… C'était un accident ?

Ruby avale le morceau de gaufre qui gonflait dans sa bouche.

– C'est ce que la ville a affirmé.

Il plisse les yeux et, pendant un instant, il est un véritable inspecteur.

– Vous pensez que ce n'en était pas un ?

Bien sûr que ce n'en était pas un. Le passage piéton était clairement marqué. On était en plein jour. Sa mère portait sa robe orange ; elle avait son sac vert clair et avançait lentement à cause de sa jambe. Elle marchait dans la rue déserte, avaient dit les témoins, jusqu'à ce que le camion poubelle arrive en trombe au coin de la rue. Le chauffeur rentrait au dépôt. C'était la fin de sa tournée. Son avocat a prétendu que son client n'avait pas vu Mme Wright, qu'il n'avait pas senti la collision avec son pare-chocs. C'est pour ça qu'il avait continué à rouler. *Dennis Huffman est un père de famille, monsieur, élevé dans la crainte de Dieu. Un père de famille qui travaille dur. Un modèle pour sa communauté. Vous devez comprendre, monsieur, que mon client essayait seulement de rentrer à l'heure pour le match de foot. Le sport est très important pour lui.*

Et c'était ça, le pire. Parce que ça sous-entendait que Mme Prudence Wright, avec son rire contagieux, ses mains calleuses et sa collection d'anges en porcelaine, ne valait rien du tout.

– J'en ai parlé à Joyce…

Il lui semble crucial, soudain, qu'il comprenne bien.

– Je lui ai dit ce que je pensais et elle m'a crue. Ils ont conclu à un accident, mais la vérité, c'est qu'il s'agissait d'un acte délibéré. Le type s'en est sorti avec un avertissement. Joyce m'a dit que c'est toujours comme ça. Personne ne veut jamais connaître la vérité. Surtout quand elle est aussi violente.

L'inspecteur la regarde longuement.

– Je suis désolé, lâche-t-il enfin.

– C'est ce que je voulais dire quand je parlais de tous ces secrets. C'est ce que vous devez comprendre. Les gens de Sunnylakes ne veulent voir que le bon côté des choses. L'autre côté, les trucs sombres, ça reste caché. Personne n'a vu ce qui était arrivé à Joyce parce que personne ne voulait voir. Pas même elle. Elle cachait ce bébé comme vous cachez votre secret à vous. Loin des yeux et loin de l'esprit. Jusqu'à ce que…

Elle déglutit. Comment réussir à expliquer ça ?

– Jusqu'à ce que ça finisse par sortir, de toute façon.

L'inspecteur sort une liasse de billets de son portefeuille et l'étale sur la table.

– Je crois que j'ai compris.

Ruby hoche la tête. Il n'a pas compris. Pas vraiment. Mais c'est un début.

Chapitre 27

Mick

La matinée du dimanche s'étend comme du chewing-gum, sans fin, rose et délicieusement sucrée. Fran et les filles se demandent si elles vont aller à l'église, puis laissent tomber. Elles sortent les chaises longues et Brad prépare ses baskets. Mick le regarde disparaître au bout de l'allée et tente, avec une faible lueur d'espoir, de se remémorer les statistiques de hit-and-run de l'équipe de Santa Monica. Ça lui procure un sentiment de culpabilité, et comme le meilleur moyen de s'en débarrasser reste le travail, il se faufile jusqu'à sa chambre, cherche dans ses papiers le numéro de Jackie et décroche son téléphone.

Si elle est ennuyée d'être dérangée un dimanche matin, elle n'en laisse rien paraître ; elle ne tressaille même pas quand il pose sa question.

– Oui, je crois bien que la bouteille de bière présentait des empreintes de doigts, répond-elle avec entrain. Je peux vérifier tout de suite.

– Vous avez les dossiers de l'affaire chez vous ?

– Murphy m'a demandé d'en faire une copie pour le LAPD, au cas où ils voudraient intervenir.

– Je vois.

Sa salive a un goût acide.

– Il aime être prévoyant, notre Murphy, pas vrai ?

– Je suis certaine que ce ne sera pas nécessaire. Ah, je l'ai. Vu leur taille, il s'agit probablement d'une main d'homme, mais ces empreintes sont inconnues de nos services, ce qui signifie qu'elles ne correspondent à personne de la famille.

– Ce ne sont donc pas celles de Frank Haney.

– Non, mais souvenez-vous...

Elle marque une pause et change de ton :

– J'ai sûrement tort, mais d'autres hommes sont passés sur la scène de crime, il me semble ? Le livreur de lait...

– Nom de Dieu, si nous devons relever les empreintes de tous les hommes qui sont passés à Sunnylakes ce jour-là, je sens que je vais découper Hodge en morceaux et le donner à manger aux dauphins.

– Peut-être pas tous les hommes, dit-elle en lui laissant imaginer un sourire. Ces empreintes sont assez particulières. D'après mes notes, l'annulaire et l'auriculaire sont manquants.

– Qu'est-ce que ça veut dire ?

– Soit que notre homme boit ses bières comme un dandy français, les doigts écartés, soit qu'il lui manque deux doigts.

– Merde. Pardon, merci.

Il frissonne et il ne saurait dire si c'est dû à l'excitation de la traque ou au fait qu'il s'en veut de ne pas avoir remarqué cette foutue bouteille.

– Autre chose, inspecteur, reprend-elle d'une voix devenue lumineuse. L'exposition de peinture organisée par le Comité des Femmes pour le Progrès de Sunnylakes ouvre aujourd'hui. J'ai reçu un tract par courrier.

Mick se projette dans l'après-midi qui s'annonce, les discussions avec Brad et le barbecue à surveiller. À moins que...

Dès que Jackie a raccroché, il sort une chemise propre et

commence à chercher une cravate branchée. Ce qui n'amuse pas du tout Fran, évidemment.

– Tu sors ? Un dimanche ? Je croyais que nous étions venus en Californie pour que tu puisses avoir des horaires plus normaux.

Mick lui répond tout en se servant des côtelettes d'agneau qui restent du dîner familial raté de la veille :

– Si nous avons déménagé, c'est parce que je me suis brûlé les doigts. Mais un meurtre reste un meurtre, fait-il avec un haussement d'épaules. Il n'y a pas d'horaires normaux.

– Enfin, on est à Santa Monica.

– À East Harlem ou au Vatican, ce serait pareil. Quand quelqu'un est mort, je dois trouver le coupable. Et crois-moi, je préférerais rester ici, faire mieux connaissance avec Brad et...

– Que penses-tu de lui ?

Mick manque de s'étrangler.

– Il a l'air plutôt gentil.

– Écoute, je pense vraiment qu'on devrait en parler. Il s'agit de l'avenir de Sandy et...

Elle serre ses épaules entre ses mains.

– Il n'est pas... Je ne l'aime pas.

– C'est un imbécile.

Mick se détend, soulagé par son excès d'honnêteté.

– Je suis surpris quand il arrive à aligner trois phrases. Ne t'inquiète pas, Sandy s'en rendra compte assez vite.

– Tu crois ?

– Je suis inspecteur, j'ai toujours raison.

Il s'asperge d'eau de Cologne et se penche pour l'embrasser.

Fran saisit son col de chemise avec un regard noir.

– Qu'est-ce que c'est que ça ? On dirait que tu as rendez-vous avec une femme.

Il répond en s'efforçant de sourire :

– Avec une banlieue pleine de femmes.

Cependant, la culpabilité l'envahit. Il repense à Beverly. Il devrait rester à la maison et profiter du dimanche avec sa femme et ses filles. Merde, il est déjà passé une fois si près de les perdre.

Pourtant, il y a ces deux gamines dont la maman a disparu. Il doit faire son travail.

Il se libère doucement des poings de Fran.

– Je me rattraperai, chérie. Une journée entière à L.A. Juste toi et moi.

– Proposition acceptée, dit-elle en l'embrassant. Mais reste prudent au milieu de toutes ces femmes.

Dehors, il sort de l'allée en marche arrière, ouvre la fenêtre en grand et allume la radio. Il repense à la révélation de Ruby : Frank Haney et Nancy Ingram ont une liaison. On dirait une histoire sortie de *Aunt Jenny's Real Life Stories*[1] – la veuve de guerre et le père célibataire, une chaude nuit d'été, ses yeux à elle… Quel est le mot qu'ils utilisent toujours ? Limpides. Ses yeux limpides flottant au-dessus de sa poitrine frémissante. C'est tout Nancy Ingram, ça.

Sauf que ce n'est pas aussi simple. Frank est un homme marié, et coucher avec la meilleure amie de sa femme fait partie des pratiques généralement interdites. Si Joyce avait découvert ça… comment aurait-elle réagi ? Les aurait-elle confrontés, ou se serait-elle enfuie ?

*

La bibliothèque de Sunnylakes est décorée de rubans rouges, blancs et bleus et d'une bannière annonçant : *L'Art*

1. « Les Histoires vraies de tante Jenny » : *soap opera* destiné aux femmes au foyer, diffusé par CBS dans les années 1940.

de la maison – Exposition du Comité des Femmes pour le Progrès de Sunnylakes.

Mick paie son entrée cinquante cents à une adolescente qui transpire sous sa plus belle robe en tissu écossais. Elle lui tend un ticket et un dépliant sur lequel figurent une photo de Joyce et un numéro de téléphone où contribuer au financement d'un appel à témoins sur une chaîne de télévision nationale. Il sort une pièce de sa poche et la laisse tomber dans la boîte réservée aux dons.

L'exposition a lieu dans une salle de réception à l'étage de la bibliothèque. L'endroit est rempli de femmes dans la fleur de l'âge qui commencent à ressembler à leurs mères. Elles portent des robes de tous les jours bleues et beiges et des chapeaux assortis, des rouges à lèvres subtils et des perles. Seule Genevieve Crane se distingue. Elle est vêtue d'une robe noire courte dégagée aux épaules dont le large décolleté met en valeur ses clavicules délicates et la grosse broche qui scintille sur sa poitrine.

Mick se dirige vers elle, puis bute sur un mur invisible et se rabat dans un coin calme. Bon sang. C'est difficile à admettre, mais Ruby a raison. Il doit changer d'approche – la bonne vieille confrontation ne fonctionnera pas ici. *Bonjour, je suis l'inspecteur Blanke. Au fait, mesdames, l'une d'entre vous aurait-elle avorté ? Et laquelle possède une arme et détestait vraiment Deena Klintz ?*

Il se rapproche des peintures. Natures mortes, paysages hollandais ; un dessin ridicule et enfantin du mémorial d'Abraham Lincoln. Bords de mer à l'aquarelle, avec leurs plages qui se fondent dans l'océan et leurs parasols qui ressemblent à des parapluies pour cocktails.

L'une d'elles, cependant, sort du lot. On y voit une piscine qu'il reconnaît aussitôt. Les dalles blanches autour du bassin, un morceau de l'abri de jardin dans un coin… Les géraniums… Des douzaines et des douzaines de géraniums. Des pétales partout, telle une mer rouge qui danse devant lui. Il ferme les yeux et observe à nouveau la piscine, carré d'azur parfait, lumineux et clair. On pourrait y plonger.

Ce qu'il ressent l'effraie ; en vérité, cette peinture tout entière fait vibrer les poils de la nuque. La signature en lettres douces et fines, en bas, lui confirme ce qu'il sait déjà. Il s'agit d'une œuvre de Joyce Haney.

– C'est quelque chose, vous ne trouvez pas ?

Mick pivote et découvre Nancy Ingram en robe de soirée rose.

– Si, madame Ingram, répond-il. Joyce possède un talent remarquable.

Elle secoue la tête avec sérieux.

– Elle surpassait même notre professeur. Mme Crane a dit qu'elle devrait rencontrer quelques peintres de L.A. en vue d'une exposition dans…

Elle s'arrête et détourne le regard.

– Avez-vous découvert du nouveau ?

– J'espère pouvoir poser quelques questions supplémentaires à M. Haney.

– J'ai parlé à la mère de Frank hier soir. Lucille est très inquiète. Il est innocent, vous savez.

Mick pense à Mme Haney et à la description que Ruby lui en a faite.

– Il n'était même pas là, poursuit Mme Ingram, suppliante. Il était à Palmdale quand Joyce a disparu.

– C'est vrai. Mais nous l'interrogeons sur d'autres faits. Je ne peux pas…

– Écoutez, inspecteur Blanke, il faut vraiment que je vous parle.

Son esprit passe la vitesse supérieure. Ce regard désespéré, la façon dont le bout de sa langue frotte ses lèvres fougueuses… Elle sait quelque chose. Ça se manifeste comme ça chez les femmes. Comme un manque. Les hommes qui veulent passer à table parlent sans détour, mais les femmes deviennent sirupeuses comme de la crème au caramel.

– Il se pourrait que j'aie… des preuves.

Elle jette un œil derrière elle, puis se penche un peu vers lui. Il peut sentir le parfum de ses cheveux peroxydés qui, d'aussi près, paraissent aussi raides que ceux d'un épouvantail.

– J'ai appris qu'il y avait une récompense. Mais vous devez me promettre de ne pas en dire un mot à Joyce ou à Frank. Je vous demande la plus stricte discrétion.

– C'est promis.

– Avez-vous entendu parler d'un homme qui était entré chez les Haney vendredi, inspecteur ? J'ai appelé le commissariat pour le signaler. Eh bien, je pense qu'il s'agissait d'un certain Jimmy…

– Jimmy-le-petit-copain. Oui, un de nos agents essaie de le retrouver.

Si Mme Ingram est surprise que Mick ait un coup d'avance, elle n'en laisse rien paraître.

– J'espère que vous le trouverez rapidement. Parce que, vous savez, Jimmy et Deena…

Elle rougit.

– Ils couchaient ensemble. Elle me l'a dit, juste après la disparition de Joyce. Elle m'a demandé de n'en parler à personne. Je lui ai donné ma parole.

Elle manque de s'étrangler après un petit rire nerveux.

– Mais Deena est morte, alors…

Mick serre le poing à l'intérieur de sa poche. C'est ici que tout prend sens. Les indices se mettent en place. Dans la bibliothèque. Avec la clé anglaise.

– Est-ce que Joyce était au courant ?

– Bien sûr que non. Deena m'a expliqué que c'était arrivé après que Joyce a repoussé Jimmy, environ deux semaines avant qu'elle ne disparaisse. Joyce est partie, Deena a offert un verre à Jimmy, et une chose en amenant une autre... Deena était dévastée après ça. Joyce et elle étaient de si bonnes amies.

– Pourquoi l'a-t-elle fait, alors ?

– Eh bien...

Dans la voix de Nancy Ingram perce un soupçon d'autosatisfaction.

– Deena était plutôt chaude avec les hommes.

Mick repense aux paroles de Ruby, la veille, au sujet de Mme Ingram. *Attention à ce que vous dites, Nancy. Vous n'êtes pas franchement froide non plus.*

– Pour quel motif pensez-vous que Jimmy est entré chez les Haney ?

Mme Ingram serre les lèvres et plisse les yeux, image parfaite d'une femme plongée dans la réflexion.

– Je l'ignore. Est-il vrai qu'un meurtrier retourne toujours sur le lieu du crime ?

– Rien ne nous dit que Joyce soit morte. J'espère...

– Parce que je crois avoir vu sa voiture, lundi. Je...

Elle tressaille.

– J'étais en train de regarder par la fenêtre pour vérifier que Ruby ne marchait pas sur ma pelouse. Je me souviens qu'une voiture est sortie en trombe de l'allée des Haney. Vers dix-sept heures. Juste avant qu'on découvre que Joyce avait disparu.

Mick la dévisage.

– Et vous pensez que c'était Jimmy ?

– Je n'ai pas vu le visage du conducteur, mais... La voiture était grise avec des ailes noires. Et un truc vert à l'arrière. Est-ce que... vous croyez que ce genre d'information pourrait le faire arrêter ?

Mick avale sa salive.

– Mettons que c'était Jimmy. Pourquoi s'en serait-il pris à Joyce ?

– Elle m'a raconté qu'il n'avait pas apprécié qu'elle le repousse.

Une vision apparaît dans l'esprit de Mick. Joyce dans sa cuisine, débarrassant la table après le repas. La silhouette d'un homme à la porte de la terrasse. *Je ne peux pas vivre loin de toi.* Ou bien : *Comment peux-tu me dire non, à moi ?* Et sa réponse : *Jimmy, je ne pourrai jamais quitter Frank.* Les mots se transforment en coups. Elle tombe et se cogne la tête. Ou peut-être qu'elle le défie. *Je suis enceinte, Jimmy.* Il la menace. Ou la traîne jusqu'à sa voiture pour…

Non, quelqu'un l'aurait entendue crier.

Mais si elle l'avait suivi de bon cœur ? *Allons discuter dans la voiture, Joyce.* Et puis il l'assomme et il s'en va. Mais comment expliquer le sang ?

– On se croirait dans un film, lâche-t-il. Deux hommes désirent la même femme…

– Ça arrive, affirme Mme Ingram d'une voix sèche. Un triangle amoureux. Pour les autres, ça ressemble à un drame, mais pour ceux qui le vivent…

– Vous ne connaîtriez pas le nom de famille de ce type ? Vous pourriez me le décrire ?

– McCarthy, répond-elle. Jimmy McCarthy.

Un feu d'artifice explose dans la tête de Mick. Il faut qu'il appelle le commissariat tout de suite. Il doit mettre des agents sur le coup.

– J'espère vraiment que vous allez le trouver, reprend Mme Ingram. Et s'il vous plaît, prévenez-moi si… si j'ai gagné la récompense.

Mick se remémore la conversation qu'il a eue avec Ruby dans sa cuisine. Ce n'était pas l'argent qui l'intéressait ; elle voulait *vraiment* aider Joyce. Mais sans doute Mme Ingram, elle aussi, est-elle d'abord et principalement intéressée par la santé de son amie.

L'amie avec le mari de laquelle elle couche.

Mick met fin à sa réflexion pour se concentrer sur sa récolte. Jimmy McCarthy. Bingo.

Il sourit à Mme Ingram.

– Je vous tiendrai au courant sans faute, répond-il. Puis-je vous offrir à boire ? Ensuite, vous me direz où je peux trouver un téléphone.

Il appelle le commissariat, on lui répond à la troisième sonnerie. Un bleu nommé Barnes qui doit remplacer Jackie le dimanche. Il prend note du nom de famille de Jimmy, de la description de sa voiture, et promet de se mettre au travail.

Quand Mick revient, Genevieve Crane est en plein discours, remerciant le maire de Sunnylakes et le personnel de la bibliothèque et les nombreux artistes qui ont travaillé si dur.

– En particulier Joyce Haney, dit-elle, cette jeune femme si talentueuse et merveilleuse, cette amie proche dont la disparition nous a profondément secoués. Et, bien sûr, Deena Klintz, qui malheureusement ne peut pas être avec nous aujourd'hui.

Mick observe Nancy Ingram, dont le sourire n'atteint pas tout à fait les yeux. Les autres femmes paraissent de marbre. Deena Klintz ne manquera clairement pas à grand monde.

Les mains gantées frappent les unes dans les autres et les verres tintent.

Puis Mme Crane s'extrait d'un petit groupe de femmes et s'approche de lui. Elle pose son verre sur une table proche avec son sourire énigmatique habituel.

– Qu'en pensez-vous, inspecteur ?

Il transpire nettement, maintenant.

– Eh bien, c'est du grand réalisme. Et les combinaisons de couleurs de celui-ci – il désigne un vase de tournesols – me font penser à... comment s'appelle-t-il ? Vous savez, celui avec l'oreille.

– Van Gogh, dit Mme Crane. Mais si ça ressemble à un Van Gogh, je suis Marilyn Monroe.

– Pardon ?

Elle baisse la voix.

– Allons, inspecteur. C'est du travail d'amateur. Il n'y a rien à en dire. Sauf, bien sûr, concernant Joyce.

Ils se tournent tous les deux vers le tableau de la piscine. Deux femmes plus âgées, dont les lèvres n'ont jamais goûté aux substituts alimentaires Appetrol, en cachent la vue de leurs imposants derrières.

– Joyce aurait adoré Amblioni, reprend Mme Crane.

– L'exposition de L.A. ? Vous y allez ?

– Ils ne vendent plus de tickets depuis des mois. Nous avons essayé d'en avoir, mais...

Mick hoche la tête.

– Je suis désolé. Bon, je... Je dois y aller. Au revoir.

– Inspecteur, attendez.

– Oui ?

La voix de Mme Crane est si feutrée qu'il comprend à peine ce qu'elle dit.

– Abandonner l'enfant dans un pot de fleurs. C'est tellement horrible. Pourquoi pensez-vous qu'elle ait fait ça ?

Il avale sa salive.

– Pour le garder près d'elle, peut-être ? Pour être sûre qu'il reposerait toujours dans un endroit agréable.

Elle remue la tête de gauche à droite.

– Je pense qu'elle avait une autre raison. Le garder là, toujours à portée de vue et paré de fleurs rouges... Je crois qu'une part d'elle désirait qu'on le voie. Comme une accusation.

– Adressée à qui ?

– Peut-être bien à elle-même. Ou au monde. Sa jolie maison, ses jolis enfants, son mariage parfait – et au milieu de tout ça, ce terrible secret. Elle le criait au reste du monde. Voici mon bébé mort. Regardez ce que vous avez fait.

– Mais personne n'était au courant.

– Ça, répond Mme Crane, c'est le propre des secrets.

Chapitre 28

Mick

Au commissariat, Mick trouve Barnes à l'accueil. C'est un jeune gars fraîchement sorti de l'école, avec des taches de rousseur et un regard de fouine.

Il relève la tête dès qu'il entend Mick approcher.

– Monsieur l'inspecteur, j'ai des relevés d'appels pour vous. D'une certaine Deena Klintz. C'est Jackie qui les a fait expédier.

Mick ramasse les relevés. Jackie mérite un bouquet de médailles : elle a surligné les informations pertinentes. Deena ne passait pas beaucoup d'appels, mais lundi après-midi elle n'a pas arrêté. Elle a appelé chez Joyce à plusieurs reprises, et aussi chez Nancy, trois fois entre 15 heures et 16 heures.

– Intéressant, marmonne-t-il. Des infos concernant Jimmy McCarthy ? Vous avez appelé les hôtels ?

– Ouais. Sans succès, d'abord, mais ensuite j'ai appelé les stations-services. Une Crestliner grise a été vue à celle de Crankton vendredi matin. Immatriculée en Pennsylvanie. Le gars qui conduisait a réclamé un nettoyage complet et qu'on astique les ailes. L'employé de la station ne se souvenait pas des détails, sauf que c'était un brun. Qu'il était là pour affaires et qu'il était descendu dans Florendale, à L.A.

Mick se crispe.

– Et ?

– Alors j'ai appelé les hôtels et les refuges, et bingo. Un Jimmy McCarthy a bien pris une chambre au Geraldino's Guesthouse sur Witterman Street.

– Joli travail, mon pote. Allons le coincer.

– Je préviens le chef ?

– Qu'il aille se faire foutre.

Mick savoure le flou qui s'est installé sur le visage de fouine de son collègue.

– On n'a pas de temps à perdre. Rassemblez les gars.

– Les… pardon, monsieur ?

Mick jette un œil dans le bureau principal où la bleusaille s'échine à gérer les excès de vitesse et les vols à la tire. Deux jeunots sont assis au bureau le plus proche de la machine à café, penchés sur les mots croisés du dimanche.

Il se retourne vers le comptoir.

– C'est tout ? Y a personne d'autre ? On a un méchant à arrêter. J'ai besoin d'hommes costauds et armés. De gars capables d'enfoncer une porte.

Barnes quitte sa chaise. Il est plus mince qu'un pied de table.

– Je fais de la gym trois fois par semaine, monsieur.

Mick laisse échapper un grognement.

– C'est bon, Charles Atlas[1]. Voilà ce que vous allez faire. Vous allez dire à ces trous du cul dans la cuisine de s'équiper. Et rejoignez-moi à ma voiture.

– Moggs va vouloir terminer ses mots croisés. Il dit que ça aiguise l'esprit.

– Dans ce cas, Barnes, dites à ce cher Moggsie que s'il n'est pas dans ma voiture dans cinq minutes, armé et prêt

1. Culturiste américain à l'origine d'une méthode de musculation appelée « tension dynamique ».

à l'action, je m'occuperai personnellement de lui affûter le cerveau en utilisant ma clé de casier.

Barnes déglutit si fort que sa pomme d'Adam fait un bon.

– Bien, monsieur.

Moitié refuge, moitié hôtel, le Geraldino's Guesthouse est cent pour cent moquette bon marché et plâtre écaillé. L'inspecteur Mick Blanke et son équipe de policiers implacables – nommément les agents Barnes, Souza et Moggs, dont les mots croisés ont échoué sur le sol du commissariat – débarquent dans un crissement de pneus, le coucher de soleil dans leur sillage. Lorsqu'ils entrent dans le hall, Mick prie en silence le dieu des flics débutants pour que Jimmy se laisse arrêter sans histoire.

Il sort son badge et le flanque sous les yeux ébahis de la réceptionniste.

– Police de Santa Monica, nous sommes venus voir un de vos clients. Un certain Jimmy McCarthy.

– McCarthy ?

Ses lèvres forment un O qui aurait bien besoin d'une nouvelle couche de rouge à lèvres.

– Jimmy McCarthy, oui. Où est-il ?

La réceptionniste sort une boîte à cigarettes défoncée remplie de fiches cartonnées qu'elle commence à feuilleter. Elles sont toutes cornées et certaines sont collées entre elles. Elle en laisse tomber quelques-unes et s'excuse avant de se remettre à chercher.

Mick sent qu'il va péter un plomb. Il lui arrache la boîte des mains et la vide. Une rapide recherche lui confirme que McCarthy occupe bien une chambre : la 17. Il s'est enregistré le samedi précédant la disparition de Joyce.

Il empoche la fiche pour la consigner avec les autres preuves.

– Chambre 17. Vous nous dites où c'est, ma petite dame ?

– Au troisième étage, répond la réceptionniste.

Mick rassemble son équipe.

– Barnes et Souza, vous venez avec moi. Moggs, vous passez à l'arrière du bâtiment. Il y a sûrement une sortie de secours. Vous veillez dessus comme sur la virginité de votre frangine, sauf que ce coup-ci, vous assurez, d'accord ?

– Bien, patron, fait Moggs avant d'avaler de travers et de se reprendre : inspecteur.

– Allez, on se bouge.

Moggs sort par la porte de devant et disparaît. Mick fait signe aux deux autres de le suivre et ils grimpent en silence jusqu'au troisième.

Les fenêtres du couloir laissent entrer un peu de la lumière de la rue, mais la moquette verte hideuse en absorbe la majeure partie. La porte de la chambre 17 est fermée. Mick se colle contre le mur et brandit son arme. Barnes l'imite. Mick fait signe à cette andouille à tête de fouine de rengainer. Quelqu'un va devoir immobiliser le suspect, le maintenir bien serré et vérifier la pièce pour les autres. Est-ce qu'on leur apprend encore ça, aux jeunots ?

Quelqu'un tousse à l'intérieur de la chambre. Souza sort son pistolet à son tour et l'arme. Puis il croise le regard de Mick et abaisse le chien. Pour une oreille avertie, les deux clics métalliques qui viennent de résonner dans le couloir sont aussi assourdissants que le double bang d'un avion supersonique. Durant le battement de cœur qui suit, le monde est parfaitement immobile.

Alors une chaise tombe dans la chambre, et on entend le bruissement d'un store qu'on écarte. Mick jure et se jette contre la porte qui refuse de céder. Il appelle Barnes qui se met à pousser sur le battant de toute sa force de gymnaste. On entend à nouveau du bruit à l'intérieur, le raclement d'une fenêtre qu'on ouvre.

Mick agrippe Barnes et lui crie au visage :

– Ensemble, abruti ! Un, deux…

À trois, ils se jettent en même temps contre la porte et la serrure craque. Barnes lâche un cri perçant. Mick repousse la porte d'un coup de pied et se précipite à l'intérieur. Il a tout juste le temps d'apercevoir les jambes de McCarthy disparaître par la fenêtre.

Il se jette en avant en trébuchant. Jimmy McCarthy est déjà dans l'escalier de secours, plongeant dans la pénombre en faisant voler les pans de sa chemise.

– Souza, descends, descends ! hurle Mick. Le suspect est en train de s'enfuir.

– Quoi ?

– Cours, putain ! Va rejoindre Moggs.

Souza détale comme un lapin. Mick saute par la fenêtre et se rue dans l'escalier.

– Je crois que je me suis blessé, gémit Barnes dans son dos. Je…

Mais Mick n'entend pas la suite. Ça, c'est son truc. C'est à ça qu'il est bon. La traque. Plus rien ne lui importe que l'homme qui détale un étage en dessous. Il ne songe ni aux caniveaux, ni aux ruelles, ni au vent du soir. Ni à l'odeur des ordures, ni à la chaleur des briques. Le monde se réduit au clac-clac de ses pieds sur le métal branlant et à la silhouette du méchant qu'il doit poursuivre et attraper.

Jimmy McCarthy atteint la ruelle en bas de l'escalier. Il se retourne et leurs regards se croisent, points blancs dans la nuit, chasseur et chassé, prédateur et proie.

– Police ! hurle Mick. Plus un geste.

McCarthy se précipite vers la rue et, tel un Phantom Stranger[1] de pacotille, Moggs apparaît et lui bloque le passage. Il

1. Personnage de DC Comics.

dégaine son arme et se met en position de tir, comme dans les manuels : les genoux pliés et les bras aussi raides que des mousquets.

– Arrêtez ou je ti… ou je vous arrête ! crie-t-il.

McCarthy recule et pivote vers Mick qui avale la dernière volée de marches, exultant d'euphorie. *T'es cuit, mon pote. C'est terminé.*

McCarthy plonge la main vers sa ceinture, où scintille un objet argenté. Un pistolet.

Oh, merde.

La scène passe au ralenti. Les pieds de Mick ne semblent plus toucher les marches. Interroger l'univers lui prend une éternité. Tirer ou continuer à courir ? Se battre ou s'immobiliser ?

C'est alors qu'il entend la voix de Ruby dans les profondeurs de son cerveau. *Je ne crois pas que je pourrais tuer qui que ce soit, jamais.*

Alors il court.

Dans l'allée, McCarthy vise Moggs. Le reflet de son arme est tranchant comme la morsure d'un serpent, et tout aussi mortel.

– Vous n'avez rien contre moi, crie-t-il. Laissez-moi passer ou je vous balance du plomb dans le lard.

– Je suis de la police, rétorque Moggs, les mains tremblantes. Posez votre arme.

Arrête, Moggs. Les mots passent trop vite dans la tête de Mick pour qu'il puisse les prononcer. *Arrête. Abandonne. Ça ne vaut pas le coup. C'est…*

– Va te faire foutre ! hurle McCarthy en appuyant sur la détente.

Le coup de feu illumine la ruelle. Pendant une demi-seconde, le monde se fige, comme une esquisse. Le visage de McCarthy blanc de rage. La supernova dans les yeux de

Moggs. Souza qui apparaît derrière lui, coupé dans son élan. Une poubelle retournée qui vomit ses peaux de bananes et ses boîtes en polystyrène. Un lointain lampadaire.

Puis Moggs s'écroule et l'univers répond : *C'est toi qui aurais dû prendre cette balle, Blanke. Tu as encore échoué, espèce de lâche. Encore une fois.*

Et le temps s'accélère.

Mick saute par-dessus la balustrade au bas de l'escalier, lance un cri perçant quand la douleur lui traverse la jambe et se jette sur McCarthy. Il le force à lâcher son arme d'un coup de poing et le saisit à bras-le-corps. McCarthy tombe en arrière en grognant, entraînant Mick avec lui. Mick lui écrase le nez contre la joue d'un autre coup de poing. En réponse, il prend un coup de coude dans l'estomac et un coup de genou sur le côté. Traumatisé, McCarthy se défend sans pitié, tel un soldat qui a épuisé ses cartouches et auquel il ne reste qu'une peur profonde, rouge et grandiose.

Le coup suivant frappe Mick au bras et, avant qu'il ait pu s'en rendre compte, son arme a changé de main. Il se sent retourné et son dos heurte le sol. Le canon de sa propre arme de service se dresse devant ses yeux.

– Toi aussi, va te faire enculer, grogne McCarthy.

Le temps s'arrête à nouveau. Mick fixe l'intérieur du canon et attend que la lumière mortelle en jaillisse. Et il pense à Fran. À cet endroit doux et adorable où ses épaules se rejoignent sur sa nuque. Il ne l'a plus embrassée depuis un moment et il le regrette, maintenant, plus que toute autre chose…

Soudain, McCarthy s'envole sur le côté et atterrit sur le trottoir. Un poing est suspendu dans la pénombre, serrant une arme par le canon. La crosse vient de heurter le crâne de McCarthy. C'est Barnes, avec des yeux grands comme des soucoupes.

– J'ai pas pu tirer, dit-il. Mon épaule… Je… je suis désolé.

– Ça arrive.

Mick bondit sur ses pieds, récupère son arme et la pointe dans la bonne direction, juste entre les épaules de McCarthy.

– Jimmy McCarthy, vous êtes en état d'arrestation pour le meurtre de Deena Klintz. Vous avez le droit de garder le silence.

McCarthy remue les jambes dans la poussière. Mick lui passe les menottes et le frappe. La tête de McCarthy heurte le pavé avec un bruit sourd. Ce n'est pas le protocole standard, évidemment, mais ce qui se passe dans les ruelles sombres reste dans les ruelles sombres. Le coup porté par Mick n'est qu'un soulagement temporaire avant ce qu'il s'apprête à faire. À savoir, se retourner vers Moggs.

Moins d'un an auparavant, sa carrière a failli prendre fin à cause d'une mauvaise décision. Les mauvaises décisions font toujours salement déraper la réalité. Et voilà que l'agent Moggs se retrouve affalé sur le trottoir. Mick le regarde et il sait, avec la certitude d'un naufragé qui voit son bateau couler, que ce dérapage-là restera collé à lui pour toujours. Le projecteur restera fixé sur la scène, *clic,* pendant sa mise à pied et les excuses publiques aux parents endeuillés, *clic, clic,* pendant le procès et le divorce, *clic,* toujours fixé sur Moggs étendu sur le trottoir, immobile, les yeux fixés sur le ciel nocturne.

Puis, soudain, Moggs gémit et se retourne.

Mick se sent aspiré par une spirale de soulagement. Ses genoux se dérobent et il s'écroule. Billy Benson apparaît dans un coin de son esprit et le regarde de haut. *T'as failli tout foirer, Blanke. Ne recommence jamais ça.*

– Inspecteur ? Monsieur ?

Billy s'évanouit et Barnes réapparaît. Mick se remet debout et balaie ses derniers doutes. Tout va bien. Ils ont chopé McCarthy. Et Moggs est vivant.

Ce dernier semble avoir du mal à y croire lui-même.

– La balle a pas dû me toucher. Elle est passée juste à côté. Je l'ai entendue siffler. Putain !

– Souza, récupère l'arme de ton pote.

Mick remet brusquement McCarthy debout.

– Tes mains tremblent, Moggs. Reprends-toi. T'es un flic. Ce que tu viens de vivre, c'est que le petit déjeuner.

Il jette McCarthy à l'intérieur de la voiture. Le type ne saigne pas, et tant mieux, mais ses cheveux sont tout emmêlés sur le côté de son crâne et sa peau, en dessous, est enflée et jaunie. Mick tire sur ses bras pour observer ses mains. Deux des doigts de sa main droite sont raccourcis, avec des moignons à la place des ongles. Exactement comme les empreintes sur cette bouteille.

Il éclate de rire, plus fort qu'il ne l'aurait voulu. *Bingo.*

Barnes, toujours en train de se tenir l'épaule, réussit à s'asseoir sur le siège passager. Moggs et Souza s'installent de part et d'autre du suspect.

McCarthy râle et redresse la tête.

– Laissez-moi partir, marmonne-t-il. J'ai rien fait.

Mick met son clignotant.

– Je vous arrête pour les meurtres de Joyce Haney et de Deena Klintz. On a vu votre voiture sur les lieux.

– Ma voiture est au garage. J'ai pas…

McCarthy laisse tomber sa tête en arrière. Le blanc de ses yeux continue à luire sous ses lourdes paupières mi-closes. Puis il se laisse aller en avant et Souza réagit juste à temps pour l'empêcher de tomber. Mick fait une embardée sur Witterman Street et tourne à gauche. C'est alors qu'il entend tousser et qu'une éclaboussure jaillit du siège arrière. L'odeur du vomi remplit la voiture, acide et terriblement humaine.

Mick roule des yeux. Fran va le lyncher. Elle vient de changer les tapis de sol.

Chapitre 29

Ruby

Ruby se penche par la fenêtre et tend le cou pour observer la rue. C'est l'heure où les travailleurs rentrent chez eux, celle où les jeunes sortent. Il y a des garçons partout, qui se précipitent dans Trebeck Row, évitant les voitures et interpellant leurs copains. Des garçons au regard noir, en colère contre le monde. Des garçons qui sourient sournoisement à la vue d'une jolie fille.

Elle peut sentir l'électricité dans l'air. Ces garçons sont nerveux, tendus comme la corde d'un arc. Hier soir, son père lui a expliqué pourquoi. D'après la rumeur, le gouverneur a abandonné le projet d'autoroute à travers Beverly Hills. Ils veulent la construire sur Eastside, maintenant. Les expulsions se multiplient et les latinos qui vivent là-bas vont devoir déménager à South Central, où les loyers sont déjà au plus haut et les emplois rares.

Elle s'écarte de la fenêtre et se frotte les bras à l'endroit où l'encadrement a laissé une marque. Il se passe tant de choses dehors, et son monde à elle, entre ces quatre murs, est déjà si compliqué. Le silence de son père, les remarques de Mimi et l'inquiétude sans fin à cause de l'argent qui manque. Et Joseph, bien sûr. Joseph qui n'a toujours pas appelé.

Le désir la frappe tel un accident de voiture au ralenti. Il faut qu'elle le voie et qu'elle arrange les choses. Il faut qu'elle fuie cet appartement, même si dehors, l'air vibre d'agressivité.

Elle choisit sa tenue avec soin. Un chemisier blanc, rentré dans son pantalon. Ses sandales vertes. Un gros bracelet vert qu'elle et sa sœur se sont disputé si souvent qu'elles ont oublié à qui il a d'abord appartenu. Un peu de vaseline sur sa frange et un rapide massage de ses chevilles.

Elle se sent mieux lorsqu'elle longe Compton jusqu'au garage Geddit Fixed. On est dimanche ; une des raisons pour lesquelles le vieux Tobby ne fait bosser que des Noirs, c'est qu'ils n'ont pas de syndicat pour les défendre et qu'ils travaillent tous les jours. Joseph devrait être de garde. Elle va faire un saut en prétextant une course pour son père. Histoire de voir ce qui se passe.

Un gros camion de livraison est stationné devant le garage, le capot et le coffre grands ouverts et les pneus déposés. Derrière, Leroy fait des ronds de fumée, appuyé contre le mur, tandis que le vieux Tobby astique les ailes.

Joseph sort la tête de sous le capot et s'essuie le front. Il crie un truc à Leroy et son dernier mot ressemble à « police ».

Leroy fait voler sa cigarette d'une pichenette et répond :

– À Eastside, y en a partout. Ils vont mettre le quartier sens dessus dessous. Ils vont pas continuer à faire les morts, frangin.

Ruby jette un coup d'œil à Joseph, qui porte sa chemise ouverte et semble prêt à mordre. Il ne l'a pas vue. Personne n'a remarqué sa présence. Elle retire sa montre de son poignet avec précaution et la glisse dans sa poche.

Leroy est le premier à l'apercevoir. Il crie à travers la rue :

– Salut, chérie. Ça roule ?

Alors qu'elle s'approche d'un pas nonchalant, Joseph se

tourne vers elle et, pendant une seconde, elle fait semblant de ne pas l'avoir vu.

– Oh, salut.

Ce visage. Cette énergie dans ses yeux furieux. On dirait que l'univers tout entier y tourbillonne. Merde. Elle voulait rester cool et voilà qu'elle s'apprête à fondre sur le bitume.

– J'ai entendu dire que tu t'étais trouvé de nouveaux amis, fait Leroy avec un sourire. Des flics. Tu t'es déniché une bonne petite place dans la haute.

– J'ai été arrêtée.

Ruby s'efforce de ne pas regarder Joseph. Il a tout raconté. *Comment a-t-il osé ?*

– J'ai été détenue pendant une nuit, au cas où tu ne le saurais pas.

– Ouais, mais maintenant, t'as un admirateur qui se pointe chez toi en voiture. Ou c'est toi qui vas le trouver, hein ? Sur Skid Row ? Joseph n'est pas assez bien pour toi, c'est ça ?

– Fiche-lui la paix, marmonne Joseph. C'est pas ton problème.

Leroy se moque de lui :

– Je vous prie de m'excuser, monsieur. Ça concerne tout le monde. On peut pas faire confiance à une balance. C'est une bonne chose que vous ne traîniez plus ensemble.

– Je suis pas une balance.

Ruby lance un regard furieux à Leroy, mais ce qu'elle lit dans ses yeux réduit vite sa colère à deux flocons de poussière.

– J'ai juste… C'est pas ma faute si ma boss a été kidnappée.

– Ouais, fait Leroy avec une grimace. Rien n'est jamais la faute de personne, ma petite, et soudain, ça le devient. En tout cas, si t'es trop bien pour Joseph, il y a assez de frangines dans le quartier pour rendre fier un homme comme lui.

Ruby a de plus en plus chaud sous sa chemise. Tamona. Qui sait combien de fois elle est venue se dandiner dans le coin ? Suffisamment, sûrement, pour attirer l'attention de Joseph. Et elle fréquente le Comité. Leroy adorerait ça. Avec Tamona, Joseph serait complètement sous son influence.

Leroy s'éponge le front avec sa manche et fait un signe de tête en direction du garage.

– Pff, fait chaud, aujourd'hui. Va me chercher un soda, Rubes. Sois une gentille fille.

Elle se tourne vers Joseph, qui se contente de sourire.

L'envie de crier sur Leroy se déchaîne dans sa poitrine. Mais les mots ne sortiront pas. Elle devrait lui dire d'aller se faire voir, mais elle en est incapable. Il est si sûr de lui, tellement puissant. C'est toujours lui qui décide, aucune place pour la discussion. C'est comme quand elle prend le bus pour Sunnylakes. Sauf que là-bas, on la traite de négresse, alors qu'ici, on l'appelle chérie.

Un bruit de sifflement met fin à ses pensées. Elle pivote vers un des coins sombres du garage, où un homme est en train de repeindre au pistolet le châssis d'une Crestliner autrefois gris métallisé. Il a des éclaboussures de vernis rouge plein son bleu de travail. Dans la faible lumière, on dirait qu'il est couvert de sang. Il sourit quand elle passe près de lui.

– Jolie, lance-t-il par-dessus le bruit de son pistolet à peinture.

Ruby hoche la tête poliment.

– Oui, c'est une jolie voiture.

– C'est d'toi que je parle, chérie. Si tu v'nais un peu par ici pour vérifier mes outils ?

Son éclat de rire strident la fait fuir. Elle file tout droit jusqu'au petit bureau, au fond du bâtiment, où le vieux Tobby conserve sa paperasse et, surtout, le réfrigérateur. Tandis qu'elle le fouille pour trouver un soda, elle pense à la voiture.

Une aile arrière verte et ce toit gris métallisé cabossé. Elle l'a déjà vue. Lundi après-midi.

Prudemment, elle jette un œil à travers les pin-up qui recouvrent la vitre permettant au vieux Tobby d'avoir une vue d'ensemble de son atelier. La Crestliner la fixe de ses yeux vides, à moitié engloutie dans la pénombre. Son aile droite et ses portières sont maintenant rouge sombre, une couleur qui lui semble familière. Un pourpre riche et juteux. Exactement comme…

Exactement comme du sang.

Elle inspecte le garage. Joseph et Leroy sont toujours dehors, deux ombres se mouvant lentement dans la lumière vive du soleil. L'homme au pistolet à peinture a disparu derrière la Crestliner pour travailler sur le coffre. Il n'y a personne d'autre.

La peur au ventre, elle ouvre les tiroirs du bureau usé du vieux Tobby et y trouve un registre à la couverture effilochée et graisseuse. Elle le pose sur ses genoux et parcourt les travaux effectués au cours des deux dernières semaines. Il n'y a rien là-dedans concernant une Crestliner gris métallisé. Mais elle connaît le vieux Tobby. Si le boulot est payé cash, il ne figurera pas dans le registre consacré aux règlements réguliers. Joseph lui a dit une fois qu'il existait un second livre qui échappait au regard des inspecteurs des impôts.

Deux tiroirs plus bas, bingo. Un journal avec le prénom *Melanie* inscrit sur la couverture, caché entre des tournevis cassés et quelques reçus jaunis et insignifiants. Vendredi, le vieux Tobby a noté : *12 midi Crelin. Aliz, fournitures. CMJ.*

Le vieux Tobby n'est pas une lumière. Il a une façon bien à lui de prendre des notes, et quand on a lu le docteur Futterer, c'est facile à décrypter. *Crelin*, c'est pour Crestliner.

Aliz et fournitures, ça doit désigner les travaux à effectuer. Mais *CMJ* ? Ça pourrait vouloir dire n'importe quoi.

Elle remet le livre à sa place dans le tiroir.

Puis une idée lui vient à l'esprit. Elle attrape une seconde bouteille de soda et sort du bureau. Cette fois-ci, elle balance un peu les hanches, et les yeux du peintre se posent inévitablement sur elle avec insistance.

– Hé, poupée ! lance-t-il. T'as changé d'avis à propos de mes outils ?

Elle approche avec précaution, ses sodas cliquetant entre ses doigts.

– On dirait que c'est un boulot qui donne soif. Qu'est-ce que vous faites ?

– Je lui refais une beauté. La petite en a besoin. Contrairement à toi.

Ruby ignore son regard lubrique.

– C'est quelle couleur ? J'aime bien. C'est vraiment beau.

Le peintre retire ses lunettes et s'approche d'elle.

– Rouge passion, répond-il. Comme tes lèvres, chérie.

Il abaisse son pistolet dont la réserve de peinture est maintenant bien visible. Ces mots sont écrits sur l'étiquette : *Alizarine cramoisie.*

Aliz. Alizarine. *Vous n'êtes vraiment pas futé, vieux Tobby.* Ruby se mord les lèvres pour empêcher un sourire de se répandre sur son visage. Elle pose un soda sur le capot gris et s'éloigne rapidement en roulant les hanches, avant que les doigts du peintre aient pu entrer en contact avec sa peau.

Dehors, Leroy ouvre son soda et en avale une longue gorgée. Quand il a terminé, il jette la bouteille sur le trottoir, où elle explose en un millier de diamants. Le vieux Tobby lève la tête de son lustrage ; il semble vouloir dire quelque chose, mais il se ravise.

– Tu devrais venir, dit Leroy. Au Comité. On organise une soirée des femmes.

– Elle ne viendra pas, intervient Joseph. Elle n'est pas intéressée par le mouvement.

– Allez, insiste Leroy avec un clin d'œil. Tamona sera là. Tu vas adorer. Tu pourrais même apprendre des choses.

Joseph pose son tournevis.

– J'ai dit non.

Ruby se retourne.

– Tu parles de moi ?

– Tu as très bien entendu, répond Joseph. Mais elle n'a pas envie de venir, Leroy.

– Parle pour toi. J'ai forcément des choses à dire, parce que…

Leroy éclate de rire, mais c'est un rire sinistre. Ses yeux sont restés durs et perçants, comme ceux de tous ces garçons qui traînent dans la rue.

– La discussion est terminée, chérie.

– Rentre chez toi, dit Joseph.

– Je pensais qu'on pourrait… J'allais…

– C'est trop tard, Ruby.

Il ne la regarde même pas.

– Va-t'en. Va t'occuper de ton père.

Leroy rit à nouveau.

– Ouais, rentre vite chez toi, gamine. Va rejoindre ton papa et ton ami flic. Il s'occupera de toi, pas de problème. Qu'est-ce que tu lui as fait pour qu'il te laisse partir, hein ? Une petite gâterie ?

– Hé, mec…, intervient Joseph.

Ruby lui coupe la parole.

– Ta gueule, Leroy. Tu te crois intelligent avec ton Comité et tes belles paroles, mais tu n'as rien compris.

– Ooh, j'adore quand tu te mets en colère.

L'attitude de Leroy la fait frissonner.

– Pourquoi ne pas joindre le geste à la parole ? Ah, voilà Tamona.

Un taxi s'arrête le long du trottoir, la porte s'ouvre et Tamona apparaît. Ses jambes sans fin se déroulent comme si elle était une danseuse et la rue sa scène. Elle porte un chemisier à motifs tourbillonnants rouges, verts et bruns, dont le tissu souple et brillant souligne les courbes de son corps. Elle a cessé d'utiliser du défrisant. Ses cheveux forment un halo noir parfait autour de sa tête. Elle a l'air forte et assurée. Plus que Ruby ne le sera jamais, quel que soit le nombre de barrettes orange qu'elle mette sur sa tête.

Joseph la regarde bouche bée, comme si elle était en crème glacée. C'est trop dur à supporter. Ruby passe à côté de Leroy et s'engage dans la rue. Mais Tamona est plus rapide ; elle l'intercepte et pose sur elle ses grands yeux cerclés de khôl.

– Salut, Ruby, c'est sympa de te voir dans le coin. Tu devrais pas être au travail ?

– Moi, au moins, *j'ai* un travail, marmonne Ruby.

– Joseph m'a raconté ton arrestation, fait Tamona, hautaine. Mais tu t'en es bien sortie, à ce qu'on dit. Tu t'es trouvé un petit boulot bien classe là-haut. Je vois ça d'ici.

Elle hausse la voix pour continuer :

– Oui m'dame, bien m'dame. À vot' service, m'dame.

Ruby serre les poings.

– Tu dis n'importe quoi.

Elle pivote vers Joseph.

– Et toi ? T'as des choses à me dire, au lieu de parler de moi dans mon dos ?

Joseph hausse les épaules.

– J'ai compris.

Elle file dans la rue en direction de Trebeck ; chaque battement de son cœur est un grondement de tonnerre. En attendant que le feu passe au vert, elle aperçoit son reflet dans la vitrine de la boutique de radios Wheeler's. Ses cheveux lui donnent l'air d'une folle. Elle a essayé de les lisser, mais ils se sont remis à friser sur le haut de sa tête en une coiffure négligée et informe. Son visage, déformé par la glace, est tout bouffi de larmes. La montre de Joseph pèse dans sa poche comme une brique.

Chapitre 30

Joyce

Alors que j'entends le ronflement du moteur d'une voiture qui remonte la rue, mon visage est maquillé et mes cheveux coiffés. Barbara joue sagement dans son chemisier à rubans. Lily dort encore, ce qui est parfait. Je l'habillerai quand elle sera réveillée. La dernière chose dont j'ai besoin, en cet instant, c'est d'un bébé qui chouine.

Le moteur vrombit et s'étrangle. Je me précipite à la porte et l'ouvre à la volée. J'espérais qu'il ne ferait pas hurler son moteur comme ça – les voisins pourraient entendre. Mais les vieilles habitudes ont la vie dure.

Elles ont tellement la vie dure que je suis dans ses bras avant que la porte ait terminé sa course. Je me colle tout contre lui. Son odeur, la forme de son dos, la pression de ses bras… Ma poitrine gronde d'anxiété et de joie. C'est Jimmy. Il est venu pour moi.

– Allons-y, dis-je.

Il se dégage de mon étreinte et rit.

– Tu es vraiment affamée, chérie. Je pensais que tu t'étais calmée. On dirait que ce vieil enfoiré ne te satisfait pas, hein ?

J'ignore ses paroles et lui prends les mains. Il rit plus fort et m'entraîne vers la chambre. Il a mal compris.

– À Los Angeles, je précise.

Jimmy se fige.

– Quoi ?

– Je veux partir. Je t'en prie. S'il te plaît, emmène-moi.

– Oh, t'inquiète pas, ma chérie. Je vais t'emmener, tu vas voir. Viens là.

– Non.

Je repousse ses bras.

– Pas maintenant. Plus comme ça, plus en secret. Emmène-moi loin d'ici.

– Tu veux dire…

Il a compris et cela se voit sur son visage.

– Tu veux t'enfuir avec moi ?

– Oui.

J'espérais de la joie. J'avais tout préparé. Nous quitterions Sunnylakes à toute vitesse et trouverions un hôtel pour les premières nuits. Nous piquc-niquerions sur la plage et nous ferions l'amour toutes les nuits, jusqu'à ce que nous trouvions une maison à louer. Je me remettrais à peindre et je commencerais à vendre mes œuvres, et peut-être que j'exposerais à New York, puis à Paris…

Mais il semble sur ses gardes. Ce n'est pas ce que j'avais imaginé. Pas du tout.

Je m'écrie :

– Je suis prête ! Je ne veux plus de ça. Je veux être…

J'allais dire *avec toi*. Mais brusquement, mon esprit s'éclaircit et je sais ce que je désire. Je le sais clairement. Ma peinture, New York et Paris…

– Libre, chuchoté-je. Je veux être libre.

Un gémissement aigu s'échappe de la chambre des enfants. Jimmy me dévisage. Puis il rigole.

– Ce n'est pas aussi simple, mon cœur.

– Si, c'est simple. On va organiser une petite mise en

scène. On va laisser un peu de sang dans la cuisine et la porte d'entrée ouverte. Ils ne sauront jamais que je suis partie avec toi.

– Et tu as préparé des affaires ?

Ces mots n'atteignent pas tout à fait mon cerveau.

– Tu as de l'argent ?

– Pas d'argent. Ce serait suspect. Je veux que ça ressemble à un kidnapping.

– Pas question. T'es cinglée.

C'est comme si j'avais la tête dans du coton. J'ai du mal à tout saisir. Mais il a l'air en colère, maintenant. Très en colère.

– Pas question, répète-t-il. L'ami Frankie va découvrir tout de suite ton plan stupide. Il va me coller les flics au cul avant que tu aies le temps de claquer des doigts. On sera… Et les filles ?

– Elles resteront avec Frank. Elles sont mieux avec lui.

C'est la vérité. Je suis une mauvaise mère. Dangereuse pour ses enfants.

– Écoute, ma puce…

Il m'entoure de ses bras alors que les pleurs de Lily deviennent frénétiques.

– Ce n'est pas le moment, reprend-il. Allez, on va… Ah, bon Dieu, tu pourrais pas faire taire cette petite peste ? Elle me tape sur les nerfs avec ses hurlements.

Je m'écarte un peu de lui, l'esprit vidé. Je voudrais dire ce que je pense. Pourtant, je n'y arrive pas.

Il secoue la tête.

– Honnêtement, je remercie Dieu de ne pas avoir d'enfants.

Quelque chose craque à l'intérieur de moi. *Tu en as*. J'ai envie de le lui crier au visage. *C'était ton garçon. Ton fils. Il est mort, parce que tu nous as laissés tout seuls.*

Il me regarde avec douceur et sourit à ma colère.

– Allez, ma chérie, pourquoi es-tu si agressive ? Sois gentille.

– Non.

Et soudain, je me révolte et répète :

– Non. Je… Je ne veux pas.

Jimmy blêmit.

– Quoi ? Écoute, on a une heure à peine. Putain, Joyce.

– Putain toi-même, je chuchote. Sois maudit pour ce que tu as fait.

Il déglutit. Sa peau est devenue très pâle. Son visage est méconnaissable. Mais je m'en fiche. Je suis froide à l'intérieur, morte. Là où il y avait de la vie, il n'y a plus qu'un trou béant et douloureux.

– J'ai eu un bébé, un garçon, dis-je. Nous avons eu un enfant. Mais tu n'étais pas là. Tu m'as laissée toute seule. Vous m'avez tous abandonnée. Je… je ne peux pas…

Je me retourne et cours. Je passe devant la chambre des filles et aperçois les grands yeux de Barbara par la porte ouverte. Je cours jusqu'à ma chambre. Je sors le tableau. L'appuie sur mon ventre comme si je pouvais l'y faire entrer à nouveau. Je saisis le petit pyjama et enfouis mon visage dans la flanelle. *J'aurais aimé que tu vives.* Je réprime un sanglot. *Oh, comme j'aurais aimé que tu vives.*

Puis je rejoins Jimmy dans la cuisine.

– Regarde, lui dis-je en brandissant le tableau pour qu'il puisse le voir – pour qu'il *le voie*. C'est ton fils.

Il observe la peinture. Sa bouche s'ouvre et se referme. Ses doigts tressaillent. À l'intérieur de moi, une petite flamme se met à étinceler. Et je trouve ça agréable. De toute ma vie, je n'ai jamais fait culpabiliser un homme. Je me suis toujours débrouillée pour leur faire plaisir. Plus maintenant. *C'est fini.*

– Où… où est-il ? demande Jimmy.

– Mort, dis-je tout bas en arrondissant bien la bouche.

Un mot pareil ne peut pas être prononcé trop fort.

Il frappe si vite que j'ai à peine le temps de m'en rendre compte. Le coup me soulève du sol et le tableau glisse de mes doigts. Je vole en arrière et ma tête heurte l'évier de la cuisine. Je m'effondre comme un sac de farine. La lumière baisse et j'aperçois son large dos qui s'éloigne.

Chapitre 31

Ruby

L'inspecteur Blanke appelle le dimanche soir pour lui annoncer qu'un suspect, l'homme qui est entré dans la maison des Haney, a été appréhendé. Ruby laisse ses paroles ondoyer dans son esprit. *Appréhendé*. Mazette, ça fait du bien.

En outre, M. Haney a été relâché sous caution. Et voilà que le lundi matin, elle prend à nouveau le bus pour Sunnylakes, prête à faire le ménage pour la mère des dragons.

Tandis qu'elle nettoie le sol de la cuisine, une voix lui parvient du salon. M. Haney parle au téléphone, assez fort pour que ses paroles arrivent jusqu'à elle.

– Les flics m'ont traité comme un meurtrier. C'est de la diffamation… enfermé pendant deux nuits. Dis-moi, Marv, quelles sont nos options ? Je veux porter plainte.

Il marque une pause avant de reprendre :

– Non, je ne suis pas suspect. Juste un témoin. Bien sûr que je suis… il s'agit d'un bébé mort. Mais je n'ai rien à voir avec cette histoire.

Il fait très chaud dans la cuisine, tout à coup. Ruby se penche sur son balai à franges devenu glissant entre ses mains. M. Haney ne lui a rien dit quand elle est arrivée. Il ne peut pas savoir qui a cassé le pot et laissé le secret s'échapper. Pourtant, elle sent son cœur cogner dans sa poitrine.

Elle passe et repasse le balai sur les mêmes dalles. La conversation de M. Haney concerne maintenant la police.

– Blanke, dit-il. B-l-a-n-k-e. J'en sais rien. Un Yankee. Ça sonne étranger, non ? Peut-être un juif. Ah, d'accord. Tiens-moi au courant.

Il raccroche et le silence envahit la maison.

Ruby s'éponge le front. L'air est humide et le sol va avoir du mal à sécher. Elle ouvre la porte d'entrée pour laisser entrer une petite brise à l'intérieur.

C'est alors qu'elle aperçoit Barbara qui s'éloigne toute seule dans l'allée. Les rayons du soleil jouent dans ses cheveux et les froufrous de ses chaussettes blanches brillent comme des ailes d'ange.

Ruby pose son balai et se précipite dehors. Elle rattrape la fillette à mi-chemin de chez Mme Ingram.

– Barbie, crie-t-elle, où vas-tu ?

Barbara s'arrête derrière un arbre et inspecte les alentours, rayonnante.

– J'attends Maman, explique-t-elle.

Ruby sent sa poitrine se serrer.

– Maman est sortie. Elle ne rentrera pas tout de suite.

– Elle va vivre dans une autre maison. Avec lui.

Ruby se fige, foudroyée. *Docteur Futterer. Aidez-moi.*

Elle s'agenouille pour avoir l'air moins menaçante et pose sa voix comme si elle demandait à la petite de ranger ses poupées.

– Barbie chérie, dit-elle, de qui parles-tu ?

Barbara se met à chantonner :

– Maman est dans une autre maison, une autre maison, une autre maison.

– Où ça ?

Barbara montre du doigt la maison de Mme Ingram.

Ruby secoue la tête.

– C'est Tante Nancy qui habite là. Et elle n'est pas ta maman.

Barbara gratte l'écorce de l'arbre avec ses ongles.

– Mais c'est elle qui s'occupe de nous.

– Il ne faut pas l'écouter, ma puce. Viens à la maison. Je vais te donner un cookie.

Barbara se tortille.

– Est-ce que le monsieur est toujours là ? Celui qui est venu quand je me suis cogné la tête ?

Le cœur de Ruby manque un battement.

– Non, il est parti pour de bon.

Barbara reste silencieuse. Ruby gratte avec elle l'écorce de l'arbre. Il y a maintenant deux lignes grisâtres sur le tronc, et elles ont toutes les deux de la crasse sous les ongles.

Ruby brûle de savoir si Barbara a vu Jimmy McCarthy ici le jour où sa mère a disparu. Mais elle ne peut pas l'interroger directement. D'après le docteur Futterer, ça reviendrait à lui mettre des idées dans la tête.

Elle attend un peu que Barbara se lasse de gratter.

– La dernière fois que cet homme est venu dans ta maison, qu'est-ce qu'il a fait ?

Barbara fixe l'écorce sous la demi-lune de son ongle.

– Il a claqué la porte et Maman m'a demandé d'être gentille et d'aller chez Joanie. Il a dit que Lily est une peste et Maman lui a dit : *Tu m'as laissée toute seule.*

– Mmh…

Barbara gratte la saleté coincée sous son ongle.

Ruby tend la main et fait glisser ses doigts sur le bras de la petite.

– J'ai promis à Maman d'être sage, dit doucement Barbara.

– Et tu es très sage. Tu es une merveilleuse et courageuse petite fille.

– Mais Papa ne m'a pas ramené de cadeau de sa confrétence.

– De sa conférence. C'est parce qu'il a dû se dépêcher de rentrer. Parce que ta maman était partie.

Barbara sourit.

– Je ne dis jamais les secrets, Whoobie. Je n'ai rien dit à Papa pour ma tête.

Mince, fillette. Tu es trop parfaite.

– J'ai une idée, Barbara. Si tu me parles de cet homme, je te dirai ce qui lui est arrivé. Je t'échange un secret contre un autre secret. D'accord ?

Barbara serre les lèvres. Pendant un instant, elle ressemble à sa grand-mère. Triste vision. D'ici quelques années seulement, ce regard qui réduit l'autre à une crotte de chien fera partie de son répertoire.

– C'est comme un vœu ? demande-t-elle.

– C'est une promesse magique.

– Et tu me donneras un cookie ?

– Bien sûr.

Barbara recule.

– Il a jeté un sort à Maman.

– C'est vrai ?

– C'est un magicien. Il est venu chez nous et j'ai promis à Maman de ne rien dire. Il lui a jeté un sort et elle est tombée par terre et puis elle est sortie.

– Pour aller où ?

– Elle a dit que ce serait pas long.

– Où est-elle allée ?

Barbara sourit. Elle se relève et tourne sur elle-même, deux fois, trois fois, tandis que l'ombre et la lumière dansent sur sa robe.

– Troisième étoile à droite, répond-elle, au-dessus des collines et très très loin.

– Arrête ça.

Ruby saisit le bras de Barbara et l'oblige à s'interrompre.

– Allez, chérie. Tu dois me le dire. Où est-elle partie ?

Au lieu de répondre, Barbara se fige. Elle tend un doigt au-dessus de l'épaule de Ruby avec un grand sourire.

– Oh, regarde. C'est Maman qui arrive.

Mme Ingram est en train de remonter l'allée, avec sa robe jaune et son chapeau assorti. Elle tient Lily par la main et toutes deux flânent du même pas, Nancy se penche un peu sur le côté pour atteindre le petit poing de Lily.

Barbara s'écarte de l'arbre et court sur le chemin.

– Maman, crie-t-elle. Maman.

Mme Ingram lâche Lily et lui tend les mains. Barbara se jette dans ses bras et s'élève haut dans le ciel.

– Oh, chérie, dit Mme Ingram en posant un baiser dans ses cheveux. Tu commences à être lourde.

Puis elle croise le regard de Ruby et son sourire se fige.

– Ruby, tu tombes à pic. Peux-tu t'occuper de ces deux-là ? Je dois aller travailler.

Ruby n'arrive pas à bouger. L'illusion n'est pas tout à fait brisée. Ça aurait pu être Joyce sur ce chemin. Joyce, dans la lumière de l'après-midi, en train de rire et de jouer avec ses filles.

– Tu as l'air effrayé, dit Mme Ingram. Encore des hommes qui traînent dans les bois ?

– C'est à cause de Barbara, répond Ruby en prenant la main de Lily. Elle vous a appelée Maman.

– Je sais. Ce n'est pas la première fois.

Mme Ingram prend un air sérieux et baisse la voix.

– J'ai dit à Frank que les filles devraient voir un docteur. C'est trop de stress pour leurs petites têtes. Oh, Lucille. Hé-ho, nous sommes rentrées.

Mme Haney mère jette un œil par la porte d'entrée.

– Ruby, tu as du travail.

– J'ai juste rattrapé Barbara, répond Ruby. Elle était dehors, et…

– Lâche cette enfant.

Mme Haney lui arrache Lily d'un coup sec et lance en direction de la maison :

– Frank, j'aimerais qu'elle ne s'approche pas des filles.

Ruby retourne dans la cuisine dont le sol a séché. Elle s'appuie contre l'évier et respire intensément, deux fois, trois fois, jusqu'à ce que son cœur ralentisse et qu'elle ne risque plus de chanceler et de tomber raide.

Dehors, Lily commence à pleurer. Il y a du remue-ménage dans l'entrée et l'on entend bientôt la voix de Mme Haney s'élever dans le salon.

– Les filles ont besoin d'une maison convenable. Je l'ai déjà dit, ça ne me dérange pas de les ramener en Pennsylvanie, loin de cette chaleur infernale.

La réponse de M. Haney est inaudible, mais sa mère reprend :

– C'est trop de responsabilités pour la pauvre Nancy. Et j'ai élevé des enfants toute ma vie.

La suite de la conversation est noyée par les cris de Lily. Peu après, Mme Haney passe la tête dans la cuisine, la cadette dans les bras ; Barbara, le visage fermé, se tient tout près d'elle.

– Je sors avec les enfants, annonce-t-elle. Vous pouvez partir. Frank n'est pas en état de superviser votre travail.

Ruby fixe les pieds de Mme Haney.

– Oui, m'dame. Bien sûr. Ça fait une heure et…

– Tu n'as quasiment rien fait. Je ne vois pas pourquoi on devrait te payer.

Et là-dessus, elle sort de la maison d'un pas altier et claque la porte. Quelques secondes plus tard, une voiture démarre puis s'éloigne.

Ruby retire son tablier et le suspend à sa place. Elle vide son seau et le range sous l'évier. Ensuite, elle sort sur la terrasse et referme doucement la porte. Maintenant que les géraniums ont disparu, le jardin a perdu ses couleurs. Il ne reste que quelques petits tas de pétales fins comme des feuilles et desséchés dans les coins.

Elle contourne la maison. Le calme la rend nerveuse. Quand elle atteint les fenêtres du salon, elle entend Mme Ingram.

– Ne t'inquiète pas pour ça.

La douceur de sa voix a quelque chose de sirupeux.

– Ça apaise les enfants. Et ça te rendrait service, pas vrai ? Frank, chéri, je…

– Chut, Ruby est toujours là.

– Non, ta mère l'a renvoyée chez elle.

Ruby se colle contre le mur. Si elle bouge maintenant, elle devra passer devant la fenêtre et ils la verront. Et la nausée qui pulse dans son ventre lui suggère que ce serait très, très mauvais.

– Ce n'est pas une bonne chose, Nancy, répond M. Haney. Je ne veux pas qu'elles oublient leur mère. S'il te plaît. La prochaine fois qu'elles t'appellent Maman, demande-leur de ne pas le faire.

Mme Ingram soupire.

– Mais j'en ai assez d'être Tante Nancy. Je veux être plus que ça, Frank. Tu sais que je serais une mère formidable.

– Elles ont déjà une mère.

Un petit rire coupant.

– Oui, une mère gavée de médicaments. Qui laisse la bonne gouverner la maison et se débarrasse de ses filles chez les voisins à la moindre occasion. Tu sais combien j'ai pris soin de ces filles, Frank. Allez, laisse-moi prendre soin de toi…

– Pousse-toi.

Quelque chose se fracasse dans le séjour. La voix de Mme Ingram, quand elle se remet à parler, est devenue geignarde, presque implorante.

– Qu'est-ce qui ne va pas, chéri ?

– Ça ne peut pas continuer comme ça. Tes... Tes allées et venues ici. Joyce a disparu.

– Tu es tellement tendu, mon chéri. Tu...

– Évidemment que je suis tendu, putain. Ça fait une semaine.

– Oui. Une semaine, Frank. Mais pense à ce que j'ai ressenti pendant plus d'un an. À attendre, à espérer, à me précipiter sur le téléphone. À ne plus oser quitter la maison, juste au cas où tu...

– Oh, arrête, c'est pas comme si je t'y avais forcée.

– Mais je ne pensais pas que tu laisserais traîner les choses aussi longtemps.

Mme Ingram s'emporte :

– Tu es fou d'attendre cette connasse coincée et frigide.

Un silence suit. Ruby enfonce ses ongles dans ses cuisses. Le souvenir des draps de Mme Ingram flotte dans son esprit, et aussi le regard qu'elle lui a jeté. Elle comprend, maintenant. Mme Ingram était vraiment fière. Elle marquait son territoire. Ce comportement purement primitif lui donne la chair de poule.

– C'est ma femme, reprend M. Haney d'une voix grave et désagréable. Tu le savais dès le début.

Mme Ingram rigole.

– Ah, et dis-moi, chéri, ce que tu vois en elle ?

– Elle est la mère de mes enfants. Voilà ce que je vois en elle.

M. Haney semble hésiter avant de conclure :

– La belle vie.

Mme Ingram pouffe.

– La belle vie. Et voilà que tu me ridiculises parce que je désire la même chose. Une maison, un mari et deux jolies filles qui m'aiment.

– Tu es folle, Nancy.

Un autre petit rire, comme un tintement de verres.

– Je sais que tu es loin d'être un mari parfait. Est-ce que c'est toi qui l'as fait, mon chéri ? Est-ce que tu t'es débarrassé de cette adorable folle qui était ta femme ?

– Tais-toi.

– Non, je ne me tairai pas. Je sais que tu n'étais pas à Palmdale. Où étais-tu, hein, Frank ? Tu te cachais ? Tu attendais ? Tu enterrais un corps ?

– Nancy, chérie, jamais je…

Il laisse échapper une sorte de sanglot.

– Oh, mon Dieu. Tu ne vas pas t'y mettre, toi aussi. Je suis innocent.

– J'ai roulé jusqu'à Palmdale dans la nuit de dimanche. Je voulais te faire une surprise.

Elle soupire.

– J'ai même pris mon lundi. Je t'ai attendu toute la matinée dans ce motel. Mais tu n'es jamais venu. Et quand je suis allée au centre de conférences… Eh bien, ils ne m'ont pas laissée entrer. Mais j'ai aperçu ton badge sur la table. Tu n'as pas assisté à cette conférence, Frank. Tu n'étais pas là.

– Je…

Un grognement.

– Je suis juste parti faire un tour en voiture. Pour me vider la tête… J'avais besoin de sortir de la maison… Tu ne dois parler de ça à personne, Nancy. Jamais.

– Bien sûr que non. Comme je ne dirai à personne que tu as oublié que tu m'avais confié ton pistolet vendredi.

M. Haney grogne encore.

– Seigneur, Nancy, je t'en prie. J'ai l'impression que tout le monde est après moi. Promets-moi que tu me crois. Je n'ai fait aucun mal à Joyce.

Il y a une pause durant laquelle on entend des pas traînants. Puis la voix de Mme Ingram à nouveau, douce et claire, comme celle de Marilyn Monroe.

– Je te le promets, mon chéri, si tu me promets que tu m'épouseras quand toute cette histoire sera finie.

– Nancy, je…

– Chut. Je sais ce dont tu as besoin, mon amour. Je le sais mieux que n'importe qui.

D'autres pas traînants, puis un petit gémissement.

Assez. Ruby se faufile le long du mur en direction de la terrasse. Elle atteint l'abri de jardin, prend son élan et saute. Elle s'accroche au bord du toit et manque de lâcher sous son propre poids. Seigneur, elle n'est plus une gamine ; elle est une femme et elle pèse lourd. En s'aidant de ses pieds, elle se hisse contre le mur jusqu'au sommet.

La toiture est recouverte de goudron ramolli par le soleil. Ses chaussures y laissent de petits creux lorsqu'elle le traverse sur la pointe des pieds. Arrivée au bout, elle compte jusqu'à trois et saute.

Elle atterrit avec un bruit sourd et roule au milieu des arbres. Elle tend l'oreille, attentive aux bruits venant de la maison des Haney, mais rien ne bouge derrière la palissade.

C'est bon. Elle se remet debout péniblement, secoue son chemisier et essuie ses paumes goudronneuses sur de la mousse. Le lac se trouve juste à quelques mètres et elle s'assoit sur un banc.

L'étendue d'eau est calme, comme les villas alentour. On dirait des maisons en sucre dans une forêt magique où les femmes disparaissent et les sorcières surveillent leurs palais et leurs hommes ensorcelés.

Ce qu'elle a entendu lui paraît insensé. M. Haney n'est pas allé à la convention. Il prétend qu'il ne se souvient pas avoir confié son arme à Mme Ingram. Et elle… Son apparition, dans cette robe, et Barbara qui court jusqu'à elle…

Un éclat de rire résonne dans la forêt. Ruby observe les alentours, mais elle ne voit personne. Le bruit s'estompe avant qu'elle ait pu le localiser, et c'est de nouveau le silence. Le seul son qui reste est celui de ses pensées qui vrombissent dans sa tête.

Chapitre 32

Mick

Dimanche soir, Mick trouve un couffin sur le pas de sa porte. Il le soulève et découvre à l'intérieur le squelette d'un nouveau-né. C'est Sandy. Il s'est passé quelque chose de terrible. Il essaie de le cacher afin que Fran ne puisse le voir, mais elle y parvient et attire son mari dans un coin. Mick se retourne, le cœur battant à tout rompre, le bébé si léger dans les bras, et ce n'est plus Fran mais Joyce qui est là, avec sa robe jaune et son rouge à lèvres immaculé. Elle brandit un couteau et il réalise soudain, glacé d'horreur, que le sang répandu sur le sol de la cuisine était son sang à lui.

Il se réveille avec un goût de vomi dans la bouche et ses draps sont trempés de sueur. Il se tourne pour vérifier qu'il n'a pas réveillé Fran, mais elle respire en ronronnant avec une innocence bienheureuse. Voir ses épaules nues émerger des draps lui provoque une douce chaleur au niveau du ventre.

Il s'était attendu à une dispute. Après l'arrestation de McCarthy, il avait raté le dîner à cause de la paperasse et il était rentré tard, l'oreille encore chaude de ses appels à Ruby, à Florence Delawney et l'adjudant-chef David Potter, de la base militaire de Philadelphie, qui lui avait confirmé tout ce qu'il suspectait au sujet de Jimmy McCarthy.

Pourtant, Fran n'a pas fait la tête. Au contraire, elle lui a servi un whisky et ils se sont installés dans la cuisine pour discuter. Vraiment discuter. Elle a écouté patiemment le récit plein de sueur et de cris de l'arrestation de Jimmy. Il s'est excusé de travailler si dur. Elle lui a soudain souri et, repensant au canon du pistolet braqué sur son visage, il en a profité pour embrasser cet endroit si doux sur son épaule.

Le commissariat s'agite autour des affaires du lundi – maris violents, conducteurs en état d'ivresse et, à l'occasion, prostituées se remettant d'un long week-end. Mick prépare un café très fort et aère son bureau. Le ciel est bleu comme un pyjama en flanelle et la brise de l'océan a une odeur de sel et d'essence.

Son esprit dérive vers l'affaire Deena Klintz. Deena – venue au monde avec suffisamment de jugeote et de caractère pour espérer mieux de la vie. Elle était au courant pour Joyce et Jimmy. Après la disparition de son amie, elle a très bien pu utiliser ce qu'elle savait. Un peu de chantage par-ci, un petit bakchich par-là. Jusqu'à ce que Jimmy sonne la fin de la partie.

Quelqu'un traverse le couloir. Un instant plus tard, une voix puissante comme une corne de brume fait voler le silence en éclats.

– Putain, qu'est-ce que c'est que ce café infect ?

– C'est du sang de Yankee, Murphy, crie Mick. De la bonne came. Étouffez-vous avec.

La porte s'ouvre violemment. Murphy entre, cherche une chaise du regard et fronce les sourcils.

– Blanke, espèce de troglodyte, la politesse voudrait que vous offriez un siège à votre chef.

– J'ai fait une demande il y a deux semaines.

Mick fait un large sourire et aspire une gorgée de café – fort, noir, épouvantable.

– On dirait que mon boss n'a pas traité le formulaire.

Murphy lui jette un regard noir.

– Si vous me mettiez au courant ? Qui est ce McCarthy et qu'est-ce qu'on a contre lui ?

– Pas mal de choses. C'était l'amant de Joyce avant qu'elle rencontre Frank. Il est parti en Corée avec les derniers régiments, mais il n'a pas réussi à l'oublier. À son retour, il lui a demandé de quitter Frank. Elle a refusé. Ils se sont perdus de vue quand les Haney se sont installés ici, mais il y a quelques semaines, il est réapparu. Samedi, il s'est pointé chez les Haney. Il est tout simplement entré par la porte de derrière et il a dit qu'il cherchait des tableaux.

– C'est tout ?

– Il était armé. Son pistolet est au labo, on fait des tests balistiques. Et puis il y a les empreintes sur les bouteilles de bière dans le mobil-home de Deena.

– Et alors ?

– Deux doigts manquants, comme sur celles relevées sur la bouteille trouvée chez les Haney. J'ai parlé à l'adjudant-chef de McCarthy. Notre type a été fait prisonnier par les Coréens. Il a perdu ses doigts sous la torture. En plus de tout ça, une voiture gris métallisé, comme la sienne, a été signalée sur les deux scènes de crime. Mme Ingram, la voisine des Haney, l'a aperçue l'après-midi où Joyce a disparu. Et la voisine de Deena Klintz prétend avoir vu une voiture gris métallisé s'éloigner juste après avoir entendu une explosion de pot d'échappement. Je pense qu'il s'agissait du coup de feu.

– Pourquoi ce type aurait tué Deena ?

– Joyce et McCarthy avaient l'habitude de se retrouver chez Deena, alors elle était au courant de leur relation. Joyce lui a parlé cet après-midi-là. Elle a très bien pu lui dire que McCarthy allait passer. Quand elle a disparu, Deena a pu essayer de le faire chanter. Je l'ai rencontrée le lendemain de la disparition de Joyce. Elle venait de la maison des Haney et rangeait quelque chose dans son sac à main.

– Comment diable a-t-elle pu… ?

Murphy soupire avant de conclure :

– Hodge.

– Ouais. On a trouvé une des peintures de Joyce dans le mobil-home de Deena. Peut-être qu'il y en avait d'autres qui auraient pu trahir Jimmy. Mais Jimmy McCarthy n'allait pas s'incliner. C'est un homme violent que la Corée a rendu plus violent encore. L'armée l'a démobilisé sans les honneurs à cause de ses accès de colère. Je ne serais pas surpris si…

– D'accord, mettons qu'il ait tué Deena. Mais Joyce ?

– Elle l'a repoussé. Et si elle n'a pas voulu le suivre de son plein gré…

Murphy écarquille les yeux.

– Seigneur, Blanke. Vous croyez qu'il l'a kidnappée ? Elle est peut-être encore en vie.

Une vague nausée remonte dans la gorge de Mick.

– Je ne pense pas. Kidnapper quelqu'un nécessite de la préparation et du calme. C'était un crime passionnel. Un truc qui a mal tourné entre deux amants.

– Je croyais qu'elle était du genre frigide.

– Avec Frank, en tout cas.

– Quel genre de femme se refuse à son mari et laisse un autre homme goûter son fruit ?

Mick hausse les épaules.

– Partons du principe que Joyce et Jimmy s'aimaient. Ou, au moins, qu'ils avaient une liaison. Joyce envoie sa fille jouer dehors pour que Barbara ne puisse pas voir cet inconnu dans la chambre de sa maman. Et là, elle change d'avis. Ils se disputent. Il s'en va. Joyce appelle Deena et lui raconte. Deena a téléphoné plusieurs fois cet après-midi-là. Mais ensuite, Jimmy revient. Il blesse Joyce, peut-être même qu'il la tue. Il se débarrasse du corps, quitte le coin et se fait oublier, jusqu'à ce que Deena le contacte. Elle veut de l'argent contre son silence. Il se rend chez elle et lui tire dessus. Et voilà.

– Bien. Et qui est cette femme qui a aperçu la voiture ? On peut lui faire confiance ?

– Mme Ingram. Une amie de la famille. Elle habite le quartier depuis un bout de temps. Il est logique qu'elle remarque une voiture inconnue.

Murphy déplace sa lourde masse.

– Très bien. J'avoue que ça pourrait être une piste déterminante. À condition qu'elle veuille bien témoigner. Dites-lui qu'elle aura une moitié de l'argent maintenant, et l'autre après le procès. Et vous devez parler à Frank Haney. Mettez-lui un peu la pression. Il n'est pas totalement tiré d'affaire. Il nous doit toujours une explication au sujet du bébé mort.

– Je vais le faire, patron.

Mick attend que son chef soit sorti pour appeler Mme Ingram. Elle lui répète ce qu'elle lui a dit lors de l'exposition et jure qu'elle ignorait que Jimmy était de retour en ville jusqu'à ce que Ruby vienne cogner à sa porte. Oui, elle est prête à aller au procès et à témoigner qu'elle a vu la voiture de Jimmy s'éloigner juste avant qu'on découvre la disparition de Joyce.

Mick n'a pas informé Murphy de l'intrusion de vendredi. En y repensant, il ne peut s'empêcher d'être un peu inquiet. C'est la pièce manquante du puzzle, l'élément foireux de cette affaire. Pourquoi Jimmy voulait-il ces tableaux ? Il aurait dû filer plein nord et ne jamais se retourner. Pourquoi est-il resté dans le coin ? Pourquoi a-t-il loué une chambre sous son propre nom ?

Mick repousse les doutes hors de son esprit. Qui sait pourquoi les ordures comme Jimmy McCarthy font ce qu'elles font ?

Une fois de plus, il y a un embouteillage au niveau du chantier de Harbour Bridge. Devant lui, une file de voitures serpente à travers les collines poussiéreuses. Le moteur de la Buick siffle et crachote à cause des arrêts et des redémarrages incessants.

Mick se souvient d'une époque où le passage d'une voiture suffisait à faire sortir les gamins des jardins de Troy en courant. Pour le petit Micky Blanke, voyager en voiture était le nec plus ultra. Cela signifiait que vous vous rendiez soit à un mariage, soit à l'hôpital. Il se rappelle encore que ça vous donnait l'impression d'être John Carter dans sa fusée pour Mars. Aujourd'hui, il est le fier propriétaire de sa propre voiture, et la plupart du temps il se contente de rouler à une allure d'escargot, en jurant, râlant et suant dans sa chemise.

Trouver une place de parking près du siège de la Griffin Corps lui prend une demi-heure, et il lui reste encore trois de ces blocs interminables de L.A. à parcourir à pied. Mais au moins la réceptionniste, plutôt jolie dans le genre emballée de cellophane, se montre courtoise et amicale. Elle appelle Frank Haney et lui demande de descendre. Cinq minutes plus tard, les deux hommes sont assis dans l'épicerie de l'autre côté de la rue, un mug de café léger entre les mains.

Haney a l'air fatigué. La tension a creusé des lignes profondes autour de sa bouche. Ses yeux sont cernés et sa peau cireuse semble poreuse. Mick s'efforce d'être cordial, comme s'il s'agissait d'une discussion entre hommes, d'une quête de vérité partagée.

– Oui, je sais qui est Jimmy, bien sûr, reconnaît Frank

avant de se mordre la lèvre. Un sale type. Joyce sortait avec lui avant… eh bien, avant qu'il s'engage.

– Vous ne l'avez jamais rencontré ?

Frank souffle bruyamment.

– Bien sûr que non. Je l'aurais renvoyé en Corée à coups de pied dans le cul.

– Saviez-vous qu'il était dans la région ?

– Si je l'avais su, je n'aurais jamais laissé Joyce seule.

– Deena nous a dit que Jimmy et Joyce avaient prévu de s'enfuir.

– Deena était une langue de vipère. Si j'étais vous, je ne croirais pas un mot sorti de sa bouche.

La méfiance de Frank Haney augmente aussi vite qu'elle avait baissé.

– Enfin, je ne voulais pas dire que… Ce n'était pas une femme particulièrement agréable.

– Pourtant, Joyce et elle étaient amies.

– J'imagine. Peut-être que ma femme avait pitié d'elle.

– Pourquoi pensez-vous que Deena m'ait assuré que votre femme et Jimmy entretenaient une relation sérieuse ?

– Je vous l'ai dit, il n'y avait aucune relation.

– Nous continuons d'enquêter là-dessus.

– Écoutez, Joyce m'a parlé de Jimmy après nos fiançailles. Elle ne voulait pas que je sois surpris quand… lors de notre nuit de noces… vous comprenez.

Mick ne comprend pas, non. Lui et Fran s'étaient maintes fois bagarrés sous les draps dans son petit appartement avant leur mariage. Ils s'étaient assurés que leur nuit de noces ne leur réserverait aucune surprise.

Il avale son café trop chaud, se brûle la langue et s'efforce de revenir à la conversation.

– Joyce et Jimmy entretenaient donc des rapports charnels avant votre mariage ?

Haney grimace.

– Il… ne lui a pas laissé le choix. En tout cas, il l'y a poussée. Elle a reconnu qu'elle avait commis une grosse erreur. Elle ne l'a pas répétée avec moi. Nous avons tenu bon jusqu'au mariage. J'ai toujours été correct avec elle.

Aha. Le pauvre Frank Haney n'obtenait pas grand-chose même avant son mariage. Ça aurait pu être un indice pour lui. Cependant, songe Mick, les hommes comme Haney ne relèvent pas les indices.

Ce dernier a l'air de se sentir obligé de remplir le silence avec un soupir.

– Les femmes ne savent jamais ce qu'elles veulent. Je suis sûr que vous avez eu votre lot d'ennuis à cause d'elles dans votre carrière. Vos collègues m'ont parlé d'un ou deux trucs…

L'alarme intime de Mick commence à retentir. Il appuie ses mains sur ses jambes et s'efforce de garder un visage impassible.

– Si vous parlez de ma mutation, la femme en question savait très bien ce qu'elle voulait.

En l'occurence, échapper au gang de O'Leary et obtenir une protection en tant que témoin. Et elle s'est trouvé un parfait idiot d'inspecteur pour payer la note de ses mensonges.

– C'était une poule de truands, ajoute-t-il. Je m'apprêtais à l'utiliser pour coincer son patron, et j'imagine que c'est plutôt le contraire qui s'est passé. Je… je ne peux blâmer personne d'autre que moi.

Haney lui sourit faiblement.

– C'est notre fichue faiblesse. Les femmes. On est juste trop bons avec elles. Et ensuite elles nous laissent sans rien.

– Vous venez de dire qu'elles ne savent jamais ce qu'elles veulent.

– C'est vrai.

– Vous parlez de votre femme ?

Haney attrape son café.

– Au début, Joyce me désirait. Mais soudain je n'étais plus…

Il se tait et se passe les doigts dans les cheveux.

– Allez savoir… ? Si vous voulez mon avis, je pense que Jimmy est coupable, inspecteur. Il éprouvait un désir insatiable pour ma femme. Je crois que c'est lui qui l'a tuée.

Sa voix se déchire.

– À cause du bébé.

Dans la cervelle de Mick, les pièces du puzzle finissent de s'agencer en silence. Le bébé. L'enfant de Jimmy. Il sent la fierté l'envahir. Le meurtrier de Joyce est déjà derrière les barreaux. Et quand on aura soigné son petit mal de crâne, McCarthy sera jugé puis pendu. Mick Blanke a réussi son coup. Que tous les Murphy du monde aillent se faire foutre. Ses méthodes sont les bonnes.

– Écoutez, reprend Haney dont l'expression lui confirme qu'il est dans le juste. Je vous en prie. Vous devez me promettre de ne pas en parler à ma mère. Elle croit toujours qu'il était de moi.

Il triture ses cheveux.

– Je pensais que nous étions vraiment heureux. J'avais déposé mon cœur à ses pieds. Et puis… et puis… ça.

– Elle vous a trompé ?

– Après tout ce que j'avais fait pour elle. Je pensais que c'était la naissance de Barbara qui la rendait si… réticente. Mais ensuite, j'ai compris que la raison était ailleurs… Je suis retourné vivre chez ma mère. Pour faire le point.

– Vous avez abandonné votre femme alors qu'elle était enceinte.

Haney se tord les mains.

– Vous ne comprenez pas. Elle était folle. Je vous ai dit qu'elle ne voulait plus de moi, qu'elle ne m'aimait plus. Elle me traitait d'idiot et de crétin, elle disait que j'avais gâché sa vie… des trucs qu'une femme normale ne dirait jamais à son mari. J'ai dû en parler aux médecins. Ils l'ont mise sous traitement. Un traitement fort. J'ai pensé que ce serait mieux si Barbara ne voyait pas ça.

Il cache son visage derrière ses mains.

– Elle m'a repoussé quand elle avait le plus besoin de moi.

– Elle était enceinte, répète Mick qui ne parvient pas à s'ôter cette idée de la tête. Elle était en pleine dépression. Elle était mal et vous l'avez juste abandonnée.

– Moi aussi, j'étais mal. C'était l'enfer. Mais je m'en veux, aujourd'hui, inspecteur. Croyez-moi.

L'image de Haney hurlant dans le commissariat lui revient à l'esprit. Et comment il s'est effondré sur le sol.

Mick pose son café.

– Mmh. Je ferais mieux de vous laisser retourner travailler.

Frank Haney hoche la tête, mais ses yeux sont devenus vitreux. Tandis que Mick passe à la caisse et sort, il reste assis à la table, le visage entre les mains, fixant le café dans son mug comme s'il essayait d'y lire un avenir qui n'adviendrait jamais.

Chapitre 33

Ruby

– Pour la dernière fois, Ruby, je ne signe rien du tout.

Son père repousse le formulaire d'inscription sur la table et croise les bras.

– Ça n'arrivera pas. Point final. Pourquoi as-tu toujours ce truc ?

– Parce que je veux y aller.

Ruby saisit le formulaire et le refait glisser jusqu'à lui.

– Je croyais… Enfin, je pensais que…

– On le croyait tous.

Les yeux de son père deviennent noirs comme du goudron.

– Mais c'est comme ça. Que Dieu veille sur l'âme de ta mère. La ville ne nous donnera rien. Alors tu devrais te sortir ces idées de la tête.

Ruby se lève brusquement et s'empare d'un verre, mais les robinets sont restés secs tout l'après-midi. La soif lui griffe la gorge et se transforme en colère.

– Mimi pourrait gagner un peu d'argent.

Son père ironise :

– Ouais, on n'a qu'à la sortir de l'école et l'envoyer travailler chez Fine 49. C'est ça que tu veux ?

– Non.

Elle enserre sa poitrine où brûle un feu torride.

– Je gagnerai cet argent moi-même, alors. Je suis en train d'y arriver grâce aux Haney.

– Et combien as-tu ?

– Presque cent dollars, répond Ruby, les larmes aux yeux. C'est… C'est…

– C'est bien, ma fille, fait son père avec un pauvre sourire. C'est vachement bien. Mais c'est tellement loin d'être assez. Tu dois être réaliste.

– Je…

Des coups sur la porte empêchent Ruby de continuer. C'est Mme Estrada, avec une robe cramoisie informe et les yeux cerclés de rouge.

– Je sors, annonce-t-elle en guise de bonjour. Ma sœur a reçu son avis d'expulsion.

– L'autoroute ?

Mme Estrada hoche la tête.

– Le gouverneur a envoyé les lettres aujourd'hui. Ils ont déjà coupé l'eau aux gens vers University Park. Ils vont tout réduire en poussière avec leurs bulldozers.

Ruby déglutit.

– Merde. On n'a plus d'eau. Est-ce que ça veut dire…

– C'est comme ça qu'ils font, confirme Mme Estrada en reniflant. Ils nous coupent les vivres pour mieux nous achever. En tout cas, une certaine Mme Haney a appelé. Tu es virée. Elle ne veut plus te voir traîner chez elle.

– Mais, je…

Mme Estrada pivote sur elle-même et descend l'escalier d'un pas lourd.

Ruby la regarde s'éloigner. Elle ne peut plus bouger ; tout son corps est paralysé. Ses poumons se contractent, chaque respiration envoie des aiguilles de douleur piquer sa cage thoracique.

– Je vais faire un tour, dit-elle en s'adressant vaguement à son père. À plus tard.

Quand elle arrive dans Trebeck Road, la chaussée est presque déserte. Seuls quelques passants se dépêchent de rentrer chez eux ou d'aller travailler. Fine 49 est fermé. Au loin, Mme Estrada se dirige vers l'arrêt du bus, sa robe s'enflamme dans la lumière du soir.

Ruby marche. Ses pieds ne semblent pas toucher le sol. Elle est à nouveau sans travail. Pourquoi faut-il toujours que les choses…

Une voiture approche lentement derrière elle, puis klaxonne. Elle ne se retourne pas. C'est sûrement un voyeur en recherche de sensations, ou une bande de garçons grisés par le rugissement de leur moteur. Elle se rapproche du mur, hors d'atteinte d'un éventuel bras.

Mais la voiture ne s'éloigne pas. À l'intérieur, un homme crie :

– Hé, par ici !

Sa peur flambe et se mue en colère. Elle se retourne et crie :

– Si tu veux voir des culs, rentre chez ta mère !

La mâchoire de l'inspecteur Blanke tombe sur le volant de sa Buick. Puis il rougit.

– Je… Je n'étais pas…

Elle se frotte rapidement les yeux.

– Oh. Je ne savais pas que c'était vous.

– On peut se parler ?

Elle ouvre la portière passager et grimpe à l'intérieur. L'inspecteur met son clignotant et regarde prudemment par-dessus son épaule avant de s'engager dans le trafic.

– Ça va ?

– Ouais, bien.

– Je voulais juste que vous sachiez qu'on monte un dossier

contre Jimmy McCarthy, le type qui s'est introduit chez les Haney. On est presque certains qu'il a tué Deena vendredi après-midi. Elle a sans doute essayé de le faire chanter. Elle a été tuée avec une arme de petit calibre identique à la sienne.

– Hmm.

Bien sûr, M. Haney possédait lui aussi un pistolet. Mais il l'a prêté à Mme Ingram et, comme par hasard, il a complètement oublié.

L'inspecteur ralentit à l'orange et s'arrête juste sur la ligne blanche.

– Vous n'êtes pas convaincue ?

Ruby réfléchit aux paroles qu'elle a surprises ce matin. Elle repense à la bouteille de bière. Au faux alibi de M. Haney. Et soudain, telle la lumière divine éclairant le pécheur, elle perçoit la pièce maîtresse restée cachée dans le garage du vieux Tobby tout du long. Jimmy McCarthy, CMJ à l'envers.

– Je peux prouver que ce n'est pas Jimmy McCarthy qui a tué Deena, dit-elle. J'ai trouvé sa voiture.

– De quoi vous parlez ?

– Je l'ai vu s'éloigner en voiture de la maison des Haney le jour où Joyce a disparu, juste avant que je découvre le sang dans la cuisine. C'était une Crestliner gris métallisé avec des ailes arrière vertes. Elle a été amenée au garage Geddit Fixed. Ils sont en train de refaire la peinture.

L'inspecteur accélère et s'engage sur Harbour Freeway. Il serre les lèvres et regarde droit devant lui.

– Mme Ingram m'a parlé de cette voiture. Pourquoi ne m'avez-vous pas raconté ça plus tôt ?

– Parce que…

Parce qu'elle n'allait pas tout lui donner d'un coup. Ce n'est jamais très malin. Mais il n'a pas besoin de le savoir.

– C'est l'alibi de Jimmy, reprend-elle. Mme Ingram m'a

dit qu'elle n'avait rien vu après qu'il est entré dans la maison. Il a déposé sa voiture au garage vendredi midi. Ce devait être juste après son intrusion. Il n'aurait pas pu aller chez Deena.

– Êtes-vous en train de me dire que Mme Ingram ment ?

– Peut-être. Demandez au vieux Tobby. Vous devrez jeter un œil au registre qui porte le nom *Melanie*, parce que le vieux Tobby enregistre les boulots payés en liquide à part.

L'inspecteur reste un instant silencieux.

– Vous prétendez que l'homme qui dirige ce garage trafique ses comptes ?

Elle hoche la tête.

– Le vieux Tobby n'aime pas trop les types des impôts.

– Alors les dates sont probablement fausses.

– Nan, il garde ses affaires en ordre.

– Je ne pense pas qu'un jury goberait ça.

– Mais si ce n'était pas Jimmy ? Et si…

– Oui ?

Elle reprend son souffle.

– Je pense que c'est M. Haney, dit-elle prudemment.

L'inspecteur plisse le front.

– Qu'est-ce qui vous fait penser cela ?

– Son alibi est un faux. Mme Ingram a dit qu'il n'était pas à Palmdale. Je les ai entendus discuter. Vous l'avez déjà interrogé sur la conférence à laquelle il s'est rendu ? Est-ce que quelqu'un l'y a vu ?

– Il nous a montré ses factures. Il a passé la nuit au motel. Et il a rédigé un rapport pour son patron, que nous avons rencontré aussi. Tout a été vérifié.

– Il faut combien de temps pour aller de Sunnylakes à Palmdale ?

L'inspecteur soupire.

– Environ trois heures. Écoutez, Ruby, il faut examiner

les preuves avant de développer une théorie. Vous ne pouvez pas imaginer une histoire et ensuite arranger les faits pour que tout concorde.

– Mais je n'imagine rien du tout. J'observe les indices, exactement comme le conseille le docteur Futterer. La bouteille de bière, par exemple – sa présence n'a aucun sens.

L'inspecteur détourne les yeux de la route pendant un moment.

– Comment connaissez-vous le docteur Futterer ?

– J'ai un livre sur... Écoutez, je crois juste que... cette bouteille...

– Les empreintes relevées dessus sont celles de McCarthy.

– Ouais, peut-être. Mais si quelqu'un essayait de le piéger ? M. Haney pourrait vouloir se débarrasser de son rival.

L'inspecteur accélère.

– Ça paraît grotesque. Le procureur n'y croira pas. Surtout venant d'une...

Il s'arrête juste à temps et s'éclaircit la gorge. Mais Ruby complète la phrase dans sa tête. Quand ce mot-là a été suggéré, plus moyen de l'effacer.

– Eh bien, de quelqu'un comme vous, reprend-il sans conviction. En plus, vous venez de me dire que vous avez vu la voiture de McCarthy s'éloigner de la propriété des Haney le lundi où Joyce a disparu. C'est une preuve contre lui, pas un alibi.

– C'est vrai, mais...

Elle lâche un soupir. Oui, elle a vu sa voiture. Et Jimmy est peut-être bien une brebis galeuse. Mais pourquoi tuerait-il la femme qu'il aime ?

– Quoi qu'il en soit, reprend l'inspecteur, je voulais vous remercier. Et si ça ne tenait qu'à moi, vous mériteriez la récompense.

Elle inspire profondément. C'était donc ça...

L'université. Oh, non.

Eh bien, tant pis. C'était de l'argent sale, de toute façon. Elle n'en a jamais vraiment voulu, pas au prix du sang de Joyce. Maintenant que ça s'éloigne d'elle, pourtant, c'est comme si on remuait un peu plus le couteau dans la plaie.

– Qui… Qui l'a eue ? demande-t-elle.

– Mme Ingram. C'est une futée.

– Mais, dit-elle d'une voix tremblante. Ce n'est pas juste. Vous avez tout faux. M. Haney…

Elle sent la chaleur envahir sa gorge. La chaleur humide des larmes. *Oh, Seigneur. Pourquoi agissez-vous toujours ainsi ? Pourquoi ne pourrais-je pas gagner, pour une fois ?*

À l'endroit de la déviation vers University Park, les voitures avancent au ralenti. Elles s'arrêtent et redémarrent, s'arrêtent et redémarrent. La chaleur dans la gorge de Ruby se transforme en une colère dense. Elle doit sortir de là. Tout de suite.

– J'imagine qu'il est temps de nous dire au revoir, alors.

Elle agrippe la poignée de la portière et tire dessus alors que la voiture accélère.

L'inspecteur écrase le frein.

– Attendez, Ruby. Ce n'est pas…

– Je dois y aller. Et appelez-moi mademoiselle Wright.

Elle bondit hors de l'auto et s'éloigne en courant dans une ruelle où il ne peut la suivre. Ses larmes couvrent les hurlements des sirènes de la ville. Elle presse ses mains contre sa poitrine où tout lui fait mal. Son cœur pompe comme un moteur, et chaque respiration creuse en elle un sillon de douleur. Parce qu'elle a échoué. Alors qu'elle a lu le docteur Futterer du début à la fin, qu'elle n'a posé que des questions ouvertes et a tout fait comme il fallait.

Joseph avait raison. Elle n'aurait jamais dû accorder sa confiance à cet inspecteur. C'est un flic, après tout. C'est un Blanc. Il a presque utilisé *le* mot. Il écoute ce foutu Pat Boone. Il n'a jamais, jamais été de son côté.

Elle marche sans regarder où elle va. Le quartier est particulièrement calme. Il n'y a aucune voiture dans la rue, seulement des ordures. Un mouvement, pourtant, attire son attention. Un peu plus loin, à l'endroit où la chaussée tourne en direction de l'autoroute, un mur bouge. Elle cligne pour clarifier sa vision. En fait, on dirait plutôt un mille-pattes avec des boucliers étincelants.

Des policiers. Des centaines. Qui marchent dans sa direction.

Un objet file au-dessus de sa tête et se fracasse contre une vitrine. Le verre explose. Elle bondit et se retourne. Des hommes courent dans la rue. Des types en colère, des sauvages. Leurs chemises sont déchirées et couvertes de sang. Certains ont des écharpes autour du visage. Ils crient et hurlent comme des démons. L'un d'entre eux brandit un objet en feu. Il le jette en l'air et l'objet vole telle la traîne d'une comète avant d'exploser sur l'asphalte qui s'enflamme.

Ruby fixe la scène. *Les gens de University Park, ils leur ont déjà coupé l'eau.*

Et puis elle court. Elle s'éloigne des policiers dans les rues pleines d'hommes. Deux immeubles brûlent. La fumée qui tourbillonne dans la rue lui entre dans les yeux et lui provoque des haut-le-cœur. L'air a un goût de plastique. Un garçon la dépasse en courant, tout sourire, une batte de base-ball à la main.

Ruby fonce en direction des voitures et des gens, en direction des rues encore animées. Mais elle s'égare à cause de la fumée, des cris, des silhouettes. Les débris de verre craquent sous ses pieds. Un objet coupant glisse sur sa chaussure et la blesse à la cheville. Finalement, elle aperçoit des véhicules le long de l'autoroute. C'est alors que deux hommes sortent de l'ombre et lui coupent la route.

Leurs visages sont masqués. Leurs yeux, très blancs et sombres à la fois, l'épinglent telle une proie.

Elle titube et se remet à courir. Ils la suivent. Elle emprunte une ruelle, puis une autre, en direction de la route, en direction des voitures. Les feux arrière clignotent par centaines, telle une guirlande de Noël. Elle se précipite au milieu d'eux. Les pneus crissent et les klaxons hurlent. Dans son dos, les pas se rapprochent.

– Attends, gamine ! crie un des hommes. Ce soir, tout est permis.

Elle pivote sur elle-même et hurle. Les hommes rient et l'un d'eux se jette en avant. Un bras surgi de nulle part l'attrape. Elle se débat tandis que le monde devient rouge. En vain. Quelqu'un la traîne en arrière et l'attire à l'intérieur d'une voiture.

– Bon sang, Ruby, c'est une putain d'émeute !

L'inspecteur appuie sur l'accélérateur et fait une embardée sur la voie du milieu. Il roule à toute allure sur l'autoroute en direction de Beverly Hills.

– Où aviez-vous la tête, bon Dieu ? Vous n'écoutez pas la radio ? Vous avez une sacrée chance que j'aie été coincé dans les embouteillages.

Ruby ne répond pas. Elle n'a plus de réponse à donner.

L'inspecteur fait demi-tour et lâche un soupir.

– Écoutez, dit-il, je suis vraiment désolé. Je sais que cette récompense aurait tout changé.

Tu parles, il ne sait rien du tout. Son quartier n'est pas en train de brûler. Sa fille va à l'université. Il n'a jamais été expulsé à cause d'une putain d'autoroute.

Ruby s'enfonce dans son siège.

– Vous savez quoi ? lâche-t-elle quand son cœur s'est apaisé et que ses mains ont cessé de trembler. Je continue de penser que M. Haney est coupable et que vous avez tort. Et si vous pendez le mauvais gars, Joyce n'obtiendra jamais justice. Ses filles seront élevées par son meurtrier. Ce n'est… ce n'est pas juste.

Il lui répond d'une voix lasse :

– Je sais ce que vous ressentez, mais…

– Vous n'en savez rien. La vieille Haney m'a virée. J'ai perdu mon job à cause de cette histoire. Je ne parle plus à Joseph à cause de cette histoire. Je ne veux juste pas…

Je ne veux juste pas que ça finisse comme ça.

– Je suis désolé, répète l'inspecteur.

Ils restent silencieux jusqu'à Trebeck Row. L'inspecteur s'arrête devant Fine 49 et coupe le moteur.

– Écoutez, reprend-il, appelez-moi s'il se passe quoi que ce soit. Vraiment, n'hésitez pas. Passez un coup de fil au vieux Blanke.

– Ouais, répond-elle en ouvrant grande la portière. Au revoir.

– Vraiment, vous avez mon numéro.

Elle ne répond pas. Elle n'appellera pas. Le lien est brisé pour toujours.

Chapitre 34

Mick

L'infirmière conduit Mick jusqu'à une chambre pour quatre qui a été vidée de tout autre patient. Les lits sont parfaitement faits et les braves soldats du soin médical – goutte-à-goutte, chaises métalliques et lampadaires trop grands – sont au garde-à-vous. La pièce est agréablement rafraîchie par l'air conditionné. Comme il est toujours préférable de mettre un salaud comme McCarthy à l'aise, Mick ôte son manteau pour avoir l'air moins officiel et laisse l'air froid répandre la chair de poule sur son dos.

McCarthy est étendu sur son lit, les yeux fermés. Un bandage épais entoure sa tête, le faisant ressembler à un marshmallow géant prêt à être grillé.

Mick approche une chaise et sort son carnet. Jimmy McCarthy bat des paupières comme la starlette blonde d'un film de monstres. Mais la voix qui gargouille dans sa gorge est tout sauf sans défense.

– Allez vous faire foutre. Je n'ai rien à vous dire.

Mick sourit.

– Alors vous n'avez rien à cacher non plus. Vous possédez une licence pour votre arme ?

– La déclaration a été envoyée.

– Je vois.

Mick griffonne un pistolet dans son carnet.

– Votre adjudant-chef nous a dit que vous aviez débarqué ici il y a environ deux mois. Qu'est-ce qui vous a amené sous le soleil de la Californie ?

– Les affaires.

– Quel genre ?

– Chercher du travail.

– Vous n'êtes pas venu voir quelqu'un ?

– Non.

– Une ancienne relation ?

– J'ignore de quoi vous parlez.

– Allez, Jimmy. Comment s'appelle-t-elle ? Je veux l'entendre de votre bouche.

– C'est ce que vous a demandé votre femme hier soir ?

Jimmy glousse, puis son visage redevient lisse.

Mick lui accorde cette mauvaise blague. Il n'y aura plus beaucoup d'occasions de rire dans la vie de ce type.

– Nous avons des témoins, le prévient-il. Vous êtes allé voir Joyce Haney, pas vrai ? Mettez-vous à table, maintenant. J'essaie de vous protéger. Vous savez que Joyce a disparu, n'est-ce pas ?

– Ça n'a rien à voir avec moi.

– Dans ce cas, il faudra qu'on vous écarte de notre liste de suspects. Mais ce n'est possible que si vous coopérez, vous m'entendez ? Nous devons connaître chaque détail de votre dernière rencontre.

McCarthy a un moment d'hésitation, comme s'il essayait de faire le point. Un, deux, trois…

– C'était vendredi, lâche-t-il. Vendredi dernier, je veux dire. Il y a une semaine.

Trois jours avant la disparition, bien sûr. Mick soupire.

– Qu'avez-vous fait ?

– On a juste discuté, comme de vieux amis.
– Vous êtes sûr que vous ne vous êtes pas disputés ?
– À quel sujet ? Je passais juste dire bonjour. Ça faisait longtemps.
– Et vous vous étiez vus avant vendredi ?
De nouveau cet air calculateur.
– Une ou deux fois depuis que je suis arrivé dans la région. C'est une bonne copine. Elle m'a invité à rencontrer ses gamines.
– Mais pas son mari.
McCarthy se renfrogne.
– Frank en aurait fait toute une histoire. En vérité, il en a peut-être fait toute une histoire. Vous lui avez demandé où était passée sa femme ?
– Son alibi est indiscutable. Pas le vôtre.
Les yeux de McCarthy s'enflamment. Il s'agrippe au bord de son lit.
– Je n'ai pas touché à un seul de ses cheveux. Vous ne me ferez pas tomber pour ça, lieutenant.
– Inspecteur. Je suis inspecteur. Si vous n'aviez pas l'intention de lui faire du mal, pourquoi étiez-vous armé ?
– Je comprends ce qui se passe, bredouille McCarthy. Ce bâtard. Cet enfoiré plein de fric de Haney avec sa belle voiture. C'est lui qui a tout manigancé, pas vrai ? Il vous a raconté que c'était moi qui étais responsable, mais c'est faux. C'est un menteur et un tricheur et un putain de tueur, je le jure sur l'honneur de ma mère.
– Donnez-moi une bonne raison pour laquelle Haney aurait kidnappé sa femme ?
– Elle n'a pas été kidnappée, inspecteur.
McCarthy ricane.
– Il l'a tuée. Parce qu'il a tout découvert.
– Découvert quoi ?

– Moi, évidemment. Peut-être que Joyce n'a pas pu garder sa jolie petite bouche fermée. Ou qu'il l'a obligée à l'ouvrir. Il savait qu'elle m'aimait. Elle m'a toujours aimé. Alors il me l'a prise, comme il l'a fait en 1954.

Il grogne.

– En 1954 ?

– Pendant que je m'agenouillais dans la boue de cette putain de Keasong. Je suais pour elle, je tuais pour elle. J'ai défoncé tous ceux qui me cherchaient dans cette forêt humide de merde. Et puis je suis rentré et qu'est-ce que j'ai découvert ? Il l'avait prise. Comme ça. Clac.

Il essaie de faire claquer ses doigts mais ils ne font aucun son.

– Juste comme ça.

Mick hoche la tête.

– Racontez-moi depuis le début. Vous avez rencontré Joyce quand elle était au lycée ?

– Ouais. On a commencé à sortir ensemble. Sa mère – sa mère adoptive – lui a dit que je n'étais pas un bon parti. Je n'avais pas d'argent, pas d'éducation. Pas de carrière. Je ne pouvais pas l'épouser. Alors j'ai choisi la seule option que j'avais. Je me suis engagé. Et on m'a envoyé en Corée.

– En 1952.

– Ouais.

– Et vous êtes revenu l'année suivante.

– Renseignez-vous, lieutenant. Je suis rentré en 1956.

– Inspecteur. Et la guerre était terminée à ce moment-là.

– Tu parles.

Un éclat de rire, coupant comme un coup de feu.

– Vous continuez à le croire ? Mais je vais vous dire comment je vois les choses. Eisenhower peut bien avoir annoncé aux infos que la guerre était terminée, les opérations ont continué. Opération Glory, mon pote. On échangeait les corps, toute la journée. Sac après sac après sac, ces putains de sacs puants. Il y en avait qui tombaient en morceaux entre nos mains.

– Vous avez été mis à pied pour manquement à l'honneur.

– Vous êtes bien renseigné, m'sieur. Mais pas avant que j'aie passé un an en prison. Ça aurait été un peu trop sympa de frapper quelqu'un qui n'était pas déjà mort. Ces putains de chinetoques m'ont arrêté. Ils m'ont fichu au trou. Sans nourriture, sans eau, avec la merde qui vous coule contre la jambe. Le scorbut. Ils savent comment faire souffrir un homme. Vous n'imaginez même pas la merde que j'ai vue.

Ses mains froissent les draps de son lit. Les deux doigts atrophiés de sa main droite se plient à peine.

Mick ne peut pas laisser passer ça.

– Je ne vous permets pas. Je suis un vétéran, moi aussi. Dans le Pacifique, en 1945. Vous ignorez tout de la merde que *j'ai* vue.

Les yeux de Jimmy s'assombrissent.

– Au moins, vous avez eu la bombe pour éliminer cette vermine. Vous étiez les braves. Nous… on nous a oubliés.

Les braves. Mick appuie une main sur son ventre.

– Vous êtes passé en cour martiale, non ?

– Quand j'ai été libéré, l'adjudant-chef m'a fait tomber pour trahison. Il m'a collé au trou un an de plus pour faire bonne mesure. Vous servez votre pays et voilà ce que vous récoltez. La dysenterie et la disgrâce, et rien à montrer à votre nana.

McCarthy devient silencieux. Mick le laisse mariner dans son jus. Au moment où il s'apprête à poser la question suivante, cependant, McCarthy se remet à parler. Sa voix s'est adoucie et tremble un peu.

– La seule chose qui m'a permis de tenir, c'est elle. Et notre avenir. Tous les deux, ensemble.

– Qu'avez-vous fait en rentrant ?

– Je savais qu'elle m'aimait toujours. Je ne pouvais pas rester loin d'elle. Elle…

Un sourire vacille à travers son visage.

– Elle aimait s'amuser. Avec moi. On a recommencé à se voir, au début de l'année 1957. Mais Frank l'a découvert. Au printemps, il a tout découvert. J'ai cessé tout contact avec elle. Pas question que j'affronte ce type et ses avocats. Je l'ai laissée dans le nid qu'elle s'était construit.

Mick frissonne. La pièce semble avoir rétréci. Les lits vides et la machinerie éteinte encombrent l'espace et absorbent la lumière. Il pense au bébé dans le pot de fleurs, aux os fins et minuscules.

McCarthy ne remarque rien. Il lâche un petit rire, comme s'il s'était raconté une blague à lui-même.

– Et puis un jour, elle m'a appelé.

– Elle vous a téléphoné ?

– Ouais, lieutenant. Elle a contacté son vieux Jimmy y a deux mois. Elle avait mon numéro. Elle m'a demandé de venir ici. Je ne savais même pas qu'ils avaient déménagé. Mais j'ai pensé que je ferais bien d'y aller. Histoire de prendre des nouvelles.

– Vous vous êtes vus chez Deena ?

Il sourit de toutes ses dents.

– Celle-là, c'est une sacrée putain.

– Vous avez couché avec elle.

– J'ai dû m'en contenter. Je suis allé là-bas plein d'espoir, mais Joyce est devenue nerveuse et elle est partie. J'ai traîné un peu et bu un ou deux verres. Et quand la femme de vos rêves vous fait prendre une douche froide, vous vous réchauffez comme vous pouvez.

Mick croise les bras sur sa poitrine.

– Avez-vous vu Joyce le jour où elle a disparu ?

Jimmy ferme les yeux. Pendant un moment, il semble lutter contre lui-même. Puis il soupire et reprend la parole.

– Ouais, lieutenant. Je suis passé à la tanière de Frank dans l'après-midi.

– Vous vouliez vous enfuir avec elle ?

– C'est elle qui voulait s'enfuir avec moi.

Mick se penche en arrière.

– Vraiment ?

– Vraiment. Elle se comportait bizarrement. Comme si elle était défoncée. Je lui ai dit que je ne pouvais pas faire ça. Frank m'aurait dépecé vivant. Mais elle ne m'écoutait pas.

McCarthy sourit d'un air satisfait.

– Ensuite, elle m'a dit qu'elle avait fait quelque chose pour moi. Et vous savez ce que c'était ?

– Quoi ?

– Le portrait d'un gamin.

Mick relève brusquement la tête.

– D'un bébé ?

– Un bambin, quelque chose comme ça. Elle voulait que je la garde.

– Et ça avait une signification particulière pour vous ?

Il détourne rapidement le regard.

– Nan. Comme je vous l'ai dit, elle avait l'air plutôt défoncée.

Mick inspire profondément. D'une manière ou d'une autre, un fait vient d'être révélé. Il rembobine leur conversation dans sa tête, mais ce fait reste dissimulé juste sous la surface, comme les carpes qu'il pêchait avec son grand-père dans la retenue d'eau de Troy.

– J'ai flippé, continue McCarthy. Je me suis tiré. Et ensuite j'ai appris qu'elle avait disparu. C'est Frank le responsable. C'était sa vengeance, vous comprenez ? Il a pas pu m'avoir, alors il l'a eue, elle.

Un tremblement le secoue des épaules aux doigts de pieds.

– Il a fini par l'avoir. Elle lui appartient pour toujours, maintenant. Pour toujours.

Mick déglutit. Un whisky bien fort serait le bienvenu. Double, s'il vous plaît. Pour faire fondre le bloc de glace qui s'est formé dans son estomac.

– Monsieur McCarthy, où étiez-vous vendredi, il y a deux jours, vers 14 heures ?

– J'ai déposé ma voiture au garage. En quoi c'est un problème ?

– Le patron est un escroc. Combien l'avez-vous payé pour qu'il écrive l'info qui vous convenait dans ses dossiers ?

– Je ne lui ai rien donné. Il a tout noté. C'est un paiement à livraison.

– Ne me faites pas perdre mon temps avec ces salades.

Une dose d'adrénaline fuse avec un peu de retard dans les veines de Mick.

– Vous vous êtes introduit chez les Haney vendredi. Vous cherchiez quelque chose, n'est-ce pas ? Nous avons un témoin.

Le regard de McCarthy s'assombrit, puis un éclair sauvage le traverse. Mick songe que s'il était une femme, ce serait le moment où il crierait à l'aide.

– Quelle salope, siffle McCarthy.

– Reconnaissez-vous vous être introduit au 47 Roseview Drive ?

– Elle m'a piégé. Cette garce est dans le coup avec Frank. Il doit la sauter en douce.

– Permettez-moi d'insister. Que faisiez-vous vendredi après-midi ?

– Je suis allé au garage, parce que je l'avais vue regarder par la fenêtre au moment où je quittais Sunnylakes, et que je savais qu'elle pourrait reconnaître ma voiture. Alors je suis allé la faire repeindre près de mon hôtel. J'ai fait profil bas tout le week-end. Jusqu'à ce que vous enfonciez ma porte.

– Avez-vous tué Deena Klintz ?

Les yeux de McCarthy s'agrandissent.

– Elle est morte ?

– Je vous le redemande, avez-vous tué Deena Klintz ?

– Je ne suis au courant de rien.

Il s'agrippe aux garde-corps métalliques fixés à son lit.

– Je ne comptais même pas rester. Je n'ai rien à voir avec cette histoire.

– Deena vous a fait chanter, hein ? Elle était au courant de votre relation avec Joyce. Elle savait que vous aviez un mobile. C'est pour ça qu'elle devait mourir.

– Vous croyez que j'ai quelque chose à foutre d'une garce de serveuse ? J'aurais pu la faire taire avec deux bières. Et de toute façon, elle ne m'a pas fait chanter. Elle n'avait aucune preuve.

Les carpes remontent à la surface et font des sauts périlleux dans l'air du matin. C'était Deena qui avait insisté pour que Genevieve Crane l'emmène sur le lieu des recherches. La maison des Haney était une scène de crime, mais Hodge était dans le jardin de derrière en train de boire un soda. Il n'était pas difficile pour quelqu'un d'aussi transparent que Deena de se glisser à l'intérieur sans être vue et de voler un tableau. Lorsqu'il l'a croisée au milieu des arbres, alors qu'il se dirigeait vers la battue, elle a juste glissé quelques feuilles de papier dans son sac.

– Elle avait des preuves, affirme Mick. Joyce et Deena se sont parlé cet après-midi-là. Joyce a dû lui dire que vous étiez chez elle. Quand elle a disparu, Deena a additionné deux et deux. Elle a volé le portrait de votre enfant et vous l'a montré. Elle a aussi vu une bouteille d'une marque de bière que vous aimez dans la cuisine de Joyce. Vous étiez obligé de la tuer. Qu'avez-vous fait de cette peinture ? Vous l'avez brûlée ? Jetée à la poubelle ?

– Vous essayez de me piéger. Je n'ai rien fait. C'était déjà arrivé.

Les veines de Mick sont tellement chargées d'électricité que c'est un miracle si sa chaise ne se met pas à scintiller.

– *Qu'est-ce* qui était déjà arrivé ?

McCarthy serre les lèvres. Sa poitrine émet un gargouillis, comme s'il sanglotait.

– C'est vrai, avoue-t-il. On s'est disputés. Je… je l'ai peut-être frappée. Mais pas, enfin, fort. Elle allait bien quand je suis parti. Je le jure. Quand j'ai été calmé, je suis revenu. Je voulais qu'on se réconcilie, avant le retour de Frank. Je suis passé par la porte de derrière. Et il y avait… du sang. Dans la cuisine. Et aucun signe d'elle.

Il soupire.

– Alors j'ai filé.

Cela expliquerait que Ruby ait vu la voiture. Mais c'est trop pratique. Trop facile.

– Je savais que Frank était responsable, continue McCarthy. Il ne l'aurait jamais laissée partir.

Un silence. Et dans les yeux de McCarthy, de la terreur.

Mick recommence à griffonner dans son carnet. Il réfléchit. Ce n'est pas parfait, mais ça devrait suffire.

Il se lève de sa chaise.

– Monsieur McCarthy, je vous arrête pour les meurtres de Deena Klintz et Joyce Haney. Vous resterez à l'hôpital jusqu'à ce que les médecins certifient que vous êtes prêt à sortir, après quoi la police de Santa Monica vous transférera en cellule de détention provisoire. Toute information concernant l'endroit où se trouve Joyce Haney ou sa dépouille jouera en votre faveur durant un prochain…

Jimmy McCarthy lui adresse un large sourire. Un sourire

malveillant et terrifié qui scinde en deux sa tête de marshmallow.

– Vous arrêtez le mauvais gars, lieutenant, dit-il. Vous arrêtez le mauvais gars.

Mick appelle Jackie et lui ordonne d'envoyer des hommes au garage Geddit Fixed. Lorsqu'il arrive là-bas, la glorieuse opération bat son plein. On interroge le propriétaire sur le trottoir tandis que deux agents fouillent la paperasse. À l'arrière, Souza égratigne la peinture neuve d'une Crestliner rouge sang avec un tournevis.

Ça lui revient au moment où il traverse la rue. Cette peinture. McCarthy lui a dit que c'était parce que quelqu'un avait vu sa voiture chez les Haney. Non, pas quelqu'un. *Une femme.* Une femme avait vu sa voiture. *Cette garce est dans le coup avec Frank. Il doit la sauter en douce.*

Le doute commence à lui enserrer la poitrine. Mme Ingram a dit à Ruby qu'elle n'avait vu personne le jour où Jimmy s'était introduit dans la maison. Et lundi, quand McCarthy a quitté la scène de crime en faisant hurler son moteur, elle était chez elle, dissimulée derrière les rideaux. Il parlait peut-être de Ruby, qui elle, c'est sûr, a vu sa voiture. Pas le jour de l'intrusion, mais celui où Joyce a disparu.

Et merde. McCarthy a pris un coup à la tête. Peu importe. Mick a résolu cette affaire. Il va prouver à Murphy et à tous les autres que ses capacités sont intactes.

Souza lève la tête et son visage s'éclaire. Il montre les rayures vertes révélées sous la peinture rouge de l'aile de la voiture.

– Joli travail, dit Mick en posant une main sur le métal. On tient notre homme, Souza.

Chapitre 35

Ruby

Cette nuit, South Central ne connaît pas de repos. Ruby, à genoux sur son lit, regarde les flammes embraser le ciel. Lorsque l'inspecteur l'a déposée, son père l'a serrée contre lui au point de l'étouffer. Il avait tout suivi à la radio. Depuis combien de temps ne l'avait-il plus prise dans ses bras comme ça ? Pas depuis l'enterrement de sa mère, en tout cas.

Les incendies dissimulent l'aube. Elle ne réalise pas que le soleil s'est levé avant que les néons de Fine 49 s'éteignent dans un claquement. Dans la cuisine, son père a les yeux fixés sur le pain de la veille.

– Ils ont dit quelque chose à la radio ? demande Ruby en entrant.

– C'est la guerre, dehors. Beaucoup de blessés. Deux morts. Chez nous, évidemment. Pas une victime de *leur* côté.

– Ouais, fait Ruby, la gorge sèche. Et... Ils ont dit... ?

Elle ne parvient pas à exprimer tout haut ses craintes les plus profondes. Où est Joseph ? Est-ce qu'il va bien ?

Son père comprend son inquiétude.

– Des nouvelles de ton copain ?

– Mme Estrada est partie chez sa sœur, je ne peux pas

téléphoner. Mon Dieu, j'espère qu'elle n'a pas été prise dans les émeutes.

– Elle les mettrait K.-O., répond son père avec un pauvre sourire. Et Joseph est capable de prendre soin de lui-même. J'étais plus inquiet pour toi. Je... Tu devrais prendre une douche avant qu'il n'y ait plus d'eau chaude.

Là-dessus, il disparaît dans sa chambre.

Ruby entre dans la salle de bains et referme la porte. L'atmosphère est étouffante, elle ouvre la fenêtre. Un courant d'air survient, apportant une odeur de fumée. Elle retire sa chemise de nuit et tire avec précaution le rideau de douche, dont la barre est sur le point de se détacher du mur.

L'eau chaude est une bénédiction divine. Techniquement, bien sûr, elle est délivrée par le service public de Los Angeles, le L.A. Water and Power, mais Ruby formule toujours une rapide prière de remerciement. Elle se savonne le corps. La pièce se remplit de buée et un parfum d'orange recouvre l'odeur nauséabonde de la fumée.

Elle ne peut s'empêcher de penser à Jimmy McCarthy. Deux meurtres. Ils vont le pendre.

Ce n'est pas juste, pourtant. Il a déposé sa voiture chez Geddit Fixed au moment où Deena a été assassinée. Il est sorti à toute allure de l'allée des Haney, mais Joyce avait déjà disparu à ce moment-là. Et Frank Haney a menti au sujet de sa présence à la conférence...

Ils vont pendre un innocent. Que peut-elle faire pour empêcher ça ? Rien, voilà ce qu'elle va faire. Pourquoi devrait-elle se casser le cul pour une canaille comme McCarthy ? Merde, si elle, Ruby, se balançait dans la brise au bout d'une corde dans une cour de prison perdue, ça n'empêcherait pas ce type de dormir. Pas même une minute.

Mais Joyce et son bébé...

Un fracas secoue l'appartement. Son père hurle. Un nouveau fracas, suivi par un cri aigu. Mimi.

Les flics. L'image la transperce comme la foudre. McCarthy leur a dit qu'elle avait frappé Barbara. Elle verra cette cour de prison dans peu de temps.

Ses os se figent. L'eau lui brûle la peau mais elle est incapable de bouger. *Ils arrivent. Ils viennent pour moi. Ils sont là.*

Quelqu'un frappe à la porte et le bruit met fin à sa sidération. Elle tire un coup sec sur le rideau de douche et la barre tombe bruyamment au sol. Elle saisit le plastique sale et s'en enveloppe les épaules comme d'une toge, juste à temps.

– Elle est là-dedans, dit son père. Ruby, ouvre.

Le verrou de la salle de bains n'est pas au mieux de sa forme. Un seul coup et il s'envole pour glisser sur le carrelage. La porte s'ouvre brusquement, Joseph apparaît.

Ruby le fixe sans comprendre. Ses cheveux sont tout poussiéreux, sa chemise est déchirée et pleine de sang. Ses yeux ont un éclat sauvage. Ils errent sur le corps de Ruby, de haut en bas, avant de se fixer sur les siens.

– Quoi ? demande-t-il. Qu'est-ce que tu regardes ?

Ruby se lèche les lèvres, aussi sèches que du sable.

– Je croyais…

Il ne la laisse pas finir.

– Ils ont foutu le feu partout, dit-il en agitant les mains. Ce n'était pas prévu… Toutes les voitures étaient en flammes. Les gars n'écoutaient plus rien quand la police est arrivée. Leroy est à l'hôpital. Ils l'ont frappé jusqu'au sang. Il pourrait ne pas…

– Je croyais que c'était vous, la police.

Il fronce les sourcils. Le silence se répand entre eux, plus lourd que la fumée. Puis elle remarque un cerne humide sur ses paupières. Un frisson révélateur sur sa peau si douce, à l'endroit où son cou rejoint son sternum.

Elle ouvre les bras. Le rideau de douche tombe par terre, mais elle s'en fiche. Joseph se précipite vers elle. Elle le prend dans ses bras et le serre fort. Elle ne le laissera pas partir. Plus maintenant. Plus jamais.

– Je suis désolée, dit-elle. Désolée que ça ait dégénéré.

C'est seulement lorsqu'il l'écarte de lui et la dévisage, de plus en plus inquiet, qu'elle prend conscience qu'elle pleure aussi. Il lui caresse les cheveux, toujours glissants d'après-shampoing, puis essuie sa main sur sa chemise. Ruby sent une bulle de rire monter dans sa gorge. Elle la laisse venir, mais ses sanglots l'emportent.

Le visage de Joseph est décomposé à la vue de ses larmes.

– Pourquoi tu pleures ?

– Parce que.

Parce qu'on veut toujours changer les choses et qu'on n'y arrive pas. Parce que je ne sais pas si laisser quelqu'un se faire pendre alors qu'on aurait pu l'empêcher est un péché aussi grave qu'un meurtre. Parce qu'on a découvert un nouveau-né mort sur le sol de ma cuisine. Parce que Joyce n'obtiendra jamais justice et que je ne peux rien faire contre tout ça.

Joseph la serre contre sa poitrine et elle continue à sangloter, comme les filles blanches dans les films lorsque le monstre des marais est mort. Et quand, un peu plus tard, elle cesse de pleurer, Joseph lui tend une serviette en disant :

– Tu veux te rincer les cheveux ? Ça te dérange si après, je prends une douche moi aussi ?

La barre du rideau de douche ne tiendra plus en place. Il le tient pour elle, puis elle essaie d'en faire autant pour lui, mais elle est trop petite. Il ne cesse de se baisser et de se contorsionner pour échapper à son regard, et c'est la chose la plus amusante qu'elle ait vue depuis trop longtemps. Elle se sent toute drôle à la vue de son sourire. Elle envisage même de jeter ce fichu rideau et d'entrer sous la douche avec lui. Mais le verrou de la salle de bains est cassé, et bientôt, son père frappe à la porte avec des vêtements secs pour Joseph et annonce que le café est prêt.

– J'ai vu ce qui s'est passé cette nuit, dit-elle une fois dans la cuisine. Je suis allée faire un tour avec l'inspecteur Blanke pour parler de l'affaire. Quand je suis sortie de sa voiture… Je ne savais pas que j'étais aussi proche de University Park. C'était horrible.

Joseph hausse les sourcils.

– Alors comme ça, vous êtes toujours complices ?

– Eh non. L'affaire est résolue.

Son père lève les yeux de son café.

– Bravo, ma fille. Ça pourrait aider pour l'université.

Elle avale une gorgée de café.

– Ouais. Ça serait le pactole si je touchais la récompense, hein ?

Joseph rit.

– Pactole City ! Dis-le comme une Blanche. Ça alors, chef, c'est vraiment génial !

Ruby glousse.

– Une occasion en or, Pa.

Mais son rire laisse un vide dans son ventre.

– Joseph, dit-elle, allons acheter de quoi petit-déjeuner.

Il jette un œil par la fenêtre.

– Tu crois ? Les flics sont peut-être encore…

– S'il te plaît. Je voudrais… Je voudrais te parler.

Un coin de la bouche de Joseph se plie dans un sourire. C'est une vision merveilleuse.

– D'accord, dit-il. Monsieur Wright, puis-je emprunter votre fille ?

Ils rejoignent la rue au moment où la fraîcheur de l'océan fait place à la chaleur de l'été. La puanteur persistante du caoutchouc brûlé chatouille la gorge de Ruby. Ne sachant par où commencer, elle oriente la conversation sur des faits concrets.

– Pourquoi les choses ont si mal tourné, hier soir ?

Joseph tressaille.

– On avait tout prévu. On voulait faire un truc pacifique. Manifester contre les démolitions. Les gens étaient censés rester ensemble. Mais ensuite, les flics sont arrivés et ils ont commencé à taper sur tout le monde. Les vieilles dames. Les gamins. Les gars ont voulu riposter.

Ruby ravale sa salive.

– Ce n'était pas la chose à faire.

– Putain, c'est vrai. Mais on était en colère, Ruby. On était tous...

– Je parlais de la police.

Il soupire.

– Ouais. C'est pas correct.

Ils marchent en direction de South Park. Les rues sont pleines d'ordures et les seuls passants sont des gens bien comme il faut qui se rendent au travail, cavalant pour attraper leur bus en baissant la tête.

– Ils voulaient que ça arrive, reprend Joseph dans la lumière du matin. Parce que maintenant, ils peuvent nous faire passer pour des... pour des rebelles sans cause. Ce que nous ne sommes pas. Nous avons une cause.

Elle prend sa main et la serre.

– Ouais, on en a une.

– Ils vont construire cette autoroute et les gens vont perdre leurs maisons et on aura fait tout ça pour rien. Tout le travail du Comité. Tous ces débats à propos de la lutte pacifique. C'est juste sans espoir, pas vrai ?

– Non, car finalement, vous avez essayé. Je veux dire, on doit continuer. C'est trop facile de rester là, à regarder les injustices sans rien faire.

Ses mots restent suspendus. Les pensées s'immiscent dans son esprit et se succèdent au rythme de ses pas. Quand il y a autant de problèmes dans le monde, par où commencer ?

– Joseph, reprend-elle. Je dois te demander quelque chose.

– Quoi ?

– Si tu pouvais sauver la vie d'un Blanc, tu le ferais ?

Il hausse les épaules.

– Je sais pas. Quel genre de Blanc ?

– Un sale type. Mais ferais-tu ce qui est juste ? Pour une mère ?

– Tu parles de Mme Haney ?

– Le truc, c'est que l'inspecteur a trouvé son coupable. Sauf que c'est pas lui, je le sais. Cet homme va être pendu si je ne prends pas sa défense. Mais…

– Mais ?

– Eh bien, le problème, c'est que le vrai coupable va probablement s'en prendre à moi.

– Et qui c'est ?

– M. Haney.

Joseph déglutit.

– Merde. Ton patron ? Monsieur Plein-de-Fric ?

– Ouais. Je pense qu'il a piégé l'autre type. Je crois que Frank Haney et Mme Ingram essaient de lui faire porter le chapeau. Ils sont amants, tu comprends ?

– Merde. Ne dis rien, Ruby. Je te l'ai déjà dit, ne t'en mêle pas.

– Mais si je pouvais prouver que c'est M. Haney qui a tué Joyce, je rétablirais la justice. Et je sauverais McCarthy de la corde.

– Il mérite qu'on le sauve ?

Elle repense à son large sourire. À la façon dont il a ouvert la porte de la chambre. Aux doigts de Barbara lui griffant le cou.

– Non, répond-elle. Il ne le mérite pas. Mais écoute…

Elle cherche les mots qui pourraient exprimer la faille qui s'est ouverte dans son ventre.

– Joyce était la seule à Sunnylakes qui me traitait comme une personne. Je sais que tu dis sans cesse qu'on n'était pas de vraies amies, mais… elle me considérait comme une amie. Peut-être la seule qu'elle avait là-bas. Et maintenant, elle est morte, et son bébé aussi. Tu te souviens de lui ? Tu te rappelles comme ses doigts étaient minuscules ? S'ils pendent le mauvais gars, alors…

Joseph lit dans ses pensées.

– Alors le vrai meurtrier ne sera jamais retrouvé. C'est une injustice.

– Et, comme je l'ai dit, c'est trop facile de constater l'injustice sans réagir.

– La vérité, la justice et l'esprit de l'Amérique[1].

– Tu ne me comprends pas, Joseph.

– Si. Mais tu es sûre de tout ça ? Après tout, c'est plutôt cool de voir un Blanc se faire avoir, pour une fois.

– J'imagine.

– Qu'est-ce que tu comptes faire, alors ? Appeler l'inspecteur et lui dire que c'est M. Haney ?

– J'ai déjà essayé de lui dire, mais il ne me croit pas.

– Tu m'étonnes.

– Il faut que je trouve des preuves. Mais je ne sais pas comment m'y prendre.

– Quels indices as-tu, pour le moment ?

1. *Truth, Justice and the American Way*, slogan prononcé par Superman dans les comic books.

Elle soupire.

– M. Haney a donné son pistolet à Mme Ingram juste après que Mlle Klintz a été tuée. Et je sais qu'il n'était pas à la conférence à laquelle il prétendait être. Il faut que j'arrive à le prouver. Que je fouine un peu, tu vois ?

– Qu'est-ce qui t'en empêche ?

Elle se tourne vers lui.

– La vieille Mme Haney m'a renvoyée. Et puis, j'ai la trouille. Cette maison est bizarre. M. Haney, sa mère et Mme Ingram, ils sont tous, comme…

– Du plastique, dit Joseph. Des mannequins dans une vitrine. Des simulacres.

– C'est ça. Je n'aime plus aller là-bas.

– Parce que tu as aimé ?

Elle hausse les épaules.

– Les filles sont gentilles. Et j'aime bien la fraîcheur du vent qui vient du lac.

Joseph rit.

– Ça a l'air romantique. Le ronronnement du Frigidaire, l'odeur de l'eau de Javel sur la cuvette des chiottes…

– Arrête de te moquer de moi. Au moins je…

Il l'entoure de son bras.

– Je te taquine, ma chérie. Ne t'inquiète pas.

Ma chérie. Ruby rougit jusqu'au décolleté.

– Bon, reprend Joseph. Et si tu m'emmenais avec toi la prochaine fois ? Je suis sûr que j'adorerais découvrir les merveilles de Funnylakes.

– Quoi ? Tu es fou ? La mère de M. Haney…

– Elle n'en saura rien. Tu as dit qu'il y avait des arbres. Je peux me cacher. Et garder un œil sur toi. Tu fouines, tu trouves la preuve et tu la rapportes à ton inspecteur.

– Ouais. Sauf que j'ai été virée. Mme Estrada me l'a annoncé hier.

– Et alors ? Tu n'as qu'à dire que tu n'as pas eu le message. Appelle M. Haney ce soir et demande-lui s'il veut que tu viennes demain. Pour quarante cents de l'heure. Pas cher du tout. Il ne dira pas non à ce tarif-là.

– Tu crois que ça peut marcher ?

– Comme de la graisse de moteur sur des patins à roulettes. Tu gagneras de l'argent pour l'université, tu sauveras un Blanc de la pendaison et tu ne te sentiras pas coupable de… comment appeler ça ? De lynchage à l'envers ?

Ruby le repousse d'un coup de coude.

– Ne plaisante pas là-dessus.

– Si tu ne peux pas en rire, tu vas en pleurer. Alors tu ferais mieux d'en rire.

– C'est ce que Maman disait toujours.

– Pas étonnant qu'elle ait eu une fille comme toi.

Il l'enlace.

– Viens. Allons chercher un petit déjeuner pour ta sœur.

Chapitre 36

Mick

À la télé, quand une affaire est résolue, il y a un moment d'euphorie. Perry Mason sourit triomphalement tandis qu'on emmène le coupable. Lorsque tout finit par coller, le chef de la police serre la main de Joe Friday et une femme aux lèvres rouges et tremblantes le remercie. Les policiers se regroupent pour applaudir, et le plus jeune, celui avec des taches de rousseur et des yeux brillants, dit : « Eh bien, monsieur l'inspecteur, j'espère devenir aussi bon que vous un jour. »

La réalité ne ressemble pas du tout à ça.

Le commissariat de Santa Monica fredonne un air de jeudi matin. Alors que Mick zigzague parmi ses collègues, Jackie lève une main pour l'arrêter.

– Murphy réfléchit à un accord. Si McCarthy nous conduit au corps de Joyce, peut-être qu'il évitera la corde.

– D'accord, répond Mick. Ça semble plutôt honnête.

– Attendez. Vous oubliez vos billets.

Elle lui tend une enveloppe.

– Comment les avez-vous eus ? demande-t-il en songeant à Genevieve Crane. Je croyais que c'était complet.

– Je leur ai dit que j'étais de la police, explique-t-elle

avec un clin d'œil. Bien que je ne sois pas certaine que vous puissiez toujours réclamer un remboursement. Maintenant que l'affaire est bouclée…

Maintenant que l'affaire est bouclée. Il n'obtiendra guère plus de compliments.

Il fourre les billets pour l'exposition Amblioni dans sa poche et inspecte son bureau. Les images de la scène de crime sont enfouies sous des bouteilles de soda. Il les pousse sur le côté et prend la photo de la cuisine. C'est un bon cliché. On peut presque sentir la chaleur des rayons du soleil qui filtrent à travers les rideaux.

Si seulement ils n'éclairaient pas des taches de sang. C'est le problème, avec le crime. Vingt ans dans la police, et il ne s'est jamais habitué à la mort. Jimmy peut bien leur apprendre où se trouve le corps de Joyce. On le déterrera pour l'enterrer proprement. Mais un meurtre ne peut être annulé. Peu importe la quantité de travail fournie par la police, les traces de sang ne disparaissent jamais.

Il devrait faire du rangement. Se préparer pour la prochaine tragédie. Et celle qui suivra. Peut-être que dans dix ans, on lui remettra une épinglette en or.

Ah, oublie ça. Il attrape la radio de la voiture, au cas où, et son carnet. Peut-être qu'une dernière discussion avec M. Haney lui remontera le moral.

Chez Griffin Corps, on le fait attendre dans une salle de réunion climatisée avec vue sur Beverly Hills. Quelque part au-delà de la brume s'étend Sunnylakes, où des centaines de femmes attendent dans des centaines de cuisines que leurs maris s'échappent de salles de réunion comme celle-ci.

Il vient de s'asseoir dans un canapé en cuir lorsque Haney entre. L'homme a surmonté l'anéantissement, il semble seulement brisé. Ses cheveux sont fraîchement coupés et sa cravate s'accorde avec goût à sa chemise bleue. Seules les poches sous ses yeux témoignent d'un trop grand nombre de nuits sans sommeil, et de plus encore à venir.

– Inspecteur, dit-il. Je devrais vous remercier. Pour tout ce que vous avez fait. Je… Je devrais me sentir soulagé, hein ? Mais je ne cesse de penser que je voudrais dévisser la tête de ce bâtard.

Mick serre la main moite et froide qu'il lui tend.

– C'est tout à fait normal, dit-il. Mais n'en faites rien. Je suis venu vous dire qu'on lui avait proposé un accord. S'il nous dit où se trouve le corps, il pourrait échapper à la pendaison.

– Il sera quand même jugé, on est d'accord ?

– Les preuves sont accablantes, répond Mick.

Et un jury de types ressemblant à Frank Haney fera le reste.

Haney secoue la tête.

– Mes avocats auront besoin de connaître les failles éventuelles de l'enquête.

– Il n'y a aucune faille, fait Mick en s'efforçant de sourire. En fait, des témoins nous ont dit des choses différentes, mais c'est entièrement normal dans…

Haney pâlit.

– Quoi ? Qui ? Vous venez de dire que les preuves étaient accablantes.

– C'est juste… L'endroit où se trouvait McCarthy au moment de l'assassinat de Deena Klintz n'est pas encore tout à fait clair. Ce jour-là, il a déposé sa voiture dans un garage. Nous l'avons retrouvée. En réalité, c'est Mlle Wright qui l'a retrouvée.

– La bonne ?

– C'est une coïncidence. Son petit copain travaille dans le garage où McCarthy a conduit son véhicule. Les papiers du garage laissent croire que ça s'est déroulé à l'heure du meurtre de Deena. Mais le type qui dirige cet endroit trafique ses livres de comptes. Ça ne sera pas un problème.

– Mais qu'a-t-elle à faire avec la police ? Pourquoi lui avez-vous parlé ?

– C'est un témoin, vous vous souvenez ? Ça me fait penser que nous devons de nouveau interroger votre patron pour confirmer votre emploi du temps le jour J. Il semble qu'il y ait des doutes sur la durée de votre présence à la conférence, et...

– C'est aussi Ruby qui vous a dit ça ? Qu'est-ce que c'est que cette histoire ?

– Rien, vraiment.

Une alarme vibre dans l'estomac de Mick.

– Mme Ingram est notre témoin majeur. Grâce à son aide, cette affaire est indiscutable.

La poignée de main de Haney est ferme, cette fois-ci. Mick se laisse guider le long du couloir jusqu'à l'ascenseur.

– Renvoyez-le-moi, d'accord ? fait Haney en tentant un sourire fatigué. Je vais partir juste après vous, aujourd'hui. Je veux être avec mes enfants.

– Bien sûr.

Mick garde un visage impassible jusqu'à ce que les portes se referment. Puis il se mord les jointures des doigts et jure. *Toi et ta putain de grande bouche. Si Ruby n'avait pas déjà été renvoyée, ça lui aurait coûté son travail.*

Il tapote la poche de son manteau dans laquelle il a rangé ses billets pour l'exposition Amblioni. La Buick refuse de démarrer, mais il tape des poings sur le tableau de bord jusqu'à ce que le moteur se mette en marche avec un bruit strident. Cinq minutes plus tard, il est sur la route de Sunnylakes.

Le salon de Mme Crane est un havre de tranquillité sophistiqué. En chemin, Mick a longuement et profondément réfléchi au prétexte qui pourrait justifier sa visite. Le bouclage de l'affaire est une raison qui en vaut une autre. Il a prévenu Jackie qu'il resterait absent toute la journée afin de régler les derniers détails avec les témoins, et le voilà de nouveau assis dans ce canapé confortable, une limonade à la main. Mme Crane, malgré le chagrin qui l'accable, demeure stoïque.

– Il est si triste que ça doive se terminer ainsi, dit-elle. J'avais vraiment espéré… Je veux dire, ça paraît fou, mais elle n'est plus en vie, n'est-ce pas ?

Mick baisse la tête avec l'air grave qui convient.

– Je crains que ce soit peu probable.

– Je le savais. Je le savais dès le premier jour.

Elle soupire.

– Lorsque j'ai conduit Deena à la maison des Haney le mardi après-midi, j'avais ce sentiment qu'il était arrivé quelque chose d'horrible.

– Eh bien, c'était une scène de crime.

– Mais on ne pouvait pas le deviner depuis l'extérieur. La police et les voisins étaient tous dehors en train de chercher. La maison n'était pas fermée. Nous n'avions aucune idée de la gravité de la situation. Deena est même entrée. Elle voulait rendre quelque chose à Joyce, alors elle est allée le déposer pendant que je cherchais Laura Kettering. Toute l'opération de recherches était organisée depuis son jardin. Quand Deena est revenue, elle tremblait. Elle m'a dit qu'elle avait vu du sang partout dans la cuisine.

Dans l'esprit de Mick, un milliard de particules se concentrent pour former une étoile. Deena a volé les tableaux, mais ce n'est pas tout. La bouteille de bière. Un coup visible, l'autre pas. Elle n'était pas là le matin, et elle est apparue l'après-midi. Qu'a dit Ruby ? *Ça semblait si bizarre.*

Maudits soient ce Hodge et son affreuse chaise longue. À quoi sert de marquer une scène de crime si vous somnolez dans le jardin et que vous ne verrouillez pas la porte d'entrée ?

– C'est elle qui a placé cette foutue cannette de bière, marmonne-t-il. Je n'arrive pas à croire qu'on ait été aussi stupides.

– Pardon ?

Il secoue la tête.

– Excusez-moi. Les photos de la scène de crime prises l'après-midi de la disparition de Joyce montrent clairement une bouteille de Blue Ribbon sur le comptoir de la cuisine. Juste à côté de l'évier. Mais quand j'ai observé la scène le matin, elle n'était pas là. Je pensais que je ne l'avais juste pas remarquée.

– Vous pensez que Deena… ?

– Elle a bu un coup avec Jimmy McCarthy. On a retrouvé d'autres bières chez elle.

Mme Crane le dévisage.

– Inspecteur, je ne suis pas certaine que je puisse vous proposer cela, mais désirez-vous un verre ?

Le whisky est excellent. Pas une merde de *blended*, un vrai *single malt*. Mick écoute ses intestins vibrer et s'autorise un sourire. Il a toujours su que Genevieve Crane était amatrice de whisky.

Elle inhale les vapeurs dégagées par son verre avant d'aspirer une gorgée.

– Pourquoi pensez-vous qu'elle ait fait ça ?

– Déposer la bouteille ?

– Oui.

– Pour faire chanter Jimmy. Pour être sûre, vraiment sûre qu'elle le tenait. Ils couchaient ensemble, vous le saviez ?

Mme Crane lève brusquement les yeux. Ses lèvres se

contractent, la faisant ressembler un peu trop à une maîtresse d'école au goût de Mick.

– Je l'ignorais. Oh, mon Dieu. Qui vous a dit ça ?

– Nancy Ingram.

Mme Crane soupire.

– Bien sûr. J'aurais dû m'en douter.

– Vous douter de quoi ?

– Deena n'avait qu'une alliée dans ce comité, et c'était Joyce. Malgré tous mes efforts, les autres ne parvenaient pas à oublier ses… origines. Joyce disparue, Deena est devenue une proie idéale.

– Peut-être qu'elle aurait dû se comporter autrement avec l'amant de sa meilleure amie.

Elle se pince l'arête du nez.

– C'est plus compliqué que ça. Une femme comme Deena ne peut pas gagner. La société lui dit qu'elle a besoin d'un homme pour être entière. Et si elle n'en trouve pas un, elle est stigmatisée par son échec. Je sais que, malgré leur amitié, Deena était jalouse de Joyce, de tout ce qu'elle avait accompli à travers son mariage. Peut-être qu'elle a cru que Jimmy pourrait faire pour elle ce que Frank faisait pour son amie. Lui apporter une sorte de stabilité. Le sentiment de compter.

Mick hoche la tête attentivement.

– Mais elle a aussi tenté de le faire chanter.

– Pour le contraindre. Depuis le moment où elle est née, on lui a répété qu'elle ne valait rien. Peut-être qu'elle n'imaginait pas qu'un homme puisse simplement rester à ses côtés, lui vouloir du bien. Elle voulait être certaine qu'il ne se lèverait pas pour partir, comme les autres.

– Pas vraiment le message que vous vouliez faire passer dans vos réunions, j'imagine.

– Parfois, c'est à désespérer.

Elle boit son whisky à petites gorgées.

– Nancy Ingram est pareille. Son mari a fait la Corée. Et comme Jimmy, il est revenu brisé. Elle l'a quitté après des années d'enfer. Mais au lieu de chercher un partenaire qui la respecte, elle s'est mise à jalouser Joyce et ses filles.

Elle soupire à nouveau.

– C'est toujours une histoire d'hommes. Ils guident leur existence, et elles n'en tirent aucune leçon. Elles se relèvent, remettent du rouge à lèvres et courent après le suivant. Jusqu'à ce que l'un d'entre eux les détruise.

– Les détruise ?

Genevieve Crane lui jette un coup d'œil. Il remplit son verre de whisky et laisse le silence s'étirer. Il y a des choses auxquelles il n'a pas envie de penser. Des choses à propos desquelles Genevieve a raison, quoiqu'il aurait préféré, vraiment préféré, qu'elle ait tort.

Mme Crane baisse les yeux. Un tremblement secoue ses épaules. Son premier sanglot le frappe avec une évidence terrible.

Il pose son verre de whisky.

– Genevieve, dit-il. Je vous en prie. Je sais ce que vous ressentez.

– Comment pourriez-vous ?

Elle s'éloigne de lui.

– Vous ne voyez pas la misère que je vois. La violence. Les dissimulations. Les simulacres. Toute cette noirceur.

– Si, je les vois.

Les images défilent. Les femmes qui ne peuvent cacher leur soulagement quand leur mari adoré est finalement retrouvé noyé dans le canal. Les mères qui appellent la police parce que leur fille s'est cassé le bras, et quand les flics se pointent à l'hôpital, il y a un petit copain avec des roses et la queue entre les jambes. Et la fille s'est cassé le bras en tombant. Vraiment, monsieur. Une simple chute.

Joyce a dû être complètement, absolument seule. Cette idée le rend malade. Non, ce n'est pas ça. Ce sont les choses qu'il a refusé de voir qui le rendent malade.

Genevieve se retourne pour lui faire face. Elle attrape son verre et le vide.

– Parfois… parfois j'ai l'impression que je ne fais qu'empirer les choses. Quand je parle à ces femmes, quand je les encourage à partir, à courir aussi vite qu'elles peuvent, est-ce que je les aide vraiment ? Ou est-ce que je les tourmente seulement, parce qu'elles savent qu'elles ne courront jamais assez vite ?

– Vous ne faites de mal à personne.

– Regardez ce qui est arrivé à Deena. Je lui ai conseillé de saisir sa chance et de se trouver un homme qui lui ferait du bien. Et voilà qu'elle séduit l'amant de sa meilleure amie. Elle a peut-être pensé que ce plan stupide avec la bouteille de bière lui permettrait de le garder à son côté. Et maintenant, elle est morte.

– Ce n'est pas votre faute.

– Et Joyce ? Je l'ai encouragée à peindre. Sans doute trop. Elle était comme un oiseau en cage attendant qu'on la libère… Oh, quelle métaphore idiote. Je ne voulais simplement pas qu'elle se réveille un jour et découvre que sa vie avait passé sans avoir eu aucun sens. Et si… et si c'était ça qui avait causé sa mort ?

– Comment quelques aquarelles auraient-elles pu la tuer ?

– Je ne sais pas.

– Alors ça ne peut pas être votre faute.

Elle lui fait franchement face, maintenant. Quelque chose passe entre eux, et si elle était un homme il pourrait appeler ça de la fraternité. À moins que ce ne soit plus fort encore ?

Il faut qu'il reprenne ses esprits. Il se pince si fort qu'il doit réprimer une grimace de douleur. Ça a commencé comme ça, avec Beverly. Avec cette impression qu'il était le grand protecteur, l'inspecteur imposant qui prend les choses en main quand les petites dames fragiles n'ont plus de solution. Ça le frappe comme une brique. C'est pour ça qu'il a pris des places pour Amblioni. Pour lui montrer qu'il se souciait d'elle. Exactement comme il a offert des bracelets et des dîners intimes à Beverly Gallagher, cette pauvre, pauvre fille qui avait tant besoin d'aide.

Mais c'est différent, n'est-ce pas ? Genevieve Crane est une femme élégante, et illuminer sa journée n'est pas une faute.

– Au fait…

Il se déteste, mais il ne peut s'arrêter :

– J'ai ces billets pour Amblioni…

Il les sort de sa poche de veste. Mme Crane les observe, puis elle le regarde, lui. Un sourire se forme sur ses lèvres, mais ce n'est pas le bon. C'est un sourire triste et presque moqueur qui lui glace immédiatement le cœur.

– Vous avez de la chance, dit Mme Crane. Il n'y a plus de places disponibles. Votre femme va être ravie.

Elle va l'être, c'est vrai. Cette prise de conscience le submerge telle une vague chaude. Fran va adorer se rendre à cette expo. Ils sont ici depuis des mois et il ne l'a jamais emmenée à L.A.

Ils pourraient passer une bonne journée, aller déjeuner chez Calcotti, visiter l'exposition et, le soir, s'arrêter boire un whisky chez O'Tool. S'ils ont de la chance, ils auront une table au bord de la plage. Ils admireront le coucher de soleil et, quand ils seront à court de mots, ils se contenteront d'écouter les vagues, comme ils le faisaient à Coney Island avant l'arrivée des filles.

C'est mieux comme ça. Mieux que toutes les Beverly et les Genevieve. Mieux que ce regard que Fran lui a adressé après qu'elle a tout appris et qu'il a vu sa confiance s'effriter au point qu'il aurait pu ne jamais la retrouver. Ce jour-là, il s'était dit que laisser Billy mourir n'était peut-être pas la pire chose qu'il ait faite dans sa vie.

Il range ses billets et hoche la tête.

– Ce sera une surprise, dit-il.

Chapitre 37

Ruby

Alors qu'ils descendent du bus, le conducteur les regarde bizarrement. Ruby sent son estomac gronder ; sa suspicion se répandre sur sa peau. Il redémarre et roule au ralenti de façon à rater le feu vert et à pouvoir surveiller ce qu'ils sont venus faire dans une ville comme celle-là.

Joseph reste imperturbable. Il commence à siffler et marche tranquillement dans Roseview Drive, comme s'il allait chez Safeway pour acheter des burgers.

– Arrête de siffler, lui lance Ruby. Quelqu'un pourrait t'entendre.

– Tant mieux. Je ne suis qu'un humble jardinier, m'sieur, et je suis venu cueillir vos fleurs. Vous n'avez rien à craindre.

Ruby doit se mordre les lèvres pour s'empêcher d'éclater de rire. Joseph possède un vrai talent d'acteur. Il porte son pantalon de travail du garage et une chemise bleu ciel. Un seau métallique est pendu à sa main. Ruby lui a demandé pourquoi un jardinier aurait besoin d'un seau, mais il a ignoré sa question :

– Les gens ne voient que ce qu'ils ont envie de voir.

Mais personne ne voit quoi que ce soit car il n'y a pas âme qui vive dans le quartier. Le seul bruit perceptible est le *tss-tss* des arroseurs qui s'évertuent à garder les gazons humides.

Joseph baisse la voix.

– On dirait que des extraterrestres ont atterri ici et téléporté tout le monde sur Mars.

– C'est toujours aussi calme, l'après-midi. Les hommes sont au travail et leurs femmes font le ménage ou préparent des gaufres pour les enfants. Et les enfants regardent la télé.

– Tu crois qu'ils ont tous la télé ?

– C'est sûr. Et quand quelqu'un s'en procure une plus grande, ils se précipitent tous au centre commercial pour acheter la même. Le dimanche, ils font tous des barbecues dans le jardin.

– Ça me plairait de faire un barbecue.

– Pas comme eux. Ils ne font jamais mariner la viande. Et les femmes font de la salade en gelée.

Joseph s'arrête net.

– Quoi ? C'est horrible.

– Chut, on arrive.

Ils ont atteint l'extrémité de Roseview Drive. Le numéro 47 est protégé par une rangée d'arbres et sa clôture blanche se détache sur de sombres taillis.

– Par ici.

Ruby entraîne Joseph vers le bosquet au milieu duquel elle a trouvé Barbara en train d'attendre sa maman qui n'est jamais revenue.

– Contourne la palissade et attends-moi là-bas. Je crierai s'il arrive quoi que ce soit.

– D'accord, dit-il en avançant parmi les ombres. Sois prudente, ma puce.

Mme Haney ouvre la porte. Elle porte une robe bizarre dont le volume évoque une tente d'anniversaire. Mais son visage est taillé dans la pierre.

– Je n'arrive pas à croire que tu aies agi dans mon dos comme ça, Frank, lance-t-elle en guise de salut.

M. Haney est sur sa terrasse, en train d'affûter une paire de cisailles de jardin.

– Maman, d'abord, tu ne m'as rien demandé. Ruby est là, point final. On n'en parle plus, s'il te plaît. Et d'ailleurs, tu ne voulais pas sortir ? C'est pour ça que j'ai quitté le bureau plus tôt.

– Je n'ai rien prévu de tel, rétorque Mme Haney en s'éloignant. Oh, quelle chaleur ! J'ai besoin de me reposer.

Ruby enfile son tablier et s'empare de l'aspirateur. Elle se rend dans la chambre et ouvre les deux fenêtres. La palissade blanche lui cache les arbres, mais elle est sûre que Joseph sauterait par-dessus dans la seconde si elle se mettait à crier.

Elle passe l'aspirateur avec ferveur. Au bout de cinq minutes, elle s'arrête et regarde autour d'elle.

Son cœur tambourine dans sa poitrine tandis qu'elle ouvre les tiroirs des tables de nuit. M. Haney cache dans la sienne une bible de Tijuana[1] et utilise une photo de Barbara comme marque-page. Mais Ruby ne trouve rien d'utile.

Un homme organisé laisserait ses papiers importants dans son secrétaire. Seulement, Ruby n'a pas l'impression que M. Haney soit quelqu'un d'organisé. Surtout depuis que sa femme a disparu. Depuis deux semaines, il a l'air aussi perdu qu'un chat sur une autoroute.

Elle repère une valise en haut du placard. La manche d'une chemise dépasse de la fermeture et un des fermoirs est ouvert. Le bagage a été fourré ici en attendant que quelqu'un s'en occupe.

Ruby rallume l'aspirateur pour couvrir le bruit et pousse la chaise de M. Haney devant le placard avec précaution.

1. Bande dessinée érotique.

Elle retire ses chaussures et grimpe sur le siège. La valise n'est pas grosse. Elle l'ouvre, et une odeur de vêtements sales mêlée à des relents d'after-shave s'en échappe. Elle doit fouiller parmi les sous-vêtements et un tas de chaussettes puantes avant de trouver son pantalon. Dans une des poches, elle déniche un petit morceau de papier froissé. Elle le déplie et met sa main devant sa bouche.

C'est une addition. Pour un repas dans un motel appelé le Family Inn. L'adresse inscrite dessus est située à Santa Clarita. La serveuse a précisé la date : lundi 23 août. Et c'était le midi. Entre 12 et 15 heures.

Il fait de plus en plus chaud dans la chambre. M. Haney n'était donc pas à Palmdale le jour où Joyce a disparu. Au moment du déjeuner, il avait fait la moitié de la route du retour.

Ruby fourre l'addition sous son chemisier. Elle remet la chaise à sa place et tire l'aspirateur d'un coup sec à travers le tapis. Tout à coup, le moteur s'éteint avec un gémissement.

Elle se retourne et découvre la vieille Mme Haney sur le pas de la porte, tel l'archange Azraël venu réclamer son dû. Mais ce n'est pas une faux qu'elle tient entre ses mains, c'est une prise électrique. Son regard suit le fil jusqu'aux pieds de Ruby.

– Où sont vos chaussures ?

Les chaussons de Ruby sont toujours posés près du placard.

– Désolée, m'dame. Mme Haney n'aimait pas que je les porte dans la chambre.

Mme Haney mère soupire.

– Nancy est passée avant d'aller travailler. Elle demande que vous fassiez sa cuisine. Ce sera un dollar.

Elle lui tend une clé de maison et un billet froissé.

Ruby lui répond de sa voix naïve :

– Eh bien, merci, madame Haney. J'ai de la chance, moi, aujourd'hui.

Mme Haney marmonne quelques mots entre ses dents et quitte la pièce.

Dans la cuisine, Ruby remplit le seau du balai à franges. Le bout de papier dans son chemisier bruisse à chacun de ses mouvements. Elle ouvre les portes sur la terrasse et chante, un peu plus fort que d'habitude, pour être entendue malgré le bruit des cisailles de M. Haney. Histoire que Joseph sache que tout va bien.

Évidemment, la mère de tous les dragons réapparaît et lui ordonne de se taire. Alors Ruby nettoie le sol en silence, puis elle range son seau et sort par la porte de devant, aussi discrète qu'une souris.

Joseph la rejoint au milieu des arbres, un sourire malicieux aux lèvres.

– Tu ressembles à Puck[1], dit Ruby.

– Qui c'est ?

– Un Anglais. Tu sais quoi ? On va passer chez Nancy Ingram. Elle est partie travailler et elle a laissé les clés chez les Haney.

– On va pouvoir retourner toute la maison. Bien joué.

– Pas question. Tu restes dehors. À l'arrière. Si quelqu'un te voyait…

– Qui s'en soucierait ?

– Tout le monde. Ils sont cinglés, ici. Imagine que Mme Ingram revienne. On serait…

Joseph lève la main.

– D'accord. Je vais attendre derrière. Assis sur mon seau.

La maison de Mme Ingram est aussi en désordre que d'habitude. Le salon est recouvert de robes, abandonnées

1. Personnage de Shakespeare dans *Le Songe d'une nuit d'été*.

telles les peaux d'un serpent arc-en-ciel. Dans la cuisine, quelqu'un a essayé de cuisiner pour abandonner en plein milieu. Des bols remplis de purée de pois et de gelée sont empilés près de l'évier. Le four sent mauvais.

Ce n'est même pas la peine que Ruby s'y mette. Elle a déjà un dollar en poche, et quand elle aura appelé l'inspecteur et lui aura montré la preuve, elle ne travaillera plus jamais pour ces gens.

À l'étage, les rideaux de la salle de bains sont tirés. Elle les écarte un peu et aperçoit Joseph au milieu des buissons près du lac, assis sur son seau, comme prévu, la tête tournée vers la maison. Quand elle ouvre le placard, les robes dégringolent, certaines encore emballées de plastique avec leur étiquette de nettoyage à sec. Elle n'arrive pas à trouver la robe jaune, celle que portait Mme Ingram l'autre jour. Mais il y en a une autre, fabriquée dans le même tissu à motifs de pâquerettes que celle que Mme Haney a trouvée en solde. Peut-être que Mme Ingram a eu de la chance, elle aussi.

Non, c'est impossible. Le cœur de Ruby s'accélère. C'est la même robe. Exactement la même. Ce sont les vêtements de Joyce.

Ruby jette la robe sur le lit et l'observe. Quelque chose que Barbara a dit, il y a longtemps, lui revient à l'esprit. *J'ai trouvé la robe de maman.* Elle croyait que c'était dans son rêve, mais peut-être que la petite l'avait vraiment vue. Chez Mme Ingram.

Une hypothèse s'impose à elle, silencieuse et vaste comme l'espace entre les étoiles. Mme Ingram… Elle tente de rendre l'illusion parfaite.

Elle détourne les yeux de la robe et fouille le fond du placard. Ses doigts moites heurtent un objet dur. Elle écarte les manteaux et les jupes pour révéler un morceau de papier cartonné.

Une aquarelle. Elle tire dessus et peine à la faire sortir,

comme si quelqu'un la retenait. Elle finit par y arriver et la dépose sur le lit. Et le monde bascule.

La peinture n'est pas grande mais elle apporte toutes les réponses. On y voit une piscine bordée de pots de géraniums. L'eau claire et cristalline reflète le bleu du ciel. Les géraniums jaillissent du papier tels des éclats rouge vif, presque mauves là où la réflexion de l'eau accroche le dessous des pétales. Au centre, souriant timidement, se tient un petit garçon.

Il a les mêmes yeux que Joyce. C'est son enfant. Mais ce n'est pas celui de Frank. Le visage trahit le secret. Ruby connaît son père. Il a des cheveux noirs ébouriffés et la démarche souple d'une panthère. En ce moment même, il attend sa condamnation, assis dans une cellule.

Dans son dos, un homme s'éclaircit la gorge.

– Alors comme ça, Nancy avait raison.

Ruby sursaute et fixe M. Haney. Un cri meurt dans ses entrailles. M. Haney a les traits las, mais ses yeux flamboient d'un éclat terrifiant.

– Je... J'ai juste...

Il hausse les épaules.

– Je pensais que vous étiez la seule personne qui n'en avait rien à faire.

Ruby recule.

– Vous vous êtes trompé. Je me soucie de Joyce. Je me soucie de ce qui lui est arrivé.

M. Haney rit.

– Le meurtrier est en garde à vue. Un homme violent. Je vous promets, Ruby, que mon témoignage au tribunal ne lui laissera aucune chance.

– Vous envoyez un innocent à la mort.

Le rire de M. Haney se transforme en grognement.

– Innocent ? C'est un criminel et un vagabond. Un briseur de ménages. Les hommes comme lui sont un cancer dans le cœur de l'Amérique. Moins il y en aura qui menaceront nos familles, mieux ce sera.

Ses yeux se rétrécissent.

– Mais à ton tour, maintenant. Tu as fouillé dans mes affaires. Rends-moi ce que tu as trouvé.

Il avance et Ruby se tasse en arrière.

– Non. C'est une preuve. Pour l'inspecteur.

– Oui, il m'a dit que tu t'en étais mêlée. Je suis venu m'assurer que tu ne ferais pas capoter toute l'affaire. Allez, rends-moi ce que tu m'as pris, et tout de suite.

Ruby se rapproche doucement du mur. Elle a besoin de Joseph. Où est-il ? Où... ?

Finalement ses poumons lui obéissent. Elle inspire un grand coup pour crier, crier comme sa mère, dont les hurlements étaient capables de faire trembler toute la rue.

Mais M. Haney est trop rapide. Il s'empare d'elle et l'envoie percuter le mur. Ruby a le souffle coupé lorsque sa main se referme sur son visage. Il lui écrase la bouche et le nez et son cri meurt sur sa langue.

Son autre main s'enroule autour de sa gorge.

– Sale petite pute, dit-il. J'aurais préféré que tu ne mettes jamais les pieds dans ma maison.

Elle essaie de se débattre mais elle est à bout de forces. Sa poitrine cherche en râlant l'air qui n'entre plus. Les doigts de M. Haney s'enfoncent dans sa trachée, et bientôt, ses poumons sont sur le point d'exploser. Le monde devient brumeux. Ses muscles abandonnent. Les yeux de son agresseur sont des galaxies en feu dans l'obscurité qui engloutit tout. Et au centre de chaque galaxie grandit un trou noir.

Chapitre 38

Ruby

La réalité vole en éclats avec un bruit explosif. Les yeux de M. Haney s'élargissent, puis il glisse hors du champ de vision de Ruby, révélant un Joseph fier de lui qui laisse tomber son seau et l'attire à lui.

– Ruby, Ruby. S'il te plaît, Ruby.

Sa voix lui parvient étouffée. La pièce lui paraît étrangement déformée. Elle tousse et l'air s'engouffre dans ses poumons. Un air précieux et beau. Elle a un haut-le-cœur – puis la douleur l'envahit, profonde et palpitante. Elle place ses mains autour de sa gorge, exactement comme M. Haney, pour chercher les trous et les bosses que ses doigts ont dû y laisser.

– Ruby. Seigneur Jésus, ça va ?

Elle secoue la tête, complètement perdue. M. Haney râle et remue un bras. Joseph bondit dans sa direction et s'accroupit sur son dos, un genou appuyé entre ses omoplates.

– Trouve-moi quelque chose pour l'attacher.

Mais Ruby peut seulement regarder et souffrir. Des étoiles rouges explosent devant ses yeux. Ses poumons sont tellement douloureux qu'il n'y a plus de place pour rien d'autre.

Joseph retire les lacets de ses chaussures, les attache ensemble et les noue autour des poignets de M. Haney. Il lui lie les jambes avec un bas et lui fourre la manche d'un des chemisiers en soie de Mme Ingram dans la bouche.

Il a essayé de la tuer. *Frank Haney l'a presque tuée.* Ruby commence seulement à comprendre ce qui vient de se passer. Et ce que Joseph a fait.

– Merci, dit-elle. Tu m'as sauvée.

Il lui adresse un large sourire.

– Je te l'avais promis. La vérité, la justice et l'esprit de l'Amérique.

Ruby ramasse le tableau. Elle ouvre les rideaux et le tient bien haut. La lumière du soleil enflamme les géraniums et lance des étincelles à la surface de la piscine. Le visage du petit garçon étincelle de vie.

– Joli, dit Joseph. Qui c'est ?

– Je crois que c'est le bébé de Joyce. Celui qu'on a trouvé dans le pot de fleurs. Il aurait ressemblé à ça aujourd'hui.

– Dieu ait pitié de son âme.

– Ce n'est pas l'enfant de M. Haney. C'est Jimmy le père. Le petit ami de Joyce.

À ses pieds, Frank Haney lâche un grognement.

Joseph fronce le nez.

– Mais que faisait cet enfant dans un pot de fleurs ? C'est tellement… bizarre.

Ruby observe le tableau.

– Elle l'a gardé près d'elle. Tu imagines, toutes ces années ? Arroser les géraniums, les regarder pousser et peut-être, contre toute logique, espérer qu'un jour son bébé sortira la tête de la terre et lui dira : « Maman, tout va bien. »

– C'est de la folie.

– Non, c'est triste.

Ruby repose l'aquarelle à côté de la robe.

– Il a dû lui manquer. Ce bébé a dû lui manquer cruellement.

Joseph regarde derrière elle et pâlit.

– Ça va ? lui demande-t-elle. Joseph, que…

Il lève les deux mains.

Les pieds de Ruby sont en plomb. Elle veut se retourner pour voir ce que Joseph a vu, mais elle n'y arrive pas.

– Mains en l'air, lance Mme Ingram.

Ruby lève les bras au-dessus de sa tête. Elle se retourne et c'est comme lutter contre une tempête. Mme Ingram se dresse sur le seuil, un pistolet rutilant entre ses mains tendues. Ses yeux étincelants de joie s'accrochent à Joseph.

– T'es qui, toi ?

Elle glousse.

– Oh, Ruby. Qu'est-ce que je vois là ? Tu as amené ton copain un jour de travail ? Pour un petit cambriolage en plein jour ?

– Ce n'est pas ce que vous pensez, répond Ruby.

Mme Ingram rit encore plus fort et tout son corps tremble. Elle ne peut plus s'arrêter, mais son arme reste pointée sur eux.

– Non, Ruby, reprend-elle. Tu as tout faux, ma chérie. Ce n'est pas ce que *tu* penses. J'aurais dû me débarrasser de toi beaucoup plus tôt. Le jour où tu m'as vue avec sa robe. Tu avais tout compris, pas vrai ?

Le sol tremble. À moins que ce ne soient les genoux de Ruby qui cèdent comme du bois pourri. La jeune femme trébuche en arrière contre Joseph.

– Je n'ai rien compris du tout, rétorque-t-elle d'une voix rauque. Je vous en prie, laissez-nous partir.

Derrière elle, Joseph se décale. Le tissu de la robe verte émet un froissement. En deux enjambées, Mme Ingram l'a rejoint et s'empare du vêtement pour le serrer contre sa poitrine.

– Touche pas à ça.

Elle soulève la robe d'une main et la secoue pour la défroisser. Puis elle se tourne lentement sur le côté, son arme toujours braquée sur eux.

– Qu'est-ce que vous en dites ? Ça me va bien ?

– Elle est à Joyce, dit Ruby qui sent ses bras devenir lourds. Pourquoi l'avez-vous prise ?

– Ça devait être une surprise pour Frank, fait Mme Ingram.

Son expression est devenue presque douce.

– Et pour les filles. Elles aimaient tellement leur maman, les pauvres petites. J'ai pensé qu'elles aimeraient me voir porter ses vêtements.

– Vous essayez d'être comme elle.

– Non, chérie. J'essaie d'être mieux qu'elle. Regarde ça.

Mme Ingram ramasse le tableau.

– Joyce Haney. Avec ses cheveux parfaits, sa jolie maison et son plateau à muffins… et pendant tout ce temps, c'était une meurtrière. Une dangereuse et froide meurtrière. Elle a foutu une vie en l'air. Celle d'un adorable et précieux petit garçon.

M. Haney tressaille. Mme Ingram lui jette un coup d'œil, mais son attention ne quitte pas son arme.

– Oh, allez, Frank. Je sais que tu es en deuil. Mais elle l'a bien mérité. Un si joli bébé… Joyce ne pourra jamais être pardonnée pour ce qu'elle a fait. Je ne lui pardonnerai jamais.

Tandis qu'elle parle, ses yeux lancent des étincelles. Ruby frissonne. Mme Ingram est devenue folle.

Ruby avale sa salive. Ses pensées défilent comme un train à vapeur – lentes et molles, voilées par la fumée. Elle refuse l'évidence, mais celle-ci la submerge malgré tout. Les paroles de Barbara. *Elle* est partie. *Elle* a dit que ce ne serait pas long. Barbara ne parlait pas de sa mère, elle parlait de Mme Ingram. C'est *elle* la coupable. C'est Mme Ingram qui a tué Joyce. Parce qu'elle la détestait. Parce qu'elle haïssait sa belle vie.

– J'ai une idée géniale, reprend Mme Ingram. Viens là une minute, Ruby.

Ruby sent la panique envahir sa poitrine.

– Par ici.

Mme Ingram la tire par le bras d'une poigne de fer. Elle attrape un foulard de soie sur la pile devant le placard, oblige Ruby à s'agenouiller et lui attache les mains à celles de M. Haney. Les nœuds sont serrés ; ils empêchent le sang de circuler dans les mains de Ruby.

– Bien, reprend Mme Ingram. Ne t'inquiète pas pour moi, Frank, ni pour les enfants, ta mère les a emmenées au centre commercial.

Elle se penche en avant et l'embrasse sur le front.

– Tu vas devoir rester ici un peu plus longtemps. Ça doit avoir l'air vrai, tu comprends. Ne dis rien. J'inventerai une histoire.

Elle fait un signe de tête en direction de Ruby.

– Quand on m'aura secourue, je dirai aux flics de venir ici. Je leur raconterai que j'ai réussi à en maîtriser une, mais qu'ensuite, j'ai été kidnappée par l'autre. Amène-toi, maintenant.

Elle écarte Joseph du lit et pointe son arme sur sa tête. Il a l'air abattu et cette vision transperce le cœur de Ruby. Joseph est grand et fort, bien plus que Mme Ingram à tout point de vue. Pourtant, c'est elle qui a le pouvoir.

Ce sont toujours eux qui ont le pouvoir.

Joseph lui jette un regard qui met le feu à la pièce. Mme Ingram l'entraîne avec elle et la dernière chose que Ruby voit, ce sont les yeux de Joseph, remplis de désespoir. La porte d'entrée claque derrière eux. Quelques secondes plus tard, le vrombissement d'un moteur perturbe l'air de la fin d'après-midi. Puis le calme revient.

Ruby respire – trois, quatre, cinq. Elle n'arrive pas à réfléchir. Son cœur bat si fort qu'il couvre la respiration feutrée de M. Haney. Elle essaie de bouger ses doigts, qui ont commencé à fourmiller. Mais son lien est trop serré. Pas moyen de s'en libérer.

Elle doit sortir d'ici. Si la police découvre Joseph dans une voiture avec une Blanche et une arme, il est fichu. *Cette salope est intelligente. Un vrai vampire.*

M. Haney se tourne pour la regarder. Il a l'expression d'un homme qu'on aurait jeté hors d'une fusée spatiale. À la dérive et complètement seul.

Ruby tire à nouveau sur ses mains. Elle doit défaire ce fichu nœud. Mais elle n'a pas de couteau, et de toute façon, elle…

Sa barrette. Elle baisse la tête le plus bas possible vers le foulard. La barrette verte est bien accrochée à ses cheveux frisés. Elle est assez solide, assez résistante pour rester en place. Elle accroche bientôt la soie. Ruby secoue lentement la tête et finit par entendre les fils céder. Les mains de M. Haney bougent alors qu'il tente de se débarrasser des lacets de Joseph. Ruby recule, le foulard se déchire brutalement et la voilà libre.

Elle s'assoit à l'écart et se masse les poignets. Pendant un bon moment, ses doigts refusent de bouger. Elle pleure un peu, juste parce que ça lui fait du bien. M. Haney gémit, mais elle l'ignore. Ce n'est plus lui qui l'intéresse.

Joseph et le vampire. Il n'y a qu'un homme qui puisse les arrêter. L'inspecteur. Il saura quoi faire. Il faut qu'il vienne ici, et vite.

Elle court jusqu'au rez-de-chaussée où le téléphone brille comme un phare. Elle essaie la porte d'entrée, mais bien sûr elle est fermée à clé. Elle devra passer par une fenêtre pour sortir, mais les voisins pourraient la voir et…

Pas de temps à perdre. Elle presse l'appareil contre son oreille, sort la carte de l'inspecteur de son sac à main et compose le numéro. La femme qui décroche a l'air énervée.

– Police de Santa Monica, Jackie à l'appareil. Comment puis-je vous aider ?

Ruby ravale un sanglot.

– Je vous en prie. Je dois parler à l'inspecteur Blanke. Je vous en prie.

– Puis-je vous demander qui vous êtes ?

– Pouvez-vous me le passer, mademoiselle ? S'il vous plaît. C'est vraiment important.

– Je suis désolée, dit la femme. L'inspecteur n'est pas là.

Chapitre 39

Joyce

La voiture de Jimmy s'éloigne en rugissant, l'écartant à nouveau de ma vie, et cette fois pour toujours. J'essaie de me redresser, mais la pièce tourne. Je sens mes veines pulser dans ma tête et il y a du sang sur le carrelage. C'est mon cœur qui saigne. Il m'a abandonnée. Comme toujours.

Il faut que je parle à quelqu'un. Deena. Elle comprendra. Je tape son numéro, les doigts tremblants. Elle décroche, bénie soit-elle.

– J'ai voulu m'enfuir avec lui, Deena.

Elle répond d'une voix tendue :

– Joyce ? Jimmy est avec toi ? Tu as besoin d'aide ?

Une voiture grise approche. Pendant un instant, je crois que c'est lui, mais c'est Nancy qui rentre du travail.

– Ça va, je murmure dans l'appareil. Nancy vient d'arriver. Elle va s'occuper de moi.

– Joyce, attends…

Je raccroche. Nancy m'aperçoit et sa mâchoire tombe. Elle court vers moi aussi vite que ses talons le lui permettent.

– Joyce, chérie, qu'est-ce qui s'est passé ?

Elle me prend par les épaules et m'oblige à la regarder.

– Mon Dieu, tu saignes. Tu es tombée ?

– Il m'a frappée, je réponds d'une voix rauque. Je veux aller à Los Angeles. Je veux voir Amblioni. Il ne voulait pas de moi. Il m'a encore laissée.

– Frank ?

– Non, Jimmy.

Son visage se déforme. Elle m'entraîne dans la cuisine et applique une serviette en papier sur ma tête. Le téléphone sonne ; nous l'ignorons.

– Qui est Jimmy ?

– Il… Jimmy McCarthy.

Ça a l'air tellement idiot, mais le brouillard dans ma tête m'empêche d'être sensée.

– Je l'aime. N'en parle pas à ma mère.

Nancy hoche la tête. Ses mouvements sont étrangement lents. Je ne sens aucune douleur dans ma tête malgré tout le sang que je peux voir sur le sol de la cuisine. Le tableau est par terre, lui aussi. Mon petit garçon. Il gigotait et ouvrait les yeux. Il était si beau.

Je me libère de l'étreinte de Nancy et ramasse la peinture.

– Qu'est-ce que c'est ?

Nancy veut la prendre, mais je l'en empêche.

– C'est toi qui as peint ça ?

J'ai envie de lui raconter. Le monde entier doit savoir.

– Nous avons eu un bébé. Jimmy et moi. Il y a trois ans.

Nancy en a le souffle coupé.

– Tu… Frank est au courant ?

– Il n'a pas voulu savoir. Aucun d'eux n'a voulu savoir, Nancy. Jimmy et Frank, alchimie et manque. J'ai vogué, j'ai sombré.

Je lis dans son regard qu'elle ne comprend pas.

– Tu dois t'asseoir, me conseille-t-elle. Tu n'es pas bien.

– Il est mort.

Ça veut sortir. Le secret veut être révélé.

– Mon fils. J'ai accouché à Philadelphie, sur le sol de la cuisine. Frank n'est pas venu, et Jimmy non plus. J'étais si seule, Nancy. Si terriblement seule. Il gigotait et ouvrait les yeux. Il était adorable. Bleu et nacré. Je crois que j'ai voulu le laver. C'est tellement confus. Il y avait tellement de sang. Je l'ai emmené à la piscine. Je voulais le nettoyer, pour qu'il soit beau. Pour eux. Mais ils ne sont pas venus. Ni Frank, ni Jimmy. Et quand je me suis réveillée…

J'ai besoin d'une pilule. Je recommence à m'énerver. Je suis sûrement toute décoiffée.

Nancy me dévisage gravement.

– Et ensuite ? Que s'est-il passé ?

– Il flottait dans la piscine. Il ne gigotait plus.

Dehors, j'aperçois les géraniums dont les fleurs pendent. Ils ont besoin d'eau. Je dois aller les arroser, mais il y a quelque chose qui cloche et je n'arrive pas à me souvenir quoi.

– Je crois que je l'ai tué, je chuchote. Je regrette tellement.

Nancy reste sans voix. Elle observe longuement le pot, puis le tableau, puis moi.

– Tu ne mérites pas tout ça, tranche-t-elle finalement.

Elle a raison. Je ne mérite pas de souffrir autant. Et mon fils ne le méritait pas non plus. Je sens un picotement dans ma poitrine. De la colère. Contre eux. Eux tous, qui nous ont abandonnés au moment où nous avions tant besoin d'eux.

– Tu as raison. Je ne méritais rien de tout ça. C'est pour ça que je veux aller à Los Angeles. Voir Amblioni.

Les yeux de Nancy se posent ici et là nerveusement. Puis soudain, elle me lâche et je m'affale sur le sol.

– Je vais t'emmener à l'exposition, propose-t-elle. Mais d'abord, préparons-nous un peu.

Elle court dans la chambre et en revient avec quelque chose, cramponnée à son sac à main. Elle attrape mon propre sac, l'ouvre et en sort un tube de pilules. Elle en extrait trois

Miltown et me les fourre dans la bouche. J'ai un haut-le-cœur ; elle me tend un verre d'eau. Je pense que c'est trop, mais je m'en fiche.

Barbara passe la tête dans la cuisine.

– Maman, dit-elle, où est le monsieur ? Maman, c'est tout en désordre.

Elle a raison. La cuisine est dans un sale état. J'attrape un chiffon et commence à tamponner mon propre sang. Je réalise trop tard que j'utilise le pyjama.

– Demande-lui d'aller dehors, marmonne Nancy. Elle n'a pas besoin de voir ça. Ce ne sera pas long.

Je chasse Barbara.

– Va jouer dans les arbres, ma puce. Je vais prévenir la maman de Joanie, d'accord ? Tante Nancy et moi, on reviendra vite.

– Mais, Maman…

– Sois sage. Promets-le-moi, ma chérie. N'en parle à personne. Sois gentille.

Barbara s'en va.

– Je saigne, dis-je à Nancy. Aide-moi.

– Ne t'inquiète pas, roucoule-t-elle. Tu penses que c'est grave ? Tu n'as pas connu mon mari. Il n'était pas comme Frank. Ou comme Jimmy. Zac t'aurait fait connaître le véritable enfer.

Elle rit fort et bêtement.

– Personne n'a jamais rien vu. J'étais à l'agonie. J'ai perdu deux bébés sous ses coups. Je n'aurai jamais d'enfant. Et toi, tu t'es débarrassée du tien.

Elle m'aide à me relever. Mes jambes sont molles. Je n'arrive même pas à me rappeler pourquoi je suis assise. Mais je sais une chose. Je dois voir de l'art. Des couleurs. Du rouge, du jaune et du bleu, comme la piscine.

– Laisse-moi aller nager, je chuchote. Où est Frank ?

– Espèce de vieille vache, siffle Nancy. Ces pilules te font vraiment de l'effet, hein ?

Elle m'aide à me lever, attrape le tableau et mon matériel de peinture, puis elle m'accompagne jusqu'à la voiture.

Je me glisse à l'intérieur. L'immensité de la route. Rire et liberté.

– Amblioni, je murmure, mais les syllabes ne sortent pas correctement.

Je rêve que je vole haut au-dessus de Sunnylakes. J'ai chaud et je suis légère. Je suis l'étincelle dans l'œil d'un oiseau et le scintillement de l'océan. Je suis bleue comme la piscine et rose comme une crème glacée. Je suis la vie. Je suis l'amour.

Je suis tellement fatiguée.

Nous atteignons la plage, mais ce n'est pas la plage, bien qu'il y ait beaucoup de sable. Nancy ouvre brutalement la portière et me fait sortir. Elle me traîne sur une rampe en béton et nous voilà dans l'espace. L'espace terrible et beau. Le ciel est infini, là-haut, mais nous ne sommes pas à Los Angeles, et c'est là-bas que je voulais aller.

– Sais-tu seulement qu'on baise dans ton dos ?

La voix de Nancy est étrangement basse. Un de ses poings est plongé dans son sac à main.

– Frank aime faire ça avec moi. Il n'en a jamais assez. Je sais lui donner du plaisir comme tu n'as jamais pu le faire. Il m'a dit que tu étais toujours glaciale. Insensible. Maintenant, je sais pourquoi. Parce que tu es une meurtrière.

Je ne comprends pas.

– Frank ?

Ce nom ne m'évoque rien.

– Tu vois ? Tu te fiches même de ça. Ton propre mari baise ta meilleure amie et tu t'en contrefiches. Tu ne mérites pas tout ce que tu as. Moi, si.

Nancy sort de son sac un objet gris. *Gris-bleu, nous deux.* Je chancelle. Je voudrais m'asseoir. Je voudrais rouler dans Los Angeles avec le vent dans les cheveux et mes pieds nus sur les pédales. Accélérer et m'envoler.

– C'est mon tour, maintenant, dit Nancy.

– Non, je lui réponds. C'est le mien. Enfin.

– Tu ne l'as jamais rendu heureux.

– Je suis heureuse.

– Ils ne te trouveront jamais sous les gravats.

– C'est parfait, je réponds, alors qu'un rire fait des gargouillis dans ma gorge. Parce que je ne serai pas là.

Je ne serai pas là. Je serai la lumière de l'été sur une piscine, le rire d'un petit garçon. Je serai le jaune cadmium et le vert terreux. Je serai l'eau qui trempe le papier et le souffle de l'air sur une autoroute. Je serai moi-même, enfin.

La douleur explose dans mon ventre avec un *bang*. Je tournoie et je tombe. Le ciel m'enveloppe et m'engloutit. Bleu, si bleu. Vrai et faux.

Toi et moi.

Chapitre 40

Mick

Genevieve revient avec les boissons.

– Maintenant, inspecteur, à Joyce.

Mick lève son verre – et la sonnerie du téléphone arrête son geste.

Genevieve repose le sien avec un *cling*.

– Un moment...

Bon sang. Si c'est une de ces bonnes femmes du Comité qui veut taper la causette au sujet du vendeur de lait, il découvrira où elle habite et ira arroser ses roses avec de l'essence.

Genevieve répond quelques *hum-hum*, *bien sûr* et *tout de suite*. Puis elle raccroche et revient dans le salon. En voyant son expression, Mick sent son estomac se serrer.

– C'était Jackie, votre secrétaire, dit-elle. Ruby a appelé le poste de police. Elle a dit que c'était urgent et a demandé que vous vous rendiez chez Nancy Ingram le plus vite possible.

– Chez Mme Ingram ?

– Oui. Jackie m'a dit qu'il y avait eu une sorte d'altercation entre Ruby et M. Haney. Il est blessé. Une voiture de patrouille est en chemin.

Le cerveau de Mick passe à la vitesse supérieure. Une

voiture de patrouille à Sunnylakes. Frank Haney blessé et Ruby dans le tableau. C'est…

Ça va mal finir.

– Je dois y aller.

Il attrape son manteau et passe devant Genevieve pour rejoindre l'entrée.

– Désolé.

Dans l'allée, il se met à courir. Il fouille sa poche pour trouver sa clé de voiture, la sort, jure et la glisse dans la serrure. La chaleur le frappe au visage quand il s'installe dans l'habitacle, mais il n'y prête pas attention. L'autoroute de Santa Monica sera bouchée par le trafic de l'heure de pointe. Il reste une petite chance qu'il arrive avant les autres.

Il tourne la clé. La voiture miaule et tousse. Il tape sur le volant et tourne à nouveau la clé. Un autre miaulement, suivi par le ronronnement réconfortant du moteur. Il fait demi-tour, écrase l'accélérateur et sort de l'allée à toute allure.

Il est presque dans la rue quand un méchant crachotement surgit de sous le capot. La Buick s'arrête en silence. Un silence terrible et menaçant, perturbé seulement par des cliquetis, quelque part dans les entrailles de l'auto.

– Putain de tas de ferraille !

Il tourne à nouveau la clé, deux fois, trois fois. Rien.

– Monsieur Blanke, que se passe-t-il ?

Dans son rétroviseur, il aperçoit Genevieve Crane qui arrive en courant. Elle a mis un petit chapeau et serre son sac contre sa poitrine. Il ouvre la portière et sort.

– Cette putain de bagnole. Cette saloperie de tas d'ordures !

Il donne un coup de pied dans l'aile du véhicule sans mesurer sa force. La douleur envahit sa jambe.

– Merde.

– Prenons la mienne, suggère Genevieve en le tirant par le bras. Venez, nous n'avons pas de temps à perdre.

Il pense tout de même à récupérer la radio dans sa boîte à gants, puis ils se dirigent vers la Pontiac. Genevieve enfonce la pédale avant qu'il ait eu le temps de refermer sa portière. Ils dévalent l'allée et foncent dans la rue.

– Que pensez-vous qu'il s'est passé ? lui demande-t-elle.

– Aucune idée, répond-il en s'épongeant le front. Ce qui m'inquiète le plus, c'est ce qui pourrait arriver si la patrouille arrive avant nous.

– Oh. Oui, je comprends.

Genevieve conduit comme un pilote de course : vite, avec classe et assurance. La voiture passe à toute allure devant les boutiques et la bibliothèque, longe un millier de pelouses et de maisons avec leur fronton de pierre, et Mick se cogne la tête lors de l'embardée finale dans Roseview Drive.

Tous ses muscles se contractent lorsqu'il aperçoit la voiture de patrouille stationnée devant la maison rose de Nancy Ingram. Elle détonne comme un communiste dans une école maternelle. Genevieve se gare brusquement sur le trottoir. Mick bondit hors du véhicule et se met à courir.

La porte de la maison de Mme Ingram a été ouverte à coups de pied ; le cadre a volé en éclats à l'endroit où le verrou a cédé. Il se précipite dans le séjour et crie :

– Ruby !

La réponse est puissante et claire. Une voix d'homme, à l'étage.

– Vous êtes en état d'arrestation.

Il grimpe l'escalier quatre à quatre. Ils sont dans la chambre. Ruby est allongée par terre sur le ventre. Hodge lui tord les bras au-dessus de la tête, tandis que son collègue appuie ses genoux sur son dos tout en lui maintenant les jambes. Le visage de la jeune femme, écrasé contre le tapis, est tout violet et gonflé de larmes.

– Arrêtez ! hurle Mick. Libérez-la.

Il essaie de repousser le policier qu'il ne connaît pas, mais l'homme résiste. Mick cherche son arme, qui est restée en sécurité dans la Buick. *Et merde.*

– C'est une voleuse, halète Hodge. On doit la maîtriser, monsieur.

– Bon Dieu. Vous ne croyez pas que c'est déjà fait ?

Il parvient enfin à les éloigner du corps de Ruby, qui suffoque. Son front saigne et il y a du sang sur le cadre du lit. Elle gémit et comme elle tente de se relever, Hodge dégaine son pistolet.

– Mais putain, je suis votre supérieur, fait Mick en détournant l'arme de son collègue. Dégagez, vous deux.

C'est seulement alors qu'il aperçoit Frank Haney sous la fenêtre, ligoté et maladroitement bâillonné. Son expression ne pourrait être plus joyeuse si la Sainte Trinité s'était manifestée sur ce tapis.

– Vous, quel est votre nom ?

– Cooper, répond le second policier.

– Libérez cet homme, Cooper.

Il aide Ruby à se relever. Elle s'écarte de lui avec un regard sauvage. Du sang dégouline sur son front et son nez.

– Elle l'a emmené, dit-elle.

Elle se tasse dans le coin entre le lit et le placard, aussi loin que possible de Haney, et le pointe du doigt.

– Il a essayé de me tuer. Je… Je dois sortir d'ici.

– Dites-moi d'abord ce qui s'est passé. Ruby… Mademoiselle Wright, s'il vous plaît.

Un des policiers retire le bâillon de Haney, qui inspire une grande goulée d'air.

– Arrêtez-la, grogne-t-il. Elle ment.

Ruby se met à haleter. Ses yeux sont injectés de sang et sa gorge est couverte de traces violettes.

Mick se saisit des menottes de Hodge, les passe aux

poignets de Haney et utilise son couteau de poche pour libérer ses chevilles de leurs liens. Puis il attrape le chemisier que Cooper vient de sortir de sa bouche et le remet en place.

– Emmenez cet homme dans la voiture de patrouille. Immédiatement. Et ne vous avisez pas d'ôter ses menottes.

Les deux hommes aident Haney à se mettre debout et l'escortent à l'extérieur de la pièce. Mick s'écarte de Ruby et lève les mains.

– Il est parti, OK ? Ça va ?

– Elle va le tuer, dit-elle en tremblant. Elle va faire en sorte qu'ils lui tirent dessus.

– Tirer sur qui, Ruby ?

– Joseph.

Ses larmes débordent. Mick se souvient d'un grand type à l'air maussade dans la cuisine de South Central. Une image prend forme.

– Joseph vous a accompagnée parce que vous aviez peur. Et c'était justifié, manifestement. C'est lui qui a attaché M. Haney ?

Ruby hoche la tête.

– Inspecteur, on s'est trompés sur toute la ligne. Ce n'était pas M. Haney. C'était *elle*. Elle a pris les robes de Joyce, ses tableaux et son mari. Elle voulait tout ce que Joyce avait.

– Qui ça, Ruby ?

– Mme Ingram.

Le nom explose dans l'esprit de Mick. Pendant un instant, il demeure incapable de penser. Et puis les pièces finissent par s'assembler en silence.

– C'est elle la coupable, reprend Ruby d'une voix tremblante. Tout colle. Je croyais qu'elle avait travaillé tard ce lundi-là, mais elle a dit à M. Haney qu'elle avait pris sa journée. Elle lui a volé son pistolet et elle a dit ensuite qu'il avait oublié le lui avoir confié. Elle est allée chez Deena pour la tuer et a fait porter le chapeau à Jimmy. Et maintenant, elle détient Joseph.

Mick a du mal à respirer. Il a toujours su qu'il devrait payer l'addition et la voilà. Il aurait dû vérifier et revérifier, suivre la procédure, faire un briefing avec Murphy. Merde, il aurait même dû écouter Fran. Mais une fois de plus, lâche comme il est, il n'a rien fait de tout ça.

Il s'appuie contre le mur.

– Nancy Ingram m'a dit qu'elle avait aperçu la voiture de Jimmy, murmure-t-il. Elle m'a donné son nom. Elle a précisé qu'il avait couché avec Deena et…

Le monde tourbillonne. La voix de Ruby lui parvient de très loin.

– Elle nous a menti. J'en suis sûre, mais nous n'avons plus de temps.

Elle l'entraîne jusqu'à la porte.

– Vous devez les retrouver. *Nous* devons les retrouver. Sauver Joseph et envoyer cette salope en enfer pour ce qu'elle a fait.

Il la dévisage.

– J'ai… J'ai laissé tomber tout le monde, dit-il calmement. J'avais tout faux.

Elle ne peut pas savoir qu'il parle de Moggs, de Joyce, de Fran et de Deena, de tous ceux dont il a gâché la vie, ou presque, parce qu'il voulait faire ses putains de preuves. Elle ne peut pas savoir que c'était l'addition qui l'attendait, depuis le jour où il avait regardé sans réagir Billy tomber. Depuis qu'il était condamné à essayer de se convaincre lui-même de sa bravoure et de sa valeur.

Ruby ne sait rien de tout ça. Mais quand elle le regarde, ses yeux sont noirs de détermination.

– Aujourd'hui, vous avez l'occasion de vous racheter.

Dehors, Mick passe comme une flèche devant une Genevieve

Crane médusée et attrape l'émetteur sur le tableau de bord. La radio s'allume en grésillant. Il appuie sur le bouton d'appel.

– Besoin d'assistance. Trouvez-moi l'immatriculation d'une certaine Nancy Ingram, 45 Roseview Drive, Sunnylakes. Nous avons un enlèvement. Nous cherchons...

Une voix lui coupe la parole.

– Patrouille 197 sur Santa Monica, en direction du sud. Suspect en vue, une Ford gris métallisé au niveau de Crankton, en direction de L.A.

– J'ai besoin de tracer la plaque d'une certaine Mme Ingram, crie Mick. C'est urgent. Mme Nancy Ingram, 45 Roseview...

C'est alors qu'il comprend. Elle a inversé les rôles. *Mick, espèce de crétin, espèce ce connard.*

– Cible confirmée, dit la voix dans la radio. La victime est une femme de type caucasien, blonde. Le suspect sur le siège passager est un homme noir. Soyez prudents, il est armé et dangereux.

– Non ! hurle Mick.

La radio grésille à nouveau et un beuglement de Murphy lui parvient à travers l'éther :

– Barrez-vous de cette fréquence, Blanke. On a un kidnapping sur les bras.

Mick serre sa radio à faire craquer le plastique et crie :

– Ce n'est pas lui. C'est elle. Mme Ingram. C'est elle qui l'a kidnappé. Elle...

– La ferme, Blanke.

Une voix les interrompt :

– Ici patrouille 197. On les a coincés. La voiture a quitté la route en direction du chantier de Harbour Bridge. On la suit avec le gyrophare. Que les équipes qui sont dans le coin nous rejoignent. Préparez vos armes.

– Pour l'amour de Dieu, crie Mick, ne tirez pas sur cet homme ! Ne faites rien. J'arrive.

Il jette son émetteur. Ruby et Genevieve ont les yeux fixés sur lui. Hodge est en train d'allumer une cigarette, la main autour d'une flamme qui refuse de jaillir. Frank Haney est assis dans la voiture de patrouille, les yeux fermés.

Mick retire sa cravate.

– Allons-y, lance-t-il. Hodge, Cooper, vous me suivez. Ruby, Genevieve, en voiture.

Genevieve ne pose pas de questions. Elle aide Ruby à s'installer sur le siège passager et tend les clés à Mick.

– Conduisez, dit-elle avant de se glisser sur la banquette arrière.

Et c'est ce qu'il fait. La Pontiac est une grosse bête, mais une fois qu'elle a pris de la vitesse, elle réagit à la moindre incitation. Il appuie sur l'accélérateur et dépasse l'arrêt de bus avant que Hodge ait fait vrombir son moteur. Ils foncent sur President Avenue en direction de l'autoroute.

La radio se remet en marche.

– Patrouille 197. La Ford s'est arrêtée près du pont. Le suspect et la victime sont toujours à l'intérieur. Elle a une arme braquée sur sa tête. Permission d'utiliser la force ?

Ruby émet un drôle de son, comme si elle avait avalé un canari. Avant que Mick ait pu l'arrêter, elle saisit l'émetteur et crie :

– Vous ne ferez rien à mon homme ou je viendrai vous botter le cul jusqu'à ce qu'il sonne comme la cloche d'une église.

Il y a une seconde de silence. Puis Murphy hurle :

– Qui c'était, putain ?

Mick s'empare de l'émetteur. La Pontiac fait une embardée mais se stabilise en douceur.

– Ruby Wright ! beugle-t-il. Et vous avez intérêt à faire comme elle a dit.

Ils avalent Santa Monica Freeway, suivis par des coups de klaxon et des crissements de freins. La radio n'émet que des grésillements et le son de voix lointaines. Les flics de la patrouille 197 sont sortis de leur voiture. Il peut y avoir un coup de feu à tout instant.

– Je suis désolé, dit Mick à Ruby. À propos de McCarthy. Je suis désolé de ne pas vous avoir crue.

– Je pensais que c'était Frank, répond-elle avec un soupir. Elle a trompé tout le monde. Même lui.

Le pont apparaît. Le chantier est marqué par des drapeaux orange. Plusieurs traces de pneus s'enfoncent dans le sable et disparaissent derrière les dunes désertes.

Mick fonce tout droit, coupe la route d'un semi-remorque dont le chauffeur klaxonne et jure. Sur la banquette arrière, Genevieve lui fait un doigt d'honneur.

La Pontiac tousse alors que la route goudronnée se transforme en allée de gravats. Du sable et de la poussière volent autour d'eux. Ils atteignent le haut d'une colline et...

– Là-bas.

Ruby désigne un endroit sur la droite. Sur les feuillages poussiéreux des arbres, l'éclat bleu solitaire d'un gyrophare de la police.

Ils fondent sur le pont et la Pontiac s'arrête dans un crissement de pneus à côté de la voiture de patrouille 197. Deux policiers se protègent derrière les portières ouvertes, pointant leurs armes. L'un d'eux est Souza.

La voiture de Nancy Ingram est stationnée au pied du pont à moitié construit qui s'élève vers le ciel tel un bras squelettique. Dans la pénombre de l'habitacle, Joseph a la tête baissée. Il est difficile de dire ce qu'il est en train de faire. Les cheveux de Mme Ingram brillent comme des fils d'or dans la lumière de l'après-midi. Les rayons du soleil accrochent le reflet d'un pistolet pointé sur son crâne.

Un démon de poussière danse à travers l'espace dénudé séparant le pont et les voitures de police. Il tournoie avec frénésie avant de se dissiper au milieu d'un tas de pelles.

À côté de Mick, Ruby laisse échapper un unique sanglot.

Chapitre 41

Ruby

Les battements de cœur de Ruby sont comme de lentes explosions. Son sang se précipite dans ses veines et tourbillonne à travers son corps. Mais son esprit est paralysé. Elle ne peut rien faire d'autre que fixer la scène derrière le pare-brise.

Près du pont, Joseph est assis, avachi, dans une voiture remplie d'ombres. Le soleil se reflète, éblouissant, à la surface du toit argenté, obscurcissant chaque détail de l'habitacle. Mais le pistolet est bien visible. Il est pointé sur la tête de Mme Ingram.

Tout s'accélère. Ses mains, jusqu'ici moites et peu fiables, cessent de trembler. Elle ouvre sa portière et, avant que l'inspecteur ait pu l'arrêter, se dresse bien droite à côté du véhicule.

Les policiers crient. L'un d'eux pointe son arme sur elle. Dans la voiture près du pont, Mme Ingram se penche en avant. Son visage tressaille. Colère et surprise. Puis elle joue à nouveau la comédie, les lèvres tremblantes et les yeux écarquillés de terreur.

Ruby la fixe comme si elle pouvait en extraire la vérité grâce au seul pouvoir de sa volonté.

– Laissez-le partir, lance-t-elle dans la brise. Laissez-le partir ou je vous réduis en bouillie.

L'un des policiers arme son pistolet.

– Au secours ! hurle Mme Ingram. Tirez-lui dessus. Il va me tuer.

– Inspecteur, siffle l'un des deux hommes, je l'ai dans ma ligne de mire.

Ruby s'écarte d'un pas de la Pontiac, les épaules en arrière.

– Vous pointez votre arme contre vous-même, dit-elle. Vous jouez la comédie. Je le vois d'ici.

Le vrombissement d'une auto résonne à travers le chantier. Ruby ne se retourne pas pour regarder. Elle reste concentrée sur Joseph et ne le quittera plus des yeux. Aussi longtemps qu'il sera dans son champ de vision, il sera à l'abri du danger. *Seigneur tout-puissant, appose tes mains sur nous.*

La voiture finit par s'arrêter et les portières claquent.

– Chef, dit l'inspecteur. Vous…

– Putain, Blanke, qu'est-ce que c'est que ce bordel ?

Il n'y a qu'un Blanc pour gueuler comme ça. Le débit de la voix et l'impression d'autorité qui s'en dégage ne lui laissent aucun doute.

– C'est Ruby Wright ? Qu'est-ce qu'elle fout là ? Ils sont complices ?

– Ils sont amoureux.

– Arrêtez-la Blanke, putain de bon Dieu !

S'ensuit une conversation rapide et agitée.

– Au secours ! crie à nouveau Mme Ingram. Aidez-moi, je vous en prie.

Ruby inspire profondément.

– Les flics ont arrêté M. Haney, lance-t-elle à travers l'espace. Je sais ce que vous avez fait à Joyce. Ce pont aura rejoint le Mexique avant que vous puissiez le revoir.

Un autre véhicule approche. La voiture de patrouille qui

était chez Mme Ingram. Pile au bon moment. Peut-être. *Seigneur, protégez-nous. Seigneur, s'il vous plaît, ayez pitié.*

– Vous auriez dû me tuer avant, madame Ingram, lance Ruby. Mais vous n'avez pas pu, hein ? Pas devant M. Haney. Parce que si vous l'aviez fait, il aurait su que vous êtes une meurtrière. Et peut-être que dans quelques années, quand vous seriez installés, que Barbie aurait été tout à vous et que Lily ne se serait même plus rappelé sa mère, alors il aurait commencé à se poser des questions. À se demander pourquoi vous ne l'avez pas détaché, dans cette chambre. Et où vous étiez, cet après-midi-là, quand Joyce était allongée, en sang, dans sa cuisine.

Tout le monde l'écoute. Elle peut sentir physiquement leurs yeux posés sur elle.

– Écoutez, continue-t-elle. C'est moi qui sais tout. Alors vous pouvez tirer sur Joseph, mais c'est moi que vous devriez tuer. Autrement, la partie est terminée.

L'inspecteur grimace. Derrière Ruby, il y a des bruits de lutte, comme si on essayait de sortir quelqu'un d'une voiture contre sa volonté. Mme Ingram ouvre de grands yeux et sa bouche forme un petit O en forme de cœur.

– Frank ! appelle-t-elle. Mon Dieu.

L'inspecteur s'avance, le visage sombre et déterminé. Il lève les deux mains.

– Allez, Nancy. C'est terminé. Laissez ce garçon partir.

Mme Ingram éclate de rire. Un rire haut perché, bref comme un cri.

L'inspecteur marche jusqu'à un Frank Haney coincé entre deux policiers tel un prisonnier. Il sourit – et saisit le pistolet du policier de gauche. Il le place sur la tempe de M. Haney avant que quiconque ait pu ouvrir la bouche.

– Nancy, lance-t-il. On dirait qu'on est dans une impasse. Faisons un échange et nous vous laisserons partir.

Mme Ingram plisse les paupières, son visage prend un air calculateur. Dans la voiture, l'arme se tourne lentement vers la tête de Joseph qui ferme les yeux, sa poitrine palpitant comme celle d'un lapin. Le sol ondule sous les pieds de Ruby.

– Regardez, dit l'un des policiers. C'était elle qui tenait le pistolet…

L'inspecteur s'approche de la voiture de Mme Ingram, son arme appuyée fermement sur le crâne de M. Haney. Ruby se lèche les lèvres ; elles sont sèches et salées. Mme Ingram ouvre sa portière et déroule ses longues jambes revêtues d'un pantalon turquoise et couronnées de chaussures à talon rouges. L'un des flics siffle entre ses dents.

Mme Ingram menace Joseph de son arme et il tombe de la voiture dans la poussière. L'inspecteur pousse Frank Haney en avant et saisit Joseph par le bras. Il essaie de le relever, mais il n'est pas assez rapide. Mme Ingram donne un coup de pied dans les côtes de Joseph et il s'écroule contre l'inspecteur, qui trébuche.

Rapide comme un serpent, Mme Ingram pointe son arme sur lui.

– Oups, siffle-t-elle. On dirait que je suis dans de sales draps.

– On est deux, Nancy, ironise l'inspecteur.

Il pourrait battre en retraite, mais il ne bouge pas d'un centimètre.

Mme Ingram se tourne vers la voiture, son arme toujours braquée sur lui. Elle fait monter M. Haney sur le siège passager.

– Nancy, marmonne-t-il. Il faut arrêter ça, maintenant. C'est de la folie.

Mme Ingram regarde Ruby droit dans les yeux. Ses lèvres rouges se tordent en un large sourire. Ses dents s'écartent.

La femme vampire. Il y a tant de noirceur dans ce sourire. Cette femme est le trou noir au centre de la galaxie. Le néant entre les étoiles.

Et la voix de sa mère chante dans la tête de Ruby. *Garde la tête haute, ma fille. Et personne ne te regardera de travers.*

Ruby avance vers la voiture.

– Vous avez tué Joyce, dit-elle calmement, parce que vous vouliez vous approprier son mari, ses filles et sa vie.

– Nancy, dit M. Haney. Qu'est-ce que…

– Oh, Frank, arrête de te tracasser.

La voix de Mme Ingram s'adoucit.

– Joyce ne valait pas le coup. Tu sais ce qu'elle a fait, ta charmante petite femme ? Elle a tué ce bébé. Ton adorable petit garçon. Tu croyais peut-être qu'il était juste mort, mais elle l'a noyé comme un chiot. Elle méritait de…

Du coin de l'œil, Ruby voit Joseph s'approcher lentement d'elle. Il a presque atteint l'aile de la voiture. Elle tend une main pour l'arrêter, mais au même moment, les doigts de Frank Haney se ferment autour du bras de Mme Ingram, celui qui tient le pistolet. Il a le regard vide.

– Tu mens, dit-il.

Les mains de Mme Ingram commencent à trembler.

– C'était nécessaire, chéri. Elle… Je n'ai pas levé la main sur elle. C'est Jimmy. Il est passé cet après-midi-là. Elle voulait s'enfuir avec lui et ils se sont disputés. Il l'a frappée un bon coup.

M. Haney peine à respirer.

– Je vais le tuer.

– Je l'ai trouvée dans la maison, continue Mme Ingram. Hystérique et en sang. Elle m'a demandé de l'aider à s'enfuir. Elle disait qu'elle n'était pas le genre de femme que tu méritais. Et sur ce point, elle avait raison.

Elle bat des paupières.

– Je suis la femme que tu mérites. Frank, mon amour, est-ce que je ne suis pas tout ce que tu désires ?

La voix de M. Haney est sèche comme de la poussière.

– Qu'as-tu fait, Nancy ?

– « Sois libre, Joyce, je lui ai dit. Va-t'en. Fais-toi plaisir avec tes petits rêves stupides. Fuis à Paris et deviens une artiste célèbre. Emménage dans un atelier et couche avec des hommes inutiles. Épouse une cause politique. Suis les conseils de Genevieve. »

– Vous l'avez fait souffrir ? demande Ruby.

Mme Ingram se met à geindre comme une enfant :

– Tu comprends pourquoi j'ai dû le faire, hein, Frank ? Elle serait revenue vers toi, malheureuse comme un chien, et tu l'aurais reprise. Parce qu'elle était ce genre de femme. Elle avait beau tout foutre en l'air, les hommes voulaient tous rendre sa vie plus belle.

Frank Haney reste silencieux. Ses yeux sont deux trous d'épingle dans un océan de ténèbres. Il a découvert le trou noir, et celui-ci l'aspire.

– Personne n'a jamais voulu rendre ma vie plus belle, murmure Mme Ingram.

– Alors, intervient Ruby, vous deviez vous assurer qu'elle ne reviendrait jamais.

La vérité pèse sur chacun de ses mots.

– Je…, commence Mme Ingram sans pouvoir aller plus loin.

M. Haney saute hors de son siège et se jette sur elle de tout son poids. Ses yeux demeurent sans expression mais ses mains, toujours fermement menottées, se referment autour de son cou. Il la projette au sol et l'étrangle avec les mêmes terribles mains qui ont étouffé la vie de Ruby jusqu'à la réduire à un simple éclat.

– Où est-elle ? gronde-t-il. Où est ma femme ?

Les yeux de Mme Ingram se révulsent. Elle lâche son arme et fait un bruit de papier qui se déchire. Un cri de femme s'élève dans la poussière – c'est Mme Crane, mais dans l'esprit de Ruby, c'est Joyce qui crie pour sa vie. Cette vie qu'elle a ratée et qui maintenant l'a quittée pour toujours, jusqu'à ce que l'univers soit réduit en poussière.

Oh, mon Dieu, non.

Ruby se jette violemment contre M. Haney et tire sur ses vêtements. Elle frappe et griffe jusqu'à ce que les flics arrivent et le séparent de Mme Ingram. L'inspecteur la saisit par le bras. Elle sent son après-rasage et voit parfaitement les poils sur son menton avant qu'il ne la lâche.

– Assez. Nancy Ingram, vous êtes en état d'arrestation pour…

Mme Ingram toussote et se relève en chancelant. Elle lève ses yeux rougis sur Frank Haney et plaque ses mains sur sa poitrine.

– Elle est là, Frank. Juste ici. Elle m'a demandé de la conduire en voiture. Elle croyait que nous irions à l'exposition, mais j'ai décidé qu'elle avait atteint… le bout du chemin.

– Le pont, dit Ruby.

Mme Ingram lâche un rire strident.

– Je l'ai tuée avec ton pistolet, Frank. Je l'avais pris dans ta chambre. C'était facile comme tout. Elle est tombée dans le trou. Je n'ai même pas eu besoin de l'ensevelir. Les camions de sable étaient déjà en route.

– Et Deena ? demande l'inspecteur.

– Cette sale petite pute. Après le départ de Jimmy ce jour-là, elle a appelé Joyce qui lui a dit que j'arrivais. Deena a vite fait le calcul. Elle voulait de l'argent, cette idiote. Je l'ai convaincue que nous avions mieux à faire. Que nous étions complices. Que nous ferions arrêter un suspect ensemble et que nous partagerions la récompense. Elle a bien travaillé en laissant cette bouteille.

Elle sourit largement, mais son sourire est comme fissuré.

– Elle a aussi volé les autres tableaux. Mais j'avais déjà ce dont j'avais besoin. Elle était stupide. Et c'était une garce. Exactement comme Joyce.

Un tressaillement fait vaciller M. Haney. Les flics essaient de le maintenir debout, mais il est trop lourd. Il s'affaisse sur les genoux avec un haut-le-cœur. *Il est en deuil*. Le cœur de Ruby se serre. Malgré ce qu'il lui a fait, malgré ce qu'il est, il pleure sa femme. Et peut-être aussi le bébé.

Mme Ingram se penche en avant.

– Frank ? Frank, mon cœur. Qu'est-ce qui ne va pas ?

– Ne m'approche pas, répond M. Haney.

– Mais, mon amour, c'est juste un malentendu. Nous leur expliquerons que Joyce était une malade mentale. Nous leur parlerons de son addiction. Le juge comprendra. Je ne prendrai que quelques années. Lily m'attendra. Tu lui diras de penser à sa maman, n'est-ce pas ? Je serai bientôt avec vous. Les filles…

– J'aurais aimé qu'elles ne posent jamais les yeux sur toi.

– Qu'est-ce que tu racontes, Frank ?

Son menton tremble.

– Je les aime. Je t'aime.

Elle tend une main vers lui et son vernis à ongles brille.

– Ne m'approche pas ! répète-t-il.

M. Haney se traîne en arrière dans la poussière, comme si un démon allait lui dévorer l'âme.

– Va-t'en. Je ne veux plus jamais te voir.

– Tu ne peux pas penser ça.

Sous son maquillage, Mme Ingram est de plus en plus pâle.

– Frank ?

Il secoue la tête.

– Frank. Frank, je t'en prie. Mon chéri ?

– Jamais. Dégage.

– C'est terminé, dit l'inspecteur. Madame, je vous arrête pour…

Quelque chose s'écroule dans le regard de Mme Ingram. Ses joues tressautent. Un frisson secoue les coins de sa bouche.

« Non… » est tout ce qu'elle dit avant de commencer à courir. Elle est à mi-chemin du pont quand les policiers se décident à courir derrière elle. Une immense étendue de bleu encadre son corps svelte alors qu'elle se précipite vers le vide, sa chevelure laissant une traînée dorée derrière elle.

Chapitre 42

Ruby

Mme Crane hurle et l'inspecteur crie quelques mots qui se perdent dans le vent. Sa voix est comme un signal et Ruby se met à courir.

Joseph l'imite. Il est rapide, plus rapide que l'inspecteur et les flics. Et Mme Ingram est ralentie par ses chaussures à talon. Il dépasse Ruby, fonce sur le pont et rattrape Mme Ingram juste au moment où elle s'apprête à faire le grand saut. Ils tombent sur le béton dans un tas de membres et de cheveux dorés.

Ruby fixe le haut de l'édifice et s'arrête, les mains sur les cuisses, à la recherche d'un souffle précieux. Joseph ceinture de ses bras Mme Ingram qui se débat en hurlant sans parvenir à se dégager.

L'inspecteur arrive ensuite, puis Mme Crane qui a perdu une chaussure. Le chef de la police est le moins rapide, mais il est le premier à prendre la parole.

– Bande d'imbéciles, crie-t-il à personne en particulier. Elle a failli filer. Elle a failli !

Mme Ingram se tortille sur le sol, toujours entravée par les bras de Joseph.

– Laissez-moi partir ! hurle-t-elle.

– T'es qu'une putain de cinglée, répond Joseph en haletant. Mais tu ne mourras pas aujourd'hui.

– Nancy…

La voix de Mme Crane est entrecoupée de halètements.

– Nancy, comment as-tu… comment as-tu pu ? Après tout ce que nous nous sommes dit ?

– Ta gueule, grogne Mme Ingram. Tu crois que c'est si facile ? Tu crois que toutes les femmes devraient désirer être libres ? Mais être libre, c'est sacrément difficile, Genevieve. C'est… c'est tellement difficile, putain.

– Alors, c'est votre jour de chance, intervient l'inspecteur. Vous n'aurez plus à vous en soucier pendant très, très longtemps.

Le chef passe les menottes aux poignets de Mme Ingram. Deux policiers arrivent et l'un d'eux l'attrape par le col comme s'il s'agissait d'un personnage de dessin animé. Puis ils la conduisent vers la voiture.

L'inspecteur aide Joseph à se remettre debout.

– Vous auriez dû la laisser sauter, dit-il. Vous m'auriez évité un procès.

Joseph sourit.

– Ouais, mais il faut qu'elle assume les conséquences de ses actes. J'en ai assez de tous ces morts.

Ruby prend son bras. Joseph est si chaud et solide. Elle se love contre lui et, tout doucement, la réalité reprend ses droits.

– C'est vrai, dit-elle. J'ai juste envie de profiter de la vie.

Puis elle songe à Joyce, morte ici, sous le sable et les gravats, et sa voix s'étouffe. Joseph s'en rend compte et la serre fort.

L'inspecteur détourne le regard, comme gêné.

– On viendra la chercher demain, dit-il doucement. Elle n'aura pas besoin… Peut-être que vous pourriez venir à son enterrement.

Ruby réfléchit, puis secoue la tête. C'est peut-être mal, mais elle préfère se souvenir de Joyce vivante. Joyeuse, avec son sourire authentique qui était la chose la plus authentique de Sunnylakes, même si tout le reste de sa vie n'était que mensonge. Elle se souviendra d'elle ainsi. Heureuse, malgré tout.

– Je ne comprends toujours pas, reprend l'inspecteur. Pourquoi Nancy n'a-t-elle pas simplement raconté à Frank ce que sa femme avait prévu de faire et attendu qu'il divorce ?

Genevieve Crane soupire.

– Parce qu'il ne l'aurait pas fait. Je ne pense pas qu'il ait jamais aimé Nancy autant qu'elle le croyait. Seulement…

Ses yeux se remplissent de larmes.

– Elle a tort. Ce n'est pas si difficile. Elle aurait peut-être réussi à comprendre qu'il y a plus que les hommes dans la vie. J'ai échoué avec elle. Je n'ai pas su lui montrer ce qui était possible.

L'inspecteur pose brièvement une main sur son épaule, puis la retire.

– Ne dites pas ça. Qui sait, elle aurait pu vous tuer, vous aussi.

Mme Crane a un sourire narquois. Il est clair qu'elle n'est pas entièrement convaincue.

Elle se tourne vers Ruby et Joseph.

– Peu importe… Vous voulez que je vous raccompagne, les jeunes ?

Joseph jette un coup d'œil à Ruby.

– C'est à South Central, m'dame, répond Ruby. Trebeck Row. Pas un endroit pour vous, je crois.

– Oh, ça ne me dérange pas du tout, répond Mme Crane en souriant. Je suis sûre que ce n'est pas aussi terrible qu'on veut bien nous le faire croire.

– Et moi ? dit Mick. Ma voiture m'a laissé tomber ce matin.

– On devrait pouvoir arranger ça, dit Joseph. Faites-nous

signe – Geddit Fixed. Appelez-nous et laissez-nous l'adresse. On sera là demain avec la dépanneuse.

Un peu plus loin, Hodge et Cooper poussent Frank Haney dans une voiture de police. Les deux autres flics enferment Mme Ingram dans la leur. Ses yeux cherchent ceux de Frank Haney, mais celui-ci, tapi dans son propre enfer, garde la tête baissée tandis qu'on l'emmène.

Le chef hausse les épaules.

– Je crois que l'affaire est close, grogne-t-il. Autre chose, Blanke ?

– Oui, dit l'inspecteur vivement. Chef Murphy, permettez-moi de vous présenter Ruby Wright, témoin dans cette affaire. C'est elle qui l'a résolue. Elle a découvert seule les tromperies de Mme Ingram. Je crois qu'elle mérite la totalité de la récompense.

C'est vrai ? Un doigt vient congner contre le cœur de Ruby. Car le fait est qu'elle n'avait pas compris du tout. Pas jusqu'à ce qu'elle trouve le tableau et la robe. Elle…

– Mlle Wright nous a fourni des preuves essentielles, continue l'inspecteur avec un sourire. Elle m'a parlé de la relation qu'entretenaient M. Haney et Mme Ingram. Elle a aussi découvert le tableau volé. Et elle m'a fourni des informations qui innocenteront totalement Jimmy McCarthy du meurtre de Deena Klintz.

– Mais ce n'est pas vrai, intervient Ruby. Pas vraiment, je veux dire. Je…

Un regard de l'inspecteur la fait taire. Et puis sa mère murmure dans sa tête : *Tu es sur une série gagnante, ma fille, et tu veux mettre le frein à main ? Bon Dieu, non. Prends ce que tu as gagné. Tu as bien joué.*

– D'accord, dit Murphy. Passez au poste lundi, s'il vous plaît, mademoiselle Wright. Nous vous remettrons un chèque de mille dollars.

– Bien, monsieur.

Le vent souffle à nouveau. La brise a un goût salé et, au loin, la côte laisse place à une eau scintillante. Pendant un moment, personne ne parle. Ruby s'accroche au bras de Joseph de toutes ses forces. Si elle le lâchait un seul instant, le pur bonheur qui emplit l'air pourrait l'emporter.

Mille dollars. *Je vais aller à l'université. Ça va vraiment, réellement arriver.*

Elle est impatiente d'en parler à son père. Et à Mme Cannon. Elle aura même de l'argent en plus, assez pour s'offrir une virée à la plage en famille, tous les trois. Non, tous les quatre, en comptant Joseph.

L'inspecteur se tourne vers elle.

– Bravo à tout le monde. Surtout à vous. Vous avez tout pour devenir un bon…

Il s'arrête. La vérité s'affiche dans son regard et les barrières s'élèvent. Un silence embarrassant s'installe, rempli de tant de choses qui ne sont pas encore prêtes à être dites à haute voix.

Mais Ruby parle quand même :

– Vous voulez dire un flic ? Merci, monsieur. Un jour, peut-être.

– Une femme flic, plutôt, corrige l'inspecteur.

Le chef s'esclaffe :

– Une femme flic ? Blanke, vous perdez…

Mais Ruby l'empêche de terminer, ajoutant d'une voix sûre :

– Un jour. Bientôt.

– Que Dieu vous entende, dit Mme Crane.

Ils regardent le chantier de construction et les collines au-delà. Bientôt il y aura une route ici, une route qui les connectera à d'autres routes, conduira à d'autres villes et à d'autres États, et qui sait où encore ?

Ruby s'essuie les yeux. Tout rayonne en elle.

Et peut-être est-ce grâce à ce rayonnement, ou au soleil qui lui picote la peau, ou même à la possibilité qu'il y ait un jour des femmes flics, mais alors que l'inspecteur se retourne pour partir, elle tend une main vers lui.

Il la dévisage, perplexe, et la lui serre. Sa poigne est chaude et assurée. C'est celle d'un homme énergique, comme celle de son père.

– Bien joué, inspecteur Blanke, dit-elle. C'était sympa de travailler avec vous.

Remerciements

Au moment de remercier tous ceux qui m'ont aidée à donner vie à *Un long, si long après-midi*, je me trouve face au même problème que Mick Blanke. Il y a tant de gens impliqués dans cette histoire. Qui en est responsable ?

Je commencerai par ici et maintenant. Par vous, le lecteur. Merci d'avoir choisi ce livre et de l'avoir lu jusqu'au bout. J'espère que vous avez eu autant de plaisir à le lire que moi à l'écrire.

Jetons un œil à l'affiche. Énorme merci à mon merveilleux agent Giles Milburn et à son équipe de l'agence Madeleine Milburn. Si Giles ne m'avait pas sortie de la pile des manuscrits et s'il n'avait pas mis toute sa conviction et son professionnalisme assidu au service de mon livre… eh bien, vous ne seriez pas en train de lire ces lignes aujourd'hui.

Des tas de mercis et de reconnaissance vont à l'équipe de Manilla Press, spécialement à mon éditrice Sophie Orme et à son assistante Katie Lumsden qui ont jeté un œil à cette pierre rugueuse et m'ont tendu un chiffon à reluire et un seau plein de conseils. Leur vision et leur merveilleuse perspicacité ont permis à *Un long, si long après-midi* d'être ce qu'il est aujourd'hui.

Sophie McDonnell, Felice McKeown et Matthew Laznicka ont mis tout leur cœur dans le design du livre. Francesca Russell et

Karen Stretch se sont fait une mission de parler au monde entier d'*Un long, si long après-midi*. Ils méritent tous mes plus sincères remerciements.

Remerciements très spéciaux à Janina Lawrence, ma *sensitivity reader*, Laura Lavington, qui a édité le texte, et Natalie Braine, qui a relu les épreuves. J'ai beaucoup apprécié leur sagesse et leurs yeux d'aigle.

Ceux-là étant les principaux suspects, passons maintenant aux autres. Tout d'abord, je remercie mes complices, les West London Writers, en particulier Caroline, Catherine, Pav, Steph et Zoltan. Leur amitié m'a donné l'énergie d'aller au bout de ce livre.

Merci, Helma, d'avoir été ma première fan et critique pointue. Sans tes encouragements et tes relectures assidues, je n'aurais jamais eu le courage de soumettre mon travail.

Papa et Maman, je vous remercie tellement de m'avoir lu des histoires, de m'avoir laissée lire et couverte de livres tout au long de ma vie. Vous avez ouvert pour moi un monde de merveilles et d'imagination, et je reste habitée par ses enseignements. Merci, Anni, Mathies et Julian pour les randonnées et les rigolades. Une grande partie de ce livre a été corrigée à sept heures du matin sur votre table de salle à manger.

Merci aussi à cette personne spéciale qui m'a dit qu'elle croyait en moi alors que personne n'était même au courant.

Et mes remerciements les plus généreux et sincères à Birgit et au Arkaden Bookshop de Bargteheide. Vous m'avez fourni les livres, la confiance et l'amour. « L'école de la vie » ne me permet pas d'exprimer tout ce que je vous dois, d'où la dédicace.

Note de l'auteure

Quand j'étais adolescente dans les années 1990, en Allemagne, notre professeur d'anglais nous avait projeté une image qui, selon lui, représentait le rêve américain. Il s'agissait d'une famille dans une maison de banlieue le jour de Thanksgiving. Le papa et deux enfants aux joues rondes (l'aîné était un garçon, bien sûr) souriaient d'un air ravi tandis que la maman servait une dinde fumante. Selon notre professeur, cette scène représentait la perfection. La vie que nous devrions nous évertuer à vivre.

J'ai levé la main et dit que je trouvais ça flippant.

Mon professeur m'a reproché une intervention non argumentée. Des années plus tard, je me demande ce qui m'a mise aussi mal à l'aise et que la jeune fille de quinze ans que j'étais n'a pas su formuler. Je pense que c'était le fait que le visage de la femme était presque invisible, parce qu'elle baissait le regard. Elle ne souriait pas. Elle était incapable de participer à la fête. Alors que sa famille partageait un « moment de bonheur », son point de vue à elle, son identité et sa personnalité étaient complètement effacés.

Plonger dans l'univers guindé et comme il faut des années 1950 s'est révélé une expérience troublante. Alors que certaines choses ont changé – les femmes peuvent maintenant travailler, entrer en politique et dénoncer les abus, tout ça sans avoir besoin de l'approbation des hommes –, d'autres pas. Les femmes demeurent sous-payées et sous-représentées, et ceux qui les agressent restent trop souvent impunis.

Quand j'ai commencé à écrire *Un long, si long après-midi*, le mouvement #metoo se répandait dans le monde entier. Les échos de la rage que j'ai ressentie en lisant les histoires de ces innombrables femmes et de leurs courageux combats ont imprégné ce livre, ainsi que mon admiration pour elles et mon sentiment de leur devoir beaucoup.

Un mot de Ruby, maintenant. Je suis douloureusement consciente qu'en tant que Londonienne blanche d'origine germanique, j'ai fait un choix critiquable en imaginant un tel personnage. Mais ne pas l'imaginer ne me paraissait pas mieux. Le mouvement Black Lives Matter et les descriptions quotidiennes des violences effroyables que les communautés noires anglaise et américaine ont subies m'ont ouvert les yeux sur la vie de Ruby. Je suis immensément reconnaissante d'avoir eu la chance de pouvoir entendre sa voix.

Un long, si long après-midi est un livre féministe. Pendant que je l'écrivais, j'ai été frappée par le nombre de batailles menées par Joyce et Ruby qui restent d'actualité. Cela me bouleverse toujours. Mais voir que nous avons progressé me remplit aussi d'espoir. Nous avons trouvé des alliés, en particulier les nombreux, très nombreux hommes comme Mick Blanke, qui refusent de rester les bras croisés.

Les histoires racontées dans ce livre sont profondément liées aux personnages, mais elles adviennent sur un fond de transformations politiques et sociales imminentes. Je me suis souvent demandé quand d'autres changements surviendraient, auxquels je pourrais participer. Joyce, Ruby et Mick m'ont appris qu'il était inutile d'attendre. Nous pouvons tous commencer dès aujourd'hui. Cela, je l'espère, est le message de mon livre.

Merci d'avoir choisi ce livre
des **Éditions de La Martinière**.

Nous espérons que votre lecture vous a plu.

Vous pouvez nous retrouver sur Facebook et Instagram.
Et pour être informé(e) en avant-première des prochaines parutions de l'auteur, recevoir d'autres idées de livres à découvrir, des jeux-concours ou des extraits en avant-première, vous pouvez nous laisser votre adresse e-mail sur cette adresse web : bit.ly/martiniere

En espérant vous retrouver bientôt en compagnie d'autres personnages, pour partager leur vie et leur univers.

L'équipe des Éditions de La Martinière Littérature

*

Vous pouvez également retrouver l'auteure de ce roman sur le site www.bit.ly/IngaVesper

La Martinière littérature s'engage à imprimer ses livres en France pour réduire la production de CO_2 ;
à imprimer sur du papier PEFC qui garantit une gestion durable des forêts ;
à ne faire appel qu'à des imprimeurs appliquant la charte Imprim'vert.
La certification Imprim'vert impose la collecte et l'élimination des déchets en conformité avec la réglementation, un suivi régulier des consommations d'énergie et interdit l'utilisation de produits toxiques.

RÉALISATION NORD COMPO À VILLENEUVE-D'ASCQ
NORMANDIE ROTO IMPRESSION S.A.S À LONRAI
DÉPÔT LÉGAL : MARS 2022 – N° 149045 (2107321)
IMPRIMÉ EN FRANCE